KNAUR

Von Sven Koch sind bereits folgende Titel erschienen:

Purpurdrache
Brennen muss die Hexe
Totenmond

Dünengrab
Dünentod
Dünenkiller
Dünenfeuer
Dünenfluch

Über den Autor:

Sven Koch, geboren 1969, arbeitet als Redakteur bei einer Tageszeitung. Auch als Fotograf und Rockmusiker hat er sich einen Namen gemacht. Sven Koch lebt mit seiner Familie in Detmold. Bekanntheit erlangte er durch die Veröffentlichung seiner »Dünen-Reihe«.

Mehr Infos über den Autor unter: www.sven-koch.com

SVEN KOCH

DÜNENBLUT

THRILLER

Besuchen Sie uns im Internet:
www.knaur.de

Originalausgabe Juni 2019
Knaur Taschenbuch

Ein Imprint der Verlagsgruppe
Droemer Knaur GmbH & Co. KG, München

Redaktion: Regine Weisbrod
Covergestaltung: Kristin Pang
Coverabbildung: plainpicture/BY, death_rip / Adobe Stock
Satz: Adobe InDesign im Verlag
Druck und Bindung: CPI books GmbH, Leck
ISBN 978-3-426-52348-3

5 7 8 6 4

1.

Heute

Tjark stand auf dem Friedhof der Sankt-Clemens-Kirche in Kirkeby auf der dänischen Insel Rømø und steckte sich eine Zigarette an. Die Kirche stammte aus dem dreizehnten Jahrhundert. Sie war weiß getüncht und hatte hellgraue Dächer. Wie viele nordische Gotteshäuser wirkte sie wie eine Burg, ihr Turm glich einem Bergfried mit Schießscharten, und ihr wuchtiges Schiff erinnerte an eine Scheune. Eine Kirche, wie für den Krieg gebaut. Eine Festung, um der Herde Gottes Schutz und Zuflucht zu gewähren.

Tjark betrachtete die verwitterten Grabsteine. Viele waren jahrhundertealt und Walfang-Kommandeuren der Insel gewidmet. In Gräbern jüngeren Datums lagen laut den Inschriften Männer aus Neuseeland. Fünf Piloten, die im Zweiten Weltkrieg über der Deutschen Bucht abgeschossen worden waren. Sie waren von einer Insel am Ende der Welt gekommen, um auf einer anderen Insel begraben zu werden. Einer, die durch den Rømødæmningen-Damm mit dem Festland wie ein Embryo mit der Plazenta verbunden war.

Er sah dem Rauch seiner Zigarette hinterher und blickte in den wolkenlosen Himmel. Das Blau war intensiv – tiefer als anderswo. Überall an der Nordsee sorgte der Wind dafür, dass die Konturen klarer und die Farben leuchtender waren. Tjark stellte sich vor, wie die Bomberformationen ihre Schatten auf das Land geworfen hatten. Er dachte an die Kampfjäger, die sich auf sie stürzten, die donnernden Flaks.

Bei den toten Piloten handelte es sich um gerade mal zwanzigjährige Burschen, und er fragte sich, ob jemals ihre Geliebten, Frauen oder Mütter hergekommen waren, um Blumen auf die Gräber zu legen. Von Neuseeland nach Rømø, zu einer Zeit, in der es noch keine Linienflüge gab – nein, das war ziemlich unwahrscheinlich. Vielleicht in späteren Jahren. Vielleicht auch niemals. Vielleicht waren die Gräber deswegen eher Mahnmale. Fünf Jungs von der anderen Seite des Globus, begraben auf einer Insel, deren Namen sie wohl nicht einmal aussprechen konnten. Fremde in fremder Erde, die ein fremdes Meer beschützen wollten.

Tjark lehnte sich an die kalkweiße Mauer, blinzelte und setzte sich eine Sonnenbrille auf. Durch die getönten Gläser verfolgte er das ballettartige Schauspiel, das sich vor den Gräbern der Piloten vollzog. Er sah Menschen, die sich wie in Zeitlupe bewegten. Wie in einem der Träume, in denen man vor etwas fliehen muss, sich aber in einer geleeartigen Masse zu befinden schien. Die Männer schritten über den kurz geschnittenen Rasen, als wollten sie Golf spielen und Maß für den nächsten Schlag nehmen, drehten sich um die eigene Körperachse oder hockten sich hin, um bunte Kärtchen mit Nummern abzustellen. Der Rasen war so grün, dass es in den Augen schmerzte. Die Farbe der faserfreien Overalls, die die merkwürdige Performancegruppe trug, unterschied sich keinen Deut vom Weiß der Kirche und der Mauer.

Die Farbe unterschied sich auch kaum von der blassen Frauenleiche, die zwischen den Grabsteinen lag – wenn man einmal von dem violett-schwarzen Muster absah, das ihr in die Haut geschnitten worden war. Sie war nackt, die Hände wie zum Gebet gefaltet. Die Gelenke waren mit Draht umwickelt. Die Muster sahen aus der Nähe aus wie Runen und überlagerten sich mit den Linien einiger Tätowierungen. Tatsächlich war der ganze Körper mit den in die Haut geschnittenen Runen übersät. Und am Kopf der Leiche waren Äste und Zweige zu einer Form geflochten, die an eine Krone oder ein Geweih erinnerte.

Es war ein schockierender Anblick. So als habe sich eine Höllenpforte geöffnet und etwas ausgespuckt, das auf dieser Welt nichts zu suchen hatte.

Anne Madsen trat neben Tjark und durchbrach das Schweigen: »Das ist Freja Holm. Es ist ihr bürgerlicher Name. Sechsundzwanzig Jahre alt, aus Kopenhagen. Vor vier Tagen ist sie von ihrem Management als vermisst gemeldet worden. Unter ihrem Künstlernamen Hela kennt sie eigentlich jeder, der sich in Dänemark oder Schweden für Musik interessiert. Sie ist in den Charts und gilt als ein Gothic-Rock-Star. Du stehst doch auf Musik, da hast du sicher schon von ihr gehört?«

Madsen trug eine ausgewaschene Jeans und ein kariertes Holzfällerhemd mit aufgekrempelten Ärmeln. Sie war Anfang fünfzig und eine Frau, der das Älterwerden hervorragend stand. Ihren Ausweis, der sie als Mitglied der Kriminalpolizei von Århus kennzeichnete, hatte sie wie eine Kette um den Hals hängen. Die Haare waren raspelkurz geschnitten und im Sommer noch sehr viel blonder als im Winter. Madsen hatte eine gesunde Hautfarbe und einige tiefe Falten an den Augenwinkeln beim Blinzeln gegen die grelle Sonne, obwohl sie eine modische Sonnenbrille trug.

»Nein, nie gehört. Ich mag eher Motown. Soul.«

Tjark drückte die Zigarette an der Schuhsohle aus und ließ sie in der Tasche seines olivgrünen Army-Blousons verschwinden, den er über die linke Schulter geworfen hatte. Er sah wieder zur Leiche. Der Anblick war so schockierend wie eben. An manche Dinge gewöhnt man sich nie, dachte er. Zum Beispiel, dem Wahnsinn so offen ins Gesicht zu sehen wie an dieser alten Kirche.

Madsen folgte seinem Blick. »Im letzten Winter ist eine prominente Beachvolleyballerin auf dieselbe Art und Weise hergerichtet tot aufgefunden worden – Mette Slettemark. Und jetzt finden wir eine weitere Prominente, und der Modus scheint identisch zu sein. Die Körperhaltung ist ähnlich. Sie ist außerdem unbekleidet, die Zeichen in der Haut und diese Äste am Kopf ...«

Tjark musterte die Zeichen, die purpurn in der Haut klafften. Merkwürdig war, dass die Schnitte nicht blutig aussahen. Überhaupt schien es nirgends Blut zu geben.
Er fragte: »Macht er das mit den Runen, wenn sie noch leben?«
»Soweit wir wissen, ja.«
»Wäscht er die Körper ab?«
Madsen nickte. »Mette Slettemark hat er die Zeichen in die Haut geschnitten, sie danach erwürgt und ihr nach dem Tod die Hauptschlagadern geöffnet, um sie ausbluten zu lassen, allerdings nicht am Fundort. Er hat den Körper mit Bleiche gereinigt, bevor er ihn auf einem Feld platzierte. Ich nehme an, dass das bei Hela ebenfalls so war. Mette kniete in der gleichen Haltung auf dem Boden und war daran festgefroren. Es war Winter.«
Tjark nickte.
Madsen fuhr fort: »Wir gehen davon aus, dass der Täter Mette einige Zeit irgendwo festgehalten hat. Wie Hela wurde sie mehrere Tage lang vermisst, und bei der Obduktion stellte man fest, dass der Magen leer war. Das stützt die Annahme einer mehrtägigen Gefangenschaft. Wir glauben, dass der Täter in seinem Versteck alles vor- und nachbereitet. Dort tötet er das Opfer, schneidet die Runen in die Haut und drapiert es anschließend an einem anderen Ort.«
»Und bevor er die Leiche inszeniert, öffnet er ihr die Adern und lässt sie ausbluten, sagst du?«
»Ja.«
»Sie leben noch, während er schneidet?«
»Wir sind nicht hundertprozentig sicher.«
»Was bedeuten die Runen?«
»Bei Mette Slettemark handelte es sich um Zitate aus der Edda. Wir haben Spezialisten darauf angesetzt, und es dauerte seine Zeit, bis sie verstanden, was in den Körper geritzt worden war. Runen sind sehr alte Schriftzeichen – die ältesten stammen aus dem zweiten Jahrhundert nach Christus. Sie waren niemals eine

Schreibschrift, sondern eher eine offizielle Symbolschrift – was womöglich die Bedeutung dessen noch hervorheben soll, was der Täter in die Haut schneidet. Runen wurden zumeist für Inschriften verwendet.«

»Was hat er in ihre Haut geschrieben?«

Madsen sagte: »Das Zitat bei Mette stammt aus der Älteren Edda, der Lieder-Edda. Darin geht es um Götter- und Heldenlieder. Soweit man weiß, stammt die Edda aus Island und war ein mittelalterliches Sammelsurium verschiedener Sagen aus unterschiedlichen nordischen Epochen und der germanischen Mythologie, die bis zurück zur Zeit der Völkerwanderung reichen und auch das Nibelungenlied aufgreifen. Allerdings ist die Edda nicht in Runen geschrieben, sondern wurde im christianisierten Island in Altisländisch verfasst. Wie auch immer: Das in Mettes Haut geschnittene Zitat lautet ›*Wechseln sollst du Worte niemals mit unklugen Laffen.*‹ Was er in Helas Haut geschrieben hat, wissen wir natürlich noch nicht.«

Tjark fragte nach den Tätowierungen, die er auf der Haut von Freja beziehungsweise Hela erkannt hatte – auf den Schultern, den Armen und Beinen. Keltische Motive. Er selbst trug ebenfalls eine Tätowierung auf dem Unterarm. Die Welle war dem Holzschnitt »Die große Welle vor Kanagawa« von Hokusai nachempfunden. Das Motiv stand für Tjarks besondere Beziehung zur See. Er hasste sie und mied sie wie der Teufel das Weihwasser. Trotzdem kam er ständig mit dem Meer in Konflikt. Als ob irgendein Fluch auf ihm lastete und ihn das verdammte Wasser nicht loslassen wollte.

»Es sind nach unserer Meinung normale Schmuck-Tätowierungen«, erklärte Madsen, »zudem älteren Datums, und sie haben daher nichts mit der Täterhandschrift und nichts mit den Runen zu tun. Unser Mann schneidet. Er sticht nicht.«

Tjark nickte.

Madsen betrachtete Tjark einige Momente. Sie lächelte knapp. »Danke, dass du mitgekommen bist.«

»Mir war sowieso langweilig.«

Madsen lachte.

Tjark war kürzlich in das Ferienhaus in der Gegend von Hvide Sande am Ringkøbing-Fjord zurückgekehrt, das er auf unbestimmte Zeit gemietet hatte. Er war Polizist, Kriminalhauptkommissar, und arbeitete für das LKA Niedersachsen in einer Sonderkommission für Gewaltverbrechen und Organisierte Kriminalität, die sich SOK abkürzte und außer ihm aus Femke Folkmer, Fred Berger und Ceylan Özer bestand, die die Taskforce leitete. Zusammen waren sie die *Fantastic Four* – zumindest gefiel Tjark diese Bezeichnung, aber er wusste, dass nicht jeder *fantastic* fand, was die *four* so anstellten. Vor allem ein Mitglied des Quartetts wurde äußerst kritisch gesehen: er selbst, Tjark Wolf, der die Dienstvorschriften manchmal sehr individuell auslegte und sie eher als Richtschnur und Empfehlung ansah.

Tjark hatte einige Tage frei, während die anderen mit der Vorbereitung einer Überwachungsaktion auf Langeoog und auf dem Festland nahe der Küste beschäftigt waren. Er nutzte die Zeit, um sich zu entspannen und den Kopf wieder freizubekommen.

Madsen hatte ihn heute im Ferienhaus besucht. Sie hatten sich über alles Mögliche ausgetauscht und waren dann am Strand spazieren gegangen. Madsen war smart, erfahren und zweimal geschieden. Sie kannte sich ohne Frage mit Kerlen wie Tjark Wolf aus, deren Bedienungsanleitung nicht gerade einfach war. Tjark hatte ihr viel zu verdanken und fand sie außerdem attraktiv und anziehend. Andererseits glaubte er, dass eine Beziehung zwischen einer Polizistin aus Dänemark und einem Polizisten aus Deutschland so viel Zukunft hatte wie ein Schneeball auf einer Herdplatte – nämlich gar keine.

Beim Spazierengehen hatte Madsen einen Anruf erhalten, und sie hatte Tjark spontan gefragt, ob er mitkommen wolle. Womit Madsen der Kunstgeschichte und der modernen Malerei einen großen Gefallen getan hatte, denn Tjark hatte eigentlich die

Grundierung für das drittschlechteste Bild vorbereiten wollen, das jemals von der dänischen Küste gemalt worden war. Das zweitschlechteste und das schlechteste hatte er bereits fertig. Sie hingen an der Wand im Haus und hatten Madsen einmal zu der Frage motiviert, ob die Bilder von Kindern aus seiner Verwandtschaft stammten und er deswegen gezwungen sei, sie aufzuhängen.

Tjark blickte wieder zu der Leiche. Er hatte schon viel gesehen. Zu viel, wenn man es genau nahm. Aber etwas wie das hier …

»Schrecklich«, sagte Madsen leise. »Es ist unfassbar, dass Menschen in der Lage sind, anderen so etwas anzutun.«

»Ich beneide dich nicht um diesen Fall«, erwiderte Tjark.

»Dieser Mörder beschäftigt uns und unsere psychologischen Gutachter sowie Fachleute für nordische Mythologie schon seit geraumer Zeit.«

»Kommt ihr voran?«

Madsen schüttelte den Kopf.

»Hat er einen Namen?«

»Wer?«

»Euer Mann. Der, der das getan hat.«

»Die Medien nennen ihn den Runenkiller«, sagte Madsen.

2.

Einige Tage zuvor

Der Mann stand am Hafen von Århus und sah den Schiffen zu, die sich durch die Fahrrinne manövrierten. Es roch leicht brackig und nach Abgasen. Die Sonne ging gerade unter. Zeitgleich war schon der Mond am Himmel zu sehen.

Licht und Dunkelheit, dachte der Mann, rangen in diesem Moment miteinander. Das war bezeichnend für seine Situation.

In der Ferne waren die großen Kräne zu sehen, die die Container von den Frachtern hievten. Er dachte darüber nach, dass der Plastikmüll aus Dänemark nach China und Indien exportiert wurde, wo aus den Abfällen neue Produkte hergestellt und dann zurückgeschifft wurden, um irgendwann wiederum als Müll zu enden, der erneut seinen Weg rund um den Globus antrat. Ein großer Kreislauf, mit dem jede Menge Geld verdient wurde. Er blickte auf den feinen Sand zu seinen Füßen. Hier an der Ostsee war er vollkommen anders als auf der anderen Seite Jütlands an der Nordsee. Sehr viel feiner.

Eigentlich, dachte der Mann, war an der Ostsee eine Menge anders. Die Nordsee war ohne Wind unvorstellbar. Sie war rau und ungestüm. Das konnte die Ostsee ebenfalls sein, aber sie erschien dem Mann eher als ein freundliches Meer. Es gab Menschen, die bevorzugten sie gegenüber der Nordsee. Bei anderen war es umgekehrt. Der Mann fand, dass jedes Meer seine Vorzüge hatte. Aber wenn man ihn vor die Wahl stellen würde, dann würde er die Nordsee nehmen. Ihm gefiel das Unberechenbare, das sie ausstrahlte. Die Gefahr. Man mochte gerade noch auf einer Sandbank stehen und das Gesicht in die Sonne strecken. Tat man das jedoch einen Moment zu lange, war vielleicht die Flut schon da und schnitt einem den Rückweg zum Festland ab, überspülte die Sandbank und riss einen mit sich. Sie war wie das Schicksal, das

innerhalb eines Augenblicks das Leben auf den Kopf stellen konnte und es von links auf rechts drehte. Die Gezeiten hatten die Kraft, alles zu verändern – ja, so war die Nordsee: kraftvoll und stark.
Er ließ seinen Blick über das Wasser gleiten. Die Wellen kräuselten sich nur schwach. Ihre Farbe war tintenblau, während der Himmel darüber langsam pfirsichfarben wurde. Der Mann schloss für einen Moment die Augen. Trotz aller Geschäftigkeit am Hafen war es ruhig. Erstaunlich, wo doch im Moment ein dreihundert Meter langes Schiff an ihm vorbeifuhr. Lautlos. Nur die Wellen, die an Land schwappten, wurden etwas lauter.
Dann wurde die Ruhe von Basswummern übertönt.
Bumm. Bumm.
Es war nicht laut, aber deutlich zu vernehmen. Ein gleichmäßiger Rhythmus, wie ein Herzschlag. Der Wind trug ihn von jenseits der Bahnlinie herüber. Dort standen auf dem Areal des Northside Festivals haushohe Boxentürme, die das Aufprallen des Schlägels einer Fußmaschine auf das Fell einer Basedrum um ein Vielfaches verstärkt übertrugen.
Bumm. Bumm.
Der Mann zog die Eintrittskarte aus der Hosentasche und öffnete die Augen. Das Festival lief schon den ganzen Tag über. Aber er würde jetzt erst hingehen. Allerdings würde sein Motiv ihn von den Zehntausenden Festivalgästen unterscheiden. Er kam nicht dorthin, um seinen Puls mit dem Rhythmus des Schlagzeugs und dem der Masse verschmelzen zu lassen und eins mit ihr zu werden. Sein Ziel war ein gänzlich anderes.
Bumm. Bumm.
Der Mann warf einen Blick auf die Uhr. Zeit, den Hafen hinter sich zu lassen, um den Star des Abends nicht zu verpassen. Den Auftritt durfte er sich auf keinen Fall entgehen lassen. Denn es würde der letzte ihres Lebens sein, dachte der Mann und lächelte

ein wenig. Ein aufregendes Gefühl, der einzige Mensch auf der Welt zu sein, der dieses Geheimnis kannte.

Bumm.

Bumm.

Dann nichts mehr.

Ein Herz würde aufhören zu schlagen.

Weil er es so entschieden hatte.

3.

Heute war sie Göttin.

Hela stand in ihrem Tempel, breitete die Arme aus und warf den Kopf in den Nacken. Silbernes, goldenes und rotes Licht ergoss sich über ihren Körper. Es ließ die zahllosen Pailletten auf dem Ganzkörperanzug glitzern und verwandelte sie in ein gleißendes Wesen. Die Krone in Form eines mit Spiegelsplittern beklebten Geweihs strahlte weithin sichtbar und wurde überlebensgroß auf gigantische Videoleinwände projiziert. Das Meer ihrer Jünger breitete sich in blitzenden Wogen vor ihr aus. Aus Zehntausenden Kehlen schwoll der Jubel an, bis er selbst die Schlussakkorde aus den haushohen Boxentürmen übertönte.

Die letzten Klänge von »From Hell«, dem Titelstück ihres Hit-Albums, gingen fließend in den hypnotischen Anfangsriff von »Killing Moon« über – eine Coverversion des Songs von Echo & The Bunnymen aus den Achtzigern. Es war die letzte Zugabe des Abends und würde nächste Woche, falls die Plattenfirma recht behalten sollte, als Singleauskopplung direkt auf Nummer drei in den Charts hinter Lady Gaga und noch vor Rihanna einsteigen.

Mit Lady Gaga fühlte sich Hela verbunden, wenngleich sie eher als deren dunkles Gegenstück galt – denn in der nordischen Mythologie war Hela die Totengöttin und Herrscherin der Unterwelt. Wie Lady Gaga verstand sich Hela jedoch als Künstlerin und Musikerin, nicht nur als Interpretin. Sie schrieb viele ihrer Songs selbst und hatte sich wie Lady Gaga von unten nach oben gearbeitet – innerhalb von zwei Jahren von der durchgeknallten Gothic-Independent-Mieze aus den Szeneklubs bis zur Hauptbühne am Haupttag zur Hauptzeit auf dem Northside Festival in Århus. Von einem solchen Auftritt hatte sie als kleines Mädchen geträumt, aber niemals geglaubt, dass dieser Traum einmal wahr werden sollte. Und mehr als das: Ganz Skandinavien liebte sie. Als Schockrockerin, die sich auch mal in Kunstblut getaucht nackt fotografieren ließ und offen von der Renaissance des heidnischen Glaubens sprach, war sie zudem Dauergast auf allen Titelseiten und Star in vielen Gossip-Magazinen im Fernsehen. Auf Instagram hatte sie sechs Millionen Follower.

Wenigstens ein Hundertstel davon, nämlich annähernd sechzigtausend Menschen, standen jetzt auf der Festivalfläche vor ihr. Darüber spannte sich der klare Nachthimmel, der heute einen Stern vermisste, nämlich Hela, die mit ihrer vier Oktaven umfassenden Stimme zum zunächst fast symphonischen und getragenen Sound die ersten Zeilen des Liedes sang.

»*Under blue moon I saw you, so soon you'll take me up in your arms, too late to beg you or cancel it*
though I know it must be the killing time, unwillingly mine …«

Plötzlich folgte eine Pause, in der alles still war. Sie dauerte fast fünf Sekunden. Auf der Bühne wurde es stockdunkel – um dann plötzlich in Laser- und Stroboskoplicht und begleitet von krachenden Gitarrenriffs regelrecht zu explodieren.

»*Fate, up against your will, through the thick and thin …*«

Jetzt rockte das Lied richtig los. Hela rannte auf den Mittelsteg, der sie direkt ins Publikum führte. Die Menschen drehten komplett durch und jubelten ihr zu. Die Blitzlichter und leuchtenden Displays von Zehntausenden Handys ließen es so aussehen, als spiegele sich der Sternenhimmel auf der Erde wider.

»*He will wait until, you give yourself to him …*«

Es knallte mehrfach wie Kanonensalut. Pyrotechnik erleuchtete den Himmel mit flammenden Fontänen.

»*In starlit nights I saw you, so cruelly you kissed me.*«

Alle Kameras waren auf Hela gerichtet. Die Videoleinwände zeigten ihr hundertfach vergrößertes Gesicht, die Lippen blutrot, die Augen mit weißen Kontaktlinsen versehen, vom Schweiß verschmiertes Mascara, die hellgrau gefärbten Haare mit dem kurzen

Ponyschnitt unter der Spiegelkrone. Und schließlich riss sie die Hand hoch und deutete mit großer Geste auf den Nachthimmel, in dem in dieser warmen Juninacht ein gleißender Vollmond schien.

»The killing moon will come too soon.«

Es war grandios, und Hela spürte es. Es flutete durch ihre Adern und zerrte an ihren Nerven. Dieser Auftritt, dieser Song in dieser Vollmondnacht – es war perfekt, und sie hatte keinen Zweifel daran, dass dieser Song mit dieser Show überall auf der Welt funktionieren würde. Skandinavien würde zu klein werden für Hela. Die Welt wartete. Sie würde unsterblich werden.

4.

Etwa eine Stunde später saßen Hela, Ole und die zwei neuen Typen von der Security, deren Namen Hela sich nicht merken konnte, in der Limousine, die in die Innenstadt rollte. Die Band hatte ihren eigenen Wagen und fuhr ihr zur Aftershowparty hinterher. Hela bestand darauf, dass die Jungs mitkamen, wenn anschließend gefeiert wurde. Am liebsten wäre sie in deren Wagen gefahren, aber Ole wollte das nicht.

Jetzt saß er neben ihr, die verspiegelte Sonnenbrille auf der Nasenspitze, grinste und zog an einem fingerdicken Joint. Schwerer, süßlicher Geruch füllte das Innere des Wagens aus. Ole wirkte auf Hela immer wie ein von oben bis unten tätowierter Wikinger, der sich versehentlich in einen schwarzen Designeranzug von Tiger of Sweden verirrt hatte – mit langem Bart, der bereits grau wurde. Neben Ole fühlte Hela sich wie ein kleines Mädchen – selbst in dem martialischen Lederoverall und den mit zahllosen Schnallen verzierten Schaftstiefeln, die sie nun trug.

Die Stylistin hatte Hela in der Garderobe nach dem Auftritt etwas aufgefrischt und ihr die Dinger in die Hand gedrückt. Ziemlich scharfe Teile von einem heißen, neuen Designer, der sich erhoffte, dass Hela in den Boots auf Selfies in sozialen Netzwerken oder in den echten Medien zu sehen sein würde. Leider waren die Stiefel brandneu, absolut nicht eingelaufen und insgesamt schrecklich unbequem.

Ole reichte den Joint an Hela weiter, die tief inhalierte und Sekunden später langsam einen dicken Schwall Rauch aus dem Mund entließ. Sie brauchte das zum Runterkommen.

Abgesehen vom Adrenalin des Auftritts in ihren Adern hatte sie sich eben total aufgeregt, weil sie diesen elenden Dreckskerl beim Einsteigen in der Menschenmenge entdeckt hatte – was nicht allzu schwer gewesen war. Ihr Stalker war recht auffällig. Torben, oder wie der hieß. Mit seinen fast weißen Haaren stach er hervor. Okay, sie hatte jede Menge Fans, klar. Manche reisten ihr von Konzert zu Konzert hinterher und besorgten sich Karten für jede TV-Show, in der sie auftrat. Wenn man sich allein vorstellte, was das alles kostete! Total verrückt. Aber die allermeisten waren lieb und auf eine angenehme Art von ihrem Star besessen. Doch dieser Torben war anders. Unheimlich. Allein die Tatsache, dass Hela sich an seinen Namen erinnerte, war schon viel zu viel der Ehre für diesen widerlichen Typen. Er hatte in ihren Mülltonnen gekramt. Er hatte Fotos durch ihr Fenster gemacht. Er schrieb Briefe und tauchte überall dort auf, wo Hela auch war. Er übertrieb es total, und zwar auf eine Art und Weise, die bedrohlich wirkte. Am liebsten hätte sie ihn sich ja persönlich gepackt und ihm gesagt, was sie von ihm hielt, um ihn dann von Ole und der Security ordentlich durchschütteln zu lassen, und ihm »Besorg dir ein Leben!« zugebrüllt, aber das ging natürlich nicht. Viel zu schnell konnte es geschehen, dass solche Typen einen auch noch anzeigten oder man dabei fotografiert wurde, und – schwups – schon war der Skandal da. Deswegen hatte Ole vor ein paar Monaten ein paar alte Bekannte dazu motiviert, sich um Torben zu kümmern und ihm mit der Faust klarzumachen, dass er sich gefälligst von Hela fernhalten sollte. Das hatte bedingt funktioniert. Torben war wieder aufgetaucht wie eine Schmeißfliege. Ole hatte dann rechtliche Schritte eingeleitet. Der Typ hatte wirklich nicht mehr alle, nach dem, was seine Kumpel ihm berichtet hatten. Tatsächlich stalkte Torben alle möglichen Promis, darunter auch weitere, die Ole in seiner Agentur betreute – was bis dahin weder er noch die betroffenen Künstlerkollegen gewusst hatten. Und trotz einer einstweiligen Verfügung, die besagte, dass Torben Hela nicht näher als zweihundert Meter kommen durfte, war der Mistkerl eben dagestanden und hatte sie angeglotzt. Wie durchgeknallt musste man sein?

Hela seufzte, zog erneut am Joint und fühlte sich mit einem Mal tausend Kilo schwer, als wollten die Lederpolster sie in sich aufsaugen.
»Reg dich nicht auf«, sagte Ole in seinem tiefen Bass.
»Ich rege mich aber auf«, erwiderte Hela und nahm einen weiteren Zug.
»Wir machen den kleinen Wichser fertig. Er hat gegen seine Auflagen verstoßen.«
Hela gab ein genervtes Geräusch von sich. Sie spürte Oles Pranke auf dem Oberschenkel. Er tätschelte Hela und sagte, dass sie sich den Abend nicht von dem Idioten vermiesen lassen solle.
»Es war der Hammer«, fügte er hinzu, nahm die Hand wieder fort und verschickte irgendwelche Mails mit dem Handy, was er dauernd tat.
»Die Stiefel bringen mich um.« Hela spitzte vorsichtig die Lippen, um den roten Lacklippenstift nicht zu verwischen, und nahm noch einen Zug.
»Sehen aber heiß aus.«
»Fick dich, du musst sie ja nicht tragen«, erwiderte Hela im Ausatmen.
Ole lachte heiser, nahm den Blunt und reichte ihn an die Bodyguards weiter. Sie arbeiteten für eine große Agentur, die ihr Personal immer wieder wechselte, was Ole inzwischen nicht mehr passte: Selbst Security-Kräften konnte man nicht hundertprozentig trauen, und manche gaben gegen ein paar Tausender private Informationen oder exklusive Handybilder von Prominenten an die Medien weiter. Damit hatte es zwar noch keine Probleme gegeben. Allerdings war Hela noch nicht lange so berühmt wie jetzt, nicht mal seit einem Jahr, und da nun ausreichend Geld da war, wollte Ole in Kürze ein festes Sicherheitsteam anstellen.
Hela versank noch tiefer in den Polstern, schloss die Augen und dachte an die Aftershow, zu der sie unterwegs waren. Ole hatte dafür das *Train* in Århus gebucht, einen hippen Klub, und zwei

angesagte Goth- und Electro-DJs sowie ungefähr fünfhundert superwichtige Leute eingeladen, auf die Hela absolut keinen Bock hatte. Aber das gehörte eben dazu. Journalisten, Blogger, Produzenten, Booker, Plattenfirmenleute, Modetypen …

Hela gähnte und streckte sich. Leder quietschte auf Leder. »Ich bin total im Eimer«, sagte sie. Jedes Mal fiel sie nach Gigs in ein Kreislaufloch, und das Marihuana verstärkte das Gefühl. Es war eine blöde Idee gewesen. Sie hätte lieber Speed einwerfen sollen.

»Geht gleich wieder, du kennst das doch«, erwiderte Ole, ohne den Blick vom Handy zu heben. Er tippte mit einem seiner zahllosen Silberringe drauf, was ein klickendes Geräusch gab. »Die Marilyn-Manson-Comeback-Tour«, sagte er grinsend. »Sieht gut aus für uns. Wir sind im Vorprogramm.«

Tja, dachte Hela, in Skandinavien kannst du die Queen sein, aber in den Staaten kennt dich noch kein Mensch. Und wenn du wirklich groß sein willst, musst du es dort und in Japan schaffen. Ole arbeitete seit Wochen an dem Projekt Übersee. Und Marilyn Manson, wow, das wäre schon was. Zwar war der Schockrocker in den USA nicht mehr so angesagt wie noch vor einigen Jahren, aber er wollte es noch einmal wissen und hatte angeblich ein extrem vielversprechendes neues Album aufgenommen, das bald veröffentlicht werden würde.

»Cool«, sagte Hela und blickte aus dem Fenster, vorbei an den schweigsamen Gorillas mit dem Knopf im Ohr.

Wie hießen die noch? Nein, sie konnte sich beim besten Willen nicht an die Namen erinnern. Vielleicht hatte Ole es ihr auch nie gesagt.

Vor dem Fenster zog die Nacht vorbei. Straßenlampen, Schilder, Autos, Leuchtreklame, in orangefarbenes Licht getauchte Kreuzungen, einzelne Fußgänger. Dann verlangsamte der Wagen das Tempo. Draußen wurde es heller.

Hela lehnte sich wieder zurück und nahm einen letzten Zug, bevor sie aus der Handtasche einen Parfümflakon kramte, sich damit einsprühte und ein Pfefferminzbonbon einwarf, um den süßlichen Gras-Geruch zu übertünchen. Ole reichte ihr die übergroße Sonnenbrille, die sie sofort aufsetzte.

Der Wagen stoppte. Die Gorillas öffneten die Tür. Ole stieg aus und wartete auf dem roten Teppich. Grelle Scheinwerfer und Blitzlichtgewitter erfüllten das Innere des Fahrgastraums. Hela atmete tief ein. Dann setzte sie ein breites Lächeln auf und bemühte sich, so elegant wie möglich auszusteigen und dabei nach Möglichkeit keinen Marketing-Super-GAU zu verursachen und mit den blöden Plateaustiefeln umzuknicken.

Nun war sie wieder die Göttin und nicht mehr das kleine Mädchen neben Ole. Ihr Lederoverall glänzte wie gelackt. Sie winkte nach links, winkte nach rechts. Hunderte Menschen schrien ihren Namen. Einige mit professionellen Kameras und Fotoapparaten, andere mit Handys, Autogrammbildern von Hela und Filzschreibern in der Hand.

Aus dem Klub drang das Dröhnen der Bässe. Sie dachte daran, dass sie jetzt am liebsten ganz alleine im Hotel wäre, unter der Dusche und dann im Bett. Sie merkte kurz auf, als sie meinte, ein Gesicht in der Fotografenmenge erkannt zu haben. War das … Nein – oder doch? War das … er? Torben? Oder …

Die Blitzlichter ließen Hela fast erblinden. Im nächsten Moment sah sie trotz Sonnenbrille nichts mehr.

»Beeilt euch, Leute!«, rief sie grinsend den Fans und Fotografen zu und nahm eine letzte Pose ein. »Ich kann nicht mehr stehen! Die Stiefel bringen mich um!« Hela lachte, warf den Kopf in den Nacken. Eine geübte Pose. Sie wusste, wie gut sie so aussah. Ihre Zähne waren weiß wie Schnee.

5.

Es war irgendwann zwischen Tag und Nacht, als Hela durch die Suite im Radisson Blu Scandinavia ging, oder besser: schlafwandelte, denn sie war unendlich müde. Hela hatte Ole nach etwa einer Stunde gesagt, dass sie jetzt schlafen gehen wolle. Ole hatte das nicht gepasst, die Aftershowparty war schließlich noch in vollem Gang, doch natürlich zitierte er einen der Bodyguards herbei, der dafür sorgte, dass Hela zum Hotel etwas außerhalb des Zentrums gefahren wurde. Der Mann war jetzt wahrscheinlich im Zimmer nebenan und hatte sich aufs Ohr gehauen oder würde es noch tun oder auch nicht. Hela war das vollkommen egal.

Sie musste jetzt schlafen. Morgen würde es wieder ein strammes Programm für sie geben. Sie putzte sich die Zähne und ging dann in der Suite auf und ab und warf schließlich zwei Schlaftabletten ein. Sie brauchte das Zeug, obwohl sie sich längst schwer wie ein Stein fühlte, aber sie wusste: Wenn sie sich hinlegte, würde das Karussell in ihrem Kopf losgehen und die zahllosen Eindrücke des Tages würden Samba tanzen. Schließlich schlüpfte sie aus dem Bademantel und zog ihr knielanges Schlafshirt an – da klopfte es an der Tür.

Hela gab einen langen Seufzer von sich. Wer wollte jetzt noch etwas von ihr? War das Ole oder eine Assistentin, die wegen des morgigen Terminkalenders etwas mit ihr besprechen wollte? Hela ging zur Tür, ohne sie zu öffnen.

»Ja?«, fragte sie.

»Hier ist Stennalf. Alles in Ordnung?«

»Stennalf?« Hela runzelte die Stirn.

»Ich passe auf dich auf, Hela.«

»Oh, okay«, sagte Hela. Es musste einer der Bodyguards sein. »Alles okay bei mir, keine Sorge«, fügte sie an.

»Ich muss das Zimmer untersuchen, bevor du schlafen gehst.«
Hela stöhnte genervt. »Das hast du doch eben schon.«
»Nein, das war mein Partner, der dich hergefahren hat. Ich muss noch einmal mit dem Detektor durchgehen. Das konnte er nicht, weil ich das Gerät habe.«
»Hä?«
»Neue Vorschrift. Elektrodetektor. Ich habe es vor deinem Auftritt schon untersucht. Da war alles sauber. Aber in der Zwischenzeit könnten Kameras oder Mikros in dem Zimmer versteckt worden sein.«
Das war der Fluch des Berühmtseins: Irgendwelche Leute konnten tatsächlich auf die Idee kommen, Prominente heimlich zu filmen und damit zu erpressen, dass sie alles ins Internet stellen würden.
»Ja, mein Gott …«, seufzte sie. Auch das würde sie noch über sich ergehen lassen und sich dann so schnell wie möglich ins Bett legen. Also öffnete sie die Tür.
Stennalf stand vor ihr. Sie versuchte, sich an sein Gesicht zu erinnern, konnte es aber nicht einmal sehen, denn es war unter der Kapuze eines Hoodies versteckt. Außerdem trug er eine dunkle Sonnenbrille. War das überhaupt einer von ihren Leuten? Warum zog der sich eine Kapuze über? Hinter ihm stand etwas im Flur.
»Tut mir leid«, sagte er. »Es geht ganz schnell.«
Etwas stach Hela in die Hüfte. Sie zuckte, machte einen Schritt zur Seite und fasste sich an die Stelle.
»Was …«, stammelte sie. Doch dann wurde ihr eine Hand auf Mund und Nase gepresst.

6.

… und in dem T-Shirt und abgeschminkt, fand der Mann, sah Hela aus wie ein blasses junges Mädchen. Sie war leicht wie eine Feder.

Er fing sie auf, hob sie an und legte ihren Körper in den Behälter des Handwagens für die Hotelwäsche. Er schloss die Tür der Suite mit einem leisen Klicken, fasste den Wagen am Handgriff und schob ihn über den Flur, der mit seinem blau gemusterten Teppich an einen Fluss erinnerte.

Ich kann übers Wasser gehen, dachte der Mann, schmunzelte und bog ab, um den Fahrstuhl zum Lieferantenausgang zu nehmen. Er war randvoll mit Adrenalin, denn es war längst noch nicht ausgestanden. Er achtete weiterhin darauf, den Kopf unter der Kapuze gesenkt zu halten, sodass keine Überwachungskamera sein Gesicht aufnehmen konnte, das er eben nach dem Verlassen der Hotellobby zusätzlich hinter einem über Nase und Mund gebundenen Tuch und einer großen Sonnenbrille versteckt hatte. Er stoppte am Fahrstuhl und drückte den Anforderungsknopf mit dem Zeigefinger. Er trug Handschuhe aus Leder. Die Fahrstuhltür öffnete sich mit einem leisen Rumpeln. Der Mann schob den Wäschewagen hinein, drückte den Knopf für das Kellergeschoss und wartete. Als der Fahrstuhl herabfuhr, spürte er, wie die Fliehkraft sein Blut nach oben drückte und ihm am ganzen Körper der Schweiß in Strömen über die Haut floss.

Im Kellergeschoss schob er den Wagen wiederum über einen sehr langen Flur. Dieses Mal lag kein Teppich auf dem Boden. Das Licht der Neonleuchten unter der Decke war nicht angenehm, dafür zweckmäßig und hell. Er konnte gut durch die Sonnenbrille sehen. Er hörte seinen eigenen Atem. Seine Schritte. Das leise Rattern der Räder auf dem glatten, grauen Estrich.

Vor einer Tür kam er zum Stehen. Daran befand sich in Griffhöhe ein Schlitz, um eine Schlüsselkarte einzuführen. Der Mann hatte aber keine solche Karte. Er fasste nach dem Griff, drückte ihn herab, ruckte daran. Die Tür bewegte sich kein Stück. »Fuck«, zischte er leise.

Aber hatte er eben in der Nähe des Fahrstuhls nicht einen anderen Ausgang gesehen – eine Tür mit einem leuchtenden »Exit«-Schild darüber? Der Mann wendete den Wäschewagen und ging dorthin zurück. Über der Tür war tatsächlich ein Schild angebracht. Es stand »Exit« darüber, und auch ein Symbol wies auf einen Notausgang hin, der nicht verschlossen war.

Der Mann verließ das Hotel und stand im Halbdunkel der Straßenlaternen. Er erkannte die Lieferantenzufahrt, den Hotelparkplatz und die überdachte Zuwegung, die zum Haupteingang führte. Er brachte die Örtlichkeiten mit dem Luftbild von Google Maps überein, das er im Gedächtnis gespeichert hatte.

Schließlich war ihm klar, wo er sich befand, und er setzte sich in Bewegung. Die Sonnenbrille behielt er auf – auch hier draußen konnte es Überwachungskameras geben, oder es konnte ihm auf dem Weg zum Auto jemand über den Weg laufen. Doch er hatte Glück: Alles war menschenleer.

Schließlich erreichte er das in einer Seitengasse abgestellte Fahrzeug, ein gemieteter Lieferwagen. Er öffnete die Hecktüren, zog eine Rampe heraus und fuhr den Wäschewagen hinein. Im Transportraum befestigte er das Gestell mit Spanngurten. Kurz darauf saß er am Steuer. Auch hier nahm er die Sonnenbrille nicht ab, das über Mund und Nase gebundene Tuch ebenfalls nicht. Es war nicht auszuschließen, dass er unterwegs gefilmt werden könnte.

Der Mann fuhr aus der Stadt hinaus und überlegte die ganze Zeit, wie noch gleich dieses verdammte Lied hieß. Es war etwas aus den Achtzigern. An einer Kreuzung kurz vor der Autobahnauffahrt fiel es ihm endlich ein. Ein One-Hit-Wonder, und der Titel hieß: »Sunglasses at night«. Darin hieß es: »Ich trage meine Sonnenbrille bei Nacht, damit ich meine Visionen im Auge behalten kann.«

Ja, dachte der Mann, genauso war es. Ganz genau so. Alles um sich herum ausblenden, um den Plan im Auge zu behalten. Er fuhr auf die Autobahn.

7.

Es gab Tage, an denen Torben einfach alles hasste. Zum Beispiel Tage wie heute. Zu viel Stress, zu viele schlimme Gedanken, zu viel Mobbing – zu viel alles.
Er balancierte das Tablett mit dem Essen und den Medikamenten durch den überheizten Flur, in dem es nach Schweiß und Urin roch, hörte aus dem einen Zimmer ein Stöhnen, aus dem nächsten ein Röcheln und aus dem übernächsten einen bis zur Schmerzgrenze aufgedrehten Fernseher. Ihm begegnete Frau Sundstrom in ihrer lavendelfarbenen Strickjacke. Sie blieb auf der Stelle stehen und starrte ihn an, als sei er der Teufel höchstpersönlich.
»Guten Morgen, Frau Sundstrom«, sagte Torben und rang sich ein Lächeln ab. »Na, haben Sie sich wieder verlaufen? Soll ich Ihnen helfen?«
Frau Sundstrom musterte Torben aus wässrigen Augen. Sie hatte einen leichten Buckel und verwechselte ihn manchmal mit einem Schlagersänger aus den Fünfzigerjahren, eine Art Dean Martin aus Norwegen, für den sie immer noch schwärmte. Da schien es keine Rolle zu spielen, dass Torben die weiße Pflegerkluft wie alle anderen trug und wahrlich nichts mit einem Crooner gemein hatte. Er war dürr, hatte Aknenarben, trotz seiner erst fünfundzwanzig Jahre schlohweißes Haar und trug eine dicke Brille.
»Können Sie mir wohl sagen, wie ich nach Bergen komme?«, fragte Frau Sundstrom.
Bergen in Norwegen lag selbstverständlich einige Hundert Kilometer weit vom Haus Feierabend in Århus entfernt. Frau Sundstorm wollte ständig dorthin. Torben kannte den Grund nicht – irgendetwas in ihrem Leben musste mit Bergen zusammenhängen.
»Einfach den Flur runter und dann die dritte Tür rechts, Frau Sundstrom«, sagte er. Dort war ihr Zimmer.

Die alte Dame nickte und ging weiter. Vermutlich hatte sie im nächsten Moment vergessen, was Torben ihr gesagt hatte.
Torben ging ebenfalls weiter und stoppte vor Zimmer 47. Er holte tief Luft, sagte zu sich selbst, dass er es nicht ändern könne, dass es zum Job gehöre, und redete sich ein, dass es kein Mobbing der Pflegeleitung wäre, sondern Zufall, dass es immer wieder ihn traf – wobei es solche Zufälle im Dienstplan eigentlich nicht gab. Allein das Wort »Plan« sprach gegen einen Zufall.
Torben drückte den Türgriff mit dem Ellbogen herab und betrat Rainar Johnsons Zimmer, in dem es noch heißer war als auf dem Flur. Nicht nur war die Heizung bis zum Anschlag aufgedreht, auch die Morgensonne knallte mit voller Wucht auf das Fenster.
Johnson saß wie immer in seinem Sessel und blickte vor die Wand. Er war über neunzig Jahre alt und wahrscheinlich den allergrößten Teil seines Lebens bösartig gewesen – eine Eigenschaft, die im Alter eher zu- als abnahm. Als Torben ihn grüßte, ruckte Johnsons Kopf sofort herum.
»Schon wieder schicken sie mir die blinde Albino-Missgeburt«, knurrte er.
»Ja.« Torben stellte das Tablett mit dem Essen und den Pillendosen auf einem Teewagen ab. »Aber das lässt sich nun mal nicht ändern, Herr Johnson.«
»Mit solchen wie dir hätten wir kurzen Prozess gemacht«, murmelte Johnson und verfolgte jede von Torbens Bewegungen mit Argusaugen. Der Alte war einer von sechstausend Dänen gewesen, die sich im Zweiten Weltkrieg im Frikorps Danmark der Division Wiking freiwillig zur Waffen-SS gemeldet hatten. Er hatte in Russland gekämpft, war Offizier gewesen und nach dem Krieg wegen Landesverrats zu acht Jahren Haft verurteilt worden. In den Neunzigerjahren stand er erneut vor Gericht, als es um die Aufklärung von Massakern in der Ukraine und an Juden ging.
»Missgeburt«, zischte Johnson Torben zu.

Torben schluckte und schob den Wagen mit dem Essen an Johnsons Sessel. Er wusste, dass er solche Beschimpfungen nicht an sich heranlassen durfte. Das hatte er sein Leben lang gelernt, denn schon in der Schule hatten sie sich über seine Haare – eine Pigmentstörung war die Ursache – lustig gemacht.
»Sie müssen Ihre Tabletten nehmen, Herr Johnson. Bitte mit dem Essen.«
Johnsons knöcherne Hand schoss nach vorn und packte nach Torbens Unterarm. »Wenn ich nicht so alt wäre«, fauchte er, »würde ich aufstehen und dir das Genick brechen. Unwertes Leben. Schau dich an. Verhunztes Erbgut. Weg mit dir.«
»Ihre Tabletten, und lassen Sie bitte …«
»In Russland hätten wir zehn Stück wie dich vor dem Frühstück erschossen und darüber gelacht.«
Torben löste sich aus dem Griff. Er knirschte mit den Zähnen und beugte sich zu Johnson herab, roch seinen sauren Gestank und den schlechten Atem. Er hatte die Nase voll von dem Kerl. Ein für alle Mal. Bisher hatte er sich immer zusammengerissen, aber jetzt …
Jetzt flüsterte er ihm ins Ohr: »Wenn du heute schläfst, komme ich zu dir und drücke dir das Kopfkissen aufs Gesicht, bis du nicht mehr atmest.«
Johnson schnappte nach Luft. Torben stellte sich wieder aufrecht hin. So schnell wie möglich verließ er das Zimmer, wobei er Johnsons Geschrei ignorierte. Auf dem Flur lief er fast in zwei Kolleginnen, die miteinander kicherten, als sie Torben aus dem mit dem Nazi besetzten, berüchtigten Zimmer 47 kommen sahen.
»Tatsch dich selber an und nicht mich, Torben«, sagte Ulla, die Dickere von beiden, und lachte.
Torben presste die Lippen zusammen. Er atmete schwer. Mit schnellen Schritten marschierte er zur Teeküche und schloss sich in der Herrentoilette ein.
Tatsch dich selber an, Torben.

Ja, dachte er. Vielleicht. Vielleicht half das, um sich zu beruhigen und das alles auszuhalten. Diesen ganzen Wahnsinn. Er musste sich erleichtern und an etwas anderes denken. Es half ja sonst auch immer.

Er setzte sich auf die Klobrille und nahm das Smartphone aus der Hosentasche. Er rief die Bildergalerie auf – und spürte, wie er sich unmittelbar entspannte. Mit Wischbewegungen glitt er durch die Galerie und betrachtete die Bilder, die er am Abend zuvor von Hela gemacht hatte. Hela, die ihn nicht an sich heranlassen wollte. Aber davon hatte er sich nicht beeindrucken lassen und war ihr gestern nahegekommen. Wirklich sehr nahe.

Er stöhnte leise, lehnte sich zurück und stieß mit dem Rücken an den Spülkasten. Mit einer weiteren Wischbewegung vergrößerte er die Aufnahme, auf der Helas Brüste am besten zur Geltung kamen. Er schloss die Augen und stellte sich vor, wie sie sich anfühlten. Wie sie schmeckten. Hela, dachte er. Sie hatte ausgesehen wie eine Göttin – seine ganz persönliche.

8.

Heute

Madsen und Tjark standen schweigend an der Kirche und beobachteten das Treiben. Ein Mann trat zu ihnen. Er trug einen weit geschnittenen hellen Leinenanzug und dazu ein hellblaues Hemd, das der Farbe seiner Augen glich. Sein Gesicht war schmal und drückte eine Besorgtheit aus, die gut zur Körperhaltung passte, als lastete ihm ein unsichtbares Gewicht auf den Schultern. Mit einer routinierten Geste strich er sich durchs Haar, das er wie Bryan Ferry frisiert trug. In den Achtzigern hätte man es als Popperlocke bezeichnet. Die andere Hand reichte er Tjark.

»Niels, Tjark. Tjark, Niels«, sagte Madsen und stellte damit ihren Chef vor.

»Tja, da haben wir Amtshilfe, ohne sie beantragt zu haben, hm?« Niels lächelte freundlich.

Madsen hatte ihn angerufen und gefragt, ob es okay sei, wenn sie Tjark mitbringe. Ihr Chef hatte nichts dagegen gehabt, solange Tjark sich für die Dokumentation in eine Liste eintrage, falls er das Kirchengelände betrat. Niels' Englisch war ebenso ausgezeichnet wie das von Madsen.

Er ergänzte: »Schön, Sie kennenzulernen, Tjark. Sie sind nicht unerheblich an einem der größten Ermittlungserfolge meiner Abteilung beteiligt gewesen, wenngleich im Hintergrund.«

Niels spielte auf die Geschehnisse vom letzten Winter an, die unmittelbar mit dem Klären des Todes seiner Mutter zusammenhingen.

»Hallo, Niels«, sagte Tjark nur.

Niels deutete auf die Leiche, neben der ein Grüppchen Polizisten stand. Es wurden Fotos und Videos gemacht. Auch das Rechtsmediziner-Team war soeben eingetroffen.

Niels fuhr fort: »Wir aus Århus sind hier eigentlich nicht zuständig. Die Kollegen waren jedoch so freundlich, uns hinzuzuholen, weil sie unsere Meinung hören wollen, da wir den Mette-Fall bearbeiten und alles auf denselben Täter hindeutet. Mette Slettemark …«

»Ich habe es Tjark erklärt«, unterbrach ihn Madsen.

Niels fragte: »Was meinen Sie dazu?«

»Sehr freundlich von Ihren Kollegen, Sie hinzuzubitten.«

»Das meine ich nicht. Sie haben in Deutschland einmal einen Fall mit einem Serientäter an der Küste bearbeitet. Sie beschreiben in Ihrem Buch einen weiteren – ich glaube, es ging um einen Todesengel? Eine Pflegerin, die eine Reihe von Patienten im Krankenhaus getötet hat?«

Niels war gut informiert. Oder von Madsen gut unterrichtet worden. Tjarks True-Crime-Buch mit dem Titel »Im Abgrund« über reale Fälle war vor einigen Jahren ein Bestseller gewesen. Und er hatte vor nicht allzu langer Zeit tatsächlich mit einem aufsehenerregenden Fall zu tun gehabt – mit einem Serienmörder, der seine Opfer in den Dünen an der ostfriesischen Nordseeküste verscharrte.

»Ja«, bestätigte Tjark. »Aber etwas wie das hier … Zudem ein Star. Ein gefundenes Fressen für die Medien.«

Tjark machte einer Geste zur Hauptstraße. Dort stand ein Rudel von Journalisten und Schaulustigen vor einer Gruppe uniformierter Polizisten, die den Tatort abschirmten. Objektive und TV-Kameras richteten sich auf Kirche und Friedhof, obwohl die Polizei vor der Leiche natürlich einen Sichtschutz aufgespannt hatte. Tjark wusste, dass sich auch Objektive der Polizei auf die Reporter und Gaffer richten würden. Vielleicht war einer unter ihnen, der beobachten wollte, wie dumm sich die Polizei anstellte und wie geifernd sich die Medien auf alles stürzten – weil er der Täter war und die Aufmerksamkeit genoss.

Madsen schüttelte kaum merklich den Kopf. »Noch wissen sie nicht, wer das Opfer ist. Sie werden ausflippen, wenn sie erfahren, dass es sich um Hela handelt. Ganz Skandinavien wird durchdrehen. Erst ein Sportstar, jetzt ein Popstar.«

Niels seufzte und massierte sich die Nasenwurzel. »Ich sehe schon die Schlagzeilen. Hela gilt als eine weibliche Marilyn Sowieso …«

»Manson«, ergänzte Madsen.

»Genau. Marilyn Manson, dieser Teufelsrocker. Meine Nichten sind ein Fan von dem – und von Hela. Und genau in diese Richtung wird uns die Presse drängen: Satanismus, Ritualmord.« Niels rieb sich besorgt über den Mund und knetete die Lippen.

Tjark nickte. »Runen und Edda klingen für mich ebenfalls ziemlich nach Ritualmord.«

»Keine Frage«, erwiderte Niels. »Aber Sie können sich vorstellen, was die Medien daraus machen werden. Sie werden uns rösten.«

»Das mit dieser Art Krone oder Geweih hat er auch bei dem anderen Opfer gemacht?«

Madsen antwortete: »Ja. Alles scheint identisch zu sein. Wir haben über die Inszenierung der Toten ein Gutachten bei der Uni Århus anfertigen lassen. Die Wissenschaftler haben erklärt, dass mit dem Inszenieren der Opfer möglicherweise Bezug auf Darstellungen von Freya genommen werden könnte, der großen Erdgöttin aus der nordischen Mythologie. Freya hat ihren Bruder geheiratet, Freyr. Er ist der Gott der Fruchtbarkeit und der Natur. Er wird oft mit einem Hirschgeweih dargestellt. Was wiederum Bezug auf Cernunnos nimmt, den gehörnten Gott, den keltischen Herrn der Tiere und der Natur. Es gibt eine sehr bekannte Darstellung auf dem Kessel von Gundestrup, der hier in Dänemark gefunden wurde. Er stammt aus der La-Tène-Zeit, fünftes Jahrhundert vor Christus. Die Gottheit wird oft in sich gekehrt und meditierend gezeigt – wie ein Buddha. Das passt zu der knienden Haltung der Opfer. Ich habe Massen von Informationen darüber und Abbildungen auf meiner Cloud gespeichert.«

»Cloud?«, fragte Tjark.

»Cloud«, wiederholte Madsen. »Internet. Da speichere ich meine Notizen ab.«
»Ah.« Tjark hatte keine Cloud. Er vertraute auf handschriftliche Notizen und seine Erinnerung. Tjark deutete mit dem Kopf in Richtung Leiche. »Sie wirkt meditierend. Wie im Gebet.«
»In sich gekehrt wie Freyr«, wiederholte Madsen.
»Ja.« Niels nickte. »Und Hela heißt mit bürgerlichem Namen Freja.«
»Könnte das eine Anspielung sein? Freya und Freyr und Freja?«, fragte Tjark.
Madsen glaubte das offenbar nicht. »Eher ein Zufall, nehme ich an. Der Name ist in Dänemark sehr gebräuchlich. Bei Mette Slettemark gibt es keinen namentlichen Zusammenhang zu mythologischen Figuren. Trotzdem ist der Modus der Tat identisch. Hätte der Name also im Fall von Hela eine Rolle gespielt, wäre es sicherlich auch bei Mette der Fall gewesen.«
Niels sagte: »Im Mette-Slettemark-Fall hatten wir in Bezug auf die Medien Glück, weil nur das mit den Runen durchgesickert ist. Es waren keine Reporter am Fundort. Aber hier haben wir die volle Aufmerksamkeit der Öffentlichkeit. Die Leute haben aus der Distanz Bilder von der Toten gemacht, bevor wir den Sichtschutz aufbauen konnten. Die beiden Streifenbeamten, die als Erste hier erschienen waren, konnten das nicht verhindern. Die Menschen werden jedes Detail in den sozialen Medien diskutieren und Fotos und Filme hochladen, die uns bei der Arbeit zeigen. Sobald öffentlich wird, dass es Hela ist, wird das alles zu einem fürchterlichen Albtraum für uns …«
Madsen massierte sich den Nacken.
Tjark beneidete die beiden nicht um diesen Fall. Wenn dergleichen in Deutschland geschehen würde – ein Promi auf diese Art und Weise hingerichtet –, nein, besser nicht darüber nachdenken. Er fragte Madsen: »Du hast gesagt, er hat Mette ausbluten lassen?«

»Ja. Mette hatte Einschnitte an allen Hauptgefäßen – an den Beinen, am Hals und an den Handgelenken. Er hat erst nach dem Tod die Adern geöffnet, sagen die Rechtsmediziner – also: nachdem er sie erwürgt hatte. Und es ist klar, dass er das woanders getan haben muss, denn ansonsten wäre am Fundort alles vollgespritzt gewesen. Wir hätten eine große Blutlache gefunden. Aber da war gar nichts. Genau wie hier. Er bereitet sie vor, bringt sie an einen ausgewählten Ort und setzt sie in Positur.«
»Warum tut er das alles?«
»Wissen wir nicht. Auch nicht, was die Orte zu bedeuten haben. Der Fundort von Mette war ein Feld auf Jütland, ganz am anderen Ende und weit oben im Norden. Und was diese Kirche zu bedeuten hat ...« Madsen zuckte mit den Achseln und warf Niels einen vorsichtigen Blick zu. »Ein ritueller Hintergrund, nehme ich an?«
»Das Blut könnte er für rituelle Handlungen benötigen«, überlegte Tjark laut.
»Darüber haben wir schon im Fall Mette Slettemark nachgedacht«, erwiderte Madsen.
Niels schaltete sich wieder ein: »Vielleicht steht er auf Blut. Vielleicht hat es auch rein praktische Gründe. Die Rechtsmedizin meint, dass die Runen wahrscheinlich an allen Körperstellen gleich gut erkennbar sein sollten. Es lasse sich besser arbeiten, wenn sich kein Tropfen Blut mehr im Körper befinde.«
»Also«, Tjark kratzte sich an der Stirn, »er lässt sie erst ausbluten und setzt dann die Schnitte für die Runen?«
»Vielleicht.«
»Weil sie sich zum Beispiel vor Schmerzen winden oder sich zur Wehr setzen würde, was seine Arbeit ruinieren würde?«
»Wer weiß«, sagte Niels. »Unsere Rechtsmediziner schließen andererseits nicht aus, dass der Täter Mette die Zeichen in die Haut geschnitten haben könnte, während sie noch lebte. Laut toxikologischem Befund war sie narkotisiert. Es wurde ein Mittel einge-

setzt, das sie zwar teilweise betäubte, aber bei Bewusstsein hielt. In dem Fall verspürte sie die Schmerzen nicht, müsste aber sehr genau mitbekommen haben, was mit ihr geschah.«

Scheiße, dachte Tjark. Was für ein abartiger Typ. Ihm fiel etwas auf. »Ohne dass Blut im Körper war, habt ihr einen toxikologischen Befund bekommen?«

»Es bleibt ein gewisser Restbestand an Blut im Körper. Ich will gar nicht wissen, wie unsere Leute es aus den Adern und Organen gepresst haben.«

Tjark dachte nach. »Wenn eure Rechtsmediziner das annehmen, würde es bedeuten, der Täter wollte, dass das Opfer alles mitbekommt, aber nicht, dass es dabei zappelt, sich wehrt und seine Arbeit verdirbt. Deswegen würde er es narkotisiert haben.«

Madsen nickte. Niels ebenfalls.

»Und er ließ es ausbluten, weil …«

»Wissen wir nicht«, meinte Madsen.

Niels erklärte: »Die Mediziner hatten es schwer, weil die Leiche blutleer war und komplett gereinigt. Es ließ sich einfach nicht sicher feststellen, ob er die Schnitte am lebenden Körper gesetzt hat. Nach meiner Meinung hat er das aber getan.«

»Warum?«, fragte Tjark.

»Reine Gefühlssache. Ich halte ihn für einen sadistischen Scheißkerl. In lebendiges Fleisch zu schneiden macht ihm mehr Spaß, als totes Fleisch zu benutzen.«

»Abscheuliche Geschichte.« Tjark beschloss, nun besser zu verschwinden, um Madsen nicht weiter bei der Arbeit im Weg zu sein. Er verabschiedete sich von den beiden. Im Gehen machte er eine Telefonhörer-Geste zu Madsen, worauf sie verstehend nickte. Tjark tauchte unter der Absperrung hindurch und trug anschließend bei einem uniformierten Kollegen in einer Liste seinen Namen und den Zeitpunkt ein und quittierte, dass er den Fundort verlassen hatte. Er würde zurück zum Ferienhaus fahren und dort noch einige Tage verbringen. Madsen tat ihm fast leid. Denn

Niels hatte recht: Die Öffentlichkeit würde die Polizei grillen. Andererseits hatte Madsen bei den prominenten Opfern die Chance, eine Nationalheilige zu werden, falls sie den Fall löste.
Doch das war nicht sein Bier. Sein Bier war ganz etwas anderes: Auf ihn warteten eine leere Leinwand und eine nagelneue Packung Ölfarben aus China, die er vorgestern bei Signe im Supermarkt abgeholt hatte, wohin er sich seine Sachen schicken ließ. Früher oder später, dachte er, müsste es doch zu schaffen sein, einen Strand so zu malen, wie ein Strand aussah.

9.

Was Tjark nicht bemerkte, waren die Blicke eines Mannes, der etwas abseits der Reporter und Schaulustigen unter einem Schatten spendenden Baum in der Nähe von zwei gaffenden älteren Männern stand und seinen mit einem Teleobjektiv ausgestatteten Fotoapparat herunternahm. Er hatte alles auf den Chip seiner Kamera gebannt, was er benötigte. Zumindest fast. Er wechselte das Objektiv auf eine mittlere Brennweite, was etwas umständlich war: Das professionelle Gerät hatte er nur geliehen und war nicht vollends vertraut mit der Technik. Schließlich schoss er einige Aufnahmen aus der Hüfte, um das Kennzeichen des schwarzen BMW Z4 zu knipsen, in den der Kerl einstieg, der mit Anne Madsen hergekommen war.

Als der Roadster aus seinem Sichtfeld verschwand, setzte der Mann die große Sonnenbrille wieder auf und löste sich aus dem Schatten. Er hatte den Platz gewählt, weil es starke Helligkeitsunterschiede zwischen dem Bereich an der Absperrung in der gleißenden Sonne und dem Halbschatten gab, wo er stand. Für ihn spielten sie keine Rolle, denn er hatte mit dem Tele aus dem Schatten heraus ins Helle fotografiert. Aus dem Hellen ins Dunkle zu filmen oder zu fotografieren war eine andere Sache. Optisches Gesetz beim Fotografieren: Wenn die Automatiken das Helle richtig belichten wollten, soff das, was dunkel war, ab und wurde noch dunkler. Natürlich waren diese Unterschiede nicht so massiv, dass man ihn auf einer Aufnahme überhaupt nicht würde sehen können. Aber herkömmliche Videokameras, zum Beispiel solche, mit denen die Polizei Schaulustige filmte, konnten so starke Kontraste nur schlecht verarbeiten.

Der Mann drehte dem Geschehen den Rücken zu und ging einen schmalen Weg entlang zu seinem abseits geparkten Wagen. Er legte die Tasche mit der Ausrüstung auf dem Beifahrersitz ab, ließ die Sonnenbrille noch auf und den künstlichen Kinnbart dran, der ihn wie einen Hipster wirken ließ. Er betrachtete die letzten Aufnahmen auf dem Display der Spiegelreflex. Er vergrößerte sie mit dem Lupen-Symbol und fragte sich, warum die dänischen Behörden einen Deutschen mit einem Oldenburger Kennzeichen zurate zogen und wer dieser Kerl überhaupt war. War das auch ein Polizist? Ein Wissenschaftler?

Nun, das würde er noch herausfinden. Er fragte sich außerdem, ob die Polizisten ebenfalls etwas herausfinden würden – nämlich, worum es hier eigentlich ging.

Im letzten Winter hatten sie es offensichtlich nicht kapiert. Sie waren zu dumm, um zu verstehen, was er mit Mette Slettemark hatte ausdrücken wollen. Dabei war es doch nicht so schwierig gewesen, oder? Mit ein bisschen Anstrengung und Gehirnschmalz …

Nun, dieses Mal wären die Sinne der Behörden geschärft. Hoffte er zumindest – ihm blieb ja nichts übrig, als darauf zu setzen, dass sie klüger geworden waren. Aber tief im Inneren hegte er die Befürchtung, dass sie es wieder nicht kapieren würden. Was drei Gründe haben könnte: Entweder die Polizei und ihre Helfershelfer waren schlicht und ergreifend zu blöde, oder er war zu klug, oder er drückte sich nicht klar genug aus.

Jedenfalls, dachte der Mann, würde er nun die maximale Aufmerksamkeit haben. Daran gab es keinen Zweifel. Mette war prominent gewesen, aber Hela um ein Vielfaches bekannter und beliebter. Das Land würde erbeben, und jeder würde hinschauen.

Er scrollte durch die Bilder, blieb an einem hängen und vergrößerte es ebenfalls mit dem Lupen-Symbol. Es zeigte die Polizistin zusammen mit dem, der in den BMW gestiegen war. Der Mann vergrößerte das Bild so weit, dass nur noch die Polizistin zu sehen war.

Ja, dachte er, die maximale Aufmerksamkeit. Und wenn sie es wieder nicht kapierten, würde er sich beim nächsten Mal so simpel ausdrücken, dass es selbst der hinterletzte Vollidiot verstehen würde.

10.

Es war bereits Nachmittag, als Jens nach Hause kam, seine Tasche abstellte und sich duschte. Danach ging er in die Küche und nahm das Stück Fleisch aus dem Kühlschrank. Es hatte ungefähr die Größe eines DIN-A4-Blatts und war in Frischhaltefolie eingewickelt. Jens stellte es auf der Fensterbank ab, wo sich die Temperatur in der Sonne rasch normalisieren sollte. Er sah sich selbst in der Reflexion der Glasscheibe – ein schlanker Kerl, drahtig, dicke Ohrringe und viele Tätowierungen, der lediglich mit einer Jogginghose bekleidet war.

Er ging ins Wohnzimmer, wo Musik von Nirvana aus den Boxen perlte – die ungeschlagene Unplugged-Version von MTV, das großartige David-Bowie-Cover: »*Oh no, not me, we never lost control. You're face to face, with the man who sold the world.*«

Jens suchte seine Brille neben dem Schlafsofa, das er in dem kleinen Appartement statt eines Bettes benutzte. Johanne lag unter der Decke – das heißt, ein kleiner Teil der Decke lag auf ihr. Sie hatte sich freigestrampelt. Unglaublich, wie tief ihr Schlaf war, dachte Jens. Sie hatte nicht einmal mitbekommen, dass er wieder da war. Vermutlich hatte sie die ganze Nacht lang gefeiert oder irgendetwas genommen. Sie lag wie im Koma. Die knallrot gefärbten Haare wirkten auf dem Kopfkissen, als habe es sich voller Blut gesogen. Bis auf einen Slip war sie nackt.

Er war ebenfalls unterwegs gewesen, aber eher nicht, um Party zu machen.

Jens fand die Brille auf dem Couchtisch neben dem Fernseher und setzte sie auf. Was für ein klasse Bild, dachte er, Johanne auf dem Bett dahingestreckt – fast wie auf einem Ölgemälde. Mit dem Unterschied, dass Johanne selbst die Leinwand für ein Gemälde war. Auf dem Rücken trug sie ein meisterhaftes Tattoo, das einen

Dämon darstellte und von der Machart her an traditionelle Motive aus Japan erinnerte. Der Dämon war allerdings kein böser, sagte sie immer, und so sah er auch nicht aus. Eher wie ein lächelnder Trickgeist, der Schabernack im Schilde führte. Wie Loki, der Halbbruder von Thor. Auf Johannes Schulter formten feinste rötliche Wulste außerdem eine Schmucknarbe. Jens hatte sie selbst geschnitten.
Jetzt schlurfte er zurück in die Küche. Er betrachtete das Stück Fleisch, das auf der oberen Seite mit weißer Haut und Fettgewebe überzogen war. Er drückte mit dem Daumen drauf und fand, dass die Oberfläche auf keinen Fall schon Zimmertemperatur hatte, aber nicht mehr so steif war wie vorher. Er zog die Frischhaltefolie ab und stellte den Teller auf den Esstisch. Dann fasste er nach seiner Umhängetasche und holte das Päckchen heraus, das er eben von der Post abgeholt hatte. Er öffnete es und nahm die neuen Klingen, um sie in das Skalpell einzusetzen. Schließlich knackte er mit den Fingern, bog sie durch wie ein Klavierspieler vor der Ouvertüre – und legte los. Tief beugte er sich über den Tisch und schälte konzentriert etwas Haut aus dem Stück Schweinefleisch.
Das Muster, an dem er gerade übte, war sehr aufwendig. Das nächste Mal würde er ein Meisterstück abliefern, und das fiel nicht vom Himmel. Klar, er hatte inzwischen reichlich Routine mit menschlicher Haut gesammelt. Dennoch war jede Haut verschieden, weswegen es kaum möglich war, das gewünschte Ergebnis ganz genau vorherzusagen. Dazu kam, dass die Haut an den unterschiedlichen Körperstellen jeweils anders beschaffen war. Sie war dicker und dünner, weicher und härter, heilte schneller oder schlechter. In einigen Bereichen war das Schneiden sogar unmöglich – nämlich dort, wo kaum Muskel- oder Fettgewebe vorhanden war. Gelenke zum Beispiel fielen komplett flach. Der Hals ebenfalls oder die Wirbelsäule. Optimale Stellen waren hingegen die Brust, der Po, Waden, Oberschenkel, Bauch, Schultern oder die Außenseiten der Arme.

Jens rollte den Kopf im Nacken, schob die verrutschte Brille wieder hoch, beugte sich erneut tief über das Fleisch und schnitt weiter. Er löste einen weiteren Streifen Haut ab, und es war langsam erkennbar, was für ein Motiv das einmal werden würde. Natürlich verriet auch die Zeichnung es schon, an deren Linien sich Jens entlangarbeitete. Es würde ein nordisches Zeichen werden, ein mit Ornamenten verzierter Thorshammer.

Jens blickte auf, als er Geräusche aus dem Wohnzimmer hörte. Rascheln, ein wohliges Knurren und Stöhnen, danach ein erstauntes Keuchen und schließlich das Tapsen nackter Füße auf dem gefliesten Boden. Er drehte sich um und lächelte, als er Johanne in der Tür stehen sah, die keine Anstalten machte, ihren fast nackten Körper zu bedecken. Sie hielt ihr Handy in der Hand – typisch, nach dem Aufwachen sofort zu dem Gerät gegriffen, um ihre Nachrichten zu lesen und Instagram zu checken. Er selbst war nicht so vernetzt – allenfalls innerhalb der BlueGlobe-Gruppe, die von der Polizei zum autonomen linken Block gezählt wurde. BlueGlobe setzte sich gegen Rassismus, Faschismus und Globalisierung ein. Jens war dabei gewesen, als ein McDonald's angezündet worden war – und auch bei den Straßenkämpfen in Kopenhagens Nørrebro-Viertel, als dort ein Jugendhaus geräumt werden sollte. Er las lieber politische Kommentare in den *Århus News* oder anderen Zeitungen, statt auf Instagram oder in anderen sozialen Medien aktiv zu sein. In der Hinsicht blieb er lieber unter dem Radar. War erheblich sicherer, weswegen die Kommunikation innerhalb der Gruppe auch über abgesicherte E-Mail-Server lief. Aber heute hatte er sich um noch überhaupt nichts gekümmert außer um seine persönlichen Angelegenheiten.

»Hej«, sagte sie. Ihre Stimme klang verschlafen und belegt. Sie wirkte besorgt.

»Hej«, sagte Jens und blinzelte. Er nahm die Brille ab. »Alles klar?«

Johanne machte eine Geste mit dem Handy in der Hand. »Total schrecklich. Hast du es gehört? Oder gelesen? Ich meine, das ist wirklich … Ich kann es nicht fassen. Wir waren doch noch beim Konzert – und jetzt das. Es ist so traurig.« Sie kaute auf der Unterlippe. »Unglaublich, oder?«
Jens runzelte die Stirn. »Was denn?«
»Du weißt es nicht, oder?«
Jens zuckte mit den Achseln. »Ich weiß nicht, was du meinst. Ich war einkaufen und bei der Post und alles Mögliche erledigen. Ich habe nichts Besonderes mitbekommen. Was ist denn passiert?«
»Sie haben Hela gefunden. Ich habe es gerade auf dem Handy gelesen. Das ganze Netz ist voll davon. Sie ist tot. Sie haben sie … Es ist ganz schrecklich, Jens. Du hast es echt noch nicht gehört?«
»Hela?«, fragte Jens und blinzelte erneut. Er legte das Skalpell ab und betrachtete das Muster auf der Schweinehaut. »Echt jetzt?«, fragte er.

11.

Bengt Nordström saß in der Redaktion, mahlte mit den Zähnen und klickte durch die Bildergalerie von der Kirche auf Rømø. Um ihn herum klingelten Telefone Sturm, und er hätte wirklich gerne einen Hammer genommen und sie allesamt zu Brei geschlagen. Wie sollte man sich so auf einen Text konzentrieren? Und es machte niemand Anstalten, eines der eingehenden Gespräche anzunehmen. Die übrigen Kollegen bei den *Århus News* ignorierten die Telefone geflissentlich, weil sie gerade eine Besprechung hatten, und Besprechungen waren ihnen heilig.

Besonders groß war die Redaktion nicht – das heißt: räumlich schon, personell jedoch überschaubar. Es gab ein Büro für alle, das in einem Gewerbegebiet in einer ehemaligen Lagerhalle untergebracht war. Was sich hier vorher einmal befunden hatte, wusste Nordström nicht, und es spielte auch keine Rolle. In der Mitte des Großraums standen einige zusammengeschobene Schreibtische. Sie bildeten ein Rechteck. Auf jeder Seite gab es jeweils vier Arbeitsplätze. Dasselbe Arrangement fand sich am anderen Ende des Raumes, allerdings mit der Hälfte der Arbeitsplätze, und dann gab es noch Maries Schreibtisch, den Cheftisch. Marie war die Redaktionsleiterin. Alles war in Hellgrau gehalten – der Teppich, die Wände, die Möbel. Sollte vielleicht beruhigend wirken.

Marie und die Kollegen standen an einem Stehtisch vor einem großen Bildschirm und debattierten über den Aufbau der Website und darüber, wie am besten die unzähligen Mitteilungen und Meinungen von Hela-Fans in den Fließtext eingebunden werden sollten und was mit den Videoclips war – denn es gab jede Menge Fanaufnahmen, die Hela beim Konzert zeigten und bei der Aftershow, sowie eine Reihe von Clips, die Gaffer und Touristen von der Kirche auf Rømø angeboten hatten, und außerdem eine Flut von professionellen Agenturbildern. Die entscheidende Frage war: Welches war das letzte Foto und welches das letzte Video, das Hela lebend zeigte – und würden es die *Århus News* sein, die es bekommen und publizieren konnten?

Nordström ließ die anderen machen. Er war mit Wichtigerem beschäftigt – nämlich damit, Content zu generieren. Vom Quatschen war noch nie ein Artikel entstanden. Viele seiner Kollegen waren deutlich jünger als er. Für sie war es die erste richtig fette Kracherstory: Hela, die Popgöttin, war das neueste Opfer des Mannes, der als Runenkiller tituliert worden war. Ein weiterer Promi nach Mette Slettemark – ein noch viel wichtigerer Promi sogar. Die Geschichte war mächtiger als die, in der ein Hobby-U-Boot-Kapitän bei einer Rundfahrt im Hafen von Kopenhagen eine schwedische Journalistin getötet und zerlegt hatte. Eine größere Nachricht wäre allenfalls, wenn die Königsfamilie vom Papst entführt werden oder ein Alien-Raumschiff im Tivoli landen würde.

Dazu kamen die sensationellen Begleitumstände: Denn Hela war nicht wie John Lennon einfach erschossen worden, nein. Sie war nackt und hergerichtet vor einer Kirche drapiert worden – ihr Körper mit Einschnitten in Runenmustern übersät. Das machte die Geschichte geradezu episch, und Bengt Nordström, erfahrener Reporter der *Århus News,* war es gewesen, der sie in die Tasten gehauen und noch vor den großen überregionalen Medien ins Netz gestellt hatte. Ein echter Scoop – zumindest, was man heute so Scoop nennen konnte. Fast fünf Minuten vor allen anderen eine Nachricht zu bringen war schon ziemlich gut. Für ein Online-Medium wie die *Århus News* war es sogar ein geradezu olympischer Erfolg. Denn gemessen an *Jyllands Posten* oder den anderen Big Playern waren die News allenfalls ein kleiner Fliegenschiss auf der Medienlandkarte – aber ein feiner, der sich immer mehr mauserte, was auch Bengt Nordström zu verdanken war sowie der großen Medienkrise insgesamt.

Aber heute, das war der wesentliche Unterschied zu früher, kam es auf die Geschwindigkeit an. Heute zählten nicht mehr Tage. Heute zählten Minuten und Sekunden. In den fünf Minuten, die die *Århus News* die Nase vorn gehabt hatten, konnte sich die Nachricht, dass jemand Hela umgebracht und ihr eine Botschaft in die Haut geschnitten hatte, auf fünf Kontinente verbreiten und über die sozialen Medien von fünfzig Millionen Menschen gelesen und von fünftausend anderen Medien weltweit aufgegriffen und geteilt werden. Heute konnte die ganze Welt Nordströms Texte lesen und seine Stimme hören, nicht mehr nur fünfzigtausend Abonnenten. Manchmal, wenn er auf »Senden« klickte, stellte er sich vor, wie sich eine Nachricht verbreitete – wie in einer Computergrafik in einem Katastrophenfilm, mit der ein Wissenschaftler erklärt, wie sich ein tödliches Virus verbreitet, und überall blinken rote Punkte auf, immer mehr und immer schneller, bis die ganze Weltkarte rot ist. Das war schon ziemlich großartig.

Nordström fuhr sich mit der Hand durchs Gesicht und markierte die Bilder, die seiner Meinung nach gut waren. Einige kamen von Agenturen, einige waren eigenes Material, andere von Lesern zugesandte oder solche, die die Mediendesigner im Netz abgegriffen hatten und rechtefrei mit Quellenvermerk verwenden konnten. Schließlich war er mit dem Häkchenklicken, das mitsamt dem Verschlagworten zu einem wichtigen neuen Bestandteil redaktioneller Arbeit geworden war, fertig.

»Ich stelle jetzt alles online«, sagte er laut.

»Was?«, fragte Marie, die mit den anderen am Tisch stand, und drehte sich um.

Marie war jünger als Nordström, der Mitte vierzig war. Sie hatte nach seiner Meinung keine Ahnung, wie man eine Geschichte dieser Größenordnung handhaben musste, weil es ihre erste war, aber sie verfügte zugegebenermaßen über ein gutes Gespür und Einfühlungsvermögen. In einem großen Printmedium hätte sie sich schnell nach oben geboxt. Wegen dieser Qualitäten hatte Nordström ein Einsehen mit ihr. In diesem Job lernte man nur durch *learning by doing*. Alle Theorie und jede Studie zerplatzten an der Wand der Realität und Machbarkeit. Und jetzt war es Maries Job, das zu lernen, Dreck zu fressen und Blut zu saufen – schwimmen lernen, nachdem man mit einem Kick in den Rücken ins eiskalte Becken der Wirklichkeit getreten worden war.

»Ich sagte, ich stelle unsere Bilder jetzt online. Und ich mache ein Interview mit diesem Psychologen von der Uni, den wir schon im Mette-Fall hatten.«

Eine aufgeregte Praktikantin plapperte dazwischen. Sie studierte Journalismus an der Uni, meinte sich Nordström zu erinnern.

»Vielleicht sollten wir auch einen Psychologen als Berater anbieten. Es gibt ja wahnsinnig viele Fans, die nun trauern. Das wäre doch viel relevanter. Vielleicht eine Online-Sprechstunde für Trauernde, das wäre toll.«

Einige nickten. Nordström sagte: »Hab ich davon geredet?«

Die Praktikantin blickte verständnislos.

»Hab ich davon geredet?«, fragte Nordström noch mal und drehte sich mit dem Drehstuhl um die eigene Achse. »Habe ich von Beratung oder Service gesprochen? Nein, habe ich nicht. Schickt Söderberg raus mit einem Videoteam, der die weinenden Mädchen befragt und mit Eltern redet, ob jetzt alle selbstmordgefährdet sind. Söderberg kann das, der hat vier Jahre Boulevard gemacht. Das verkauft sich: Tränen, Gefühle, Emotionen, Angst. Aber scheiß auf einen fucking Online-Berater, wir sind doch nicht die Heilsarmee, meine Güte!«

»Aber das wäre eine wunderbare interaktive Idee, denn ...«

»Pff«, machte Nordström. Er blickte an dem Mädchen vorbei zu Marie. »Ich rede mit dem Psychologen für einen Hintergrund: So tickt der Runenkiller. Hatten wir zwar schon, aber der kann da noch mal was zu sagen. Auch über die selbstmordgefährdeten Fanmädchen.«

»Also«, sagte die Praktikantin und schaute Nordström angewidert an, »allein dieses Wort ist ganz fürchterlich: Fanmädchen ... Was soll denn das?«

»Lass ihn«, sagte Marie und legte der Praktikantin die Hand auf den Unterarm. »Wir können das eine machen und müssen das andere nicht lassen. Wir können Söderberg rausschicken, wir können das Interview machen – und wir können das mit der Online-Beratung ebenfalls tun.«

»Ich mein ja nur«, sagte die Praktikantin mit einem Schulterzucken.

»Und ich meine«, sagte Nordström und stand auf, »dass eine Vierhundert-Kronen-Aushilfskraft im dritten Semester mir nicht sagen sollte, wie ich meinen Job machen soll.« Er stand auf, krempelte sich die Ärmel hoch und nickte der Praktikantin zu. »Willkommen an der Front, Frau Wieheißtduüberhaupt. Inhaliere tief. Augen auf. Lernen.«

Damit stapfte er los zum Kaffeeautomaten und hörte Marie noch sagen: »Nein, lass ihn, er meint das nicht so. Er ist ein Arsch, wenn er unter Dampf steht. Aber das ist nicht persönlich.«

Fickt euch, dachte Nordström, und ob das persönlich ist. Ihr habt keine Ahnung. Absolut keinen Schimmer. Dann drückte er auf den Anforderungsknopf des Automaten, trank den Espresso auf ex und gleich danach noch einen.

12.

Wenige Tage später trank Tjark in Århus in der Sonne seinen zweiten Espresso und grinste, als Anne Madsen sagte, dass es auch noch andere nette Cafés wie das *Faust* gebe, in dem sie sich schon häufiger getroffen hatten. Aber Tjark mochte den Laden, und er lag günstig am Åboulevarden, weil nahe am Polizeipräsidium und damit nicht weit von Madsens Büro. Wobei das heute eigentlich keine Rolle spielte, denn es war Samstag, und Madsen hatte frei. Was man so frei nannte, denn es gab laufende Fälle, große Fälle, und bis eben hatte sie am Schreibtisch gesessen. Tjark hatte sie mit seinem Anruf überrascht und ihr vorgeschlagen, dass sie sich wenigstens die Zeit für eine kurze Pause im *Faust* gönnen solle, worauf sie wenige Minuten später erschienen war. Sie musste sich noch schnell frisch gemacht haben. Ihr Lippenstift sah so aus, als sei er eben erst aufgetragen worden, und ihr Parfüm roch intensiv, wenngleich nicht aufdringlich.

Tatsächlich hatte Madsen recht mit der Feststellung, dass das *Faust* keine singuläre Erscheinung in der gastronomischen Welt von Århus war. Doch er mochte den Laden. Er war modern und mit viel Gespür für Stil eingerichtet. Klassisches skandinavisches Interiordesign mit einem Hauch von Hardrock-Café – zumindest sollten das wohl die lebensgroßen Fiberglasfiguren am Haupteingang unter den schwarzen Markisen vermitteln, die Jake und Elwood Blues aus dem Film »Blues Brothers« in ihren schwarzen Anzügen nachempfunden waren.

Tjark hatte einen Platz unter einem Sonnenschirm am Kanal gewählt, der in Richtung Hafen floss. Vor ihm standen – außer dem Espresso – ein Aschenbecher und ein Glas Wasser. Außerdem lag dort ein zusammengefaltetes Exemplar der Wochenendausgabe

der *Jyllands Posten,* Dänemarks größter Tageszeitung mit Sitz in Visby. Vor Madsen stand ein Cappuccino.
Madsen sagte mit einem ironischen Schmunzeln: »Du suchst dir stets einen neutralen Boden aus, wenn wir uns treffen, ist dir das schon mal aufgefallen?«
»Du warst schon mehrfach in meiner Villa am Meer.«
Madsen lachte auf. Okay, eine Villa war das kleine Häuschen im Feriengebiet von Hvide Sande wahrlich nicht. Aber Tjark wusste durchaus, wie Madsen das meinte – das mit dem neutralen Boden ebenso wie das Lachen über seine Ausrede. Sie war eine äußerst smarte Frau und hatte Tjark vermutlich schon bei ihrem allerersten Treffen durchschaut. Sie wusste fraglos, dass er sie mochte – und andersherum war es genauso. Eine Kombination, die gefährlich werden konnte, weswegen sie beide noch nie wirklich privat miteinander gewesen waren, wenngleich Tjark Stippvisiten in seinem Ferienhaus schon als ziemlich privat empfand.
Tjark schlug die *Jyllands Posten* auf, die er an der Tankstelle gekauft hatte. Er sprach immer noch kaum ein Wort Dänisch, aber das bei einer Pressekonferenz geschossene Bild von Madsen auf der Titelseite, das neben einem glamourösen Konzertfoto der toten Sängerin Hela sowie einem Sportbild der Beachvolleyballerin Mette Slettemark platziert war, hatte seine Aufmerksamkeit erregt. In der Überschrift und Unterzeile konnte er den Inhalt der Worte *»Anne Madsen jagter Runer-Killer«* auch ohne Übersetzer verstehen.
Madsen seufzte und wischte sich mit dem Daumen etwas Milchschaum von der Oberlippe, um ihn dann abzulutschen. »Ich habe mir das bestimmt nicht ausgesucht«, sagte sie mit einem Blick auf die Zeitung. »Ich habe sicher zehnmal gesagt: Haltet mich da raus, ich will nicht in die Medien. Aber der Staatsanwalt hat darauf bestanden, das Innenministerium und der Polizeipräsident ebenso, und Niels als mein Chef hat schließlich gesagt: Was soll ich tun, Anne? Halte dein Gesicht in die Kameras und sag ein paar Worte bei der Pressekonferenz.«

»Und jetzt kennt dich ganz Dänemark.«
»Jetzt kennt mich ganz Dänemark. Wenn nicht ganz Skandinavien. Das Fernsehen und diverse Agenturen waren ebenfalls da.«
»Der Fall wirbelt viel Staub auf.«
»Jede Menge. Bei zwei so prominenten Persönlichkeiten wie Mette und Hela? Sogar das Königshaus hat eine öffentliche Erklärung dazu abgegeben.«
»Dann bist du nun selbst prominent. Sicher kommen bald die ersten Werbeverträge und das erste Buch: ›Ich jagte die Bestie von Jütland‹.«
Madsen grinste und zwinkerte Tjark zu. »In Sachen Buchrechte weiß ich ja, wen ich um Rat fragen kann.«
»Jederzeit.« Tjark zog an der Zigarette und blinzelte in den Kanal, dessen grünes Wasser das Sonnenlicht grell reflektierte. Modern gestaltete Brücken überquerten das Gewässer. Auf einer davon verrenkte sich ein Hobbyfotograf für ein paar Bilder aus ungewöhnlicher Perspektive.
Tjark dachte an den Pulk von Fotografen vor der Kirche in Kirkeby auf Rømø. Er erinnerte sich an den kalkweißen Körper, in den Schriftzeichen geschnitten worden waren. Freja Holm. Hela.
Tjark hatte bis zu jenem Tag noch nie von ihr gehört, inzwischen aber nach ihr gegoogelt. Sie hatte mehrere Tophits gelandet, Platin-Status, und in den Videoclips und auf den Promotion-Fotos glich sie einer Figur, die aus einem Noir-Science-Fiction-Film oder einem düsteren Manga gepurzelt war. Schneeweiße Haare, tätowiertes Sternchen auf der Wange und keltische Zeichen am Rest des Körpers, um große Kulleraugen gezogener Lidstrich, schwarze Lippen und ein Outfit, das vielleicht Miley Cyrus oder Lady Gaga in einem düsteren Tim-Burton-Film tragen würden. Und die Musik: finsterer Skandinavienpop und nichts, was man ernsthaft als Gothic Rock à la Marilyn Manson bezeichnen konnte, es ging allenfalls in die Richtung. Die kleinen Skandinavierinnen schienen es zu lieben. Die kleinen Skandinavier ebenfalls. So

sehr, dass es bereits zwei Selbstmorde nach Helas Abtreten von der großen Bühne gegeben hatte.
Ihr Künstlername hatte Tjark schon auf der Insel an etwas erinnert. Inzwischen wusste er, an was. Im Comic-Universum von »Thor« gab es eine Hela, die auf der Figur Hel aus der nordischen Mythologie basierte. Hela war ein ziemlich böses Geschöpf, das den Menschen in Asgard ziemlich Ärger machte. Hela war in den Comics die Todesgöttin – während Freja Holm nur mehr eine tote Göttin war.
Tjark fragte: »Wie weit seid ihr?«
Madsen wurde ernst. »Genauso weit wie im ersten Runenmord-Fall an Mette: Eigentlich haben wir nichts. Wir könnten eine ganze Abteilung dafür abstellen, die sich allein mit Medienanfragen und selbst ernannten Hinweisgebern befasst oder Verschwörungstheoretiker in den sozialen Medien in die Schranken weist. Schlimm genug, dass manche von denen ernst genommen werden. Facebook ist wirklich schrecklich: Zehn Vollidioten schreien herum und setzen Gerüchte in die Welt, und die Medien leiten daraus ein öffentliches Informationsbedürfnis ab, was diesen Trollen einen enormen Stellenwert einräumt und sie immer weiter befeuert.« Madsen machte eine abwehrende Geste und verzog das Gesicht. »Jedenfalls gibt es aus dem persönlichen Umfeld weder bei Mette noch bei Hela schlüssige Tatverdächtige.«
»Fans? Stalker?«
»Haben wir alle überprüft und überprüfen sie noch. Wir setzen zurzeit auf das, worüber du und Niels und ich schon auf Rømø gesprochen haben: Jemand wählt Prominente aus, damit seine Botschaft einen höheren Aufmerksamkeitsgrad erhält. Bleibt die Frage, was die Botschaft ist und was er damit ausdrücken will.«
Eine Botschaft, die ins Fleisch geschnitten wurde, dachte Tjark. Er fragte: »Wisst ihr inzwischen, was er Hela in die Haut geritzt hat?«

Madsen nickte. Sie nahm ihr Handy, öffnete eine Notiz-Datei, um daraus vorzulesen und für Tjark zu übersetzen: »Bei Mette lautete das Edda-Zitat: *Die zappelnde Zunge, die kein Zaum verhält, ergellt sich selten Gutes.* Bei Freya war es ebenfalls aus der Edda: *Wärme wünscht der vom Wege kommt mit erkaltetem Knie, mit Kost und Kleidern erquicke den Wandrer, der über Felsen fuhr.*«
»Hm.« Tjark rieb sich den Nasenrücken. »Das mit der zappelnden Zunge hätte als Zitat besser zu der Sängerin gepasst, oder? Vielleicht gefiel ihm wie mir die Musik nicht.«
»Pff«, machte Madsen. »Wir haben für die Analyse Kriminalpsychologen eingeschaltet und diverse Sachverständige für Volkskunde, Runen und die Edda. Das überlassen wir den Fachleuten.« Madsen zwinkerte Tjark zu. Er zuckte mit den Achseln. Madsen fuhr fort: »Aber ich sehe es zunächst ganz pragmatisch: Da draußen läuft ein Irrer herum, der Prominente tötet, weil er seine Ideen mitteilen will, die irgendetwas mit dem Dänemark von gestern und heute zu tun haben könnten.«
»Oder mit seinem ganz persönlichen Kosmos«, sagte Tjark. Denn viele Ritual- und Serienmörder, die Botschaften hinterließen, hatten ein sehr individuelles Weltbild, das sich meist nur ihnen selbst erschloss und zu dem sie manchmal ellenlange Pamphlete über ihre wirren Ideen verfassten. Andere Taten wiederum hatten biografische Komponenten.
»Auch das schließen unsere Fachleute nicht aus. Sie denken in alle Richtungen, gehen aber in jedem Fall davon aus, dass der Täter eine Botschaft hat. Sie haben sogar untersucht, ob es politische Hintergründe geben könnte.«
»Politische Taten?«
»Ein Gutachter hat eine entsprechende Hypothese aufgestellt, ja.«
»Und die besagt?«
»Vielleicht hat ein Radikaler aus dem rechten oder linken Spektrum etwas mit den Taten zu tun. Die zappelnden Zungen könnten sich auf Politikergeschwafel beziehen. Das andere Zitat könn-

te Kritik daran ausdrücken, wie Dänemark im Unterschied zu Schweden oder Deutschland mit den Kriegsflüchtlingen aus Syrien umgeht und sie an der Grenze abgewiesen hat. Es könnte aber genauso auf die Veränderungen in der Sozialgesetzgebung anspielen: Sozial Schwachen soll man auf ihrem Weg durch das Leben helfen. Und beides könnte im Zusammenhang mit den Runen die Botschaft haben, dass wir unsere alten Traditionen verraten haben – oder aber, dass wir uns auf sie besinnen sollten. Doch ich weiß nicht so recht. Es ist schwierig.«
»In ein abstraktes Bild«, sagte Tjark, »kann man alles Mögliche interpretieren. Wenn man Glück hat, trifft man die Intention des Künstlers. Meist kapiert man es erst, wenn man den Künstler gut kennt.«
»Wir kennen unseren Täter noch nicht sehr gut und ziehen daher diverse Motive in Betracht. Sollte das mit der Politik zutreffen, müssten wir den Täter in der Aktivistenszene suchen. Allerdings wäre es auch dann ein ziemlich durchgeknallter Aktivist.«
»Solche soll es geben.«
»Ja, leider. Mehr als genug.«
»Kennst du Fuck for Forest?«
Madsen lachte und schüttelte den Kopf.
»Das sind ein paar Schweden. Sie vögeln öffentlich herum, teilweise auch auf Konzertbühnen. Die Erlöse aus der Vermarktung von Videos sammeln sie für Greenpeace, um damit den Regenwald zu retten.«
»Es gibt schlechtere Motive für Sex.«
»Ja.«
»Und Greenpeace macht mit?«
»Nein, sie haben das Geld abgelehnt, weil sie diese Art von Fundraising bescheuert finden.«
Madsen schwieg und leerte ihren Cappuccino.
Tjark fragte: »Wie sind Hela oder Mette überhaupt verschwunden?«

»Mette ist vom Training nicht zurückgekehrt in ihre Wohnung, in der sie alleine lebte. Sie wurde als vermisst gemeldet. Wir fanden ihren Wagen leer am Straßenrand und drei Tage nach der Vermisstenmeldung schließlich ihre Leiche. Hast du damals davon gehört? Mette war eine bildhübsche junge Frau. Sie hatte Werbeverträge mit Sportartikelherstellern und war Mitglied der Nationalmannschaft. 2020 hätte sie an den Olympischen Spielen teilnehmen können. Sie wurde als ein Ausbund an Fröhlichkeit beschrieben, immer freundlich, offen auch gegenüber ihren Fans. Probleme gab es keine, Geldsorgen absolut nicht. Ihr Management hatte sogar ein Angebot von *Victoria's Secret*, der bekannten Unterwäschemarke in den USA. Bis ihre Leiche von Spaziergängern entdeckt wurde, hatten wir angenommen, dass ein früherer Lebensgefährte mit ihrem Verschwinden etwas zu tun haben könnte. Wir dachten auch an eine Entführung oder einen Suizid, aber dafür gab es keinerlei Anhaltspunkte. Als dann die Leiche gefunden wurde, die am Boden festgefroren war, und wir sie als Mette Slettemark identifizieren konnten, wussten wir, dass es um etwas vollkommen anderes gehen muss. Mit Bekanntwerden ihres Todes drehten die Medien durch. Wir hatten einen enormen Ermittlungsdruck.«

»Ich erinnere mich«, sagte Tjark, »dass wir einmal darüber gesprochen haben. Aber nicht sehr intensiv.«

Madsen nickte. »Die Medien haben sich ebenso schnell wieder beruhigt, was im Fall von Hela wohl eher nicht so sein wird. Hela ist noch weitaus prominenter – das heißt: Ihr Bekanntheitsgrad ist sehr viel größer. Sie hatte in einem Hotelzimmer eingecheckt. Sie hatte gerade ein Konzert absolviert und eine Aftershow gefeiert. Hela war in Begleitung eines Bodyguards, der im Zimmer nebenan wohnte. Am anderen Morgen wurde sie als vermisst gemeldet, das Zimmer war leer. Drei Tage später fanden wir die Leiche.«

»Kampfspuren?«

»Es gab überhaupt keine Spuren.«

»Videoaufnahmen?«

»Aufnahmen zeigen eine Person, die mit einem Wäschewagen durch die Flure fährt und damit zum Hinterausgang. Die Person ist nicht zu erkennen. Wir glauben, dass das der Täter war und Hela in dem Wäschewagen steckte.«

»Mehr habt ihr nicht?«

»Wir haben keine Spur, die uns weitergebracht hätte. Keine Augenzeugen. Keine DNA, keine Fingerabdrücke, nichts. Als hätte der Täter einen Neopren- oder Latexanzug getragen und wäre über den Hotelflur geschwebt. Abgesehen davon gibt es auf einem Hotelflur ungefähr hunderttausend unterschiedliche Spuren und Fingerabdrücke. Ein Fest für unsere Forensiker.« Madsen verzog das Gesicht und redete weiter. »Auf der anderen Seite glauben wir, dass Mette und Hela nichts Böses ahnten, als er sich ihnen näherte. Wenn dir jemand in einem merkwürdigen Aufzug entgegentritt, den du zudem nicht kennst, dann nimmst du doch wohl eher Reißaus und öffnest ihm nicht die Hotelzimmertür oder stoppst mit dem Wagen und steigst aus. Er könnte ihnen schlicht gefolgt sein. Aber das glauben wir nicht. Entführungen wie diese geschehen nicht spontan. Man muss sehr viel planen. Das spricht für einen hoch organisierten Täter. Ein solcher Täter schlägt nicht einfach so zu, weil sich ihm die Gelegenheit bietet. Vor allem bei einem Star wie Hela ist das kaum denkbar. Er wird die Opfer stattdessen sehr intensiv beobachtet und ihre Gewohnheiten studiert haben.«

Tjark winkte die Kellnerin heran, um zu bezahlen, und legte ein passables Trinkgeld obendrauf. Schließlich standen er und Madsen auf und bummelten den Boulevard entlang. Die Sonne wärmte ihre Haut. Im Gehen berührten sich ihre Finger versehentlich. Madsen zögerte nicht und griff nach Tjarks Hand. Er ließ es geschehen und spürte die Wärme nun auch von innen.

»Was hast du jetzt vor?«, fragte Madsen.

»Mein Plan war, zum Auto zu gehen, zum Ferienhaus zu fahren und Montag wieder zu arbeiten. Die Kollegen erwarten mich. Und du?«

»Ich habe noch ein paar Dinge im Büro zu erledigen. Dann will ich noch mal an die Küste fahren, mir den Fundort auf Rømø erneut ansehen und auf eine Eingebung warten.« Madsen lachte. Sie sah Tjark an. »Darf ich dich etwas fragen?«

»Ja.«

»Warum nennst du deine Gruppe die *Fantastic Four?*«

»Weil wir vier sind. Weil wir gegen das Böse kämpfen. Weil es passt. Fred ist wie das Ding, dieser Kerl aus Stein. Femke erinnert mich an Susan Storm, die Unsichtbare. Ceylan ist wie die Fackel und schnell entzündbar.«

»Und du?«

»Ich bin Reed Richards, der Gummimann, der seine Arme sogar bis nach Dänemark strecken kann.«

Madsen schmunzelte. »Superhelden«, sagte sie leicht spöttelnd.

»Es braucht nicht viel, um ein Held zu sein. Manchmal reicht es schon, seinen Mantel einem kleinen Jungen um die Schultern zu legen und ihm zu sagen, dass die Welt wieder in Ordnung kommt.«

»Das hast du schön gesagt.«

»Ist nicht von mir. Ist von Batman.«

Madsen lachte wieder. Sie drückte Tjarks Hand, blieb stehen und sah ihn an. »Darf ich dich noch etwas fragen?«

Tjark nickte.

»Deine Pläne – änderst du sie manchmal spontan?«

»Ich bin der Gummimann. Der Gummimann ist flexibel.«

»Gut«, sagte Madsen. »Dann fahr noch nicht zurück zu deinem Haus an die Küste. Komm mit mir nach Rømø, und danach fahren wir beide zu dir – der Weg zurück lohnt dann ohnehin nicht mehr. Ich möchte dir dort außerdem etwas zeigen.«

Tjark überlegte. Bis auf die Insel waren es von hier aus etwa hundertachtzig Kilometer und rund zweieinhalb Stunden Fahrt. Die gleiche Zeit brauchte man von Rømø aus zum Ferienhaus. Abends wären sie da. Der Umweg klang für ihn akzeptabel. Insbesondere die Aussicht, die Fahrt und den Abend mit Anne zu verbringen, die ihn zwischen den Zeilen hatte wissen lassen, dass sie bei ihm übernachten wollte. Abgesehen davon hatte er die Distanz bereits bloß für einen Kaffee mit Anne auf sich genommen, ohne sicher zu sein, dass sie überhaupt Zeit hatte. Für einen guten Kaffee macht man manchmal verrückte Sachen, dachte Tjark. Für eine Frau wie Anne erst recht.

»Was willst du mir in meinem Haus zeigen?«, fragte er.

»Mich«, sagte Madsen, stellte sich auf die Zehenspitzen und küsste ihn.

13.

Der Mann machte noch ein paar Aufnahmen von der Brücke aus.

Dann hängte er sich die Kamera am Gurt über die Schulter, verließ die Brücke und schlenderte langsam über den Boulevard. Für einen Moment schmunzelte er, als er sah, dass die beiden sich küssten.

Mittels der Fotos, die er auf Rømø geschossen hatte, hatte der Mann das Kennzeichen des BMW-Roadsters dem Halter zuordnen können. Nicht ganz einfach, aber er hatte eine sogenannte vereinfachte Registerauskunft beim zuständigen Kraftfahrtamt gestartet und gesagt, jemand sei ihm ins Auto gefahren, doch er verfüge nur über das Kennzeichen und benötige die Anschrift des Halters und seiner Versicherung. Anschließend hatte er einiges über diesen Tjark Wolf herausgefunden. Zum Beispiel, dass er ein Buch geschrieben hatte. Vielleicht, hatte der Mann zuerst überlegt, war dieser Wolf Spezialist für bestimmte Themen oder hatte an ähnlichen Fällen gearbeitet und war als eine Art Gutachter dabei? Aber solche Spezialisten gab es in Skandinavien doch genug? Warum sollte ein Polizist aus Deutschland zu Ermittlungen in Dänemark herangezogen worden sein?

Und nun bestätigte sich, dass die Wahrheit profan war: Der Polizist und Anne Madsen waren ein Paar. Was den Mann erleichterte. In der Tat hätte ihm das auch schon viel eher auffallen können – die vertraute Art, in der die beiden bereits auf Rømø miteinander umgegangen waren, zum Beispiel. Sie mussten einander gut kennen. Vollends klar war ihm aber erst vor einigen Minuten beim Blick durch das Teleobjektiv geworden, was dahintersteckte. Na ja, und jetzt erst recht, da sie sich küssten und Hand in Hand in einer Seitenstraße verschwanden.

Der Mann ging weiter, stoppte am Café und setzte sich an den Tisch, den Madsen und Wolf eben verlassen hatten. Er bestellte sich einen Milchkaffee, breitete die Zeitung aus, die der Deutsche hatte liegen lassen, und überflog die Zeilen des Aufmachers.

Das meiste, was auf der Titelseite stand, stimmte. Und es war interessant, sich vorzustellen, was die Polizei bereits wusste und was nicht. Zum Beispiel, ob ihr klar war, warum man die Leichen erst Tage nach dem Verschwinden auffand? Einerseits hatte das ganz praktische Gründe. Andererseits ging es um Marketing. Maximale Aufmerksamkeit. Man erzielte sehr viel mehr Publicity mit einer gewissen Dramaturgie. Erst gab es umfangreiche Meldungen, dass Prominente vermisst wurden, dann Spekulationen in den Medien darüber, was wohl passiert sein könnte – schließlich die Gewissheit und die große Frage nach dem Warum und die Mutmaßungen über die rätselhaften Umstände des Verschwindens und die möglichen Gründe dafür.

Aber eigentlich spielte es keine allzu große Rolle, was die Polizei wusste oder ahnte und was nicht. Die Polizei war Mittel zum Zweck für die Publicity. Sie war lediglich ein Instrument – und darüber hinaus nur insofern bedeutsam, als der Mann auf die Cops achtgeben musste, damit man ihn nicht schnappte. Weswegen es wichtig war, seine Feinde zu kennen. Zum Beispiel Madsen und diesen Tjark Wolf.

Der Mann lehnte sich im Stuhl zurück, als ihm der Milchkaffee serviert wurde, und schlürfte den Schaum ab. Er hatte sich eine Menge Gedanken gemacht in den letzten Tagen, in denen Anne Madsen die Titelseiten zierte, durch das Internet geisterte und auch im Fernsehen und im Radio gesprochen hatte. Er hatte intensiv über eine Verbesserung von Marketing, Dramaturgie und Aufmerksamkeit nachgedacht – über eine Steigerung, quasi einen Tusch, und darüber, wie hilflos das System dastehen würde, wenn es erkannte, dass es selbst jederzeit angreifbar war. Wenn den Menschen klar wurde, dass nichts und niemand sie schützen konnte, da das System nicht einmal in der Lage war, es bei sich selbst zu tun. Panik, Chaos, Verunsicherung, Aufruhr – das klang alles nicht schlecht für den Mann.

Und im Zusammenhang mit seinen diesbezüglichen Plänen war die Überschrift des Aufmachers nicht korrekt. Der Mann streckte das Gesicht der Sonne entgegen und schloss die Augen. Es musste nicht heißen »Anne Madsen jagt den Runenkiller«, dachte er. Denn der Runenkiller jagte bereits Anne Madsen.

14.

Ceylan schlüpfte aus den Nikes und vergrub die Füße im nassen Sand. Er war eiskalt und fest. Sie blickte aufs Meer, über dem eben die Sonne aufgegangen war. Ein glühender Ball, der tausend Pastelltöne auf die flachen Wellen der Nordsee vor der Küste von Langeoog goss und die vorgelagerte Sandbank in der Farbe einer Orange strahlen ließ. Die lilafarbenen Wolken sahen aus wie mit einem dicken Pinsel auf den Himmel getupft. Gerade wich die Flut der Ebbe. Möwen kreischten und stießen vom Himmel herab, um sich an der Wasserkante um das zu streiten, was die Tide angespült hatte: Muscheln, kleine Krebse und Fische. Die Luft roch nach Salz und Tang.

Ein schwacher Wind spielte in losen Strähnen ihrer Haare, die sich beim Joggen aus dem Zopf gelöst hatten. Nun schloss sie die Augen, atmete tief ein und nahm die Hände über den Kopf, um sie dort wie zum Beten zu falten. Sie hob ein Bein an und presste die sandige Fußsohle gegen die Haut ihrer Wade, die unter dem Beinsaum der schwarzen Leggins hervortrat. Sie spürte die feuchte Kühle an dem Muskel, rutschte mit dem Fuß höher bis zur Innenseite des Oberschenkels und verharrte einige Momente in der Position, die man im Yoga »Der Baum« nannte. Sie schloss die Augen, konzentrierte sich auf die Haltung und dachte an Cengiz. Sie fragte sich, wo er war, was er tat und ob und wann er zu seiner Familie zurückkehren würde.

Ceylan änderte ihre Position, setzte den Fuß wieder ab, senkte die Arme, rutschte in einen weiten Ausfallschritt und streckte die Arme in die Höhe. Diese Übung nannte man »Der Krieger«. Cengiz war ihr großer Bruder. Cengiz Özer, der wie sie in Deutschland geboren war, aber schon seit mehreren Jahren wieder in der Türkei lebte. Es gab schlechte Nachrichten über ihn. Er war Lehrer und kürzlich rausgeworfen worden.

Ceylan hatte ihm am Telefon gesagt, er solle die Koffer packen, seine Familie nehmen und nach Deutschland kommen – immerhin hatte er eine doppelte Staatsbürgerschaft, und hier würden Lehrer gesucht. Aber Cengiz hatte nur gemeint: Kommt gar nicht infrage, und mir sagt meine kleine Schwester nicht, was ich tun und lassen soll.

Ganz große Klasse, dachte Ceylan. Na ja, immerhin redeten sie überhaupt wieder miteinander. Cengiz und ihre anderen Brüder hatten Ceylan seinerzeit entführen wollen, als sie sich einer Zwangsverheiratung widersetzte. Dass es nicht so weit gekommen war, hatte sie vor allem einem Kollegen namens Tjark Wolf zu verdanken, der zurzeit in Dänemark Urlaub machte und auf den sie jetzt dann dringend angewiesen waren wegen dieser Überwachungsaktion.

Es ging um Shirin Attaman. Sie war ebenfalls Türkin, Kurdin, zweiundzwanzig Jahre alt und arbeitete auf Langeoog als Kellnerin. Ihre Mutter war Deutsche, die auf dem Festland lebte und ebenfalls im Fokus der Ermittler stand.

Ceylan war Shirin auf den Fersen. Sie verfolgte die junge Frau mit den Blicken, die gerade ihre allmorgendliche Joggingrunde beendete. Ceylan nahm ihre Turnschuhe und wandte sich um. Sie schritt über den Sand, in den sich wellenförmige Muster gegraben hatten und der sich schließlich in feinen Puder verwandelte, je näher sie den Dünen kam, über denen sich der weiße Wasserturm als Wahrzeichen der Insel erhob. Sie passierte die fest eingebauten Schaukeln und Wippen, auf denen in Kürze kreischende Kinder spielen würden, deren Eltern sich in den zahllosen bunten Strandkörben von der Sonne backen ließen. Bis dahin wäre Shirin längst bei der Arbeit im Café, das morgens schon um neun Uhr öffnete. Und Ceylan würde einen Blick darauf haben, dass sie dort auch wirklich erschien.

Ceylan betrat den mit roten Steinen gepflasterten Weg, der durch die Dünen zur Innenstadt führte. Sie wischte sich mit der Hand den Sand von den Füßen, zog die Nikes wieder an und lief wieder los, als Shirin ebenfalls loslief. Sie passierte Lale Andersen, die in Bronze gegossen unter einer Laterne dastand wie einst Lili Marleen. Mit dem Lied war die Sängerin bekannt geworden – sie hatte auf der Insel gelebt. Shirin bog einige Male ab, bis sie an einem Ferienhaus ankam. Ceylan lief weiter und stoppte an der Straßenecke. Sie blickte auf die Uhr. Eine halbe Stunde, dann sollte Shirin das Haus wieder verlassen, und sie hätten freie Bahn, um alles zu verkabeln.

Sie machte einige Dehnübungen und betrachtete scheinbar beiläufig das Haus. Es war ausreichend dimensioniert, um dort eine komplette Familie unterzubringen. Viel zu groß für eine einzelne Person und außerdem viel zu teuer für eine Kellnerin, die pro Woche weniger verdienen würde, als die Miete verschlang.

Ceylans Handy summte. Sie zog es aus dem Bund ihrer Laufhose.

»Wie sieht's aus?«, fragte Fred.

»Sieht gut aus«, erwiderte Ceylan und machte einen Ausfallschritt, um die Adduktoren zu dehnen.

»Ich will das endlich hinter mich bringen und heute Nachmittag …«

»Ja, Fred.«

»… wieder zu Hause sein. Es ist Samstag, Wochenende, und ich hänge seit gestern auf dieser …«

»Ja doch.«

»… Insel herum. Nicht, dass mir das nicht gefällt, aber du machst dir keine Vorstellung, was passiert …«

»Boah, ist gut jetzt!«

»… wenn ich nicht rechtzeitig zurück bin und den Grill anheize, denn dann setzt mich meine Frau mit dem Hintern auf eben diesen Grill – und das ist ein nagelneuer Smoker! Sie hat ihre Angestellten zu einer kleinen Gartenparty eingeladen, und …«

Ceylan machte ein genervtes Geräusch. »Keine Sorge, Fred Berger, ich werde alles tun, um deine Greta glücklich zu machen!«

Fred brummte etwas. Ceylan sah ihn beinahe bildlich vor sich sitzen. Breitbeinig in seiner Jeans und der Jack-Wolfskin-Jacke in einem der Strandkörbe an der Barkhausenstraße, seine Radfahrersonnenbrille auf der Nase und vermutlich ein Softeis oder ein Krabbenbrötchen zum Frühstück in der freien Hand, auf den Einsatz mit dem Techniker-Team wartend, das zurzeit noch auf Stand-by geschaltet war.

Femke wartete unterdessen am Festland mit einem zweiten Team am Wohnhaus von Franziska Attaman, Shirins Mutter, die sehr bald ihr Haus verlassen sollte, um ihrem Job an der Kasse einer Modeboutique nachzugehen. Es war ebenfalls ein Haus von der Größe, das nicht zu ihrem Einkommen passte. Und wie ihre Tochter wäre Franziska Attaman eigentlich nicht auf einen Job angewiesen. Sie hatten genug Geld. Die Jobs dienten der Tarnung.

Schließlich sagte Ceylan Fred am Telefon, dass sie Bescheid geben würde, sobald die Luft rein war, und er sich weiterhin in Bereitschaft halten solle. Sie beendete das Gespräch, hüpfte etwas auf der Stelle herum, als ob sie sich lockern würde, und betrachtete die Umgebung. Sie beschloss, dass sie hier nicht eine halbe Stunde lang herumstehen konnte, ohne aufzufallen, und drehte noch eine Runde um den Block. Als sie gerade wieder in die Straße einbog, verließ Shirin auch schon das Haus, um zur Arbeit zu gehen.

Perfekt, dachte Ceylan. Fred würde sich gleich in das Café begeben, um sicherzustellen, dass Shirin ihre Arbeit nicht spontan unterbrach, während die Techniker beschäftigt waren, ihr Haus zu verkabeln. Femke würde am Festland Shirins Mutter überwachen und sicherstellen, dass das zweite Team im Haus von Franziska Attaman freie Bahn hatte. Anschließend würde die Abhöraktion in vollem Umfang anlaufen. Und wenn das so weit war, würde es jede Menge Arbeit geben, die auf Tjark Wolf wartete, wenn er am Montag wieder seinen Dienst antrat.

15.

Fred legte das Smartphone neben sich auf die Sitzfläche. Er saß in keinem Strandkorb an der Barkhausenstraße, sondern in Strandnähe. Er öffnete den Reißverschluss der Fleecejacke, denn die Morgensonne war bereits ziemlich intensiv, zumal es hier, hinter den Dünen, windgeschützt war. Normalerweise trug er im Dienst keine Alltagsbekleidung, sondern Anzüge, weil er sich optisch von dem Gesindel absetzen wollte, mit dem er es im Beruf zu tun hatte, und bereits per Outfit eine souveräne Rolle einnehmen. Was nicht immer gelang – zum Beispiel, wenn man es mit Gesindel in Tausend-Euro-Anzügen zu tun bekam. Aber streng genommen war heute Wochenende, von daher war eine Fleecejacke okay. Weiter war er inkognito auf der Insel, und hier schien jeder Fleece-, Soft- oder Hardshelljacken zu tragen.

Fred blinzelte durch die Oakley-Sonnenbrille in den Himmel. Er trug dasselbe Modell wie die Militärspezialeinheiten, was stilistisch nicht sonderlich gut zu seinen Anzügen passte, aber was für Fronteinsätze im Irak und Afghanistan konzipiert war, konnte an der Nordseeküste nicht schaden, dachte er. Fred fuhr sich mit der Hand über den Bauch. Hinter sich hörte er Kindergeschrei. Dort hatte eben die Trampolinanlage geöffnet und war sofort in Beschlag genommen worden. Er betrachtete die bunte Fassade des neuen Gebäudes am Hauptbad. Ging man rechts daran vorbei, kam man zu einer großen Fahrradabstellanlage und über einen schmalen Weg zum Strand. Die Verkleidung des Baus sah aus wie die Silhouette mehrerer Schwedenhäuser, die man aneinandergeklebt hatte. Jede hölzerne, spitzgiebelige Hausfront war knallbunt gestrichen, in Rot, Gelb, Blau oder Grün. Hummerbuden auf Helgoland sahen auch so aus und hatten vermutlich Pate gestanden. Und hinter den neuen Fassaden waren Bars, Restaurants, Geschäfte und öffentliche Toiletten untergebracht.

Fred nahm das Smartphone, schaltete den Kameramodus ein, um die knallbunten Häuschen zu fotografieren und sie später Greta zu zeigen. Es war nicht einfach, bei der grellen Sonne das Display zu betrachten und den passenden Bildausschnitt zu wählen.

In dem Moment, als Fred den Auslöser betätigte, kamen die Köpfe von Holger Brandt und Johnny Aab ins Bild und verdarben das Foto. Johnny, der dem Vernehmen nach eigentlich Johann hieß und lieber mit Spitznamen angesprochen wurde, und Holger hielten mit Kaffee gefüllte Pappbecher in den Händen, die sie aus einem Café geholt hatten. Fred seufzte, nahm das Handy runter und dankend seinen Kaffee entgegen.

»Ihr seid mir durchs Bild gelaufen«, brummte Fred und schnüffelte an dem dampfenden Kaffee. Er roch aromatisch und stark. Ein echter Wachmacher.

»Kannst uns ja herausretuschieren.« Holger atmete tief durch und sah sich um, während Johnny einen Schluck Kaffee nippte.

Die beiden Technikspezialisten vom Landeskriminalamt Niedersachsen waren aus Hannover überstellt worden. Ein zweites Team war am Festland unter der Aufsicht von Femke Folkmer im Einsatz. Fred arbeitete zum ersten Mal mit Johnny und Holger, die hinzugerufen wurden, wenn es um das Abhören und Überwachen von Personen ging. Ihre Spielzeuge waren Wanzen, Trojaner, Richtmikrofone, Kameras, GPS-Sender und Minidrohnen.

Fred stand auf und verstaute sein Handy. »Den Coffee to go werden wir jetzt ganz praktisch umsetzen und im Gehen trinken, weil wir nun zum Haus schlendern. Die Luft ist rein. Kann losgehen.«

Johnny und Holger nickten, griffen nach ihren Rucksäcken, die aussahen wie die Rucksäcke eines beliebigen Urlaubers, aber mit ganz und gar nicht beliebigen Dingen gefüllt waren.

»Nicht, dass es mich was angeht«, sagte Johnny, als sie in Richtung des Hallenbads marschierten, in dessen Nähe das ehemalige Rettungsschiff »Langeoog« auf dem Trockenen ausgestellt war. »Aber ist das Mädel eine Gefährderin? 'ne Islamistin?«

»Kein Stück.« Fred schlürfte im Gehen an seinem Kaffee. »Ihre Mutter und ihr Vater namens Vural Attaman ebenfalls nicht. Es geht um etwas ganz anderes.«

Und Fred erklärte es ihnen: Vural Attaman war ein mehrfach vorbestrafter Schwerkrimineller und mit großer Sicherheit an einem Juwelenraub in Rotterdam beteiligt gewesen. Attaman und einige seiner Komplizen waren jedoch verpfiffen worden, weswegen er seine Familie fort aus Oldenburg und an die Küste geschickt hatte und selbst mitsamt einem großen Teil der Beute untergetaucht war. Er war Kurde, und seine Spur schien in die südliche Türkei, nach Syrien oder in den Irak zu führen. Es war davon auszugehen, dass er früher oder später mit seiner Frau oder seiner Tochter Kontakt aufnehmen würde. Die Polizei versprach sich daher von deren Überwachung, Hinweise auf Vural Atamans Aufenthaltsort sowie auf den Verbleib der Beute zu erlangen.

Die Sonderkommission für Gewaltverbrechen und Organisierte Kriminalität war mit der Abwicklung der Überwachung beauftragt worden. Auf Biegen und Brechen hatte Ceylan den Nachweis geführt, dass das Geld aus dem Juwelenraub zur Finanzierung von Terrorismus eingesetzt werden könnte und Vural Attaman womöglich in der Krisenregion bei IS-Sympathisanten aus dem Umfeld seiner früheren Moscheegemeinde untergekommen war. Anders wäre die Kommission niemals an die Abhörspezialisten gekommen.

»Ihr müsst das so sehen«, fuhr Fred fort. »Es ist nicht auszuschließen, dass der flüchtige Vater in Kurdistan oder Syrien potenziellen Gefährdern über den Weg läuft und daraufhin seine bislang antiterroristische Haltung ändert und auf einmal zum Unterstützer und zum Islamisten wird.«

»Von wem kannst du das nicht behaupten?«, fragte Holger.

»Ist mir latte«, antwortete Fred. »Hauptsache, wir haben grünes Licht für die Überwachung und bekommen eure geile Technik.« Fred drehte sich um und drückte Holger den Kaffeebecher in die Hand. Er nahm das Smartphone aus der Tasche, um erneut ein Bild von den bunten Häusern zu machen, überprüfte das Ergebnis und nickte zufrieden. Für einen Moment fragte er sich, ob Tjark Wolf in Bullerbü oder Lummerland, oder wo auch immer er gerade steckte, in einem ähnlich aussehenden Schwedenhäuschen residierte. Ihm würde die Sache mit Vural Attaman überhaupt nicht schmecken. Lange her, wusste Fred, da waren die beiden mal ziemlich dicke Freunde gewesen. Und jetzt Gegner. Dumme Sache, dachte Fred und setzte sich wieder in Bewegung, aber nun mal nicht zu ändern.

16.

Wenn man von Esens aus auf der Bensersieler Straße fuhr, kam man geradewegs an die Küste und zum Deich. Von Bensersiel aus gingen die Fähren nach Langeoog und Spiekeroog. Nahe dem Hafen gab es einen größeren, künstlich aufgeschütteten Strand direkt am Wattenmeer. Viele Touristen campierten hier im Sommer in den Wohnmobilen, deren Dächer im Licht der Sonne glitzerten wie die Schuppen eines silbernen Fabelwesens. Bog man in Esens jedoch vorher ab auf die Hartwader Straße, gelangte man nicht an die Küste, sondern mitten in ein Wohngebiet. Dort gab es Ferienhäuser, die man anmieten konnte. Eines davon hatte eben Franziska Attaman verlassen, um zur Arbeit zu fahren.

Femke sah das Auto hinter der Kurve verschwinden und machte eine Geste zu den beiden Technikern vom LKA, die zur Tarnung Overalls eines technischen Kundendiensts trugen und Werkzeugkisten mit sich führten. Sie setzten sich nun in Bewegung. Femke sah ihnen hinterher und verfolgte, wie sie etwa zweihundert Meter von ihrem Standort entfernt das Grundstück betraten und wenige Sekunden später im Haus verschwanden, dessen Tür sie routiniert mit einem Dietrich geöffnet hatten.

Femke zog das Handy aus der Hintertasche ihrer Jeans, zu der sie hellgraue Sneaker und eine khakifarbene Feldjacke trug. Sie informierte Ceylan per WhatsApp, dass das Team im Haus war, und bekam ein »Okay, danke« zurück. Nun blieb ihr nichts weiter, als hier auf dem Parkplatz vor dem Gasthaus *Zur Alten Schmiede* in der Sonne zu stehen und einige Momente abzuwarten, ob Franziska Attaman noch einmal zurückkehren würde. Falls das nicht geschah, würde sie sich ins Auto setzen und die Boutique observieren, in der die Frau arbeitete, um die Techniker zu warnen, falls sie vorzeitig Feierabend machte.

In nördlicher Richtung sah Femke, wie zwei Reiterinnen die Straße überquerten. Femke fuhr sich durch das lange blonde Haar, drehte sich fort und setzte die Sonnenbrille auf. Sie musste an Justin denken, ihr Pferd, das von einem Ripper getötet worden war. Der alte Kerl hatte ihr viel bedeutet und sein Gnadenbrot auf der Koppel bei Werlesiel genossen. Seit Justins Tod hatte Femke keinen Reitstall mehr betreten. Volker, ihr neuer Freund, der Tierarzt war, hatte ihr zwar empfohlen, genau das zu tun, sich mal wieder Stallluft um die Nase wehen zu lassen – vielleicht eine Reitbeteiligung zu suchen. Aber Justin stand für ein Kapitel in Femkes Leben, das beendet war. Sie brauchte das Reiten nicht mehr als Ablenkung und Ausgleich von der Arbeit als ehemalige Leiterin der Werlesieler Polizeiinspektion. Sie hatte kaum noch etwas mit dem Ort zu tun – und wollte es auch nicht mehr haben. Okay, ihre Eltern lebten dort noch, Femke ebenfalls, aber von einer Bindung wollte sie nicht mehr sprechen. Und gewissermaßen stand der Tod von Justin als ein Symbol für das Ende – wenngleich eines, das manchmal wie ein Brandzeichen auf dem Oberschenkel schmerzte.

Femke wandte sich ab, als sie das Geräusch eines herannahenden Autos hörte. Einen Moment später geriet ein Streifenwagen in ihr Sichtfeld, der sein Tempo reduzierte. Nach einem weiteren Augenblick erkannte sie die Insassen und murmelte: »Oh, nein, bitte nicht!« Der Streifenwagen rollte vor dem Parkplatz rechts ran und stoppte. Das Beifahrerfenster wurde mit einem Surren herabgelassen.

»Moin, Chefin«, sagte Torsten Nibbe. Er trug ein kurzärmliges Uniformhemd und lehnte den mit Sommersprossen gesprenkelten Unterarm lässig aus dem Fenster. »Was machst du denn hier?«

Die Frage war eher, dachte Femke, was um Himmels willen ausgerechnet Torsten ausgerechnet jetzt ausgerechnet hierherführte. Er war ein Schlaks und noch im Sitzen ein Riese. Früher hatte er mit Femke in der Inspektion zusammengearbeitet und war seit deren Auflösung bei der Polizei in Esens beschäftigt, für deren Leiter er sich hielt. Mindestens. Jedenfalls benahm er sich so – und das war er auch früher schon gewesen: ein Gernegroß, der seine Nase überall hineinsteckte, wo sie nichts zu suchen hatte. Außerdem hatte er ein Talent dafür, in unpassenden Situationen aufzutauchen.

»Moin«, sagte Femke im Einatmen und dann im Ausatmen: »Torsten.«

Er antwortete mit einer lässigen Handbewegung. Am Steuer saß eine jüngere Kollegin, die Femke mit einem Nicken grüßte.

»Geht hier irgendwas?«, fragte Torsten.

»Nö. Warum?«

»Na ja, nun, wir fahren hier mal längs auf Streife, und dann stehst du da auf einmal am Wegesrand, und die *Alte Schmiede* hat sicher noch nicht geöffnet.«

Femke fuhr sich mit der Hand über das Kinn. »Kannst du nicht einfach weiterfahren, Torsten?«, fragte sie.

Torsten betrachtete Femke skeptisch. »Alln's kloor?«

»Ja. Kannst weiterfahren. Ich wünsche dir einen guten Weg und ruhigen Dienst.«

Sie winkte Torsten zu. Aber der Streifenwagen bewegte sich kein Stück. Super, dachte Femke. Genau das brauchte sie, dass hier stundenlang ein Streifenwagen in der Straße parkte. Ein Streifenwagen in unmittelbarer Nähe eines Hauses, das gerade zur Überwachung verkabelt wurde …

Es hatte keinen Sinn, dachte Femke, sie musste etwas tun. Sie ging einen Schritt vor und beugte sich zum Beifahrerfenster hinab so nah zu Torsten, dass sie den Lakritzgeruch in seinem Atem riechen und die geplatzten Äderchen auf seinen Wangen zählen konnte.

»Torsten«, sagte sie leise, »wir haben eine Operation am Laufen. Hohe Sicherheitsstufe.«

»Ach?« Torsten wirkte sofort ganz wach. »Was denn?«
»Eine LKA-Aktion. Überwachung von Verdächtigen.«
»Hier?«
Femke rollte mit den Augen. »Ja. Hier.«
»Dat dörf nich wohr wesen.«
»Es ist aber wahr, und das darf nicht schiefgehen. Mit dem Streifenwagen fällst du auf.«
»Ach was.«
»Ja, ach was. Fährst du bitte weiter?«
»Worum geht denn das? Ich weiß von nix. In meiner Stadt eine LKA-Aktion, von der ich nichts weiß?«
»Sonst wäre es ja nicht geheim.«
Torsten nickte. »Aber …«
Femke machte ein genervtes Geräusch. »As sull de Düwel dor achtersteken«, murmelte sie.
»Aber …«
Femke versuchte es anders herum. »Hör mal, es ist ganz gut, dass du da bist. Die Dröönbüddel in Hannover hören ja nicht auf mich.«
»Schietkrom.«
»Ja, Schietkrom. Kannst du wohl in der Kernstadt längs fahren und mich anrufen, wenn dir ein silberner BMW Kombi auffällt?«
»Modell?«
»Dreierreihe. Kennzeichen WHV-SE 815.«
Torsten nickte mit offenem Mund. »Und denn?«
»Mich anrufen.« Femke hatte keine Ahnung, ob es ein solches Fahrzeug mit einem solchen Kennzeichen gab. Aber es würde Torsten beschäftigt halten.
»Na klar. Bekommen die Dösbaddel vom LKA nicht selbst hin, hm?«
»Nee. Ich vertraue da lieber auf die Fachleute vor Ort wie dich.«
»Uns Höhner peed wi noch jümmers sülm«, grinste Torsten. Unsere Hühner treten wir immer noch selbst.

»Genau«, sagte Femke. »Da darf nix schiefgehen. Und jetzt verschwindet besser schnell.« Sie stellte sich wieder aufrecht hin.
»Und worum geiht das nu?«
Femke gab einen Stoßseufzer von sich. »Du erfährst es als Erster, wenn ich es sagen darf.«
Torsten wirkte nicht vollends zufrieden. Aber er machte einen militärischen Gruß und klopfte dann als Zeichen zur Abfahrt mit den Fingerknöcheln an die Autotür.
»Abfahrt«, sagte er. »Mir geht der nicht durchs Netz.« Er grinste zu Femke. Dann fuhr der Streifenwagen auch schon los.
Femke atmete erleichtert auf. Die junge Kollegin neben Torsten war nicht zu beneiden.

17.

Die Sonne ging unter und tauchte die dänische Küste in rotes Licht. Tjarks Roadster bog mit knackenden Reifen auf die Kieseinfahrt zum Ferienhaus. Im Rückspiegel sah er Madsens Volvo. Eigentlich ziemlich unwirtschaftlich und unökologisch, mit zwei Autos unterwegs zu sein, aber am anderen Morgen würde Tjark zurück nach Oldenburg fahren, um Montag den Dienst anzutreten, und Madsen würde wieder nach Århus fahren müssen, um an ihren Fällen weiterzuarbeiten. Also brauchten sie beide Wagen.

Tjark versuchte sich vorzustellen, was in Deutschland los wäre, wenn zwei Promis vom Kaliber Hela und Mette umgebracht worden wären – und dann noch auf solch eine spektakuläre Art und Weise. Der Teufel wäre los. Aber auch als leitender Ermittler konnte man nicht an sieben Tagen die Woche für vierundzwanzig Stunden daran arbeiten. Man musste zwischendurch Luft holen, innehalten, Abstand gewinnen, um danach mit aufgeladenen Akkus wieder klarer sehen zu können, und das galt auch in Dänemark.

Anne Madsen wollte ihre Akkus aufladen, daran bestand kein Zweifel. Sie stieg aus ihrem Wagen, nachdem Tjark ausgestiegen war, und blickte sich um. Sie war nicht zum ersten Mal hier, aber sie würde zum ersten Mal bleiben.

Sie warf die Autotür zu und fragte: »Warum kaufst du das Haus nicht, sondern wohnst hier immer nur zur Miete?«

Sie musterte das Gebäude, während Tjark den Wagen mit der Fernbedienung abschloss. Der Wind war frisch, der Himmel klar. Die untergehende Sonne ließ die lackierten schwarzen Dachziegel glänzen.

Das Haus war eines der relativ modernen in der großen Feriensiedlung von Hvide Sande. Sie lagen überall in den Dünen verteilt – so als habe ein höheres Wesen zwei Hände voller schwarzer Perlen einfach vom Himmel herabgeworfen. Von außen war es weiß gestrichen. Vor der Haustür gab es einen Windfang, der schon bessere Zeiten gesehen hatte. Auf der anderen Seite befand sich eine kleine Terrasse. Besonders mochte Tjark die Veranda, die an diese amerikanischen Holzhäuser des Südens erinnerte, die man aus Filmen und TV-Serien kannte. Nicht, dass Tjark sich etwas daraus machte. Aber ihm gefiel dieser Stil, den man häufig in Skandinavien sah. Und wer weiß, vielleicht hatten ihn Auswanderer aus Dänemark und Schweden vor ein paar Hundert Jahren in den USA eingeführt – womit sich der Kreis schloss.

»Ich habe schon ein Haus«, erwiderte er schließlich und ging zur Eingangstür. »Vielmehr eine Wohnung. Ein Loft in Oldenburg. Besitz verpflichtet, und ich bin gerne so unverbindlich wie möglich.«

»Auch in Bezug auf …«

»Nein«, kürzte Tjark ab und lächelte. »Nein, nicht in Bezug auf dich.«

Madsen schmunzelte. »Ob ich das Loft einmal zu sehen bekomme?«

Tjark schloss zu ihr auf. »Ob ich deine Wohnung jemals sehen werde?«

»Vielleicht wäre beides möglich.« Madsen stand dicht hinter Tjark und folgte ihm ins Innere. »Mal das eine, mal das andere.«

»Das wäre eine Option«, sagte er, ging in den Flur und dachte darüber nach, über welche Optionen hier tatsächlich gerade gesprochen wurde – nämlich zwischen den Zeilen über die Art und Weise, wie man eine erfolgreiche Fernbeziehung miteinander führen könnte.

Dem Flur folgte ein weitläufiges Wohnzimmer, das in eine Küche mit Kochinsel überging. Der Boden war mit weißen Dielen belegt, die Wände hell gestrichen. Gegenüber den Ledersesseln befanden sich ein Flachbildschirm und ein gusseiserner Ofen. Etwas weiter in der Mitte stand ein Küchentisch vor einer großen Fensterfront, hinter der sich die Terrasse öffnete. An den Wänden hingen einige der Bilder, die Tjark gemalt hatte. Eines stand noch auf der Staffelei – das neueste Werk, mit dem er sich in den letzten Tagen die Zeit vertrieben hatte, um seine, objektiv betrachtet, kaum vorhandenen künstlerischen Fähigkeiten zu verbessern. Das Malen war jedoch entspannend und hatte etwas Meditatives sowie außerdem absolut nichts mit dem zu tun, was Tjark sonst so tat. Okay, das hatte Synchronschwimmen auch nicht, aber Malen erschien ihm eine akzeptable Wahl als Hobby zu sein, nachdem er sich von dem Gedanken verabschiedet hatte, ein weiteres Buch nach seinem True-Crime-Report »Im Abgrund« zu schreiben. Inzwischen schrieb gefühlt jeder dritte pensionierte Polizist ein solches Buch, da brauchte man nicht noch ein weiteres von Tjark Wolf.

Er drehte sich um, als er die Tür hinter sich ins Schloss fallen hörte. Madsen zog im Gehen die dünne Lederjacke aus.

»Ich wundere mich allerdings, warum du das Haus in Oldenburg behältst, wenn du dich nicht festlegen willst.«

»Ich mag das Loft.«

»Aber Verbindlichkeiten magst du nicht.«

»Ich habe mich einmal festgelegt, und es ging daneben.«

»Deine Ehe?«

»Meine Ehe.«

»Meine ebenfalls.«

»Dann legst du dich ebenfalls nicht gerne fest?«

»Manchmal schon.«

Madsen ließ die Jacke fallen und kam fünf Zentimeter vor Tjark zum Stehen.

»Du wolltest mir etwas zeigen?«, fragte Tjark leise.

»Das war der Plan«, erwiderte Madsen und nahm Tjarks Gesicht in die Hände. Sie blickte einmal kurz an ihm vorbei, sah ihn dann wieder an und sagte leise: »Dein Bild ist furchtbar geworden.«

»Ich weiß.«
»Du kannst andere Dinge sicher besser.«
»Viel besser.«
Tjark legte die Hände an Madsens Hüften. Er spürte ihren muskulösen Körper unter dem T-Shirt. Er schob seine Hände darunter. Madsens Haut war warm und weich. Sie fuhr mit den Fingern über seine Wangen und über seinen Kinnbart. Ihr Atem strich über seinen Mund. Er hatte das Gefühl, dass ihre Wimpern jeden Moment die seinen berühren könnten, und spürte, wie sich ihr Körper bewegte, als sie aus den Schuhen schlüpfte und sie zur Seite kickte. Ihre Finger glitten über seine Schultern. Sie begann, sein Hemd aufzuknöpfen.
»Ich habe über deine Frage von vorhin auf der Insel nachgedacht«, murmelte Tjark und strich mit den Händen ihren Rücken hinauf, um festzustellen, dass sie keinen BH unter dem Shirt trug, dessen Saum er in einer Bewegung gleich mit nach oben zog.
»Welche Frage?«
»Die Frage, warum er die Kirche und die Insel gewählt hat, um Helas Leiche abzulegen, während Mette oben im Norden Jütlands platziert war.«
»Zu welchem Ergebnis bist du gekommen?«, fragte Madsen leise. Tjarks Hemd war jetzt offen. Madsen strich es über seine Schultern nach hinten. Es fiel zu Boden.
»Zu dem Ergebnis, dass ihr den Ablageort der ersten Leiche überprüfen solltet. Vielleicht ist es mehr als nur ein Feld.«
Tjark zog Madsen das T-Shirt über den Kopf und schleuderte es zur Seite. Sie drängte sich an ihn. Er spürte ihren warmen Körper an seinem, ihre kleinen Brüste.
»Du meinst …«, sagte sie und machte sich an seinem Gürtel zu schaffen.
»… dass es geweihter Boden sein könnte wie auf Rømø an der Kirche. Vielleicht stand auf dem Feld, wo Mette lag, ebenfalls einmal eine Kirche, oder es war …«

»… vielleicht ein alter Thingplatz? Eine Wikingersiedlung? Etwas, das mit Runen zu tun haben könnte?«
Tjark spürte Madsens Atem auf der Haut. Seine Finger fassten den Knopf von Madsens Jeans und öffneten ihn. Er spürte einen Ruck an seiner Hose. Sein Gürtel schnappte unter Madsens schlanken Fingern auf.
»Etwas in der Art, ja.«
Madsen schob Tjark die Hose hinab. Er tat dasselbe mit ihrer Jeans.
»Na endlich«, sagte Madsen leise, lächelte und biss Tjark sanft in die Unterlippe. Ihr Körper bewegte sich erneut, als sie sich aus der Jeans pellte.
»Es lohnt sich, manche Dinge reifen zu lassen«, entgegnete Tjark und stieg aus der Hose.
»Wie einen guten Wein?«
»Wie einen guten Wein.«
»Dann sollten wir ihn jetzt genießen«, sagte Madsen. »Der Jahrgang ist nicht schlecht, habe ich gehört.«
Tjark nickte und flüsterte: »Der Jahrgang ist sogar ganz ausgezeichnet.«

18.

Der Mann stand auf der Spitze einer Düne und betrachtete das Ferienhaus durch das Teleobjektiv. Drinnen brannte Licht, während draußen die Sonne unterging. Er konnte nicht sehen, was im Haus geschah, aber er dachte sich seinen Teil. Ein Mann und eine Frau, ein Samstagabend in einem abgelegenen Ferienhaus …

Er nahm die Kamera herab, ließ sie am Tragegurt um den Hals baumeln und schaute aufs Meer hinaus. Die Wellen rauschten mit dem Wind um die Wette. Die Nordsee hatte die Farbe von dunkler Tinte. Darüber stand die Sonne wie eine überreife Kirsche und färbte den wolkenlosen Himmel in spektakulären Rottönen. Rot wie das Blut von Hela und Mette, das der Mann vergossen hatte. Dort, wo er die Tötungen vornahm und die Runen in die Haut schnitt, gab es lange Metalltische mit Ablaufrinnen, was praktisch war. Nachdem Helas und Mettes Verzierungen vollendet waren, hatte er ihnen jeweils ein Seil um die Fußknöchel gebunden. Das Seil führte über ein Rohr unter der Decke hinweg. So konnte er am anderen Ende ziehen und die Körper anheben, bis sie über einem Metalltisch baumelten. Dann machte er das Seil fest und erdrosselte die Opfer. Anschließend öffnete er die Adern – am Hals an den Handgelenken, an den Oberschenkeln und auch an den Fußfesseln, damit alles Blut hinauslief. Das dauerte seine Zeit, und während er dabei zusah, war er jedes Mal absolut fasziniert. Einerseits davon, wie der menschliche Körper funktionierte. Andererseits davon, dass er wahre Kunstwerke geschaffen hatte.

Nicht, dass es ihm darum ging. Die Medien und die Polizei hielten ihn für einen irren Ritualmörder, was kompletter Blödsinn war. Manche hatten behauptet, er sei ein Vampir oder etwas in der Art. Auch das war völliger Quatsch. Er ließ die Körper ausbluten, damit man keine Rückstände der chemischen Wirkstoffe fand, die er für das Betäuben verwendete. Es ging darum, seine Spuren zu verwischen. Er war sich zwar nicht sicher, ob das auch wirklich funktionierte. Aber bislang war ihm keine bessere Möglichkeit eingefallen, und er hatte noch nirgends etwas darüber gelesen oder gehört, dass der Runenkiller seine Opfer betäubte und womit er das tat.

Abgesehen von dem Narkosemittel, das er bei den Entführungen spritzte, setzte er ihnen eine Art kleiner Spinalanästhesie, die alles unterhalb des Kinns lahmlegte. Er war aber kein Sadist oder so und weidete sich nicht daran, dass Hela und Mette genau mitbekommen hatten, was mit ihnen geschah, ohne es zu spüren. Nein, vielmehr hatte es ganz zweckmäßige Gründe.

Erstens: Das Schneiden der Haut war anstrengend, schwierig und zeitaufwendig, und der Mann konnte es nicht kontinuierlich und in einem Zug tun.

Zweitens: Es musste sichergestellt sein, dass die Gefangenen nicht fliehen konnten, wenn er sie alleine ließ.

Drittens: Er hatte keine Möglichkeit, einen toten Körper über mehrere Tage hinweg zu konservieren.

Folglich hatte das Sedieren ganz rationale Gründe. Außerdem, das musste der Mann zugeben, war es ganz angenehm und interessant, sich mit Hela und Mette bei der Arbeit unterhalten zu können – zumindest in den Phasen, in denen sie nicht schrien und bettelten. Das fand er entsetzlich, aber es war eben nicht zu ändern. Er musste es erdulden. Alles diente dem höheren Ziel, und niemand hätte je behauptet, dass es einfach zu erreichen wäre.

Die Sonne verschwand am Horizont. Sie ließ den Abendhimmel ein letztes Mal auflodern. Man sagte, das Meer sei ein Ort der Selbstwahrnehmung und Reflexion. Die endlose Weite suggeriere Grenzenlosigkeit und Freiheit, ließe die Gedanken frei fließen und böte eine Projektionsfläche für neue Ideen. In Träumen und Fantasien stand es für das Unterbewusste. Da war etwas dran.

Der Mann wandte sich wieder zum Ferienhaus, bewertete seine Chancen und Risiken. Er sah verschiedene Optionen. Er konnte sich die beiden Polizisten schnappen, wenn sie schliefen: Tjark Wolf umbringen und Anne Madsen mitnehmen. Oder er konnte abwarten, bis beide am anderen Tag das Haus verließen und Anne Madsen wieder nach Århus fuhr. Er ging davon aus, dass das geschehen würde – wozu wären die beiden sonst mit zwei Autos gefahren? Dann wäre sie alleine, und er konnte zuschlagen, ohne dass Tjark Wolf dazwischengehen könnte.
Zwei Möglichkeiten mit ihren jeweiligen Risiken. Die dritte Alternative war, dass er einfach abwartete, was geschehen würde, und spontan handelte.
Er blickte wieder zum Meer. Spontaneität war nicht seine Stärke, aber ... Ja, dachte er, warum nicht treiben lassen und sehen, was die Flut anspült? Er ging zurück zum Auto, um sich für die Nacht vorzubereiten. Zum Glück hatte er einen Schlafsack dabei. Das gleiche Modell, in dem er zuvor Mette und Hela verpackt und durch die Nacht gefahren hatte – zum Schlachthaus.

19.

Am anderen Morgen stand Tjark mit einem letzten Kaffee in der Hand in der Küche und betrachtete Madsens Silhouette. Während er schon seine Lederjacke trug und bereit zur Abfahrt war, hatte sie nur eines seiner weißen Hemden an. Madsen stand vor der großen Schiebetür aus Glas, hinter der sich die Holzterrasse in Richtung der mit dichtem Gras bewachsenen Dünen öffnete. In einem Tal dazwischen konnte man die Nordsee als schmalen, blauen Streifen erahnen. Madsen blickte in diese Richtung, sodass Tjark im Gegenlicht ihre Umrisse durch das Hemd hindurchschimmern sah. Die Schiebetür stand offen. Ein Windstoß blähte das Hemd etwas auf, worauf es ihr fast von den Schultern rutschte, was ihr nichts auszumachen schien.

»Es ist merkwürdig«, hörte er sie sagen. »Du und das Meer. Es ist widersprüchlich, dennoch gehört ihr zusammen.«

»Meine Beziehung zur See ist sehr speziell«, antwortete Tjark.

»Ich weiß. Das Meer hat dir deine Mutter genommen. Fühlst du dich immer noch dafür verantwortlich?«

»Wenn ich meinen Eltern damals nicht die Reise nach Dänemark geschenkt hätte, wäre sie niemals auf die Fähre gestiegen. Es wäre niemals passiert, was passiert ist. Meine Mutter wäre noch am Leben. Daran hat sich nichts geändert.«

»Trotz allem?«

»Trotz allem.«

Madsen spielte darauf an, dass sie herausgefunden hatte, was damals auf der Fähre und mit Tjarks Mutter geschehen war. Sie schwieg eine Weile, während Tjark den Kaffeebecher leerte und in die Spüle stellte. Er zog den Reißverschluss der Reisetasche zu, die auf der Anrichte abgestellt war. Fertig zur Abfahrt. Bequem, wenn man das Ferienhaus auf unbestimmte Zeit gemietet hatte wie

Tjark. Es war fast wie sein eigenes. Wirtschaftlicher Wahnsinn und Luxus, aber er gab kaum Geld für andere Dinge aus, und seine Aktienpakete warfen gute Renditen ab. Genug, um sich Freiheit zu erkaufen, zu kommen und zu gehen, wann immer es ihm passte.

»Rufst du mich an?«, fragte Madsen. Sie drehte sich um und hielt ihren Kaffeebecher mit beiden Händen umfangen.

»Ich rufe dich an«, sagte Tjark.

Madsen schmunzelte. »Lügner. Wir beide wissen, dass ich mich als Erste melden werde.«

»Das Ergebnis wird das gleiche sein. Wir werden uns am Telefon unterhalten.«

»In zwei Wochen habe ich ein paar Tage frei – falls nichts dazwischenkommt«, sagte Madsen. »Vielleicht sehen wir uns dann und verbringen ein wenig Zeit miteinander.«

Madsen ließ es wie eine Feststellung klingen, nicht wie eine Frage. Tjark schulterte die Tasche und ging auf Madsen zu. Er nahm ihr die Tasse aus der Hand und stellte sie auf dem Tisch ab. »Ich kann nichts versprechen. Aber wir sehen uns so bald wie möglich wieder. Das hier war kein One-Night-Stand.«

Madsen lächelte amüsiert. Sie trat näher an Tjark heran, nestelte an seiner Jacke. »Oh, für dich vielleicht nicht ...« Ihr Atem strich über seine Lippen.

»Aha?«

»Aber andererseits halten sich reife Damen wie ich ganz gerne einen jüngeren Toyboy zum Angeben.«

»Toyboy?«

Madsen lachte. Tjark liebte ihr Lachen. Madsen war eine fabelhafte Frau. Sie küsste ihn. Er küsste sie zurück. Lang und intensiv.

»Jetzt hau besser ab«, sagte Madsen, »sonst lege ich dir Handschellen an und benutze dich noch ein paarmal zu meinem Vergnügen, Toyboy.«

Tjark grinste. Es war ungewohnt und lange her, dass er solche Worte von einer Frau zu hören bekommen hatte. Es war ebenso

ungewohnt und lange her, dass es ihm gefiel und er die Aussicht sehr verlockend fand, einfach alle Pläne über den Haufen zu werfen und sich dem Moment hinzugeben.
»Bleib, so lange du willst, Anne. Wirf den Hausschlüssel einfach in den Briefkasten.«
»Meiner liegt immer im Blumentopf.« Madsen lachte. »Blöd, ich weiß, aber den findet garantiert keiner.«
Tjark zögerte. »Ich würde gern noch etwas bleiben, aber ich muss los. Mich noch etwas vorbereiten. Nach der Wohnung sehen, die Post. Es sind einige Stunden Fahrtzeit, je nach Verkehr, bei Hamburg gibt es heftige Baustellen …«
Madsen schmunzelte und schob Tjark fort. »Du brauchst dich nicht zu rechtfertigen. Du hast dein Leben. Ich habe mein Leben. Und nach dem Duschen und vielleicht noch einem weiteren Kaffee geht es mit meiner Arbeit am Schreibtisch in meinem Homeoffice weiter mit Hela und Mette – ob Sonntag ist oder nicht.«
Tjark beugte sich noch einmal nach vorne und küsste Madsen.
»Wir sehen uns, Toyboy«, sagte sie.
»Wir sehen uns, Cougar«, erwiderte Tjark. Cougar, Silberlöwe – eine englische Slangbezeichnung für ältere Frauen, die scharf auf jüngere Männer waren.
Madsen schlug spielerisch nach Tjark und schob ihn zur Haustür.
»Hau bloß ab!«, zischte sie mit einem Grinsen.
Tjark zwinkerte ihr zu. Dann ging er nach draußen. Madsen folgte ihm, blieb aber in der Haustür stehen und verschränkte die Arme vor der Brust. Er öffnete den BMW und warf die Reisetasche hinein. Er setzte sich ans Steuer und fuhr los. Im Rückspiegel beobachtete er, wie Madsen ihm hinterhersah und schließlich im Haus verschwand. Er bog auf einen breiteren Weg ab, der ebenfalls mit Kies bestreut war, dann auf einen weiteren und erreichte schließlich die Straße, die ihn zur Autobahn, zur deutschen Grenze und nach Hause führen würde.

20.

Der Mann stand zwischen den Dünen, still und unbeweglich. Lepoarden, sagte man, lagen den ganzen Tag herum, sodass sie einer Herde gar nicht auffielen. Dabei hatten sie längst ihre Beute im Blick und schlugen im günstigsten Moment zu. Der Mann dachte nach. Er hatte eben eine Abschiedsszene beobachtet. Daran bestand kein Zweifel. Der eine war fort. Die andere schien noch nicht so weit zu sein und war allein. Vollkommen allein. Eine bessere Chance würde er so bald nicht mehr bekommen. Es war Zeit zu handeln, sagten seine Instinkte.

Er schulterte den Beutel mit dem Schlafsack und ging los. Er bewegte sich durch das hohe Gras auf das Haus zu. Als er am Carport angekommen war, fiel ihm dort ein Paar alte Turnschuhe auf. Sie mussten Tjark Wolf gehören. Die Schuhe waren mit Farbe bekleckst. Darüber hing eine Windjacke an der Wand.

Der Mann zog die Schuhe an, um keine Abdrücke von seinen zu hinterlassen, die Windjacke ebenfalls. Neben dem Hauseingang gab es ein Fenster. Er zuckte, als es dort eine Bewegung gab und das Fenster auf Kippe gestellt wurde. Er hörte eine Frauenstimme, die leise eine Melodie summte. Dann sprang eine Dusche an.

Der Mann ging um das Haus herum. An der Gartenseite war eine überdachte Terrasse aus Holz. Dort gab es außerdem eine Glasschiebetür, die offen stand. Der Mann zog ein Paar Handschuhe aus der Hosentasche und legte den Beutel mit dem Schlafsack ab. Er öffnete die Tür etwas weiter und betrat das Wohnzimmer. Er sah sich um, hörte leisen Gesang und das Rauschen der Dusche. Er orientierte sich, bis er sicher war, aus welcher Richtung die Geräusche kamen. Er ging in Richtung Badezimmer.

21.

Anne Madsen duschte heiß und lang. Sie wusch ab, was von der Nacht und dem Morgen mit Tjark geblieben war – seinen Geruch. Sie senkte den Kopf, ließ den Wasserstrahl ihren Nacken massieren und fragte sich, ob es gut oder schlecht war, sich mit Tjark einzulassen. Sie redete sich ein, dass sie sich besser keine falschen Hoffnungen machen, sondern die Dinge auf sich zukommen lassen sollte. Tjark Wolf war kein einfacher Mann. Das Leben hatte einige Kerben in seine Seele geschlagen.

Madsen hatte selbst einige Narben davongetragen, aber sie ging damit anders um als er. Tjark tendierte wie viele Männer dazu, sich abzuschotten und hinter einem emotionalen Panzer den an der Welt leidenden Cowboy zu spielen, den einsamen Wolf. Bei Madsen war das nicht so. Die Kometeneinschläge des Lebens hatten zwar Schaden angerichtet, ihr aber gleichzeitig offenbart, mit welchen Katastrophen man rechnen musste und wie man sich darauf vorbereiten konnte. Die größten Enttäuschungen resultierten ihrer leidvollen Erfahrung nach oft daraus, dass man selbst zu viel erwartete. Von daher war es besser, den Dingen ihren Lauf zu lassen und zu sehen, ob sie sich entwickelten – und wenn ja, in welche Richtung. Es war wie mit dem Meer: Man stand am Strand des Lebens und wartete ab, was die Flut mit sich brachte und was die Ebbe mit sich nehmen würde.

Komplizierter wurde es, sobald Gefühle ins Spiel kamen. Und darauf lief es nun hinaus.

Madsen stellte die Dusche aus, stieg aus der Kabine, griff sich ein Handtuch, trocknete sich ab und wickelte es sich um den Körper. Sie nahm ein zweites Handtuch für die Haare. Zum Glück waren sie kurz, denn einen Föhn sah sie hier nirgends. Während sie das Bad verließ, dachte sie, dass sie etwas zum Wechseln hätte mitnehmen sollen, wenigstens Unterwäsche. Madsen überlegte für einen Moment, ob sie in einer der Kommoden nachschauen sollte. Vielleicht fand sie eine Boxershorts von Tjark? Sie verwarf den Gedanken und betrat das Schlafzimmer, wo sie beim Anblick des zerwühlten Bettes schmunzeln musste.

Im nächsten Moment verspürte sie einen Stich im Nacken. Sie fasste sich an die Schultern, wirbelte herum und keuchte. Etwas steckte in ihrem Hals. Sie riss es heraus. Es war eine mit einer klaren Flüssigkeit noch halb gefüllte Spritze. Sie sah einen Mann, der hinter der Tür gestanden hatte. Im nächsten Moment stürzte er sich auf Madsen.

Madsen schrie auf und tauchte unter dem Angreifer hindurch. Mit einem Hechtsprung landete sie auf dem Flur und kroch davon. Doch der Mann war bereits hinter ihr und hielt sie an den Fußknöcheln fest. Madsen schrie erneut auf. Sie trat um sich und schlug nach dem Mann. Sie bekam einen Hocker zu fassen und wollte ihn auf den Kerl schleudern, aber er kam ihr zuvor und schlug ihr mit der Faust mitten ins Gesicht.

Madsens Kopf knickte zurück. Tränen schossen ihr in die Augen. Sie spürte, wie ihr das Blut aus der Nase lief. Sie versuchte, sich zu wehren, aber sie fühlte sich wie in Wackelpudding eingehüllt. Es brauchte mit einem Mal enorme Kraft, um sich zu bewegen. Was auch immer der Mann ihr gespritzt hatte – jetzt trat die Wirkung ein. Der Hocker fiel ihr aus der Hand. Ihre Sicht trübte sich. Ihr Kopf dröhnte, gleichzeitig schien er mit Watte ausgestopft zu sein. Sie sah, wie der Mann sich über ihr aufrichtete. Sie konnte ihn nicht erkennen. Er hatte etwas über das Gesicht gezogen, das einer Strumpfmaske glich. Madsen versuchte, sich zu erklären, was hier geschah. War das ein Einbrecher? Ein Vergewaltiger? Was war das für eine Spritze gewesen? Warum …

Sie wollte den Mund öffnen und etwas sagen. Ihre Zunge fühlte sich betäubt an. Wie beim Zahnarzt – mit dem Unterschied, dass sich dieses Gefühl nun im ganzen Körper ausbreitete.

Madsen wollte von dem Mann fortkriechen. Sie konnte kaum noch die Beine bewegen. Sie fiel zur Seite, kippte auf den Bauch und blieb mit dem Gesicht auf dem hellen Laminatboden liegen. Ihr Atem ging flach. Das Blut aus ihrer Nase breitete sich zu einer Pfütze aus. Ihr Körper war gelähmt. Sie sah ein Paar Turnschuhe, die mit getrockneten Farbklecksen beschmiert waren. Sie hörte eine Stimme, die wie ein verzerrtes Echo durch ihren Kopf hallte.

»Hallo, Anne Madsen. Ich habe gehört, dass du mich suchst. Hier bin ich. Komm und fang mich.«

Jetzt begriff Anne, wer der Mann war. Dann wurde alles dunkel.

22.

Der Mann wartete ein paar Minuten, bis sich die Wirkung des Schlafmittels vollends entfaltet hatte. Für das Fangen verwendete er ein sehr schnell wirkendes Mittel, das die Opfer so lange außer Gefecht setzte, bis das zweite Betäubungsmittel gefragt war. Er starrte auf die Schuhe, die nicht seine waren, und betrachtete die am Boden liegende, blutende Anne Madsen, die nur in ein Handtuch gewickelt war, das sich von ihren Hüften gelöst hatte. Ansonsten war sie nackt. Er sah zum Schlafzimmer, sah dort das zerwühlte Bett – die Spuren einer leidenschaftlichen Nacht.

Ihm kam eine Idee.

Er ging ins Schlafzimmer, nahm die Spritze auf, die sie sich aus dem Nacken gerissen hatte, setzte die Sicherheitskappe auf die Nadel und steckte die Spritze in die Hosentasche. Wiederum musterte er das Bett, sah sich zu der unbekleideten Madsen um. Schließlich dachte er sich: Warum nicht?

Er ging zurück zum Flur, packte Anne Madsen an den Fußgelenken und zerrte sie ins Schlafzimmer. Ihre blutende Nase hinterließ eine schmierige, rote Schleifspur auf dem Fußboden. Er hockte sich auf das Bett, ruckte an ihrem Körper, bis sie auf der Matratze lag. Er drehte sie auf den Bauch, sodass sie auf die weiße Leinenbettdecke blutete. Dann stand er wieder auf und musterte das Bett und Madsens darauf liegenden Körper, die Wölbungen ihres Hinterns, ihr geschwungenes Rückgrat.

Er verließ das Schlafzimmer und ging durch den Flur und das Wohnzimmer zur Terrasse, wo er den dort deponierten Schlafsack aus der Schutzhülle nahm und die Hülle einsteckte. Anschließend ging er zurück zum Bett, rollte den Schlafsack auf dem Boden aus und zerrte Madsen von der Matratze, bis ihr Körper auf den Schlafsack plumpste. Er sah sich um, nahm die Kleidungsstücke, die er für Madsens hielt, und warf sie auf die Bewusstlose. Er nahm ihre Handtasche, durchsuchte sie und fand den Autoschlüssel. Er fand auch ihr Handy, musterte es und dachte nach. Dann bückte er sich und ließ das Telefon unters Bett schlittern, bevor er die Handtasche ebenfalls auf Madsens Körper warf.

Schließlich schloss er den Reißverschluss, packte die Zipfel am Fußende mit den Fäusten und zerrte den Schlafsack über den glatten Fußboden zur Haustür. Er öffnete die Tür, ging hinaus, entriegelte Madsens Wagen mit der Fernbedienung, zog den Schlafsack zum Heck und wuchtete den Körper in den Kofferraum. Das war Schwerarbeit.

Der Mann schloss den Wagen, zog die Haustür zu und ging zum Carport, wo er die Turnschuhe und die Windjacke aus- und die eigenen Schuhe wieder anzog. Er fand eine Plastiktüte, in die er die Schuhe und die Jacke stopfte, suchte draußen einen Mülleimer und ließ die Tüte darin verschwinden. Schließlich setzte er sich in Madsens Wagen, stellte Sitz und Spiegel ein und überlegte, dass er sich später mit einem Taxi zu seinem eigenen, versteckt abgestellten Wagen fahren lassen würde – oder er würde den Bus nehmen.

Jedenfalls, dachte er im Wegfahren, sah es in dem Ferienhaus nun danach aus, als habe dieser Tjark Wolf Madsen nach dem Duschen k. o. geschlagen, auf dem Bett vergewaltigt und dann verschleppt. Außer auf dem Fußboden würde man auf dem Bett Blut von Anne Madsen finden und ohne Frage getrocknete Körperflüssigkeiten, die zu ihrem Freund gehörten.

Es wäre leicht für die Polizei, daraus Schlüsse zu ziehen. Wenn Madsen nicht zur Arbeit kam und nicht erreichbar war, würde man ihr Handy orten lassen und direkt zum Tatort geführt werden – geradewegs ins Schlafzimmer und zu dem Bett, unter dem das Telefon lag. Und wenn sich die Polizei dann etwas umsah, würde sie in einem Mülleimer eine mit Anne Madsens Blut befleckte Jacke und Turnschuhe finden, die Tjark Wolf gehörten. Ganz schön perfide. Der Mann konnte nicht anders und musste etwas grinsen.

23.

Torben zuckte zusammen, als es am späten Nachmittag an seiner Tür schellte. Er befürchtete, dass es wieder die Polizei sein könnte, mit der er in der Vergangenheit einige Male zu tun gehabt hatte – und das Blöde daran wäre der Zustand, in dem sie ihn und seine kleine Wohnung vorfinden würden. Er hatte ausgiebig geduscht und sich seither nicht angezogen. Er saß nackt auf dem Sofa mit den ganzen ausgedruckten Bildern und dem Laptop und …

»Moment!«, rief er und sprang auf, um eine Decke vom Sofa über den Couchtisch zu werfen und alles Verdächtige darunter zu verbergen. Er lief zum Bad und zog sich den Bademantel an – ein ursprünglich dunkelbraunes Exemplar, das inzwischen so hellbraun war wie alte Schokolade. Er knotete den Gürtel zu und ging zur Tür, blickte durch den Spion – und war schlagartig erleichtert.

Die Polizei stand nicht dort. Da stand bloß Truls von unten in Jeans und Turnschuhen.

Torben öffnete die Tür. »Hej.«

»Hej«, antwortete Truls in seinem starken norwegischen Akzent und musterte Torben. Truls trug die Haare zum Zopf gebunden und ein Che-Guevara-Shirt. Torben wusste es nicht genau, vermutete aber stark, dass Truls bei den Autonomen war. Torben fand zwar ihre Ideen gut, auch die radikalen, hatte aber nie offen mit ihnen sympathisiert. Er blieb lieber im Hintergrund und behielt seine Ansichten für sich. Mit der Polizei hatte er sowieso schon zu viel Ärger.

»Sorry, dass ich störe«, sagte Truls, »aber funktioniert das Internet bei dir auch nicht?«

Torben zuckte mit den Achseln. »Ich bin eben erst wiedergekommen. Hatte die frühe Sonntagsschicht.« Er lächelte entschuldigend. »Mein Internet läuft. Wie es den ganzen Tag über gewesen ist, das weiß ich nicht.«

»Bei mir läuft gar nichts. Ich dachte, das ist vielleicht ein Ausfall am Hausanschluss oder so oder ein Hardwareproblem beim Verteiler im Keller.«

Torben zuckte die Achseln.

»Also bei dir funktioniert alles?«

Torben nickte. »Habe eben vor dem Duschen noch E-Mails gecheckt. Geht alles.«

»Tja, dann muss das wohl ein Problem beim Provider sein. Schönen Tag noch und danke.«

»Keine Ursache.«

Torben schloss die Tür, lehnte sich mit dem Rücken dagegen und atmete auf. Als vor einigen Tagen die Polizei gekommen war, hatte er den Schock seines Lebens bekommen. Sie hatten ihn nach einem Alibi gefragt und sich in der Wohnung umgeschaut. Sie hatten wissen wollen, was er an dem Abend getan hatte, an dem Hela entführt und ermordet worden war. Sie hatten gesagt, sie wüssten, dass sein Fandom deutlich zu weit gehe, was mit Anzeigen gegen Torben auch aktenkundig sei. Und dass er zudem ein großer Fan von Mette Slettemark gewesen sei, die ebenfalls ermordet worden war. Torben hatte geantwortet, er sei ein Fan von vielen Stars, und die Polizei habe ihn doch damals schon ergebnislos wegen Mette befragt. Und an jenem Abend wie an dem, als Hela verschwand, sei er allein zu Hause gewesen, weil er nun einmal alleine lebe. Dann hatte er wieder und wieder erklärt, was er den ganzen Tag lang gemacht hatte, und mehrfach versichert, dass er doch niemals Hela oder Mette etwas antun würde. Er hatte sich darüber beklagt, dass er das Altbekannte noch mal herbeten musste, seine Ausbildung, seine medizinischen Kenntnisse als Altenpfleger, seine Ausbildung als Rettungssanitäter und zu welchen Medikamenten er Zugang im Altenheim habe – was natürlich nur die waren, die dort verabreicht wurden. Und er hatte erneut die Na-

men und Adressen von den Leuten herausgegeben, die ähnlich intensive Fankulte um Prominente betrieben und mit denen er in Kontakt stand.
Die Polizisten hatten gefragt, ob sie sich in seiner Wohnung umsehen dürften – und das war der Punkt gewesen, an dem Torben der Arsch auf Grundeis gegangen war, denn es befanden sich Dinge und Fotos in seinem Besitz, die besser keiner sah und wegen derer er, na ja … Niemand außer ihm sollte sie jemals zu Gesicht bekommen.
Also hatte Torben gesagt, dass er damit nicht einverstanden sei und schon genug in seinem Privatleben herumgewühlt werde und dass die Polizei schon einen Durchsuchungsbeschluss dafür brauche. Mit einem solchen, hatten die Polizisten dann gesagt, würden sie vielleicht zurückkommen – was nach Torbens Meinung ein taktisch ziemlich unkluger Zug war, denn bis dahin könnte er ja alles kompromittierende Material vernichten.
Aber offensichtlich kannten diese Polizisten Menschen von Torbens Schlag besser, als er gedacht hatte, denn sie mussten wohl geahnt haben: Er würde einiges, aber nicht alles entsorgen. Es dokumentierte sein Lebenswerk, es war manches viel zu wichtig und zu wertvoll, als dass er es vernichten würde, und nach dem Mette-Fall hatten sie ihn ja auch in Ruhe gelassen und wollten ihn wohl vor ein paar Tagen mit der Androhung einer Hausdurchsuchung nur verunsichern und schauen, wie er reagierte.
»Darf ich etwas wissen?«, hatte er gefragt, als die Polizisten dann wieder gingen und sagten, dass er sich für weitere Vernehmungen bereithalten solle. »Darf ich wissen, Frau Madsen, ob Sie *die* Anne Madsen sind?«
»Ja«, hatte die Frau im Gehen geantwortet. »*Die* Anne Madsen.«
»Sie sind … ziemlich berühmt.«
Die Frau hatte laut gelacht und drohend mit dem Finger auf ihn gezeigt, als sie die Treppe hinabging. »Ich warne dich, mein Freund.«

Torbens Herz pochte immer noch stark, als er zurück ins Wohnzimmer ging und die Decke wieder vom Wohnzimmertisch nahm. Er setzte sich und betrachtete seine neue Sammlung. Er weckte den Laptop auf, um mit der Photoshop-Arbeit weiterzumachen und die Hauttöne anzupassen. Denn der Körper von dem Pornostar passte noch nicht perfekt zu dem Kopf von Anne Madsen.

24.

Ceylan stand vor einem Whiteboard, das von oben bis unten mit ausgedruckten Fotos beklebt war, zwischen denen mit Edding aufgezeichnete Linien in verschiedenen Farben hin und her liefen, um Beziehungsgeflechte zu verdeutlichen. Sie war damit beschäftigt, einen Bildschirm mit einem Durchmesser von fünfundsechzig Zoll in Betrieb zu nehmen, der in der vergangenen Woche dort neu angebracht worden war. Tjark betrachtete abwechselnd Ceylan, die die Haare zum Pferdeschwanz zusammengebunden trug, und die Kaffeetasse vor sich auf dem Tisch, auf dem sich diverse Aktenordner stapelten, die allesamt im Zusammenhang mit Vural Attamans Familie standen.

Der Besprechungsraum befand sich in der Polizeibehörde Wilhelmshaven. Die SOK, die unter der Regie des LKA aus Hannover für den Bereich zwischen der Küste und Osnabrück zuständig war, hatte sich dort vor einigen Jahren einquartiert. Vor dem Umbau zur Polizeiinspektion Friesland-Wilhelmshaven hatte das rotbraun verklinkerte Gebäude aus den Dreißigerjahren mit seinen zahllosen Fenstern die Stammdienststelle der Bundesmarine beheimatet.

»Soll ich mal machen?«, fragte Fred, aber Ceylan antwortete mit einer abwinkenden Bewegung der linken Hand. In der rechten hielt sie die Bedienungsanleitung.

Fred streckte sich, zuckte mit den Schultern und schob das weiße Hemd zurück in die Hose. »Ich habe mir auch gerade einen gekauft«, sagte er. »Sonderangebot. Du musst dich heute zwischen OLED und QLED entscheiden. Im Grunde eine Frage zwischen Diesel oder Benzin, Stones oder Beatles, die Ärzte oder die Toten Hosen – wobei ich zugebe, dass die Entscheidung zwischen Diesel und Benzin heute leichterfällt als noch vor zwei Jahren. QLED ist im Grunde wie OLED, nur andersherum – Samsung macht da sein eigenes Ding, sie wollen die Panels nicht von LG kaufen, denke ich. Unternehmenstaktik.« Niemand reagierte auf Freds Erklärung. »Ich meine ja nur«, sagte er und nestelte an seiner Krawatte wie weiland Oliver Hardy in »Dick und Doof«, wenn er verlegen war.

Tjark sah Femke schmunzeln. Während Ceylan weiter mit der Fernbedienung hantierte, fragte Femke: »Fred hat erzählt, du kennst Vural Attaman?«

Vural Attaman. Und ob, dachte Tjark.

Tjark drehte den Kaffeebecher von links nach rechts und nahm einen großen Schluck. Die Überwachungsaktion war zwar in seinem Urlaub angelaufen, aber Fred hatte ihm eine WhatsApp geschickt. Darin hatte lediglich gestanden: »Wir haben Vural am Arsch.« Den Rest hatte Tjark sich mehr oder weniger denken können und die wesentlichen Fakten dazu vor wenigen Minuten in Ceylans Briefing erfahren.

Der Name Vural Attaman brachte viele Saiten in Tjark zum Schwingen – geradezu einen Heavy-Metal-Akkord. Tjark und Vural: Sie waren Feinde gewesen, dann Freunde, später wieder Feinde – und was waren sie jetzt? Fraglos nach wie vor Gegner.

Bilder aus der Vergangenheit blitzten durch Tjarks Kopf. Zwei Straßenjungen im Alter von zehn Jahren, die sich angriffslustig auf dem Bordstein gegenüberstehen, und keiner will vor dem anderen weichen. Eine Schlägerei und das Gesicht mit diesem arroganten Lächeln, das in einer Kopfstoßbewegung direkt auf Tjarks Gesicht zugerast kam. Eine Handvoll Jugendliche am Treffpunkt an der Tankstelle, einer davon lässig in Lederjacke, eine Blondine im Arm und eine Flasche Schnaps in der anderen Hand, der mit einem abschätzigen Grinsen sagte: »Und morgen ficke ich deine Mutter, Tjarkyboy.« Er sah zwei Halbstarke, die beschließen, dass sie lieber Brüderschaft trinken sollten, statt ständig aneinanderzugeraten, was stets mit einem Unentschieden endete, und deren gemeinsame Wege im Viertel sich wenig später ein für alle Mal trennen sollten. Er erinnerte sich an eine Oldenburger Bar und an einen harten Stoß gegen seine Brust, verbunden mit der Frage: »He, du, Tjarkyboy? Ein Bulle? Willst du mich verarschen?« Ja, er, Tjarkyboy, ein Bulle, der in Uniform bei einer Razzia leise »Scheiße« zischt, als Handschellen klicken und das arrogante Lächeln seines alten Freundes und Feindes in einem Nachtklub an ihm vorbeizieht. Solche Details aber kannten die anderen nicht. Nicht einmal Fred, der allenfalls eine grobe Vorstellung davon hatte. Besser so.

Tjark setzte die Tasse ab. »Wir kennen uns von früher, das ist richtig.«

Femke musterte Tjark. »Ist das ein Vorteil oder ein Nachteil?«

Fred lachte auf.

Tjark schmunzelte und ließ die Frage unbeantwortet. Stattdessen sagte er: »Wir sollten uns vor allem an die Tochter halten.«

Femke sah ihn fragend an.

Tjark erklärte: »Vural liebt seine Frau, keine Frage. Aber er ist kein moderner Mensch. In seiner Weltsicht ist sie *bloß* seine Frau, was bedeutet: Sie kümmert sich ums Haus und die Familie. Um sie muss er sich keine Gedanken machen. Aber um seine Tochter. Wäre sie ein Junge, würde er sich keine Gedanken machen. Er hätte ihm das Kämpfen beigebracht und wie man sich durchsetzt und sich Respekt verschafft. Fraglos hat er das auch seiner Tochter vermittelt, und sie hat seine Gene.« Tjark trank noch einen Schluck. »Aber sie ist eben seine Tochter und nicht sein Sohn. Seine Tochter muss man beschützen. Das ist etwas ganz anderes als bei einem Jungen. Sie ist außerdem sein einziges Kind und in seinen Augen sicherlich so etwas wie eine unberührbare Heilige, nehme ich an. Er würde jeden umbringen, der ihr zu nahe kommt. Er wird sicherstellen wollen, dass stets alles okay ist. Wenn er tatsächlich mit jemandem Kontakt aufnimmt, dann unbedingt mit ihr.«

»Okay«, entgegnete Femke und ließ es wie eine Frage klingen.
Tjark sagte: »Wir sollten eine Personenüberwachung vornehmen. Vural könnte damit rechnen, dass wir sie abhören. Er könnte jemanden schicken, der eine persönliche Nachricht überbringt.«
Fred schaltete sich ein. »Wir können nicht wochenlang auf Langeoog abhängen. Wir binden bereits jede Menge Personal für die Audio- und Kameraüberwachung. Die armen Schweine müssen vermutlich den ganzen Sommer lang in ihren Ü-Wagen sitzen und schwitzen sich einen ab …«
»Wir haben nur das Okay für drei Wochen«, ging Ceylan dazwischen. »Drei Wochen, in denen wir seinen Aufenthaltsort herausfinden müssen. Der ist vermutlich in Kurdistan.« Sie schaltete den Bildschirm ein, rief ein Menü auf und gab dann ein »Aha« von sich. Offenbar hatte sie die Lösung ihres Problems gefunden. »Er hat verschiedene Kontakte in die kurdischen Gebiete und ist in die Türkei eingereist, bevor wir nach ihm fahnden lassen konnten.«
»Vielleicht«, sagte Tjark, »sollten wir Vural etwas anticken und aufwecken. Seine Tochter oder seine Frau dazu motivieren, mit ihm Kontakt zu suchen. Wir könnten ihnen sagen, dass Vural in Syrien verletzt worden ist und im Krankenhaus liegt, dass medizinische Daten benötigt werden. In der Folge würden sie versuchen, ihn anzurufen, um festzustellen, ob das stimmt.«
»Klingt ziemlich mies«, sagte Femke.
»Vural ist ein ziemlich mieser Typ und kann das wegstecken«, sagte Tjark.
Er hörte Ceylan fluchen, weil gleichzeitig ihr Handy und das Telefon im Besprechungsraum klingelten. Sie entschied sich dafür, das Handy zu ignorieren.
Tjark betrachtete die Bilder auf dem Bildschirm. Die Überwachungsfahrzeuge überspielten die Videostreams aus den Häusern von Shirin und Franziska Attaman. Dort geschah nichts, aber es war ein merkwürdiges Gefühl, auf diese Art und Weise in die

Privatsphäre von Menschen einzudringen. Fast so, wie in ihrer schmutzigen Wäsche oder in Mülleimern zu wühlen. Er verfolgte Ceylans Telefonat. Sie sagte kein Wort, hörte nur zu. Ihr Blick schwenkte zu Tjark, und er hatte das Gefühl, dass jegliche Farbe aus Ceylans Gesicht wich. Ihr rechtes Augenlid zuckte.

Schließlich legte sie den Hörer wieder auf. Sie machte eine fahrige Geste. Dann atmete sie tief durch und sagte: »Ich muss dich verhaften, Tjark.«

25.

Anne Madsen schnappte nach Luft und sog sie mit einem Stoßseufzer tief in die Lungen. Sie riss die Augen auf, pumpte Sauerstoff in ihren Körper, als wäre sie gerade aus dem Wasser aufgetaucht, aus einem Albtraum erwacht oder als habe man ihr eine Spritze mit purem Adrenalin direkt ins Herz gejagt. Sie blinzelte, versuchte, sich zu orientieren – und daran zu erinnern, was geschehen war.

Ihre Gedanken überschlugen sich. Sie bekam schlecht Luft. Sie erinnerte sich an … An das, was geschehen war. Daran, was der Mann gesagt hatte. Wer er war.

Madsen wollte aufspringen, aber …

Ja, aufspringen.

Aufspringen, wovon?

Sie saß auf einem Stuhl. Ihre Fußgelenke waren mit Klebeband an den Beinen befestigt, ihre Handgelenke an der Rückenlehne. Der Stuhl selbst schien am Boden festgeschraubt zu sein. Er bewegte sich kein Stück, als sie den Körper hin und her warf. Außerdem war sie geknebelt. Ihr Mund war zugeklebt – wahrscheinlich ebenfalls mit Panzerband. Darin befand sich ein Schlitz, durch den sie Luft bekam, denn ihre Nase …

Madsen versuchte, durch die Nase zu atmen, die höllisch schmerzte. Es gelang ihr nur leidlich. Madsen sah an sich herab. Sie erinnerte sich: Sie hatte geduscht, bevor der Mann sie überwältigt hatte. Aber nun war sie bekleidet. Sie trug sogar ihre eigenen Sachen. Hatte der Kerl sie angezogen? Schien so.

Madsen blinzelte erneut und sah sich um. Da war etwas in ihrer Armbeuge. Eine Kanüle, in der ein Schlauch steckte. Der Schlauch führte zu einem durchsichtigen Beutel auf einem Stativ, zu dem eine Art elektronischer Schaltkasten gehörte – wie ein Tropf im Krankenhaus.

Ansonsten sah sie nicht viel. Sie schien sich in einem mit weißen Fliesen verkleideten Raum zu befinden, der recht groß war. Fenster gab es keine. Eine Tür aus Edelstahl. Lange Tische, ebenfalls aus Edelstahl, alle am Boden befestigt und mit Ablaufrinnen versehen, über denen sich Spüleinrichtungen befanden. Unter der Decke hingen Leuchtstoffröhren. Nur zwei waren eingeschaltet und tauchten Madsens Gefängnis in spärliches, kaltes Licht. Auf einem Tisch standen ein Computer und eine kleine Kamera, die auf sie gerichtet war. Der Computer war eingeschaltet. Was mit der Kamera war, konnte Madsen nicht sagen.

Wie lange war sie schon hier? Auch das wusste Madsen nicht. Aber einige Dinge lagen auf der Hand. Sie befand sich in den Fängen des Runenkillers. Sie wusste, was der Mann mit seinen Opfern anstellte, und sie war in seiner Gewalt. Schlimmer noch, dachte Madsen und wimmerte. Vielleicht befand sie sich sogar in seinem Mordraum.

Sie musste sich keinen Illusionen darüber hingeben, was in dem Fall mit ihr passieren würde: dasselbe wie mit Mette und Freja. Drei Tage hatte der Killer seine Opfer gefangen gehalten, bevor er sie tötete, hatten die Gerichtsmediziner gesagt. Was bedeute das für Anne Madsen? Wie viel Zeit hatte sie noch, und … Wann würde jemand ihr Verschwinden bemerken? Und wo …

Sie zuckte zusammen und gab ein ersticktes Wimmern von sich, als die Elektronik an dem Tropf-Stativ ratternd ansprang. Es klang, als sei die Pumpe an einem Kaffeevollautomaten in Betrieb genommen worden. Eine Zeitschaltuhr, dachte Madsen. Sie ruckte an den Fesseln. Sie keuchte und stöhnte. Sie sah, wie durchsichtige Flüssigkeit durch den Schlauch lief, auf die Nadel traf, die in ihrer Vene steckte. Was pumpte ihr der Kerl da ins Blut? Konnte sie es verhindern? Den Schlauch erreichen und abknicken? Madsen versuchte, zu lesen, was auf dem Beutel stand. Aber ihre Augen wurden bereits schwer, und alles verschwamm. Sie fühlte sich, als werde ihr gesamter Körper mit Beton ausgegossen – und driftete zurück in die Schwärze, aus der sie für wenige Minuten aufgetaucht war.

26.

Stille erfüllte den Besprechungsraum in Wilhelmshaven. Ceylan ließ den Blick nicht von Tjark. Er nicht von ihr. Fred und Femke sahen einander an und schauten dann betreten zwischen Tjark und Ceylan hin und her. Tjark fühlte sich, als träume er oder befinde sich in einem Film, in dem eine Art alternative Realität gezeigt wurde – um im nächsten Moment wieder in der Wirklichkeit anzusetzen. Aber es war kein Traum, und es gab auch keinen Film. Es gab nur diesen Raum, in dem Ceylan ihn in einer Mischung aus Verwunderung und Entsetzen anstarrte und kein Wort sprach.

»Was?«, fragte Fred und blinzelte einige Male. »Verhaften? Tjark?«

»Was ist denn da los?«, ergänzte Femke. Auch sie wirkte, als seien die Worte zwar bei ihr angekommen, aber die Bedeutung noch nicht. Sie klang atemlos.

Ceylan stemmte die Hände auf die Tischplatte und ließ den Kopf hängen. Sie keuchte, schüttelte den Kopf und blickte wieder auf. »Es ist etwas geschehen, und …«

Ceylan schien nach Worten zu suchen, aber nicht die richtigen zu finden. Immer noch schien sie zu versuchen zu verstehen, was ihr da eben am Telefon übermittelt worden war.

Tjark überkam eine düstere Vorahnung. Etwas war geschehen, weswegen er verhaftet werden sollte. Der letzte Mensch, mit dem er Kontakt gehabt hatte, war Anne Madsen. Mit Madsen war etwas passiert.

»Kam der Anruf aus Dänemark?«, fragte Tjark. Seine Stimme klang tonlos.

»Tjark …«, erwiderte Ceylan.

Mehr brauchte sie nicht zu sagen. Mit ihrem Zögern lagen die Karten auf dem Tisch. Madsen war etwas zugestoßen. Keine Frage. Und wenn Tjark deswegen verhaftet werden sollte, klang das ganz und gar nicht gut. Alle Alarmglocken schlugen an, sämtliche Warnzeichen blinkten, jedes Lämpchen zeigte Rot.

»Oh, Fuck …«, hörte Tjark Fred sagen. »Hast du das auch richtig verstanden, Ceylan? Ich meine …«

Tjark fragte Ceylan: »Ist es Madsen?«

»Wie kommst du auf Anne Madsen?«, fragte Ceylan zurück und funkelte Tjark an. »Wie kommst du sofort auf Dänemark und Anne Madsen, kannst du mir das erklären, Tjark Wolf?«

»Also ist sie es.« Tjark sprang auf. »Was ist passiert?«

Ceylan seufzte. »Das weiß ich nicht genau, und darüber darf ich jetzt auch nicht sprechen. Die dänische Polizei sucht dich jedenfalls als dringenden Zeugen und möglichen Tatverdächtigen, und ich muss …«

Tjark schlug mit der Faust auf den Tisch. Alle zuckten zusammen. »Was ist passiert!«

Femke knetete ihre Finger. »Beruhige dich«, sagte sie, »es wird sich sicher alles klären und …« Überzeugend klang das nicht.

Tjark schlug wieder auf den Tisch. »Was ist mit Anne passiert?«

Ceylan straffte sich. »Du weißt ganz genau, dass ich dazu nichts sagen darf. Ich muss dich festnehmen, und du musst mir deinen Dienstausweis geben und …«

Erneut krachte Tjarks Faust auf den Tisch. »Was?!«, brüllte er.

»Ich weiß es nicht!«, schrie Ceylan zurück. »Ich weiß es verdammt noch mal nicht! Okay? Die Dänen melden sich bei uns, und ich werde von einer unserer Dienststellen angerufen, dass ich dich verhaften soll! Das ist passiert! Anne Madsen war zuletzt in deinem Ferienhaus, und da ist sie jetzt nicht mehr, sondern unauffindbar, und dein Haus ist ein möglicher Tatort, und ich soll dich festnehmen, weil die Dänen einen Haftbefehl gegen dich haben – das war's! Und jetzt gib mir deinen Ausweis, und alles wird sich dann klären, verdammt noch mal!«

Tjark überlegte, dass er nur zwei Möglichkeiten hatte. Erstens:

sich festnehmen lassen und in dänischer Untersuchungshaft tagelang nutzlose Vernehmungen über sich ergehen lassen.
Zweitens: sich nicht festnehmen lassen und sich selbst sowie seine Kollegen in Teufels Küche oder an einen noch viel schlimmeren Ort bringen.
In Untersuchungshaft war er noch nie gewesen und hatte keine Erfahrungen damit. Mit Teufels Küche schon. Daher drehte er sich einfach um und verließ das Zimmer.
Ceylan lief ihm hinterher und rief, dass er es nicht noch schlimmer machen solle. Er begann zu rennen. Schneller und schneller. Er verließ das Gebäude, spurtete über den Parkplatz, setzte sich ins Auto und fuhr mit quietschenden Reifen los. Im Rückspiegel sah er Ceylan, die wild gestikulierte. Er ignorierte sie und blickte nach vorn. Es waren etwa sechs Stunden Fahrt bis zum Ringkøbing-Fjord. Er könnte es in vier schaffen. Man würde ihn suchen, sein Auto ebenfalls, denn Ceylan würde eine Fahndung herausgeben müssen. Er nahm ihr das nicht übel. So war der Job. Besser wäre, er würde sich einen anderen Wagen besorgen, aber …
Aber scheiß drauf, sagte er sich. Was auch immer geschehen war, dachte Tjark und stieg aufs Gaspedal: Wer sich an Anne Madsen vergriffen hatte, würde bluten.

27.

Jens tupfte die blutigen Schnittwunden ab. Neben ihm stand eine dampfende Tasse Kaffee. Vor ihm lag das Buch, das er als Muster verwendete – ein Bildband über die nordische Mythologie. Die Runen waren noch relativ einfach zu schneiden, denn sie bestanden im Wesentlichen aus Linien – geraden Strichen, die zu einem Muster zusammengefügt wurden und dann einen Buchstaben beziehungsweise ein Zeichen mit Bedeutung bildeten.

Es war interessant, dass niemand hundertprozentig wusste, woher die Runen stammten. Es gab Theorien darüber, dass sie vom Süden her nach Skandinavien gebracht worden waren. Manche glaubten, dass sie ihre Ursprünge im lateinischen, griechischen oder etruskischen Bereich hatten, wo es Zeichenreihen gab, die die skandinavischen Urahnen erreicht und angeregt haben könnten, etwas Ähnliches zu erfinden.

Die Runen waren eine Lautschrift mit vierundzwanzig Zeichen. Dieses Futhark genannte Runenalphabet war im Laufe der Jahrhunderte immer weiter entwickelt worden. Die ältesten gesicherten Funde stammten aus dem zweiten Jahrhundert von Opferplätzen, die exakt hier zu finden waren – auf Jütland. Wenn man so wollte, waren die Runen also die dänische Urschrift, und weil sie waagerechte und gebogene Linien vermied, nahm man an, dass sie ursprünglich für Inschriften in Holz genutzt worden war und folglich mit der Maserung geritzt wurde.

Kurven waren auch ziemlich schlecht in die Haut zu schneiden, wusste Jens aus der Praxis. Man bekam es niemals exakt hin, obwohl die Haut anders als Muskelgewebe nicht aus einem Fasergewebe bestand, das man mit der Holzmaserung hätte vergleichen können. Es lag an der Struktur des Gewebes und daran, dass es bis zu einem bestimmten Grad flexibel war und sich beim Schneiden dehnte.

Er hörte Geräusche vom Flur und blickte auf die Uhr. Es war noch einige Zeit, bis seine Arbeit im Tattoostudio begann. Aber Johanne musste gleich los. Sie erschien in der Tür, zog sich die Jeansjacke über und warf ihre roten Haare über den Kragen. Zu ihrer weißen Hose und dem weißen Shirt trug sie weiße Birkenstocks. Ihr Namensschild war mit einer Sicherheitsnadel im Brustbereich an dem Shirt befestigt.

»Sieht schon gut aus«, sagte sie.

Jens schaute hoch. »Danke. Der wirklich schwierige Teil kommt erst noch.«

»Es wird dein Meisterstück.« Johanne lächelte.

»Das soll es auch.«

»Welches wird der schwierige Teil?«

»Der Thorshammer. Das Ornament als solches. Es sind geschwungene Linien darin.«

»Okay.« Johanne griff nach ihrer Tasche, um den Gurt über die Schulter zu ziehen. »Ich muss los.«

Jens warf ihr einen Kuss zu. »Denkst du an meine Sachen?«

»Klar. Bringe ich dir aus der Apotheke mit.« Sie lachte leise. »Irgendwann werden die sich im Krankenhaus wundern, dass …« Sie machte eine abwinkende Geste.

»Ihr habt doch genug«, sagte Jens mit einem Schulterzucken. »Das fällt keinem auf.«

»Nö, das fällt keinem auf.« Johanne hob die Hand und wackelte mit den Fingern. »Bis später dann!«

»Ja, bis später.«

Jens wartete ab, bis die Tür hinter Johanne zufiel. Er nahm sein Tablet und überflog ein paar Nachrichtenseiten, fand aber nichts Neues über das, was ihn interessierte. Er las vom Kommentator der *Århus News* eine Stellungnahme über die bevorstehende Blue-Globe-Demo unter dem Motto »Nej Tak« gegen den erneuten

Anlauf der Rechtspartei im Parlament gegen die Aufhebung der dänischen Sonderrechte in der Justiz- und Innenpolitik. Vereinfacht gesagt ging es bei der Aufhebung des Rechtsvorbehalts darum, die polizeiliche Zusammenarbeit in Europa zu vereinheitlichen – was bedeutete, dass der Datenschutz mit Füßen getreten wurde, da jedem anderen Land Zugang zu Informationen ermöglicht wurde. Dabei waren die Ausnahmen damals extra ausgehandelt worden, um der EU nicht zu viel Macht zu geben. Insofern war es eine Demo gegen Fremdbestimmtheit. In Dänemark gab es ja nicht mal den Euro, warum sollte man dann zum Beispiel französischen oder deutschen Behörden unter dem Deckmantel der Terrorbekämpfung erlauben, per Mausklick Zugriff auf Daten von polizeilich bekannten Aktivisten zu ermöglichen? Nicht mit uns, sagte BlueGlobe, und der Kommentar in den *Århus News* traf wieder einmal vollends Jens' Nerv.

Er legte das Tablet zur Seite und machte sich einen frischen Kaffee. Dann setzte er sich wieder an den Küchentisch, um an dem Stück Schweinefleisch weiterzuarbeiten, das in Kürze durch menschliche Haut ersetzt werden würde.

28.

Femke konnte nicht fassen, was eben geschehen war. Es fühlte sich vollkommen unwirklich an – Tjark sollte verhaftet werden? Für sie war er immer so eine Art Superheld gewesen, also: nicht wirklich, schließlich kannte sie seine Ecken und Kanten zur Genüge. Trotzdem, wenn sie ehrlich war, hatte sie ihn für eine kurze Zeit regelrecht angehimmelt, als er damals mit Fred nach Werlesiel gekommen war, um nach einem vermissten Mädchen zu suchen. Femke hatte die Inspektion geleitet und ausgerechnet Tjarks Buch »Im Abgrund« auf dem Tisch liegen gehabt, als er und Fred in ihrem Büro auftauchten, was ihr ziemlich peinlich gewesen war.

Zwischen Tjark und Femke war außerdem einmal etwas gewesen – etwas, das noch viel kürzer gedauert hatte als die Phase des Verknalltseins. Etwas, das sich noch nicht einmal als Affäre bezeichnen ließ. Sie waren für einen Moment, in dem die Zeit stillstand, wie Ertrinkende gewesen, die sich aneinander festhielten, bevor sie merkten, dass man im Wasser stehen konnte.

Tjark hatte sich jedenfalls sehr schnell als jemand entpuppt, der so gut in Femkes Leben passte wie ein Eskimo in die Wüste, wobei ein Eskimo in der Wüste wahrscheinlich noch bodenständiger war als Tjark Wolf. Tjark konnte unbeherrscht, unzugänglich und schrecklich stur sein. Was im Strafgesetzbuch stand, empfand er mehr als Leitlinie denn als Gesetz, was ihn schon in viele Schwierigkeiten gebracht hatte. Aber so war er eben. Ein Straßenköter, wie er sich einmal selbst beschrieben hatte, der mit der Faust in der einen und einem Klappmesser in der anderen Hosentasche aufgewachsen war. Dennoch war sie verstört – es war nicht vorstellbar, dass es einen Haftbefehl gegen Tjark gab. Was um Himmels willen mochte da nur geschehen sein?

»Dieser …« Ceylan rang nach Worten und warf die Tür hinter sich zu, als sie wieder ins Büro kam. »Mir fällt kein verdammtes Wort für ihn ein!«

Sie hatte das Handy am Ohr, sagte »Ja, nein, egal, vergiss es«, lauschte dann einen Moment ihrem Gesprächspartner und beendete das Gespräch fluchend.

»Was ist denn da überhaupt los?«, fragte Femke.

Ceylan wiederholte im Wesentlichen, was sie Tjark gerade an den Kopf gedonnert hatte. Eine dänische Kriminalkommissarin namens Anne Madsen war verschwunden. Ihr letzter Aufenthaltsort war Tjarks Ferienhaus. Femke wusste, wer Anne Madsen war – die Kriminalpolizistin hatte Tjark dabei geholfen, den mehr als fünfundzwanzig Jahre zurückliegenden Tod seiner Mutter aufzuklären. Außerdem war da irgendwas zwischen den beiden – wie intensiv, das wusste Femke nicht.

Aber eines war klar: Wer Tjarks Rudel angriff, griff Tjark Wolf an. So dachte er. So war er programmiert. Und deswegen wunderte es Femke überhaupt nicht, dass er so reagiert hatte, wie er reagiert hatte, falls es tatsächlich um Anne Madsen ging. Er zählte sie zu seiner Familie.

»Sie haben ihr Handy in Tjarks Ferienhaus geortet, nachdem sie nicht am Arbeitsplatz aufgetaucht war«, erklärte Ceylan. »Es gibt eine erhöhte Sicherheitsstufe für Madsen, weil sie eine sehr wichtige Ermittlung leitet – deswegen haben die Dänen sofort nach ihr gesucht, als sie auch nicht ans Telefon ging. In Tjarks Haus hat ein Kampf stattgefunden. Es gab Blutspuren von Anne Madsen, auch im Bett. Sie selbst ist wie gesagt verschwunden. Ihr Auto auch.«

Fred verschränkte die Arme und schüttelte den Kopf. »Nie im Leben hat Tjark damit etwas zu tun.«

»Sie haben mir gerade bei meinem Rückruf am Telefon erklärt, dass es Blut an Schuhen gibt, die ihm gehören. Es gibt auch blutige Abdrücke seiner Schuhe. Es gibt zudem Blut an einer Jacke von Tjark. Beides haben sie in einem Mülleimer gefunden – sowie Spermaspuren, zu denen seine DNA passt, auf einem Bettlaken mit Anne Madsens Blut.«

»Kacke«, sagte Fred.

»Die Dänen sagen, es sieht vor Ort so aus, als habe sie geduscht, sei nur mit einem Handtuch aus dem Bad gekommen und dann von Tjark überwältigt und vergewaltigt worden. Zur Vertuschung der Tat könnte er sie umgebracht und ...«

»Bullshit!«, protestierte Fred.

»... und dann in ihr Auto geschleift haben, um den Körper als auch das Fahrzeug zu entsorgen. Total amateurhaft. Nie im Leben würde Tjark ... Tja. Egal. Danach fuhr er jedenfalls nach Deutschland. Und ich glaube nicht, dass er ein Alibi hat.«

»Bull. Shit«, wiederholte Fred. »Denk doch mal nach. Falls Tjark wirklich jemanden umbringen würde, und sei es im Affekt, würde er niemals so handeln. Er ist Profi. Er würde keine Blutspuren zurücklassen, keine Schuhabdrücke, er würde nicht ...«

»Fred, das ist die Sachlage.«

»Da steckt etwas anderes dahinter.«

»Ja. Das glaube ich auch. Aber was meinst du, weswegen die einen Haftbefehl erlassen haben? Aus Spaß?«

»Weswegen hat Madsen eine hohe Sicherheitsstufe?«

»Es gibt einen Ritualmörder, der zwei Prominente getötet hat. Sie leitet die Ermittlungen.«

»Hm. Jedenfalls steckt dahinter mit Sicherheit jemand, der mit ihr eine Rechnung offen hat. Tjark – niemals.«

»Alles spricht zurzeit gegen ihn. Dass er sich der Verhaftung widersetzt und flieht und keine Angaben über gar nichts macht ...«

»Trotzdem.«

»Fred! Die Kacke ist am Dampfen, okay? Kapierst du das nicht? Wir sind mit dran: Ich soll einen Kollegen wegen dringendem Tatverdacht verhaften, und der haut vor meiner und vor eurer Nase ab? Was werden die denken? Die werden denken, wir haben ihm einen Vorsprung gegeben, weil er unser Buddy ist, okay? Die hängen uns ein internes Ermittlungsverfahren an, stampfen uns zusammen und legen uns auf Eis! Bestenfalls! Schlimmstenfalls hängen die uns Strafvereitelung durch Unterlassen an – oder noch ganz andere Sachen –, je nachdem, was mit dieser Madsen am Ende passiert ist und welche Rolle Tjark dabei spielt! Das ist los! Schnallst du das?«

Fred winkte ab. »Ja, ja, ist mir klar.« Er wollte noch etwas ergänzen, blieb aber stumm, fuhr sich mit der Hand durchs gerötete Gesicht und rieb sich den breiten Nasenrücken.

Femke schnappte nach Luft. Nie im Leben traute sie Tjark eine solche Tat zu. Dass er irgendwann einmal einem Verdächtigen die Knochen brach, durchaus – aber niemals das, was Ceylan gerade vorgetragen hatte.

»Was …«, stotterte sie und zupfte an einer losen Haarsträhne. »Was … tun wir denn jetzt? Was tut er denn jetzt?«

Aber natürlich ahnte Femke es bereits: Er würde sich mitten ins Auge des Hurrikans begeben, um zu klären, was in Dänemark in seinem Haus passiert war.

Ceylan ließ sich kraftlos auf ihren Stuhl sinken. »In Dänemark wird nach ihm gefahndet. Und ich muss jetzt ebenfalls eine Fahndung veranlassen. Ich muss den Vorfall außerdem melden. Und wir alle können uns den Rest des Tages dafür freihalten, unsere Aussagen zu Protokoll zu geben, und uns auf ein internes Ermittlungsverfahren einstellen. Tja, und er selbst …«

»… stürzt mit Anlauf in den Abgrund«, sagte Femke leise.

»Und uns zieht er allesamt mit sich«, ergänzte Ceylan.

»Viel schlimmer«, sagte Fred, der Tjark seit vielen Jahren kannte und ebenso lange sein Partner gewesen war. »Er sieht rot. Geht nie gut aus, wenn er rotsieht.«

29.

Tjark ignorierte die rote Ampel und raste mit quietschenden Reifen durch die scharfe Kurve der Autobahnauffahrt. Anschließend buchte er die linke Fahrspur für sich. Er achtete abwechselnd auf den Verkehr und sein Smartphone, das vermehrt klingelte. Es waren Anrufe von Ceylan, Fred und Femke – mal von ihren mobilen und ihren Büronummern, es gab auch Anrufe mit Nummernunterdrückung, die fraglos ebenfalls von ihnen kamen. Tjark beachtete sie nicht. Als die Frequenz der Anrufe abnahm, suchte er bei Tempo einhundertsiebzig nach der Telefonnummer des Polizeipräsidiums in Århus. Er stellte den Lautsprecher des Handys ein, legte es sich auf den Schoß und wählte die Nummer. Als am anderen Ende abgenommen wurde, sagte er auf Englisch, dass er Niels von der Kriminalpolizei sprechen wolle, dessen Nachnamen er nicht kenne, der aber ein leitender Beamter sein müsse.

Er sagte: »Stellen Sie einfach in die Abteilung durch und sagen, dass Tjark Wolf mit Niels wegen Anne Madsen sprechen will.«

Tjark musste keine dreißig Sekunden warten.

»Hier Niels Hedegaard?«

»Anne und ich waren zusammen«, sagte Tjark und blendete auf, um einen Wagen vor sich zu verscheuchen. »Wir haben uns am Samstag im *Faust* getroffen. Wir sind von dort aus nach Rømø. Anne wollte noch mal zum Fundort von Helas Leiche an der Kirche. Abends sind wir dann zu meinem Ferienhaus in Hvide Sande gefahren. Dort haben wir gemeinsam die Nacht verbracht. Gegen elf Uhr habe ich das Haus verlassen und bin zurück nach Deutschland gefahren. Anne blieb noch da, um sich zu duschen, anzuziehen und nach Århus zurückzukehren, wo Arbeit auf sie wartete.

Ich selbst bin am späten Nachmittag in meiner Wohnung in Oldenburg angekommen und war dort über Nacht. Heute früh habe ich meinen Dienst in Wilhelmshaven um acht Uhr angetreten. Dazwischen hatte ich keinen Kontakt mit Anne. Kein Gespräch, keine WhatsApp. Auch mit keinem anderen. Ich habe niemanden, der bezeugen kann, dass meine Angaben für den Zeitraum zwischen dem Verlassen meines Ferienhauses und dem Dienstantritt korrekt sind.«

»Das sollten Sie Ihren Kollegen zu Protokoll geben und sich stellen, Tjark«, sagte Niels. Natürlich würde er die Hintergrundgeräusche hören, die Autobahn, und sich seinen Teil denken können – nämlich, dass Tjark unterwegs war und sich nicht in Gewahrsam hatte nehmen lassen.

»Oder Sie kommen her, und wir reden hier«, ergänzte Niels.

»Nein zu beidem.«

»Seien Sie kein Dummkopf.«

»Sie suchen den Falschen.«

»Dann haben Sie nichts zu befürchten.«

»Was ist mit Anne passiert?«

»Sagen Sie mir, was passiert ist.«

»Das habe ich schon. Mehr weiß ich nicht. Ist Anne verletzt? Was nehmen Sie an, ist geschehen?«

»Sagen Sie es mir.«

»Lassen wir das Spiel, Niels, ich kenne es zu gut«, sagte Tjark. »Wir beide reden auf Augenhöhe von Polizist zu Polizist. Sie wollen wissen, was passiert ist, ich will es ebenfalls wissen. Noch mal: Glauben Sie, dass Anne verletzt ist?«

Niels schwieg. Vielleicht bekam er gerade ein Zeichen, dass eine Handyortung in Deutschland angewiesen und eingeleitet worden war. Vielleicht dachte er auch einfach nur nach.

»Sie muss verletzt worden sein«, sagte Niels.

»Wo ist sie?«

»Das wissen wir nicht.«

Niels' Stimme änderte sich. Sie wurde leiser, dumpfer – so als hätte er eine Tür hinter sich geschlossen oder würde die Sprechmuschel mit der Hand abschatten. »Blutige Schuhabdrücke von Ihren Turnschuhen im Wohnzimmer Ihrer Ferienwohnung«, erklärte Niels. »Annes Blut und Ihr Sperma auf der Bettwäsche. Annes Blut auf Ihrer Jacke. Anne ist fort. Ihr Auto ebenfalls. Annes Handy lag unter Ihrem Bett in der Ferienwohnung.«

Tjarks Gedanken wirbelten im Kreis.

»Wie erklären Sie das, Tjark?«

»Jemand hat ihr aufgelauert. Er hat abgewartet, bis ich das Haus verließ. Dann hat er zugeschlagen.«

»Wer soll das gewesen sein?«

»Ein persönlicher Feind.«

»Vielleicht wollten Sie etwas von Anne, was sie nicht wollte. Das machte Sie wütend, und Sie beschlossen, sich zu nehmen, was Sie wollen. Aber Anne hat sich gewehrt. Es kam zu einem Kampf, zu einer Vergewaltigung. Dabei ging etwas schief. Anne wurde verletzt. Ein schrecklicher Unfall. Sie gerieten in Panik. Ist es so ähnlich gewesen, Tjark?«

Tjarks Gedanken wirbelten weiter. Er machte eine heftige Lenkbewegung, als er fast die Leitplanke streifte.

»Es stehen Turnschuhe von mir im Carport. Dort hängt auch eine Regenjacke. Jeder kann sie dort finden, sie sind nicht versteckt. Jeder kann sie anziehen, um sich selbst zu tarnen und mich zu belasten.«

Niels schwieg.

»Gab es Einbruchsspuren?«, fragte Tjark.

Niels sagte nichts.

»Wer würde Anne auflauern, meine Sachen anziehen und in mein Haus eindringen, um sich Anne zu holen, Niels? Welche Feinde hat Anne? Ist jemand, den sie verknackt hat, gerade wieder rausgekommen und will Rache nehmen?«

Niels blieb weiter stumm.

»Und Sie wissen, dass vielleicht noch jemand ganz anderes infrage kommt.«
»Reden Sie von sich selbst?«
»Sie wissen, wen ich meine.«
»Ich weiß, dass Sie mein Hauptverdächtiger und zudem flüchtig sind.«
»Sie wissen, wen ich meine, Niels. Wenn niemand infrage kommt, der noch eine Rechnung mit ihr offen hat, oder jemand, den sie unbedingt fassen will – dann kommt noch jemand in Betracht, der es auf Titelseitenstars abgesehen hat. Anne ist die leitende Ermittlerin in diesem Fall. Und dieser Runenkiller könnte …«
»Stellen Sie sich, und wir reden darüber, was passiert ist und was passiert sein könnte, Tjark.«
»Nein.«
»Warum rufen Sie an?«
»Um Ihnen zu sagen, dass ich es nicht war. Und um zu erfahren, was passiert ist.«
»Warum fliehen Sie und widersetzen sich dem Haftbefehl? Sie wissen genau, wie das aussieht und was es nach sich ziehen wird.«
»Weil ich den Kerl schnappen werde, der Anne etwas angetan hat. Wer auch immer es ist. Und falls es der Runenkiller ist, dann …«
»Warum sollte der es sein?«
»Er hat das stärkste aller Motive. Er hat es auf Prominente abgesehen. Anne ist jetzt prominent. Sie jagt ihn außerdem, Niels, stellen Sie sich nicht dumm – für Anne gilt wegen ihrer Ermittlungen eine höhere Sicherheitsstufe, und das nicht ohne Grund. Sie müssen den Runenkiller unbedingt ins Kalkül ziehen. Er hat die anderen Opfer doch auf eine ähnlich tollkühne Art und Weise entführt.«
»Sie sind gut informiert.«
»Ich habe eine Beziehung mit der leitenden Ermittlerin in dem Fall, kein Wunder.«

»Der Runenkiller ist keine Ausrede für Sie, Tjark.«
»Er lässt sich immer drei Tage Zeit, nicht? Einer ist bereits vergangen.«
»Hirngespinste. Sie wissen, dass alles gegen Sie spricht, Tjark.«
»Kein Stück.«
»Stellen Sie sich. Sie machen alles noch schlimmer. Stellen Sie sich, und wir reden.«
»Es spricht überhaupt nichts gegen mich. Ich habe kein Motiv. Nur die Örtlichkeiten …«
»Unfug, und das wissen Sie. Die erste Anlaufstelle ist immer der Partner, und das sind in diesem Fall Sie. Blut in Ihrer Wohnung, Blut auf Ihrem Bett, Blut auf Ihrer Jacke, Blut auf Ihren Schuhen. Muss ich wirklich mehr sagen, meine Güte? Wo ist sie, Tjark? Wo ist Annes Auto?«
Tjark gab keine Antwort. Niels hatte selbstverständlich vollkommen recht. Tjark steckte tief in der Scheiße. Die Frage war, ob er absichtlich in diesen Morast geritten worden war oder ob es sich um eine Art Kollateralschaden handelte. Auf der anderen Seite war diese Frage im Moment nicht allzu wichtig. Wichtig war allein, wo Anne war. Und das würde Tjark niemals herausfinden, wenn man ihn aus dem Verkehr zog – was geschehen würde, wenn er sich stellte oder gefasst wurde.
»Ich habe nicht mehr zu sagen«, sagte Tjark.
»Wir kriegen Sie.«
»Wie ich sagte: Ihr sucht den Falschen. Aber ist mir schon klar: Ihr könnt nicht anders.«
»Nein, wir können nicht anders. Und eine persönliche Anmerkung: Jeden, der Anne ein Haar krümmt, jage ich bis ans Ende der Welt.«
»Das verstehe ich.«
»Es wird nicht lustig, wenn ich ihn in die Finger bekomme.«
»Wir haben die gleiche Sichtweise auf dasselbe Problem, Niels.«
»Sie sollten sich stellen.«

»Vergeuden Sie nicht unsere Zeit und Energie. Suchen Sie den richtigen Mann – und nicht mich.«

Damit ließ Tjark das Fenster herab und warf das Handy hinaus. Im Rückspiegel sah er, wie es auf der Straße aufschlug und in tausend Teile zersprang.

30.

Bengt Nordström stand am Kaffeeautomaten, trank seinen dritten Espresso und ließ den Blick durch die Redaktion der *Århus News* schweifen. Dauernd klingelten Telefone, ständig redete irgendwer mit irgendwem über irgendwas – und gerade stand Marie am Cocktailtisch mit drei anderen, darunter wieder diese zickige Praktikantin, um über die aktuelle Ausgabe zu sprechen.

Nordström interessierte es einen Scheiß, wie sie die Ausgabe aufmachen würden, weswegen er der Besprechung fernblieb. Ihn interessierte, dass er endlich das Interview mit dem Psychologen über den Runenkiller autorisiert bekam, damit es online gehen konnte. Eigentlich hätte es längst da sein sollen, aber während des Wochenendes schien sich der Mann nicht darum gekümmert zu haben, zu überprüfen, ob er mit dem wiedergegebenen Wortlaut seiner Antworten auf Nordströms Fragen einverstanden war.

Er spielte mit seinem Tablet-PC herum, stöpselte die Kopfhörer ein und schaltete auf den Polizeifunk-Scanner, um zu checken, was da draußen so los war. Und es war so einiges los – jede Menge Funkverkehr. Nordström schlürfte den Espresso und konzentrierte sich auf das, was er hörte, und betrachtete nebenbei die Runde am Tisch.

Marie wurde etwas lauter. »Die Geschichte wird immer größer«, sagte sie. »Und wir müssen das Thema unbedingt am Kochen halten, dranbleiben. Da hilft es überhaupt nicht, wenn ihr der Meinung seid, dass dieser US-Sexskandal das neue bestimmende Thema sein soll. Kommt gar nicht infrage.«

»Aber die Sexismus-Debatte geht uns alle an«, sagte die blöde Praktikantin, deren Namen Nordström andauernd vergaß. Irgendwas mit W.

»Ja«, erwiderte Marie, »das ist schon richtig, aber die Klickzahlen sagen, dass die Leute mehr von Hela und Mette und dem Runenkiller lesen wollen. Außerdem ist das Thema sehr viel näher an uns dran als irgendwelche US-Stars. Jeder könnte den Runenkiller kennen, weißt du? Und wer ist der nächste Promi, den er sich schnappen wird?«

»Aber es gibt doch bisher nichts Neues, keine neue Entwicklung?«

Nordström konnte es nicht mehr ertragen. Er zupfte die Ohrstöpsel raus, stand mitsamt dem Tablet auf und ging zum Tisch rüber. »Dann schaff etwas Neues ran«, sagte er und warf das Tablet auf den Tisch. »Davon, dass ihr eure Hintern hier parkt, entstehen keine Nachrichten oder Reportagen. Ihr müsst raus. Draußen spielt die Musik.«

Die Praktikantin verzog das Gesicht. »Hat er gerade *Hintern* gesagt? Womit wir bereits beim Thema der Nähe und Relevanz des Themas Sexismus wären.«

Nordström hob beide Hände in einer entschuldigenden Geste. Nicht, dass es ihm leidtat. Die blöde Kuh sollte froh sein, dass überhaupt jemand über ihren Hintern redete. Aber heute musste man aufpassen mit dem, was man sagte – vor allem in einer Redaktion, die zum überwiegenden Teil aus Frauen bestand.

Nordström blickte zu Marie. »Habe ich recht, oder habe ich recht?«

»Ja, schon, aber vielleicht kannst du das auch anders ausdrücken, Bengt.«

Nordström rollte mit den Augen. Er tippte mit dem Zeigefinger auf das Display des Tablets, das kryptische Diagramme und Sounddateien vom Scanner anzeigte. »Hier ist was.«

»Was denn?«, fragte Marie.

»Es gibt Aufregung am Ringkøbing-Fjord. Ein großer Polizeieinsatz ist dort in einer Ferienhaussiedlung. Spurensicherung, alles Mögliche. Da ist was los.«

»Ist aber weit weg«, sagte Marie.
»Haben wir keinen vor Ort, der mit uns zusammenarbeitet?«
Marie machte ein nachdenkliches Gesicht.
»Was soll denn da los sein?«, fragte die Praktikantin.
Nordström sagte, ohne sie anzusehen: »Großer Polizeieinsatz mit Spurensicherung in einem Ferienhausgebiet bedeutet mindestens, dass dort eingebrochen wurde, oder es bedeutet, dass noch was Größeres los ist – und zwar dann, wenn sie auch in Århus per Funk darüber reden, dass am Fjord etwas geschehen ist. Verstanden? Ist einfache Logik. Deduktion.«
»Ein Einbruch? Na, das ist ja wohl nicht so toll …«
Nordström lachte. Jetzt blickte er die Praktikantin an. »Du musst schon zuhören, wenn ich dir was sage.«
»Aber habe ich doch. Oder muss man bei dir zwischen den Zeilen lesen?«
Nordström verdrehte die Augen.
»Bengt meint«, sagte Marie, »dass es ein Mord sein könnte, richtig?«
Nordström nickte. »Oder eine Entführung. Oder ein Vergewaltigungsdrama. Sie haben nichts von Leichenwagen gesagt. Aber das muss nichts heißen.«
»Und?«, fragte die Praktikantin. »Ich meine: Ja und? Das ist zweihundert Kilometer weit weg.« Sie strich sich die Haare hinters Ohr und sah Nordström herausfordernd an. Was für eine Bitch.
Nordström sagte: »Es ist doch ganz einfach. Du stellst ein Bild von dem Einsatz online und schreibst darüber: Polizei jagt weiterhin den Runenkiller – großer Einsatz in Ferienhaussiedlung. In der Folge werden sich die Klickzahlen überschlagen, weil jeder annimmt, es gibt etwas Neues vom Runenkiller.«
»Gibt es aber doch nicht.«
Nordström sah Marie an. »So ganz von der schnellen Truppe ist das Mädchen nicht, oder?«
»Bengt, sie ist eine Praktikantin, und …«

Nordström wandte sich an die Praktikantin. Er lächelte. »Sorry, ich vergesse mich manchmal. Marie hat recht. Du hast natürlich auch recht. Aber es geht darum, was die Leute glauben wollen. Wenn du schreibst, die Polizei jagt weiterhin den Runenkiller, dann ist das die Wahrheit. Wenn du schreibst, großer Polizeieinsatz in Ferienhaussiedlung, dann ist das ebenfalls wahr. Und beide Wahrheiten in enger Verbindung miteinander sind dann ein ziemlicher Knaller, und jeder klickt darauf, okay?«

»Aber das eine hat doch eigentlich nichts mit dem anderen zu tun?«

»Stimmt«, sagte Marie. »Aber nur augenscheinlich nicht. In der Ukrainekrise haben alle Medien geschrieben: Ukrainekrise – Russland testet Atomrakete. Ukrainekrise – USA schicken Zerstörer ins Schwarze Meer. Das hatte auch nichts miteinander zu tun, denn der Atomtest war seit Jahren angekündigt, und das Schiff nahm an einem seit einem Jahr geplanten Manöver der bulgarischen Marine teil – gleichzeitig dauerte aber die Ukrainekrise an, und die Medien haben darüber aufgeklärt, dass sich niemand Sorgen machen muss, weil die Ereignisse nichts miteinander zu tun hatten.«

»Aber die Überschriften …«

Marie lächelte. Nordström ebenfalls. Er sagte: »So funktioniert das heute. Und so machen wir es mit dem Ringkøbingfall. Da läuft etwas, glaub es mir, Marie.«

»Etwas Größeres?«

Nordström wischte sich die Hände an der Hosennaht ab. »Glaub's mir, das ist was Größeres. Das habe ich im Gefühl. Ich rufe mal bei der Polizei an und erkundige mich.«

31.

Tjark fuhr kurz vor der Grenze von der A7 ab. Zwar wurden die Übergänge nicht mehr kontrolliert, aber dennoch überwacht – vor allem nach der Flüchtlingswelle 2016 und insbesondere vermutlich dieser Übergang, weil er auf der Hauptroute nach Dänemark über das Festland lag. Also wählte Tjark einen anderen, über die Bundesstraße in Richtung Niebüll, als wolle er über den Hindenburgdamm nach Sylt. Einige Kilometer weiter passierte er einen kleinen Parkplatz, dann das Grenzschild und steuerte den Wagen über eine schmale Brücke, hinter der eine rot gestrichene Scheune lag – und war schon in Dänemark. Kein Polizeiwagen, keine Kontrollen, kein Zoll, keine Videokameras.

Wenig später erreichte er den Ringkøbing-Fjord, der unter der gleißenden Sonne glitzernd aus dem flachen, grünen Land hervorstach, das in der Eiszeit von den Geröllmassen abgeschmirgelt und vom Nordseewind frei gepustet worden war. Er fuhr über die schmale Nehrung, die den Fjord vom Meer abgrenzte, und erreichte schließlich das Ferienhausgebiet von Hvide Sande – das er gestern vormittags erst verlassen hatte. Er steuerte auf den Parkplatz eines kleinen Supermarkts, steuerte den BMW um das aus roten Ziegeln gebaute Hauptgebäude herum zur Rückseite und stellte den Wagen neben einer Reihe von Altglascontainern so ab, dass er nicht von der Straße aus und auch nicht vom Parkplatz her zu sehen war. Schließlich stieg er aus, setzte seine Sonnenbrille auf, zog die Militärjacke aus Drillich an und ging zurück zur Hauptstraße, die hier Sönder Klitvej hieß und ganz in der Nähe zur nach Norden führenden Söndergade wurde.

Tjark hörte das Rauschen des Windes, der in seinem Nacken über die flache, graue Fläche des Fjords strich. Der Himmel darüber

war knallblau und mit Wolken betupft, die von der See her eilig landeinwärts trieben.
Tjark lief entlang einer schmalen Straße, die in Richtung Dünengürtel führte, hinter dem die kilometerlangen und mit zahllosen Bunkern bestreuten Strände lagen. Dann bog er von der Straße ab und ging querfeldein durch das drahtige, kniehohe Gras – bis das Ferienhaus in Sichtweite kam, nach dem er suchte: sein Ferienhaus.
Polizeiwagen sah er nirgends. Auch keine Zivilfahrzeuge, die am Wegesrand parkten und ihm verdächtig vorkamen. Das Einzige, was ihm auffiel, war rötliches Absperrband, das flatterte wie die langen Schwänze von Lenkdrachen. Er setzte sich in Bewegung und näherte sich dem Gebäude. Nach einigen Minuten war er da. Er tauchte unter der Polizeiabsperrung hindurch und sah sich vorsichtig um.
Auf dem Boden standen Markierungen der Spurensicherung, ebenfalls im Carport. Die Eingangstür war versiegelt worden. Tjark hatte Madsen gestern den Hausschlüssel dagelassen. Er bezweifelte, dass sie dazu gekommen war, ihn in den Briefkasten zu werfen. Also nahm er den Ersatzschlüssel, der sich an seinem Schlüsselbund in der Hosentasche befand. Mit der gezackten Kante ritzte er das Klebesiegel ein. Er überprüfte Tür und Schloss – nirgends waren Einbruchspuren oder andere Manipulationen zu erkennen. Dann öffnete er die Tür und schloss sie leise hinter sich.
Die Stille im Haus wirkte erdrückend. Wohl deshalb, weil sie in scharfem Kontrast zu dem stand, was hier vorgefallen sein musste, und weil Horden von Kriminaltechnikern und Polizisten alles von links nach rechts gedreht und die Spuren ihrer Party hinterlassen hatten. Es herrschte ein ziemliches Chaos.
Tjark blieb im Flur stehen und nahm eine Zigarettenschachtel aus der Jackentasche, um sich eine anzuzünden. Er inhalierte tief, blies den Rauch durch die Nasenlöcher wieder aus, sah sich um

und betrachtete die bräunlichen Schmierspuren auf dem Boden – Madsens Blut. Es war weitaus weniger, als er befürchtet hatte, aber immer noch genug. Schwer zu sagen, woher es stammte und welche Art von Verwundung Madsen davongetragen hatte. Tjark zog an der Zigarette. Seine Hand zitterte, aber er befahl sich, ruhig zu bleiben und sich so sachlich, nüchtern und emotionslos wie möglich einen Eindruck und Überblick zu verschaffen.

Die Schleifspuren hatten ihren Ursprung in einer Blutpfütze von der Größe eines Handtellers vor dem Eingang zum Schlafzimmer. Der Rand war verwischt. Madsen musste dort gelegen haben. Dann hatte jemand sie fortgezerrt, oder sie war selbstständig gekrochen. Die Wischspur führte ins Schlafzimmer. Das Bett war abgezogen. Tjark betrachtete die Polizeimarkierungen auf dem Fußboden. Er sah ein verwirrendes Muster aus grauen Fußabdrücken – der Boden war mit einem Puder bestreut worden, den man benutzte, um Fingerabdrücke sichtbar zu machen. Flecken dieser Art gab es überall dort, wo man für gewöhnlich seine Hände einsetzte: an den Türen, Griffen, Türrahmen, Schubladen, Fenstern …

Tjark nahm sich Zeit, um alles zu betrachten. Einige Spuren wirkten kräftiger als andere und schienen mit mehr Sorgfalt analysiert worden zu sein. Die betreffenden Abdrücke stammten von nackten Füßen. Man konnte die Zehen sehen. Es führten welche ins Badezimmer hinein und wieder aus dem Badezimmer heraus bis zum Eingang des Schlafzimmers, wo sich die Blutpfütze befand. Tjark erinnerte sich daran, wie er das Haus verlassen hatte, und schließlich entstand ein Bild in seinem Kopf, dann folgten weitere, die sich wie zu einem Film ergänzten.

Nachdem er fortgefahren war, war Madsen zurück ins Haus gegangen und dann ins Badezimmer, um dort zu duschen. Sie hatte anschließend das Badezimmer verlassen, um ins Schlafzimmer zu gehen und sich anzuziehen. Auf dem Weg dorthin war sie überwältigt worden. Vielleicht hatte sie einen Schlag ins Gesicht bekommen oder war auf andere Art und Weise angegangen worden, die dazu führte, dass sie zu Boden fiel und sich dort verletzte beziehungsweise durch den Angriff verletzt worden war. Ein Schlag schien Tjark in der Tat am wahrscheinlichsten. An eine Schuss- oder Stichwunde glaubte Tjark wegen der Beschaffenheit der Blutspuren auf den Fliesen eher nicht. Die Pfütze und die Schleifspuren würden anders aussehen.

Niels hatte von Blutspuren auf dem Bett gesprochen. Auch von Spermaspuren, die zu Tjarks DNA passten, die sie vermutlich von einer Zahnbürste oder einem Kamm abgenommen und verglichen hatten. Diese Spuren waren leicht erklärbar – er und Madsen hatten eine leidenschaftliche Nacht verbracht. Das Blut auf dem Bett sprach dafür, dass der Täter Madsen dort abgelegt hatte. Und die Spuren auf dem Boden sahen so aus, als habe er sie hereingezerrt. Die Mühe hatte er sich entweder gemacht, um Madsen zu vergewaltigen. Oder …

… oder, um ein Bild zu malen, dachte Tjark. Ein Bild, das andere sehen sollten.

Der Kerl hatte Tjarks Schuhe und Tjarks Jacke getragen. Er musste sie draußen gefunden und angezogen haben. Vermutlich war er dann durch die offen stehende Terrassentür hereingekommen, während Madsen duschte. Eine andere Möglichkeit fiel Tjark nicht ein, er musste durch die Terrassentür gekommen sein, und Tjark erinnerte sich an den Wind, der das Hemd aufgebläht hatte, als Madsen an der Tür gestanden hatte und Tjark sie mit einem Kaffee in der Hand beobachtet hatte. Sie war nicht verschlossen gewesen.

Der Täter hatte einerseits keine eigenen Spuren hinterlassen wollen, wozu er Tjarks Schuhe und die Jacke anzog. Und er hat sich andererseits vielleicht spontan gedacht: Hinterlasse ich eben Spuren vom Hausherrn, und jeder wird denken, dass der es war. Was zum nächsten Gedanken führte: Dann lasse ich doch gleich alles so aussehen, als sei der Hausherr persönlich verantwortlich.

Deswegen, dachte Tjark, hat der Täter die Blutspuren auf dem Bett platziert. Und Niels hatte davon gesprochen, dass Madsens Handy unter dem Bett gefunden worden war. Ihr Handy hatte vorher jedenfalls nicht unter dem Bett gelegen – zumindest nahm Tjark das an. Es gab keinen vernünftigen Grund dafür, und er erinnerte sich nicht daran, dass Madsen es im Schlafzimmer in der Hand gehabt oder auf dem Nachttisch abgelegt hätte. Es war ihr entweder aus der Hand gerutscht, als sie angegriffen wurde. Oder der Täter hatte es dort bewusst platziert.

Tjark zog an der Zigarette und dachte weiter nach. Der Täter musste Madsen und ihn beobachtet haben. Er musste ihnen von Århus bis nach Rømø und hierher gefolgt sein und musste irgendwo draußen gelauert haben. Als er sah, dass Tjark das Haus verließ, erkannte er seine Chance. Außerdem, überlegte Tjark, würde der Kerl Tjarks deutsches Nummernschild gesehen haben. Vielleicht wusste er ja, wer Tjark war – jemand, der so akribisch wie dieser Täter arbeitete und sich an jemanden wie Anne Madsen herantraute, würde das sicher überprüft haben, und es gab jede Menge Möglichkeiten, das zu tun.

Mit anderen Worten, dachte Tjark, hatte der Kerl nicht nur Madsen in seine Gewalt gebracht. Er hatte außerdem aller Wahrscheinlichkeit nach die Spuren bewusst so platziert, dass alles auf Tjark deuten würde – um Tjark eins auszuwischen, um Tjark aus dem Verkehr zu ziehen und um von sich selbst abzulenken.

»Du raffinierter Motherfucker …«, murmelte Tjark.

Er zog erneut an der Zigarette und spürte, dass seine Hand immer noch zitterte. Für einen Moment brach seine Fassade zusammen, und ihm wurde schwindelig.

Madsens Blut. Madsen überwältigt. Madsen entführt. Wäre er nur nicht fortgefahren. Hätte er abgewartet. Wäre er nur mit Madsen zusammen aufgebrochen.

Tjark taumelte und hielt sich am Türrahmen fest. Er dachte, er müsse sich übergeben oder sich hinlegen. Nach einer Minute ging es wieder. Er bewegte sich in Richtung Küche, um die Zigarette am Spülbecken zu löschen und die Kippe im Mülleimer unter der Spüle zu entsorgen.

Tjark dachte darüber nach, wer hinter allem stecken mochte. Er wusste nicht, welche Feinde Madsen hatte und wer womöglich eine Rechnung mit ihr begleichen wollte. Aktuell wusste er nur von Madsens Suche nach dem Runenkiller, der sehr bekannte Frauen entführte und der ein gerissener Schweinehund zu sein schien.

Und hier hatte ein gerissener Schweinehund eine sehr bekannte Frau entführt.

Anne Madsen war durch ihre Ermittlungen zu einer Prominenten geworden – und aus Sicht eines Irren wie diesem Runenkiller dürfte es kaum eine größere Herausforderung und kaum eine bessere Trophäe geben, als sich die Frau zu schnappen, die hinter ihm her war.

Auf der anderen Seite lag auf der Hand, was er mit Madsen anstellen würde. Und wie Tjark schon zu Niels gesagt hatte: Die Zeit lief davon. Also sollte Tjark besser keine verlieren.

Sein Plan war so klar wie wahnwitzig – Madsen finden und retten, und dazu musste er schaffen, was bislang der gesamten dänischen Polizei nicht gelungen war: herausfinden, wer der Runenkiller ist, und ihn stellen. Wozu ihm ungefähr achtundvierzig Stunden blieben, bevor man Madsen ausgeblutet und mit in die Haut geschnittenen Runen an irgendeinem Ort in Dänemark kniend finden würde. Aber was war Tjarks Alternative? Es gab keine. Und irgendwo musste er anfangen.

Also legte er los.

32.

Tjark lief durch die Dünen zurück zur Straße und überquerte sie. Kein Auto weit und breit. Die Luft über dem Asphalt flirrte in der Ferne.

Er ging über den Supermarktparkplatz, auf dem lediglich ein alter Volvo Kombi stand. Tjark kannte den Wagen und wusste, wem er gehörte. Er betrat den Supermarkt, in dessen Foyer sich ein Geldautomat befand. Eigentlich war es natürlich nicht klug, ihn zu benutzen, denn die dänische Polizei würde dann sehr schnell verorten können, wo er sich befand. Andererseits, überlegte Tjark, spielte das keine große Rolle. Und vielleicht könnte es sich sogar als Vorteil erweisen, die Polizei an den Hacken und damit im Rücken zu haben, solange er es kontrollieren konnte – sozusagen als Back-up, denn Tjark hatte keine Waffe dabei. Ziemlich blöd, wenn man sich mit Dänemarks meistgesuchtem Killer anlegen wollte.

Also ging er zum Geldautomaten, schob seine EC-Karte in den Schlitz und hob viertausend Kronen ab, knapp über fünfhundert Euro und außerdem das Tageslimit. Er rollte die Scheine zusammen, steckte sie in die Hosentasche und ging zur Kasse.

Signe lächelte ihn an und winkte. Ihre Haare waren strohblond, die Haut gebräunt, die Augen klar wie Gletscherwasser. Sie war nicht sehr schlank, gehörte aber zu den Frauen, denen das gut stand. An der rechten Hand trug sie inzwischen einen Ring. Sie hatte geheiratet. Tjark kaufte immer hier ein, wenn er in Dänemark war. Außerdem ließ er sich an die Adresse des Supermarkts seine Ölfarben, Pinsel und Leinwände liefern. Er hatte Signe auch eines seiner Bücher geschenkt – mit persönlicher Widmung. Um es zu lesen, war ihr Deutsch allerdings nicht gut genug.

Wenn Signe gerade nicht die Tastatur der Kasse bediente, war sie mit ihrem Handy beschäftigt. Sie besaß eines der großen Modelle, die das Format einer Tafel Schokolade hatten, weil sie damit die Bilder auf ihrem Instagram-Profil und anderen Social-Media-Plattformen besser sehen konnte und es sich darauf besser tippen ließ. Signes Fingernägel waren sehr lang und oft kunstvoll lackiert oder beklebt.

»Hej!«, rief sie.

»Hej.« Tjark lehnte sich an das Förderband der Kasse.

»Ich dachte, du wärst fort für diesen Sommer?«

»Dachte ich auch. Pläne ändern sich manchmal.«

Signe knabberte an der Unterlippe. Ihr lag eine Frage auf der Zunge.

»Was?«, fragte Tjark.

»Du bist doch Polizist?«

Tjark nickte.

»Gestern war hier alles voller Polizei. Ganz in der Nähe von deinem Haus.«

Tjark nickte erneut.

»Hat … Hat das etwas … O mein Gott, hat es etwas mit Hela zu tun? Hast du das mitbekommen? Weißt du, wer Hela ist? Ich bin ihr größter Fan. Es ist so schrecklich – mein Mann und ich waren noch beim Festival, um sie zu sehen, und kurz darauf verschwindet sie und wird auf Rømø gefunden.«

»Ich weiß«, sagte Tjark. »Wie kommst du auf Hela?«

»Ich dachte nur, vielleicht … Es war echt viel Polizei, weißt du?«

»Wer weiß, womit es zu tun hatte.«

Signe nickte langsam und ließ Tjark nicht aus den Augen. »Willst du etwas einkaufen?«

»Ich will zwei Dinge«, antwortete Tjark, »und sie werden etwas ungewöhnlich klingen.«

Signe zuckte mit den Achseln. »Na und?«

»Wir kennen uns seit einiger Zeit. Nicht sehr gut, aber immerhin. Ich mag dich. Du bist ein nettes und aufgewecktes Mädchen und solltest eigentlich etwas Besseres tun, als hier an der Kasse zu

hocken. Ich habe eine ganz gute Menschenkenntnis, und ich vertraue dir. Vertraust du mir ebenfalls?«
»Ehm«, machte Signe, »was wird das jetzt?«
Tjark schmunzelte. »Nicht das, wonach es sich vielleicht anhört. Kein Rendezvous oder so.«
»Puh, zum Glück, ich dachte schon.«
»Wie ich schon sagte: Es wird ungewöhnlich klingen. Also: Vertraust du mir einigermaßen?«
»Klar, warum denn nicht? Ich meine – wenn ich auf meine Menschenkenntnis, die auch nicht so schlecht ist, nicht mehr bauen kann und außerdem der Polizei nicht mehr vertrauen soll, dann ...« Signe lachte und sah Tjark mit einem Stirnrunzeln an.
»Ich brauche dein Vertrauen, Signe.«
»Okay?«, erwiderte sie, ohne dass sich ihr Gesichtsausdruck veränderte.
»Ich möchte dein Handy kaufen. Oder besser: Es mir für drei Tage ausleihen.«
Signes Augen weiteten sich. Sie sah Tjark an, als habe sie nicht richtig verstanden.
»Dein Handy mitsamt SIM-Karte, Ladekabel und deinem Passwort.«
Tjark legte die zusammengerollten Geldscheine auf das Förderband. Er nahm seine Geldbörse und zog zwei Hunderteuroscheine und einen Fünfziger heraus, die er dazulegte. Zusammen waren es rund sechstausend Kronen. Eine ganze Menge.
»Zweitausend für jeden Tag. Deinem Handy wird nichts geschehen. Ich hüte es wie meinen Augapfel. Ich stelle nichts Verbotenes damit an.«
Signe stutzte, klimperte mit den Wimpern und nahm den Kopf etwas zurück, wie um sich aus Tjarks Aura zu entfernen. »Also«, sagte sie mit einem irritierten Lachen. »Also das ist echt ziemlich irre, weißt du?«
»Ich weiß.«

»Da sind alle meine persönlichen Daten drin, Nummern, Bilder und so weiter, und ich brauche das Handy.«

»Du blockierst dein WhatsApp, dein Instagram, dein Facebook, um deine Daten zu schützen. Beziehungsweise legst du für mich ein neues Nutzerprofil an, und deine Daten sind sicher. Sie interessieren mich sowieso nicht. Ich muss telefonieren können, und ich brauche den Webzugang sowie die Webmail-Funktion, aber die kann ich übers Internet nutzen.«

»Wozu denn überhaupt? Kauf dir doch ein Wegwerfhandy oder …«

»Ich habe nicht die Zeit, mich darum zu kümmern. Ich will nicht beim Einkaufen in Handyläden gesehen werden.«

»Ehm, Tjark …«

»Signe, der Polizeieinsatz hatte in gewisser Weise mit Hela zu tun. Und dass ich wieder hier bin, hat ebenfalls mit ihr zu tun. Mehr darf und kann ich dazu nicht sagen.«

Signe atmete scharf ein.

»Manchmal«, sagte Tjark, »stecken wir auf einmal mitten in etwas drin, Signe, das wir uns nicht aussuchen können. Dann sind wir gefragt. Dann müssen wir Flagge zeigen. Genau darum bitte ich dich. Flagge zeigen. Hilf mir aus.«

Signe schluckte und nickte.

»Ich bin gewissermaßen undercover hier. Und wenn dir irgendwann irgendetwas merkwürdig vorkommt, kannst du dich jederzeit neu entscheiden, bei der Polizei anrufen und sagen: Tjark Wolf hat mein Handy.«

»Warum … sollte … ich …«

»Ich habe nicht viel Zeit, Signe. Es klingt alles verrückt, das stimmt. Noch verrückter ist, dass du vielleicht deinen Teil beisteuern kannst, den Mörder von Hela zu finden, indem du mir dein Handy leihst.«

Tjark nahm die EC-Karte aus der Geldbörse und legte sie auf die Scheine. Er nahm einen Kugelschreiber von der Kasse und notierte seinen PIN-Code auf einem danebenliegenden Kassenzettel.

Er sagte: »Das Limit sind viertausend Kronen. Mehr konnte ich nicht ziehen. Heb morgen wiederum viertausend Kronen ab. Übermorgen erneut. Aber fahr zu verschiedenen Geldautomaten. Übermorgen gebe ich dir dein unbeschadetes Handy zurück. Du kannst mir vertrauen. Ich vertraue dir.«
Signe starrte Tjark mit großen Augen an.
»Okay.« Tjark nickte. »Also. Werden wir uns einig?«
»Aber … Was soll ich meinem Freund und meinen Freundinnen sagen wegen dem Handy? Ich meine … hallo?«
»Denk dir was aus. Sag halt, du hättest das Telefon verloren und die Karte sperren lassen.«
»Aber das wäre ja gelogen.«
Tjark nickte.
»Tjark?«
»Ja?«
»War die Polizei in deinem Ferienhaus?«
»Ja. Sie war in meinem Ferienhaus, weil meine Freundin aus dem Ferienhaus verschwunden ist. Meine Freundin ist Anne Madsen …«
»*Die* Anne Madsen?«
»Ja«, sagte Tjark. »Du wirst es über kurz oder lang sowieso aus den Medien erfahren. Vielleicht schon heute. Aber bis dahin …« Er legte einen Finger an die Lippen. Eine Geste der Verschwiegenheit. »Das behältst du alles für dich, Signe. Ich glaube, dass der Kerl, der Hela ermordet hat, auch meine Freundin hat. Also suche ich nach ihr – die dänische Polizei will das nicht und sucht daher nach mir. So sieht's aus. Mehr brauchst du nicht zu wissen. Ich will dich in nichts hineinziehen.«
»Aber …«
»Ich weiß, du hast tausend Fragen. Doch je weniger du weißt, desto besser.«
»O Mann«, flüsterte Signe und legte sich die Hand vor den Mund.

»Großes Geheimnis zwischen uns beiden.«

Sie nickte.

»Aber alleine schaffe ich es nicht. Ich brauche deine Hilfe.«

Sie nickte wiederum.

»Und falls jemand kommt und nach mir fragt, weil ich den Geldautomaten benutzt habe, sagst du einfach: Klar, der war hier, hat Geld geholt und fuhr wieder fort.«

»Mhm.«

»Haben wir einen Deal?«

Signe zögerte und dachte nach. Schließlich atmete sie tief durch und gab Tjark das Smartphone mit Ladekabel und strich das Geld ein sowie seine EC-Karte. Es würde Niels' Leute auf Trab halten, dachte er, wenn Signe an verschiedenen Orten das Geld abbuchte.

»Aber«, sagte sie, »Finger weg von meinen Kontakten und meinem Insta. Und wenn du mich verscheißerst …«

»Tue ich nicht. Ich bin dir ausgeliefert. Wenn dir die Sache zu heiß wird oder du Gewissensbisse bekommst oder sonst wie ein schlechtes Gefühl hast, rufst du die Polizei an und sagst, dass ich dich gezwungen habe, dein Handy rauszurücken. Dann peilen sie mich an und verhaften mich. That's it. Du hast die Kontrolle. Du bist am Drücker. Ich bin in deiner Hand. Aber ich vertraue dir. Und ich hoffe, dass du bereit bist, mir bis übermorgen ebenfalls zu trauen.«

Signe warf Tjark einen Blick zu, der mehr als Worte sagte. Die Sache ging für sie okay. Tjark steckte das Telefon ein. Es war voll aufgeladen.

Er lächelte. »Okay. Das war die eine Sache. Da wäre noch eine zweite.«

Fünf Minuten später verabschiedete er sich und ging zum Wagen. Dann fuhr er los – Richtung Århus, wo Anne Madsen wohnte. Signes blauer Volvo V70 Kombi war nicht der schnellste und stammte noch aus den Neunzigern. Aber er tat seinen Dienst.

33.

Madsen riss die Augen auf und schnappte nach Luft, als sie erneut zu sich kam. Es dauerte, bis sie voll und ganz da war und begriff, wo sie sich befand und in wessen Fängen. Sie zwang sich, ruhig zu atmen, denn Panik würde sie kein Stück weiterbringen.

Aber gab es überhaupt etwas, das sie weiterbringen konnte?

Sie ruckte an ihren Fesseln. Vergeblich. Sie versuchte, Beine und Füße zu bewegen. Sie bewegten sich kein Stück. Nicht einmal die Finger wollten ihr gehorchen. Natürlich wusste Madsen, woran das lag: an dem Zeug, das aus dem Tropf in ihre Adern floss. Es war vermutlich dasselbe Mittel, das der Killer auch bei Mette und Hela verwendet hatte. Und derselbe Raum. Und fraglos würde er mit Madsen tun, was er mit den beiden vorherigen Opfern getan hatte.

Madsen hörte sich selbst wimmern und schluchzen. Sie spürte, dass ihr Tränen über die Wangen liefen – was immerhin bedeutete, dass ihr Körper nur zu einem Teil gelähmt war. Aber das wusste sie ja aus den Ermittlungen, dass der Runenkiller seine Opfer betäubte, um sie unempfindlich für Schmerz zu machen und sie bewegungslos zu halten – und gleichzeitig mit Schlafmittel zuzudröhnen.

Madsen versuchte, gleichmäßig und ruhig zu atmen. Sie machte sich klar, dass es nichts gab, was sie sonst tun konnte. Irgendwann würde der Mann auftauchen, der sie entführt hatte. Und um darüber nachzudenken, was sie dann tun würde, durfte sie jetzt nicht aufgeregt sein. So hart und widersprüchlich es klang – sie musste sich zwingen, ihre hoffnungslose Lage zu ignorieren, um Hoffnung zu schöpfen.

Nach einer Weile spürte Madsen, dass sie ruhiger wurde. Sie dachte an ein weißes Bild, das sie einmal in einer Galerie gesehen hatte.

Weiß auf Weiß – aber das stimmte nur auf den ersten Blick. Es gab feinste Strukturen innerhalb dieser weißen Fläche, verschiedene Schattierungen des Weiß, Abstufungen in der Struktur, und je mehr und je länger sie auf das Bild geschaut hatte, desto mehr hatte sie darin erkannt und begriffen, dass die Leere nie wirklich leer war und das scheinbare Nichts dennoch gefüllt. Nichts war, wie es auf Anhieb schien. Auch wo augenscheinlich nichts erkennbar war, zum Beispiel kein Retter, keine Hoffnung, kein gar nichts, gab es doch etwas, wenn man nur genau hinsah und sich Zeit ließ.

Und das betraf auch ihre aktuelle Situation. Es konnte alles Mögliche passieren. Schon in einer Minute könnten Hubschrauber und Sondereinsatzkommandos erscheinen. Oder ihr Peiniger würde auftauchen – und sie vielleicht gar nicht umbringen wollen. Vielleicht wollte er etwas anderes von ihr.

Daran durfte sie sich nicht klammern, nein, aber … Aber es war so, dass es unendlich viele Varianten dessen gab, was in den nächsten Stunden geschehen konnte. Was sie kannte, was bei Mette und Hela geschehen war – das war nur ein Ausschnitt der Wirklichkeit gewesen. Das Ergebnis von Handlungen – und was davor geschehen war, das war Interpretation. Die Leere, dachte Madsen, in der sie sich befand, war in Wahrheit voller Alternativen, und sie hatte keine davon unter Kontrolle. Sie musste loslassen, um zur Ruhe zu kommen, den Kopf zu klären und die Alternativen danach zu sortieren, welche wenigstens bis zu einem minimalen Grad von ihr beeinflussbar wären.

Natürlich war die wahrscheinlichste aller Möglichkeiten die, dass der Runenkiller sie töten würde. Aber wusste sie hundertprozentig, dass das sein Ziel war? Sie verstand trotz aller Ermittlungen ja noch nicht einmal, was er eigentlich wollte. Er hatte fraglos eine Intention. Er musste bestimmt auch Forderungen haben – bloß hatte das niemand bisher verstanden. Vielleicht könnte sie aus ihm herausbekommen, was er wollte, und anbieten, ihm bei der Umsetzung zu helfen?

Madsens Atem ging gleichmäßiger. Ihr Puls schien sich zu beruhigen. Das Nachdenken half ihr, und ihr Kopf war ohnehin das Einzige, das sie kontrollieren konnte, während das Zeug in ihre Adern floss. Sie würde den Kopf einsetzen müssen, wenn sie so lange wie möglich überleben wollte – so viel war klar. Und ihr Kopf …

Madsen drehte ihn zur Seite. Sie betrachtete den Tropf und den Schlauch. Sie versuchte, den Kopf in Richtung Schlauch zu bewegen. Es ging. Ein wenig. Aber der Schlauch war immer noch eine Handlänge von ihrem Mund entfernt. Wenn es ihr gelänge, den Kopf so weit voranzubewegen, dass sie mit den Lippen an den Schlauch kam. Wenn die Betäubung vielleicht etwas nachlassen würde und sie die Chance hätte, den Oberkörper ein wenig in Richtung Tropf zu drehen. Falls sie vielleicht – keine Ahnung! – es schaffen könnte, mit Pusten und tiefem Luftholen den Schlauch ins Pendeln zu bringen und dann mit den Zähnen danach zu schnappen. Dann, ja, dann könnte sie ihn durchbeißen oder abklemmen und den Zufluss der Medikamente stoppen. Der Schlauch war zwar zum Greifen nah, aber doch so weit entfernt wie der Mond. Was nichts heißen musste, dachte Madsen. Denn das weiße Bild hatte ihr gezeigt, dass die Welt zu jeder Zeit voller Möglichkeiten war.

Also versuchte sie es wieder.

Und wieder.

Und wieder.

34.

Anne Madsen wohnte in einem modernen Apartmenthaus an einer Straße mit dem Namen Langelinieparken. Es befand sich oberhalb des Fischereihafens in einer ruhigen Wohngegend, an die sich ein Grüngürtel anschloss. Das dreigeschossige Gebäude war an einen Hang gebaut. Tjark stellte Signes Volvo auf einem der Parkplätze vor dem Haus ab, das weiß strahlte und zum Teil mit Holzelementen verkleidet war wie so viele Bauten der zeitgenössischen skandinavischen Architektur.

Tjark stieg aus und sah sich um. Er hörte das Horn eines Schiffs vom Hafen her. Nirgends sah er einen Polizeiwagen. Die Gegend wirkte sehr verlassen, was an der Tageszeit liegen mochte – es war früher Nachmittag und die meisten Bewohner bei der Arbeit.

Tjark ging zum Eingang. Er stand vor einer verstärkten Glastür. Rechts waren die Klingeln und ein Schlitz für Chipkarten angebracht, die man statt Schlüsseln nutzte. Er betrachtete die Klingelschilder und las auf einem davon Madsens Namen. Wenn die Anordnung auf dem Schild den Apartments auf den Etagen entsprach, wohnte Madsen im ersten Geschoss. Tjark drückte nacheinander mehrere Klingeln und wartete ab, ob etwas geschah. Zunächst passierte nichts, aber nach dem fünften Versuch meldete sich eine männliche Stimme an der Gegensprechanlage. Der dazugehörige Name war Jonas.

»Ja, bitte?«

»Kriminalpolizei, mein Name ist Tjark Wolf«, sagte Tjark und ergänzte auf Englisch: »Ich müsste in die Wohnung von Anne Madsen. Würden Sie bitte öffnen?«

Es folgte eine kurze Pause. Tjark setzte voraus, dass die dänischen Kollegen bereits das getan hatten, was er auch getan hätte: Madsens Wohnung untersucht, einige Dinge mitgenommen, die Eingangstür versiegelt und sich außerdem im Haus umgehört, ob jemandem etwas aufgefallen war. Von daher wäre es keine Überraschung, wenn noch mal jemand von der Polizei klingelte und etwas in Madsens Wohnung wollte. Die Bewohner des Hauses wussten längst Bescheid, dass etwas los war.

»Oh«, sagte die Stimme dann tatsächlich. »Schon wieder?«

»Ja, leider, schon wieder.«

»Warum sprechen Sie Englisch?«

»Ich komme aus Deutschland und bin beratend tätig. Ich muss mich in der Wohnung kurz umsehen, aber ich komme mit der Karte irgendwie nicht hinein, oder ich bin zu blöd.« Tjark lachte. »Die Störung tut mir wirklich leid. Bitte öffnen Sie, Herr Jonas, ich werde mich dann ausweisen.«

Das schien für den Mann okay zu sein. Der Türsummer ging. Mit einem Klicken öffnete sich die Tür, und Tjark trat ins Treppenhaus. Er ging in die erste Etage, wo Jonas bereits vor seiner Tür wartete. Er trug Sportkleidung, keine günstige, eine randlose Brille, wirkte verschnupft und sah blass aus. Wahrscheinlich krankgeschrieben. Tjark stellte sich ihm vor und zeigte seinen Kripoausweis.

»Was ist denn eigentlich passiert?«, fragte Jonas.

»Darüber darf ich leider nicht sprechen.«

Tjark ging zur nächsten Treppe.

»Und Sie kommen aus Deutschland?«

»Richtig, ich bin Spezialist«, erwiderte Tjark. Er nahm die nächsten Stufen und zog dabei deutlich seinen Schlüsselbund aus der Tasche und ließ ihn laut klirren.

»Ah, okay …«

Tjark stand bereits vor der Eingangstür und dachte: Jetzt kommt es drauf an. Madsen hatte ihm beiläufig gesagt, wo sie den Ersatzschlüssel aufbewahrte. Unter dem Blumentopf – und rechts neben der Tür stand einer, der dekorativ mit künstlichem Lavendel bepflanzt war. Tjark hob ihn an. Darunter lag nichts. Wahrscheinlich hatte die Polizei ihn dort gefunden, so oder so ein blödes Versteck, doch … Tjark betrachtete den Lavendel genauer und erinnerte sich, dass Madsen *im* Blumentopf gesagt hatte. Aber in dem Gefäß steckten lediglich die Plastikblüten in künstlicher Erde. Tjark zog an den Stängeln und am Topf. Einen Moment später hielt er den Bottich in der einen und den Lavendel mitsamt der geformten Kunsterde in der anderen Hand. Nichts. Ihm fiel auf, dass es an der dunkelbraunen Bodenplatte der Plastikblume ein Loch gab. Hatte vermutlich mit dem Herstellungsprozess zu tun. Er steckte den Finger hinein, bewegte ihn – und einen Moment später löste sich die Unterkante wie ein Deckel. Tjark blickte in die Öffnung. Dort war ebenfalls etwas mit dunkelbraunem Klebeband befestigt. Er löste es und hielt einen Moment später die in Plastikfolie gehüllte hellgraue Schlüsselkarte in den Fingern.

Er zog sie aus der Schutzfolie, ritzte damit das über den Türspalt geklebte Polizeisiegel ein und schob die Karte in den dafür vorgesehenen Schlitz. Die Tür sprang auf. Glück gehabt. Verdammtes Glück.

Tjark ging hinein und schob mit dem Schuh die Fußmatte etwas nach innen, damit sie nicht zufallen und er hören konnte, falls sich etwas im Treppenhaus tat. Er lauschte und vernahm, dass Jonas ein Stockwerk tiefer seine Tür wieder schloss.

So weit, so gut, dachte Tjark und sah sich um. Das also war Anne Madsens Reich.

Die Wohnung war sparsam eingerichtet, weiße Wände, helles Ahornlaminat auf dem Boden, eine moderne Küchenzeile mit teuer aussehenden Geräten, ein schlichter Esstisch mit einer Designerlampe darüber. Eine hellgrau bezogene Sitzlandschaft schloss sich an. Darauf lagen jede Menge Bücher und Zeitschriften und auf dem Boden ein Kuhfell. Darauf stand ein schlichter Couchtisch aus hellem Holz. Dahinter öffnete sich der Blick durch eine Glasfront auf den Balkon und die Hafenanlagen. An den Wänden hingen moderne Drucke. Private Bilder fehlten.

Tjark sah einige lose herumliegende Ladekabel. Das sprach dafür, dass die dänische Polizei Computer oder Laptop mitgenommen hatte. In einer Anrichte neben dem Esstisch fielen ihm leere Fächer auf. Staubspuren wiesen darauf hin, dass die Kollegen auch etwas aus diesen Fächern mitgenommen hatten. Vielleicht Akten oder private Unterlagen.

Tjark ging durch das Zimmer. Sein Magen zog sich zusammen. Alles hier roch nach ihr, sah nach ihr aus, war ihres.

Sie hatte darüber gesprochen, ihn mit in ihre Wohnung zu nehmen, um sie ihm zu zeigen. Dass er sie unter solchen Umständen und ohne Madsen sehen würde … Ein bitterer Geschmack breitete sich in seinem Mund aus.

Links neben der Eingangstür befanden sich zwei weitere Räume, das Schlafzimmer und das Bad – das Allerheiligste im Tempel einer Frau. Dieser Tempel war durch die Anwesenheit von Polizisten geschändet worden, und jetzt tat Tjark es erneut. Er warf einen Blick hinein, sah persönliche Dinge, Parfüm, Schminke, Wäsche. Er ging zum Schlafzimmer, betrachtete Madsens Bett, den großen Kleiderschrank und einen schmalen Schreibtisch, unter dem ein Hocker stand und ein Router blinkte. Auch hier befanden sich lose Kabel.

Tjark erinnerte sich daran, dass Madsen sich keine Zahlen merken konnte und gesagt hatte, dass sie ständig Passwörter vergaß. Viele Menschen schrieben sich die Codes auf. Die meisten bewahrten sie außerdem dort auf, wo sie sie schnell zur Hand hatten und häufig benötigten, was ebenso blödsinnig war, weil jeder Einbrecher, der solche Codes suchte, sie schnell finden würde. Aber natürlich rechnete niemand damit, dass tatsächlich einmal Fremde in seinen Privatsachen stöbern würden.

Tjark öffnete die Schublade am Schreibtisch. Darin lagen Stifte, Büroklammern, Batterien … Er schloss die Schublade und betrachtete die Schreibtischunterlage aus schwarzem PVC. Er hob sie an und sah einen auf der Tischplatte mit durchsichtigem Klebeband befestigten Notizzettel. Er hatte keinen Zweifel, dass die dänischen Kollegen ihn abfotografiert, es aber nicht für nötig befunden hatten, das Original als Beweismittel mitzunehmen. Die Wohnung war versiegelt. Falls man es brauchen würde, konnte man immer noch zurückkommen und es holen.

Auf dem Papierstück standen in kleiner, säuberlicher Handschrift verschiedene Nummern und Kennworte. Tjark interessierte davon nur eines. Er nahm Signes Handy aus der Hosentasche. Er stellte den Internetbrowser ein und tippte die Adresse für den Anbieter der Cloud ein, die Madsen zum Speichern ihrer Daten nutzte, wie auf dem Spickzettel vermerkt war. Er loggte sich mit dem Usernamen ein und gab das Kennwort ein, das Madsen ebenfalls notiert hatte. Und war drin. Perfekt dachte er und stockte, als er den Zettel wieder unter das PVC schieben wollte. Ein Code sagte ihm etwas.

Er ging zurück ins Wohnzimmer und zog einige Schubladen an der Kommode auf, fand aber nicht, wonach er suchte. Im Wohnzimmer schaute er unter und hinter das Sofa, nahm sich dann die Küche vor. Fehlanzeige. Das Bad ließ er aus, betrat wieder das Schlafzimmer, überprüfte den Nachttisch und warf einen Blick unter das Bett. Nichts.

Tjark wandte sich um und betrachtete Madsens Kleiderschrank. Er öffnete die ersten beiden Flügeltüren. Ihr Duft schlug ihm entgegen. Kurz schloss er die Augen, inhalierte, öffnete sie wieder, um sich weiter im Schrank umzusehen. In Augenhöhe fielen ihm mehrere Schuhkartons auf, in denen sich den Aufdrucken nach elegante Pumps und Riemchensandalen befanden. Er schob einige davon zur Seite – und fand dahinter endlich, wonach er gesucht hatte: nach einem Safe.

Es war kein gewöhnlicher Safe für Wertsachen. Es war ein Kurzwaffentresor. Er hatte einen ähnlichen und hätte sich denken können, dass Madsen ebenfalls einen besaß. Manche Polizisten verfügten außer der Dienstwaffe über eine private – allein deshalb, weil sie

gern auf Nummer sicher gingen. Madsen war der Typ dafür, und der Code für ihren Waffenschrank hatte die gleiche Systematik wie der von Tjark, weswegen er ihn auf Anhieb erkannt hatte.
Er tippte die Zahlenkombination in das Elektronikschloss. Der Safe sprang auf. Darin befanden sich zwei Pistolen mit Ersatzmagazinen und Patronenschachteln.
Madsen hatte einen guten Geschmack und einen treffsicheren Stil – das spiegelte nicht nur die Auswahl ihrer Schuhe wider. Die eine Pistole war eine Heckler & Koch P30, die andere eine Beretta FS92 in Stainless-Steel-Ausführung. Beide waren für den Zivilgebrauch ergonomisch optimierte Varianten von verlässlichen Dienstwaffen wie der P8 und der M9, die seit Jahrzehnten beim Militär verwendet wurden. Beide hatten dasselbe Neun-Millimeter-Kaliber. Die Heckler & Koch war kompakter und leichter, besser verdeckt zu tragen, die Beretta eindeutig schicker, dafür schwerer und länger.
Tjark wählte die P30. Das Magazin war randvoll, eine Kugel im Lauf. Er nahm ein gefülltes Ersatzmagazin und steckte es mitsamt der Pistole in die Jackentasche. Einunddreißig Schuss sollten ausreichen. Er plante ohnehin, nur einen einzigen abzugeben, falls es dazu kam: einen Schuss zwischen die Augen des Mannes, der Anne Madsen in seiner Gewalt hatte.
Tjark verriegelte den Tresor und schob die Schuhkartons wieder davor. Er schloss auch den Schrank und verließ das Schlafzimmer in Richtung Wohnzimmer, um sich dort auf dem Handy Madsens Cloud-Dateien anzusehen.
Aber so weit kam es nicht.
Durch die Haustür war das laute Summen eines Türöffners zu hören. Dann Schritte auf der Treppe und Stimmen. Der Mann, der Tjark hereingelassen hatte, redete offensichtlich mit zwei anderen Männern. Ihnen schien nicht zu gefallen, was sie hörten. Sehr schnelle Schritte auf der Treppe waren die Folge.
Schlecht, dachte Tjark. Ganz schlecht.

35.

Tjark sprintete zurück ins Schlafzimmer. Dort öffnete er die Balkontür und lief hinaus. Die Brüstung bestand aus einer Glasscheibe. Er hielt sich daran fest und kletterte darüber. Er blickte nach unten auf den Rasen. Etwa dreieinhalb Meter von hier aus dem ersten Geschoss. Durchaus machbar, ohne sich etwas zu verstauchen oder zu brechen, dachte er. Dennoch riskant. Tjark hörte Rufe aus dem Wohnzimmer – und sprang.

Er kam hart auf, knickte ein und rollte sich über die Schulter ab. Er hatte mehr Schwung als gedacht. Außerdem war die Rasenkante abschüssig. Er überschlug sich zwei weitere Male, bevor er wieder auf die Füße kam und lief. Er rannte nach links, dem Baumbewuchs entgegen, der zu einem Wald zu gehören schien, denn geradeaus hatte er einen Maschendrahtzaun gesehen, der ein am Fischereihafen vorbeiführendes Bahngleis absicherte. Dort würde es nicht weitergehen, also besser in Richtung Wäldchen. Er ignorierte das Rufen, das von Madsens Balkon kam, aber er hörte es: »Polizei! Stehen bleiben!«

Tjark blieb nicht stehen. Er rannte weiter – und hörte einen dumpfen Aufschlag und ein Keuchen hinter sich. Einer der Polizisten war ebenfalls gesprungen. Er würde die Verfolgung aufnehmen. Der andere würde Verstärkung rufen und das Gebäude wieder über die Treppen verlassen, um Tjark von der anderen Seite den Weg abzuschneiden.

Tjark rannte weiter. Seine Bronchien schmerzten. Aber er sprintete auf den Wald zu, vor dem sich ein kleiner Park erstreckte. Seinen Vorsprung schätzte er auf eine halbe Minute ein, was vielleicht zweihundert Metern entsprach. Hinter sich hörte er erneut Rufe, dann ein Krachen: Der Polizist hatte einen Warnschuss in die Luft abgefeuert. Tjark war klar, dass der nächste Schuss gezielt wäre. Die Männer würden nicht lange fackeln, denn es ging um Anne Madsen, ihre Kollegin, und sie jagten einen flüchtigen Hauptverdächtigen.

Tjark schlug einen Haken nach rechts, wo er nach seiner Einschätzung außer Sichtweite des Verfolgers geraten würde. Er hielt nun auf den Zaun am Bahngleis zu. Er könnte sich entscheiden, weiter nach links und in den Wald zu laufen – oder doch den Weg über den Maschendraht wählen. Er hörte ein Dröhnen, spürte den Boden vibrieren und sah nach rechts. Ein Zug kam. Er zog jede Menge Waggons hinter sich her und war nicht weit entfernt. Tjark überlegte, dass sein Verfolger annehmen würde, dass er weiter in den Wald laufen würde, um sich dort zu verstecken. Jeder würde dorthin fliehen. Ein Wald bot viel mehr Möglichkeiten. Ein Bahngleis, über das man zu den Hafendocks kam und auf dem sich gerade ein Zug näherte, eher nicht. Es wäre vollkommen verrückt und lebensgefährlich, zu versuchen, rechtzeitig über die Schienen zu kommen. Aber falls Tjark es schaffte, würden die Waggons ihn verdecken und die Polizisten mit hoher Wahrscheinlichkeit weiter in den Wald laufen. Allerdings blieben ihm nur noch wenige Sekunden, in denen er seinen Vorteil ausnutzen konnte und weiterhin außer Sichtweite war.

Tjark sprang mit Anlauf in den Zaun. Er war knapp zwei Meter hoch. Mit einem Klimmzug und einer Flanke überwand er ihn, sprang hinüber und kam auf den harten Steinen an den rostigen Schienen in der Hocke auf. Er fixierte den heranrasenden Zug. Eine Wand aus Stahl kam auf ihn zu. Vielleicht noch fünfzig Meter entfernt. Tjark blickte über die Schulter zurück. Seinen Verfolger sah er nicht.

Er spurtete über die Schienen – und wurde auf der anderen Seite wiederum von einem Maschendrahtzaun aufgefangen. Er wirbelte herum, presste sich mit dem Rücken fest an das Gitter und krallte seine Finger in den Öffnungen fest, um sich zu halten. Nach wie vor sah er keinen seiner Verfolger.

In der nächsten Sekunde donnerte der Zug an ihm vorbei. Er schloss die Augen. Der Zug schob jede Menge Luft vor sich her. Die Druckwelle riss Tjark beinahe um. Kleine Steine und Dreck spritzten auf. Der Boden bebte unter seinen Füßen. So musste sich ein Erdbeben mit einem gleichzeitigen Wirbelsturm anfühlen.
Als die Druckwelle vorbei war, drehte Tjark sich um und stieg am Maschendraht hinauf, während die Waggons in einer ohrenbetäubenden Lautstärke hinter ihm herrauschten.
Er sprang und landete zwischen parkenden Autos, abgelagertem Baumaterial und zwei auf Anhängern stehenden Booten. Er lief geradeaus über die Straße, wich einem hupenden Motorroller aus, quetschte sich zwischen zwei weiteren Kuttern auf dem Trockendock hindurch und gelangte zum Hafenpier, von dem aus Stege ins Meer führten.
Fast jeder Anlegeplatz war mit kleineren und größeren Motorbooten belegt. Es roch nach Diesel, Tang, Fisch und Meer. Tjark verlangsamte das Tempo, bis er ganz normal ging, außer Atem zwar, aber unauffällig. Er bewegte sich auf der Mole entgegen der Richtung, aus der er gekommen war, vergrub die Hände in den Jackentaschen, blickte zu Boden und sah sich einige Male um. Niemand folgte ihm.
Als er am Ende der Mole angekommen war, ging er wieder in Richtung der Langelinieparken. Keine Streifenwagen zu sehen. Offensichtlich fokussierten sich die dänischen Kollegen tatsächlich auf das weitläufige Waldgebiet, um nach ihm zu suchen. Da nicht sein eigener Wagen, sondern Signes mit dänischem Kennzeichen vor Madsens Haus hielt, würden sie eher nicht annehmen, dass Tjark wiederkommen würde, um sein Auto abzuholen. Abgesehen davon wäre es völliger Wahnsinn, zu dem Haus zurückzukehren. Nun, er brauchte Signes Wagen.
Er spazierte auf Madsens Haus zu. Es handelte sich um eine Sackgasse, und falls doch noch ein Streifenwagen auftauchte, wäre er aufgeschmissen. Aber Tjark war ohne den Volvo ebenso aufge-

schmissen. Er öffnete den Kombi und nahm hinter dem Steuer Platz. Dann setzte er aus der Parklücke zurück und fuhr in Richtung Stadtmitte. Nirgends ein Streifenwagen, der ihn aufhielt. Er hatte Glück gehabt. Sehr viel Glück. Ein Polizist auf der Flucht vor der Polizei. Was trieb er hier nur? Die Antwort war einfach, dachte Tjark: Er war suspendiert und damit nicht mehr wirklich ein Polizist. Er war nur noch er selbst. Der Rückweg war so oder so abgeschnitten. Alles würde sich ändern, wenn das hier vorbei war. Scheiß drauf, dachte Tjark, dann ist es eben so.

36.

Der Mann stieg aus dem Auto, das er auf dem öffentlichen Parkplatz am Hafen abgestellt hatte. Er hatte eine Dauerkarte, denn hier lag sein Boot vor Anker. Es war ein schnelles Motorboot, nichts Besonderes, aber es war seines. Immer, wenn es ihm möglich war, kam er hierher. Das Boot fuhr schneller als einhundert Stundenkilometer, deutlich über sechzig Knoten. Solche Geschwindigkeiten konnte man auf der Nordsee jedoch eher selten erreichen. Es hing vom Wellengang ab. Wenn er wollte, wäre er innerhalb von maximal eineinhalb Stunden auf Helgoland oder in zwei bis drei Stunden auf den Ostfriesischen Inseln in Deutschland beziehungsweise kurz vor Norwegen in der anderen Fahrtrichtung. Natürlich musste man die Zeit obendrauf rechnen, die es brauchte, bis er mit dem Auto hier war – also noch knapp zwei Stunden dazu.

Am Hafen war heute Nachmittag nicht viel los. Kaum Autos, kaum Menschen. Er setzte die Sonnenbrille auf, hörte die Möwen kreischen und ging über den Parkplatz und dann über die Hauptstraße, um in einer schmalen Nebenstraße zu verschwinden. Er passierte einige leer stehende Gebäude, die früher ein Teil der Fischereiindustrie gewesen waren. Aber die Fanggründe hatten sich in den vergangenen Jahren verlagert. Firmen waren pleitegegangen oder weggezogen. Er bog ein weiteres Mal ab und gelangte auf die Zufahrt einer früheren Fabrik und sah sich um. Links, rechts, hinter sich – keine Menschenseele war zu sehen. Hier war er alleine mit dem Wind, der Zeitungspapier über den großen Hof fegte. Na ja, dachte der Mann und ging auf das Hauptgebäude zu, nicht ganz allein.

Er zog den Schlüsselbund aus der Jacke und öffnete die rostige Tür, die in einen Mitarbeiterraum führte. Hinter sich schloss er die Tür wieder ab, schlüpfte aus der Jacke, hängte sie an einen Haken und zog eine andere aus Militärbeständen sowie ein Paar schwere Kampfstiefel an, die unter dem Garderobenhaken standen. Schließlich streifte er die Lederhandschuhe über und fasste nach der Sturmhaube, um sie überzuziehen. Es handelte sich ebenfalls um ein altes Militärmodell, das nicht wie bei Motorradfahrermasken zum Wärmen diente, sondern in erster Linie zur Tarnung.

Der Mann verließ den Umkleideraum durch eine Tür, die er ebenfalls aufschließen musste und hinter sich wieder verschloss. Er ging durch den gefliesten Raum, passierte die Metallbecken, an denen früher Fische ausgenommen worden waren, und steuerte auf den Stuhl in der Mitte des Raumes zu, vor dem ein kleiner Tisch stand und darunter eine Kühlbox mitsamt Stromgenerator sowie zwei umfunktionierten Lkw-Batterien.

Auf dem Stuhl, im Schein einer kleinen Stehlampe, saß Anne Madsen – gefesselt und an den Tropf angeschlossen.

Sie war wach, blickte auf, hatte ihn kommen gehört. Den Kopf konnte sie bewegen, den Rest des betäubten Körpers nicht. Ihre Nasenflügel blähten sich beim Atmen. Es zischte durch den Einschnitt in dem Klebebandstreifen, der auf ihren Lippen pappte. Der Mann beugte sich vor, zupfte etwas Panzerband von Anne Madsens Wange und riss den gesamten Streifen mit einem Ruck ab. Madsen schnappte nach Luft, ohne die Augen von ihm zu lassen.

»Hast du Durst?«, fragte er.

»Spielt das eine Rolle?«

Der Mann zuckte mit den Achseln. »Für mich spielt es keine. Aber du musst nicht unnötig leiden, und ich möchte nicht, dass du dehydrierst.«

Madsen lachte spöttelnd auf. »Als ob das eine Rolle für dich spielt.«

»Ich habe keine Lust, zu diskutieren, Anne. Durst – oder nicht?«

»Durst.«

Der Mann beugte sich zur Kühlbox, um sie zu öffnen. Er nahm eine Getränkeflasche heraus, die mit einer isotonischen Flüssigkeit gefüllt war. Am Verschluss war ein Strohhalm eingelassen. Der Mann hielt Madsen die Flasche hin. Sie beugte sich vor, nahm den Strohhalm zwischen die Lippen und trank gierig.

Der Mann sagte: »Ich habe kein Interesse daran, dich leiden zu sehen. Darum geht es mir nicht. Du hast absolut nichts verstanden, obwohl du dich sicherlich intensiv mit mir befasst hast.«

»Das habe ich«, erwiderte Anne Madsen und löste sich von dem Strohhalm. »Genug, um zu wissen, dass du völlig verrückt bist.«

Der Mann lachte. »Das bin ich nicht. Ich habe eine Mission.«

»Wie alle Verrückten.«

»Findest du es nicht gefährlich, so mit mir zu reden?«

»Nein, denn du hast gesagt, du brauchst mich noch und willst nicht, dass ich dehydriere. Folglich wirst du mir nichts tun.«

»Noch nicht.«

»Früher oder später schon.«

»Absolut.«

»Ich weiß, was du tust. Und das hast du auch mit mir vor.«

Der Mann lächelte. Sie war so ahnungslos und hielt sich doch für so schlau. »Nein. Mit dir habe ich andere Pläne. Wer weiß – vielleicht kommst du sogar lebend davon.«

»Ist das der Grund, aus dem du dein Gesicht maskierst?«

»Das stimmt, Anne. Ich will nicht, dass du dich vielleicht daran erinnerst.«

Der Mann las in Madsens Augen, dass sie Hoffnung fasste. Nicht viel, aber doch ein bisschen. Sie fragte: »Was muss ich tun, um lebend davonzukommen?«

»Du kannst gar nichts tun«, sagte der Mann und zog ein Skalpell aus der Tasche. »Absolut nichts.«

37.

Tjark fuhr auf das Gelände einer Tankstelle und stoppte an der Haltebucht, wo sich die Staubsaugerautomaten befanden. Er stellte den Motor aus und nahm Signes Handy. Er gab ihren Code ein und öffnete die Cloud, um an Madsens Daten zu gelangen. Wie sie ihm erzählt hatte, befanden sich in der Cloud dienstliche Dinge, auf die sie überall Zugriff haben wollte. Und zu den dienstlichen Dingen gehörten sicherlich Dateien, die mit dem Runenkiller zu tun hatten.

Tjark öffnete das Fenster einen Schlitz weit, steckte sich eine Zigarette an und las sich in die Akten ein. Es war anstrengend auf dem kleinen Display, obwohl das Handy noch verhältnismäßig groß war. Nach zwei weiteren Zigaretten glaubte er, einigermaßen im Bild zu sein. In der Mittelkonsole von Signes Wagen fand er einen Kugelschreiber und in den Ablagefächern einige alte Einkaufsquittungen. Darauf notierte er Dinge, die ihm wichtig erschienen und die er benötigen würde, legte den Stift dann zurück, steckte das Handy und den Kassenzettel ein und dachte bei einer weiteren Zigarette nach.

Zusammengefasst hatte die dänische Polizei bisher nicht viel in der Hand. Es gab Spekulationen über das Motiv des Runenkillers, und es schien darauf hinauszulaufen, dass ein Ritualmörder mit einer dissozial-narzisstischen Persönlichkeitsstörung aktiv war, der Menschen umbrachte und ihnen Formeln in die Haut schnitt, die für ihn persönlich eine große Bedeutung hatten, die er der Welt vermitteln wollte. Seine Gedankenwelt schien von der nordischen Mythologie durchdrungen. Jemand mit solchen speziellen Interessen würde sich intensiv mit der Materie befassen und entsprechende Foren oder Bibliotheken aufsuchen, um sich mit Informationen zu versorgen oder sich auszutauschen, beziehungs-

weise hatte ein einschlägiges Studium absolviert oder hatte möglicherweise beruflich mit seinem Lieblingsthema zu tun.
Er musste außerdem über gewisse medizinische Kenntnisse verfügen und Zugang zu Betäubungsmitteln haben, was den Kreis der möglichen Tatverdächtigen weiter einschränkte. Irritierend war die Tatsache, dass er es auf Prominente abgesehen hatte. Dahinter konnten drei Motive stecken, da es nicht um Geiselnahmen ging: Entweder, er war versessen auf seine Opfer. Oder er wollte aller Welt seine Macht beweisen. Oder ihm ging es – wie Anne Madsen von Beginn an vermutet hatte – um maximale Aufmerksamkeit für seine Ziele. Was auch immer seine Ziele sein mochten. Die dänische Polizei konzentrierte sich darauf und versuchte, herauszufinden, um welche Botschaft es ging und was es mit den Runen und den Edda-Zitaten auf sich haben könnte. Soweit Tjark Madsen und Niels verstanden hatte, gab es dazu bislang nur Mutmaßungen.
Auf der anderen Seite brachte es nicht nur maximale Aufmerksamkeit mit sich, berühmte Menschen zu entführen und umzubringen, sondern auch maximale Probleme. Prominente waren für gewöhnlich gut abgeschirmt. Die Chance, bei der Tatausführung entdeckt zu werden oder von Überwachungskameras gefilmt, wenn man sich den Zielen heimlich näherte, war groß. Wer einen Prominenten entführen wollte, musste planvoll vorgehen, tage- oder wochenlange Beobachtungen vornehmen, sich mit den Gewohnheiten und dem Sicherheitssystem vertraut machen sowie dazu bereit sein, ein hohes Risiko einzugehen. Zudem musste man wissen, *wie* Häuser und Prominente abgeschirmt wurden – sprich: welche Methoden und Technologien angewendet wurden.
Also, überlegte Tjark, war der Täter ein äußerst gut informierter Freak, der sich außerhalb des Dunstkreises von Promis bewegte, oder es war ein Freak, der sich im inneren Zirkel um die Prominenten befand, der Zugang zu ihnen hatte, dem sie vertrauten und der zumindest mit ihnen vertraut war – beziehungsweise je-

mand, der in irgendeiner Art und Weise dicht um sie herumschwirrte und dabei toleriert wurde.
Die Polizei hatte das Glück, dass der Kerl bei Helas Entführung von Überwachungskameras gefilmt worden war. Leider waren die Bilder – Tjark hatte sie auf Madsens Cloud gesehen – nicht sehr aussagekräftig. Man sah einen größeren Mann mit Hoodie und Sonnenbrille, der einen Wäschewagen durch die Gegend schob und dann aus dem Blickfeld verschwand. Software-Experten hatten versucht, ein Phantombild zu generieren, und außerdem Gesichtserkennungssoftware eingesetzt sowie die Ergebnisse mit Filmaufnahmen von Schaulustigen am Fundort auf Rømø und möglichen verdächtigen Personen und Zeugen verglichen.
Ohne Erfolg – was kein Wunder war, denn das Phantombild war sehr schlecht. Das lag an dem Winkel: Die Kameras hatten den Entführer von oben gefilmt und dabei nur winzige Details des Gesichts in schlechter Qualität aufgenommen. Aus den einzelnen Bruchstücken war anschließend ein Gesamtbild künstlich generiert worden, das die Techniker zudem in der Achse gedreht hatten, um den Aufnahmewinkel auszugleichen, was zu Verzerrungen und Verfremdungen führte.
Brauchbarer war die Statur des Mannes, seine Art, sich zu bewegen, und die Auswahl seiner Kleidung. Das ließ darauf schließen, dass er zwischen eins achtzig und eins neunzig groß war und sportlich, um die vierzig Jahre alt und kräftig – was auch schon daraus hervorging, dass er Bewusstlose und später Leichen durch die Gegend trug. Das schaffte man nicht einfach so.
Tjark hatte psychologische Gutachten von Profilern über den Runenkiller gelesen sowie Analysen von einem Uni-Institut über die Edda-Zitate. Er hatte außerdem selbst über die Ablageorte nachgedacht – über dieses Feld, auf dem der Mörder Mette Slettemark platziert hatte, sowie über die Kirche auf Rømø. Außerdem hatte er sich gefragt, ob Helas Name eine Rolle spielen könnte, die ja sogar Freja mit echtem Namen hieß. Hela und Freja waren Namen, die im Zusammenhang mit der nordischen Mythologie standen.

Bei Mette Slettemark hingegen deutete nichts darauf hin – darüber hatte er mit Madsen und Niels schon an der Kirche geredet. Allerdings, das hatte er nun in den Akten gelesen, trug Mette am Fußgelenk ein Runentattoo, das so viel wie »Stärke« hieß. Das konnte etwas bedeuten, musste es aber nicht. Viele Menschen trugen Kanjis auf der Haut – japanische oder chinesische Symbole, die eine bestimmte Bedeutung hatten. In nördlicheren Gefilden wählte man stattdessen eben eine Rune, dachte Tjark. Hela hatte ebenfalls nordische Motive tätowiert gehabt – aber keines wie Mette. Und Anne Madsen hatte überhaupt keine Tinte unter der Haut.
Aber Anne hatte einige Ideen gehabt und ein paar Dinge herausgefunden, die für Tjark relevant klangen und nach seiner Meinung vertieft werden sollten. Nur, dass Anne das nicht tun konnte und Tjark nicht wusste, ob ihre Kollegen daran arbeiteten.
Er rief Google auf und suchte nach Zeitungsberichten über die Entführungen. Er fand sofort einen Text in einem Online-Magazin, den *Århus News*. Darin stand ausführlich, was nach dem Rockkonzert geschehen war. Es gab Bilder vom Hotel, in dem Hela abgestiegen war, Videoaufnahmen von der Bühne und einer Aftershowparty, die ein Journalist namens Bengt Nordström geschrieben hatte. Tjark klickte auf sein Profilbild, das über den Texten stand, und fand zahllose Befragungen von Fans und weitere Texte, die sich mit der Polizeiarbeit befassten, Bilder und Videoclips von Anne zeigten und auch von der Kirche auf Rømø. Tjark las Berichte über den zurückliegenden Fall von Mette Slettemark. Außerdem gab es Hintergrundtexte zu Runen und über die Edda als solche sowie ein Interview mit einem pensionierten Profiler der dänischen Polizei, der den *Århus News* erklärte, was die Polizei falsch mache und wie sie sich verbessern könne.
Tjark schnippte die Zigarette aus dem Fenster und schloss es wieder. Er überlegte, was und in welcher Reihenfolge er weiter vorgehen sollte – und beschloss, dort zu beginnen, wo Anne Madsen aufgehört hatte. Er ließ den Wagen an und fuhr los.

38.

Madsens Augen weiteten sich. Sie versuchte instinktiv, vor dem Skalpell zurückzuweichen. Aber sie konnte sich nach wie vor nicht bewegen. Sie verfolgte mit den Blicken, wie der Mann sein Schneidewerkzeug auf einem Rollwagen vor ihr ablegte. Darauf standen ein Laptop und eine kleine Kamera auf einem Stativ.

Madsen fragte ihn: »Willst du jetzt alles aufnehmen und dir zu Hause einen darauf runterholen? Hast du das mit Mette und Hela ebenfalls gemacht?«

Sie hörte den Mann lachen. »Als ob es darum ginge«, sagte er und fuhr den Computer hoch. »Du hast nichts verstanden, gar nichts. Ich glaube nicht, dass ihr euch wirklich intensiv mit mir befasst habt.«

»Hast du eine Ahnung.«

»Hättet ihr es getan, wäre das hier nicht möglich und du mit deinem Freund in seinem Ferienhaus. Übrigens sucht man ihn überall.« Wieder lachte der Mann.

»Warum sucht man ihn?«

»Weil er dich vielleicht umgebracht hat. Man hat im Haus entsprechende Spuren gefunden. Natürlich hat er nichts damit zu tun, aber ich habe mir Sachen von ihm angezogen, weißt du? Und da er flüchtig ist …«

Madsens Gedanken rasten.

»Witzig, oder?«

»Nein, absolut nicht.«

Madsen dachte an das psychologische Profil, das die Forensiker über den Mann erstellt hatten, der nun die Kamera anstellte und sie mit dem Laptop verband. Das Profil bescheinigte ihm eine narzisstische Persönlichkeitsstörung, zudem eine Besessenheit

von der eigenen Überlegenheit sowie ein Faible für nordische Mythologie.
Und mit Madsen würde er dasselbe tun wie mit Mette und Hela, davon war sie überzeugt – wenngleich er in Aussicht gestellt hatte, dass sie davonkommen könnte. Aber an den Gedanken durfte sie sich nicht klammern. Sie glaubte auch nicht, dass sie den Mann würde aufhalten können – ob sie bettelte, ihn verbal angriff oder versuchte, ihn mit Argumenten von seinem Ziel abzubringen. Nichts würde etwas daran ändern. Auch nicht ihre blödsinnigen Versuche, den Medikamentenschlauch am Tropf durchzubeißen. Sie hatte stundenlang danach geschnappt und sich sogar eingeredet, es zu schaffen. Denn tatsächlich war sie kurzfristig mit dem Kopf so nah an den Schlauch herangekommen, dass sie glaubte, bloß noch tief inhalieren zu müssen, um ihn anzusaugen, mit der Zunge nach ihm zu tasten und dann ...
Aber es hatte nicht geklappt. Das Einzige, was sie tun konnte, war Zeit schinden und den Mann in intensive Gespräche mit ihr verwickeln, die so lange wie möglich dauerten. Denn fraglos wären Niels und ihre Kollegen auf der Suche nach Madsen, und jede Minute wäre für sie kostbar.
Tjark suchte sie vielleicht auch, wobei ...
Wobei sie sich dessen nicht sicher war. Wenn es stimmte, dass der Mann in Tjarks Ferienhaus falsche Beweise gelegt hatte, wäre es eher unwahrscheinlich, dass Tjark versuchte, Madsen zu finden. Denn dann wäre er inzwischen entweder suspendiert oder verhaftet und hätte jede Menge Ärger am Hals. Auf der anderen Seite hatte der Mann davon gesprochen, dass Tjark geflohen war. Madsen fiel nur ein Grund ein, warum er das tun würde: Weil er sich frei bewegen wollte, und wenn er das tun wollte – dann vielleicht, um sie zu finden.
Wie auch immer: Zeit war der einzige Faktor, der Madsen retten konnte. Zeit, damit ihre Kollegen das Versteck herausfanden, in dem sie gefangen gehalten wurde. Sie wusste allerdings, wie

schlecht die Chancen standen, dass das passieren würde. Sie selbst hatte ja die Ermittlungen geleitet und keinen blassen Schimmer gehabt, wo der Rückzugsort des Täters sein könnte. Und jetzt befand sie sich genau dort – und hatte immer noch keine Idee, wo sie war.

Madsen schluckte und verfolgte mit den Blicken, was der Mann vor ihr tat.

»Du bist uns überlegen. Ich muss es unumwunden zugeben. Und wir haben nur eine Ahnung von dem, was du willst.«

Der Mann wandte sich zu Madsen um. Er wirkte interessiert. »Ich weiß. Ich muss eingestehen, dass ich euch überfordert und angenommen habe, dass ihr mich versteht. Tut ihr aber nicht. Weißt du, wir befinden uns auf unterschiedlichen Kommunikationsebenen. Moderne Kunst versteht man nur, wenn man ihre Mittel und Konzepte kennt. Dazu muss man sich Mühe geben. Das habt ihr in meinem Fall aber nicht getan oder wart einfach nicht in der Lage dazu, weil euch Basiswissen gefehlt hat. Damit will ich nicht sagen, dass ich moderne Kunstwerke schaffen will. Darum geht es nicht.«

Der Mann fingerte am Laptop und an der Kamera herum. Er schaltete einen kleinen Scheinwerfer an. Das grelle Licht ließ Madsen blinzeln. Als sie wieder sehen konnte, erkannte sie ein rotes Lämpchen an der Kamera und sah das Videobild auf dem Laptop: Es zeigte sie selbst in Großaufnahme.

Der Mann sagte: »Die Welt wird sehr bald erfahren, worum es mir geht. Ich habe begriffen, dass ich mich auf eine andere Ebene begeben muss, um verstanden zu werden. Es ist nicht so, dass ich nicht lernfähig wäre.«

Er kam auf Madsen zu.

39.

Der Abend senkte sich bereits über die Stadt, als Tjark mit dem Kombi vor der Villa parkte. Es war ein hochmoderner Neubau, der wie ein Fremdkörper in der Umgebung aus gutbürgerlichen Häusern wirkte. Er wurde von Mauern abgeschirmt, die auf der Oberseite mit Draht und Scherben bewehrt waren. Tjark sah außerdem Überwachungskameras, die nicht allzu versteckt waren, was wohl einen abschreckenden Effekt haben sollte. Er stieg aus dem Wagen und trat vor das vergitterte Rolltor, durch das er die Hecks von zwei Porsche-Sportwagen und einem Cayenne sehen konnte. Der Besitzer schien ein Faible für deutsche Fahrzeuge zu haben.

Sein Name war Ole Vyborg, aber der stand nicht auf dem Schild der Klingel, die Tjark nun presste. Dafür hatte er in Madsens Unterlagen gestanden: Ole Vyborg war der Manager von Hela.

Tjark zog seinen Kripoausweis und hielt das Plastikkärtchen vor das Fischaugenobjektiv einer in den Stein eingelassenen Kamera. Schließlich meldete sich eine Stimme über die Gegensprechanlage. Sie klang tief und etwas versoffen.

»Ja?«

»Tjark Wolf, Kriminalpolizei aus Deutschland«, sagte Tjark auf Englisch. »Ich möchte gern mit Herrn Ole Vyborg reden. Es geht um Hela.«

Tiefes Seufzen.

»Es dauert auch nicht lange.«

»Wie oft wollt ihr mich noch befragen?«

»Wenn nötig, noch sehr oft.«

»Aus Deutschland?«

»Ich bin ein Spezialist.«

Es folgte eine Pause. Dann summte der Türöffner. Das Rolltor öffnete sich einen Spalt und schloss sich hinter Tjark. Eine weitere öffnete sich wie von Geisterhand, als er unmittelbar vor dem Haus stand. Sie führte in einen langen Flur, der links und rechts mit Goldenen Schallplatten und moderner Kunst behangen war. Ein großer und muskulöser Kerl in Joggingkluft mit vor der Brust verschränkten Armen versperrte den Weg in ein weitläufiges Wohnzimmer.

Ole war das nicht. Tjark hatte ein Foto gesehen. Dieser Typ hier war eher vom Kaliber russischer Türsteher, wirkte mit den schmalen, asiatisch anmutenden Augen aber eher wie ein Finne oder Norweger, der Baumstämme als Zahnstocher verwendete. Er hob das Kinn leicht an und musterte Tjark, ohne ein Wort zu sagen. Tjark stellte sich ein weiteres Mal vor, hörte dann eine Stimme aus dem Wohnzimmer, die etwas auf Dänisch sagte, worauf der Zerberus den Weg freigab, um ihn gleich hinter Tjark wieder zu blockieren.

Im Wohnzimmer saß ein Berg von einem Mann auf einem weißen Ledersofa vor einem riesigen Bildschirm. Er war von oben bis unten tätowiert, trug einen geflochtenen Bart und langes Haar zu einem aufgeknöpften weißen Hemd. Tjark sah in einem Glasregal Holzskulpturen, die an antike Wikingerkunst erinnerten.

»Ich habe doch alles schon erzählt«, sagte Ole Vyborg.

»Dann erzählen Sie es noch einmal«, sagte Tjark.

»Wieso ein Polizist aus Deutschland?«

»Haben Sie eben schon gefragt.«

»Dann erzählen Sie es noch mal«, sagte Ole und grinste schwach.

»Ich bin ein Spezialist für die Art von Straftaten, die der Mann begeht, der mit ziemlich hoher Wahrscheinlichkeit Hela umgebracht hat. Ich bin nur an einigen Details interessiert«, sagte Tjark, der in Madsens Dateien bereits vieles gelesen hatte. »Torben Möller.«

Ole nickte und strich sich über den enormen Bauch. Er wirkte, als bestehe er aus Beton. »Er ist ein verfluchter Stalker, einer von diesen durchgedrehten Fans, die sich in ihre Stars verlieben und süchtig nach ihnen werden. Wir haben es mit rechtlichen Anordnungen versucht. Hat nichts geholfen. Wir haben ihm ein paar aufs Maul gehauen. Hat auch nichts geholfen. Schließlich haben wir ihn einfach akzeptiert. Wie eine Schmeißfliege, die nervt, aber letztendlich nichts tut. Beim letzten Konzert ist er wieder aufgetaucht. Torben ist ein echt hartnäckiger Typ. Ihre Kollegen waren auch sehr an ihm interessiert und haben ihn sich vorgenommen, schätze ich. Er ist ein Promisüchtiger. Er stellt denen allen nach. Er war auch ein Fan von der Volleyballerin, die …«

»Mette Slettemark.«

»Ja. Das andere Opfer.«

Tjark musterte Oles Tätowierungen. Einige erinnerten ihn an die, die auch Hela trug. Wikingermuster, keltische Knoten. Fein gestochen. Sehr elegant. Teuer. »Ihre Tätowierungen sind beeindruckend.«

Ole zuckte mit den Achseln. »Was interessieren Sie meine Tätowierungen?«

»Rein privat«, log Tjark.

Er zog sich die Jacke aus und zeigte seinen Unterarm vor, der mit dem Motiv eines japanischen Holzschnitts tätowiert war – mit der großen, alles verschlingenden Welle. Ole beugte sich ein wenig vor, betrachtete das Motiv.

»Beeindruckend, gute Arbeit.«

»Stammen Ihre Motive und die von Hela vom selben Tätowierer?«

»Ja, Jörgen Thyboron, Fine-Art-Tattoo in Århus. Wenn Sie Qualität wollen, gehen Sie zu Jörgen.«

»Macht er auch Carvings?«, fragte Tjark. Carving war ein nicht mehr ganz so neuer Trend in der Szene der Körpermodifikation, dafür aber ein extremer. Es ging darum, kunstvolles Narbengewebe herzustellen. Dazu wurden feine Muster mit Skalpellen in die Haut geschnitten und Teile der Haut abgelöst – als ob man einen Apfel schält oder eine Melone verziert.

Ole sagte: »Das hat mich Ihre Kollegin schon gefragt. Name vergessen. Kurze blonde Haare. Sie meinte, dass jemand, der seinen Opfern Zitate aus der Edda in die Haut schneidet, sich damit auskennen könnte.«

»Anne Madsen?«

»Richtig.«

»Was haben Sie geantwortet?«

»Ich habe gesagt, dass das in seinem Studio ebenfalls gemacht wird, soweit ich weiß. Aber er macht das nicht selbst. Da gibt es einen Experten.«

Tjark nickte. Er wusste aus den Cloud-Dateien, dass Anne dieser Spur bereits im Mette-Fall gefolgt war. Aber entweder hatte sie ins Nichts geführt, oder Anne war noch nicht dazu gekommen, sie zu vertiefen.

Tjark deutete mit einem Nicken auf die nordischen Antiquitäten. Er nahm einen Begriff auf, den er in Madsens Dateien gelesen hatte. Er war sich nicht sicher, worum es sich genau handelte, aber er hatte eine vage Idee, die er überprüfen wollte. »Erzählen Sie mir etwas über den Asenbond, Ole.«

Asen, so viel wusste Tjark, waren ein nordisches Göttergeschlecht. Kriegerische Götter, die in Asgard lebten. Wenn Tjark das Symbol, das auf Oles Brust tätowiert war, richtig interpretierte, handelte es sich um einen Thorshammer. Das Symbol wurde häufig in neuheidnischen Bewegungen verwendet. Tjark hatte irgendwo gelesen, dass in Island die nordische Götterreligion ein eindrucksvolles Comeback feierte. Dort war sogar ein Tempel gebaut worden – der erste heidnische seit tausend Jahren, und dort gab es eine Glaubensgemeinschaft, zu der ein paar Tausend Menschen gehörten. Sie huldigten den alten Germanengöttern: Thor, Frigg – und Freya.

»Ásatrú«, sagte Ole im Ausatmen. »Der Asenglaube ist unsere Tradition in Skandinavien, unser religiöses Fundament. Der Glaube der Wikinger bis zu dem Zeitpunkt, an dem die Christianisierung immer weiter voranschritt. Was wir sind, das fußt alles auf der Edda. Ich habe eigentlich keine Lust, Ihnen das im Detail zu erklären. Wollen Sie mir Gott erklären und die Bibel?«

Oles Gorilla im Jogginganzug grinste. Tjark erinnerte sich an Madsens Bericht über Helas Entführung und die Aussagen eines Bodyguards. Er wandte sich direkt an den Bewacher: »Waren Sie der Mann, der im Hotelzimmer nebenan fest geschlafen hat, während Hela entführt wurde, oder waren Sie der Mann, der überhaupt nicht vor Ort war? Ihr habt beide versagt, aber welcher waren Sie?«

Der Gorilla musterte Tjark von oben bis unten, sagte aber nichts. Tjark wandte sich wieder an Ole. »Sie sind Mitglied in diesem Wikinger-Orden?«

»Es ist kein Orden. Es ist eine Kirche.«

»War Hela ebenfalls Mitglied?«

»Natürlich.«

»Ihr Tätowierer? Jörgen Thyboron?«

»Er ebenfalls, ja.«

»Torben Möller ...«

»Hat nichts damit zu tun.«

»Okay.« Tjark nickte erneut. Ihm kam ein Gedanke. »Und Mette Slettemark?«

»Nicht, dass ich wüsste – und ich würde es wissen.«

»Weil Sie den Asenbond so gut kennen?«

Ole lächelte milde. »Sie sind schlecht vorbereitet, Mr. Police. Erstens: Ich bin der Asenbond. Zweitens: Mein Unternehmen betreibt Management für verschiedene Prominente, nicht nur für Hela. Wir haben auch Mette betreut.«

40.

In der Tat, dachte Tjark auf dem Weg in die Stadt. Er war schlecht vorbereitet gewesen, als er mit Ole gesprochen hatte. Das war nicht weiter schlimm und auch nicht zu ändern, denn er hatte nur sehr wenig Zeit und beschränkte Informationen zur Verfügung gehabt.

Jedenfalls hatte er erfahren, was ihn interessierte. Es gab Zusammenhänge zwischen Hela und Mette. Sie waren in derselben Agentur unter Vertrag. Madsen hatte Tjark nichts davon erzählt. Vielleicht maß sie dem keine große Bedeutung zu. Eventuell hatte sie auch einfach nicht dran gedacht und ihm sowieso nur einige Basic-Infos gegeben, keine detaillierten Briefings. Jedenfalls vertrat die Literaturagentur, bei der Tjark mit seinem True-Crime-Buch unter Vertrag war, gut und gerne hundert Autoren. Viele Promis würden ebenfalls bei derselben Agentur unter Vertrag sein, nahm Tjark an. Zwei bei demselben Künstler- oder Sportler-Management, das konnte Zufall sein, der jedoch Beachtung verdiente. Bei dreien hingegen hätte es System. Weiter trugen Hela und Mette Tätowierungen – Mette zwar nur eine, aber immerhin, und es war ein nordisches Symbol. Es gab einen Tätowierer, bei dem jemand arbeitete, der sich mit Skincarving auskannte. Tjark fragte sich, ob in diesem Studio auch Mettes Tattoo gestochen worden war. Außerdem gab es durch den Asenbond einen Zusammenhang mit Runen und der Edda und Hela.

Waren das Zufälle?

Möglich. Wenn man einen BMW kaufen wollte, sah man plötzlich überall welche. Hatte man einen Husten, der nicht verschwinden wollte, hustete plötzlich jeder um einen herum. Die Sinne schärften sich auf bestimmte Themen und Verknüpfun-

gen – davon durfte man sich nicht in die Irre führen lassen, sollte aber auch nicht unterschätzen, was man auf einmal erkannte.
Tjark stellte den Wagen in einer Seitenstraße ab und nahm das Handy zur Hand. Der Balken für die Batterieanzeige zeigte eine Kapazität von fünfzig Prozent an. Früher oder später würde er das Gerät aufladen müssen. Er gab den Namen des Tattoostudios ein und außerdem den Begriff Skincarving. Er gelangte auf die Seite des Studios, sah sie sich an und las außerdem Berichte über Carving ganz generell und einen über die lokale Szene der Bodymodification aus den *Århus News,* in dem ebenfalls das Studio erwähnt wurde.
Tjark fragte sich, was Menschen dazu bewog, sich Muster in die Haut schneiden oder die Zunge spalten zu lassen. Genau die Fragen hatte der Journalist, der den Bericht verfasst hatte, gestellt. Es war ihm nicht nur darum gegangen, wie Carving, Skinning und Cutting funktionierten, sondern auch um die Motive für Körpermodifikationen. Als »modische Grenzerweiterung« hatte der Reporter es beschrieben.
Schließlich steckte Tjark das Handy wieder ein und stieg aus. Es war weder hell noch dunkel in der Stadt. Dämmerung an einem warmen Sommerabend. Er ging um die Ecke, lief über die Straße und stand schließlich vor dem »Fine Art Tattoo«-Studio, das Jörgen Thyboron gehörte. Das Firmenlogo war in geschwungenen Lettern mit Flammenrändern auf die großen Scheiben geklebt. Es schien noch geöffnet zu sein. Also ging Tjark hinein.

41.

»Eine Kollegin von Ihnen hat mir Fotos gezeigt. Ziemlich krasser Scheiß«, sagte Jens.

»Ja«, wiederholte Tjark, »krasser Scheiß.«

Jens war bis zum Hals tätowiert, trug Piercings und große Tunnel in den Ohrläppchen sowie das Thorshammer-Symbol im Nacken. Er blickte Tjark aus wasserblauen Augen durch eine Nerdbrille an. Er war gerade dabei gewesen, einige Instrumente zusammenzusuchen, als sei er gerade erst gekommen und würde sich auf etwas vorbereiten. So spät am Abend – na ja, dachte Tjark, wer weiß, was diese Leute für Arbeitszeiten hatten. Vermutlich dieselben wie Rockstars.

Tjark streifte Jörgen Thyboron mit dem Blick, den Chef des Studios, der neben Jens stand und ihn um einige Zentimeter überragte. Er trug ebenfalls einen tätowierten Thorshammer im Nacken.

Tjark sah sich um. Der Hinterraum wirkte klinisch, wie ein Behandlungszimmer beim Arzt. Die gepolsterten Liegen darin verstärkten den Eindruck noch. Der Rest des Studios war in einem merkwürdigen Mix aus amerikanischem Design der Fünfzigerjahre, Rotlicht-Ambiente und China-Restaurant eingerichtet – mit der Zweckmäßigkeit eines Frisiersalons. In den vorderen Räumen waren noch Tätowierer bei der Arbeit. Ihre Nadeln sirrten. Im Hintergrund lief Musik – es klang nach poppigem Goth Rock. Vielleicht Musik von Hela, die auf einem großen Foto abgebildet war, das über dem Tresen hing. Darauf wurde sie gerade von Jörgen Thyboron, dem Studiochef, tätowiert.

Tjark blickte wieder zu Jens. Den Mann, den Thyboron als seinen Experten für Carvings und Cuttings vorgestellt hatte.

Jens blinzelte und schien zu begreifen, dass seine Formulierung mit dem »krassen Scheiß« angesichts der Umstände sehr lax gewählt war.

»Ich meine«, korrigierte er sich, »es ist wirklich schrecklich, zu wissen, dass das Hela war, echt fürchterlich. Und was ich da gesehen habe – ich weiß nicht, wie ich das in Worte fassen soll.«

»Was haben Sie von den Carvings gehalten?«

»Nicht allzu klasse gemacht, aber auch nicht allzu schlecht. Der Mörder hat eine Menge davon in die Körper geschnitten. Da lernt man dazu.«

»Kann man das auf Anhieb?«

»Nein, das muss man vorher probieren.«

»Niemand«, ergänzte Thyboron, »kann das auf Anhieb. Auch Tätowieren nicht. Wir üben auf der Haut von Schweinefleisch.«

Tjark fragte: »War die Volleyballerin Mette Slettemark ebenfalls Kundin bei Ihnen? Das erste Opfer?«

»Nein, war sie nicht.«

»Erklären Sie mir das mit den Carvings und Cuttings, Jens.«

»Beim Cutting werden Ziernarben in die Haut geschnitten. Beim Carving wird die Haut mit dem Skalpell eingeschnitten und dann abgelöst. Solche Ziernarben haben eine uralte Tradition in allen Völkern. Man zeichnet das Motiv auf die Haut, dann wird geschnitten. Man braucht einige Klingen, ist nicht so einfach – die werden schnell stumpf.«

»Ist das sehr schmerzhaft?«, fragte Tjark.

»Wir nehmen eine spezielle Salbe für die örtliche Betäubung. Es gibt allerdings auch Kunden, die wollen keine haben und es ganz intensiv erleben. Wenn man seinen Körper verändert, ist das wie eine Neugeburt, und jede Geburt geht mit Schmerzen einher. Mit der Salbe spürt man überhaupt nichts.«

Tjark stellte sich das nicht sonderlich angenehm vor. »Nur die Salbe? Keine anderen Mittel zur Betäubung?«

»Wir dürfen keine Spritzen setzen. Solche Salben bekommt man in jeder Apotheke. Sie betäuben die Haut. Meine Freundin bringt mir immer welche mit. Sie arbeitet im Krankenhaus, da bekommen wir Rabatt bei Sammelbestellungen.«

»Ihre Freundin ist Ärztin?«

»Nein, Pflegerin.«

»Mhm.« Tjark dachte nach. Vielleicht lag er doch nicht richtig mit der Annahme, dass der Killer die Opfer betäubte, damit sie nicht vor Schmerzen schrien und er ein sauberes Ergebnis bekam. Wenn eine simple Salbe aus der Apotheke dazu reichte? Dennoch betäubte er sie – vielleicht nutzte er das Anästhetikum, um sie nicht fesseln zu müssen und drei Tage lang bewegungslos zu halten. Dass sie dann beim Schneiden ebenfalls stillhielten und keine Schmerzen spürten, war ein positiver Nebeneffekt. Die Fesseln würden beim Schneiden der Carvings vielleicht sowieso behindern.

Und bei rund um die Uhr betäubten Opfern konnte er sich draußen frei bewegen und musste sich keine Sorgen machen, dass sich die Opfer an Fesseln verletzten, wenn sie zu entkommen versuchten. Er konnte kommen und gehen, wie er wollte. Und jeder musste mal schlafen. Vielleicht hatte er ein echtes Leben da draußen, einen Job. Ein ganz normaler Typ wie Jens, der Carver mit dem Thorshammer im Genick, dessen Freundin womöglich noch ganz andere Dinge aus dem Klinikum mitbrachte als harmlose betäubende Salben für die Haut.

Tjark fragte: »Sie beide sind aktiv im Asenbond?«

Jens und Thyboron nickten.

»Kennen Sie andere Skin-Carver, die Mitglied im Asenbond sind oder ihm nahestehen?«

Jens und Thyboron verneinten.

»Wie kommen Sie denn auf den Asenbond?«, fragte Thyboron.

»Ole ist Mitglied. Hela war Mitglied. Sie beide tragen das Thorszeichen wie Ole, von dem ich annehme, dass es mit dem Asenbond zu tun hat.«

Jens nickte. »Einen Kollegen im Asenbond kenne ich nicht, nein.«

»Aber Mitglieder des Bundes kennen Ihre Arbeit?«

»Ja. Und Bekannte natürlich. Hela selbst wollte, dass ich ihr demnächst ein Cutting mache. Einer von ihren Bewachern ist ebenfalls daran interessiert.«

»Aha?«

»Ja, er möchte gerne etwas Besonderes haben.«

»Welcher Bewacher ist das? So ein großer Typ mit schräg stehenden Augen? Sieht aus wie ein Finne?«

Jens grinste. »Die sind beide ziemlich groß. Sie arbeiten noch nicht lange für Ole. Die wechseln oft.«

»Also welcher von beiden?«

»Nicht der Finne. Der andere. Er interessierte sich sehr für Narben.«

Einer der beiden Bewacher, dachte Tjark, war bei Ole gewesen. Der Gorilla hatte außerdem die Frage offengelassen, welcher von beiden er gewesen war: der im Zimmer nebenan die Entführung verschlafen hatte – oder der, der feiern gewesen war. Diese offene Frage sollte er klären. Und herausfinden, warum einer dieser Gorillas so scharf auf Narben ist.

»Was soll das für ein Motiv werden?«, fragte Tjark.

»Ein Thorshammer«, antwortete Jens, »mit einem Runen-Sinnspruch aus der Edda.«

42.

Tjark fuhr zurück zu Oles Haus. Er steuerte rechts heran, als ein Wagen aus der Einfahrt des Anwesens kam – eine dunkle Limousine. Im Inneren brannte Licht. Tjark war sich ziemlich sicher, Ole auf dem Rücksitz erkannt zu haben, dessen Gesicht von unten her bläulich angestrahlt wurde, vielleicht von einem Tablet oder einem Handy. Wo Ole war, dachte Tjark, waren seine Bewacher nicht weit. Also folgte er dem Wagen.

Sie fuhren quer durch die Stadt und verließen schließlich die Grenze von Århus. Tjark fragte sich, ob es wirklich so sinnvoll war, Ole zu folgen, um sich dessen Bodyguard noch einmal vorzuknöpfen. War die Zeit, die er dazu aufwendete, nicht im Verhältnis zu dem vergeudet, was er sich von einer Unterredung versprach? Denn es stand eigentlich außer Zweifel, dass Madsen und ihre Leute die beiden Kerle bereits auf Herz und Nieren überprüft hatten – und wenn etwas auffällig an den Burschen wäre, würden sie nicht frei herumlaufen. Andererseits hatte Tjark sich lediglich die Hälfte eines persönlichen Bildes gemacht: Er war nur auf einen Bodyguard getroffen. Er hätte beim Treffen mit Ole auf den zweiten Mann eingehen sollen.

Die Limousine bog in einen Waldweg ein. Tjark überlegte noch, ob er folgen sollte, als vor Oles Wagen ein weiteres Fahrzeug über die schmale Straße fuhr und direkt hinter Ole ein drittes einbog. Zu einem abendlichen Picknick im Wald, dachte Tjark, waren die sicherlich nicht unterwegs. Also fuhr er weiter. Vor ihm öffnete sich eine Lichtung, an deren Rand bereits einige Autos parkten. Tjark fuhr nicht bis dorthin, sondern hielt deutlich davor am Straßenrand.

Er stieg aus, steckte sich eine Zigarette an und sah in der Lichtung hinter dem kleinen Parkplatz Fackeln brennen. Sie formten einen Kreis. Das Licht war hell genug, um Ole zu erkennen, der sich im

Gespräch mit anderen Männern und Frauen befand. Alle trugen längere Gewänder und traten dann in den Kreis. Sah aus, dachte Tjark, als zelebrierte der Wikinger-Bund hier ein Ritual unter freiem Himmel. Die zwei Männer, die etwas außerhalb standen, trugen keine Gewänder – und bewegten sich nun auf ihn zu. Kurz darauf standen sie direkt vor Tjark und betrachteten ihn von oben bis unten, während er gelassen weiterrauchte. Der eine war der Gorilla, den Tjark in Oles Haus kennengelernt hatte. Der andere war von vergleichbarer Statur und trug einen Bart.

»Der Polizist aus Deutschland«, sagte der Bodyguard mit den schräg stehenden Augen. Der Bärtige schwieg, während er mit vor der Hüfte gekreuzten Händen breitbeinig vor ihm stand.

»Was für ein gutes Auge«, erwiderte Tjark und schnippte ihm die Zigarette vor die Füße. Sie zog eine orangerote Leuchtspur hinter sich her. Der Bärtige zeigte keine Reaktion.

Tjark fragte: »Sind Sie der andere? Oder sind Sie ein Neuer?«

»Er ist der andere«, erwiderte Oles Leibwächter.

Bevor Tjark reagieren konnte, packte eben dieser andere ihn am Aufschlag seiner Jacke, verpasste ihm einen Kopfstoß und presste ihn gegen den Wagen.

Etwas Warmes lief Tjark über das Auge. Einen Moment später wurde er gepackt, herumgedreht und spürte, dass der Mann nach Tjarks linkem Handgelenk fasste, um ihm den Arm auf den Rücken zu drehen und ihn in den Polizeigriff zu nehmen. Sein rechter Arm klemmte zwischen Oberkörper und Autotür. Tjark keuchte auf und knallte mit dem Kinn gegen die Glasscheibe.

»Ich weiß nicht, was Sie sind«, sagte der Bärtige, »vielleicht sogar ein echter Polizist. Ist mir egal. Sie werden jedenfalls gesucht.«

Tjark schwieg. Seine Gedanken fuhren Karussell. Seine linke Augenbraue brannte, seine linke Schulter von dem verdrehten Arm ebenfalls.

»Ihr Bild ist in den Medien«, fuhr der Bärtige fort. »Es kam eben in den Nachrichten. Mein Kollege hat Sie direkt erkannt. Die

Polizei sucht Sie. Und deswegen nehmen wir Sie fest, Mann, und werden Sie der Polizei übergeben, Sie Freak.«
Der Finne musste irgendwo neben Tjark stehen. Er hörte ihn sagen: »Also ganz ruhig. Sie geben keinen Mucks von sich. Ich werde Sie abtasten. Wenn mein Kollege sich entscheidet, Ihnen nicht den Arm zu brechen, und Sie wieder loslässt, legen Sie die Hände auf das Dach, stellen sich breitbeinig hin und sind ein ganz lieber Junge, der bereitwillig mitmacht.«
Scheiße, dachte Tjark und blinzelte hektisch. Die dänischen Kollegen hatten also inzwischen eine öffentliche Personenfahndung eingeleitet und sich dafür das Okay aus Deutschland und ein Okay ihrer eigenen Staatsanwaltschaft besorgt. Das machte es ungleich schwerer, weiter nach Anne zu suchen. Wenn nicht sogar unmöglich. Sein Foto und sein Name wären überall – in allen sozialen Medien, in den TV-Nachrichten. Und das musste außerdem bedeuten, dass die Polizei inzwischen öffentlich erklärt hatte, dass Anne Madsen verschwunden war. Mit anderen Worten: Die Hölle war los.
Und wie es aussah, hatten sich die zwei Burschen vorgenommen, Tjark dingfest zu machen und der Polizei zu übergeben – nach dem Stand der Dinge würden sie äußerst erfolgreich damit sein, ihren Plan umzusetzen. Selbst, wenn Tjark entkommen könnte, würden sie das Auto beschreiben können, Signes Volvo. Er war erledigt, so oder so – und gegen die zwei Kerle, die wie eine Wand aus Muskeln hinter ihm standen, hätte er keine Chance. Sie würden ihm sämtliche Knochen im Arm und in der Schulter gebrochen haben, bevor er auch nur zuckte. Aber auf der anderen Seite würde Tjark nicht klein beigeben. Auf gar keinen Fall würde er das tun.
»Also, wie sieht's aus?«, fragte der Gorilla. »Lieber Junge oder böser Junge?«
Tjark versuchte, den rechten Arm zu bewegen. Er konnte die Hand tatsächlich zwischen der Autotür und seinem Bauch weiter

nach unten schieben. Dorthin, wo sich die Jackentasche befand. Und zu dem, was in der Jackentasche steckte.

»Lieber … Junge …«, ächzte Tjark und umfasste den Griff der Pistole.

»Großartig«, murmelte der Bärtige.

Tjark spürte den nachlassenden Druck am linken Handgelenk.

»Beide Hände aufs Dach.«

»Geht nicht …«, keuchte Tjark.

»Hände aufs Dach!«

In der Sekunde, in der der Bärtige Tjark kurz losließ, um nach seinem Nacken zu fassen und ihn mit dem Gesicht gegen die Scheibe zu knallen, drehte sich Tjark um die eigene Achse. Der Kerl bekam statt Tjarks Nacken seine Kehle zu fassen. Und machte große Augen, denn er spürte, dass ihm etwas Hartes gegen den Bauch gepresst wurde.

»Das ist eine Neunmillimeter«, sagte Tjark. »Macht ziemlich große Löcher.«

Der Bärtige warf dem Finnen einen Blick zu. Der Finne nickte, was seinem Partner wohl bestätigen sollte, dass Tjark keinen Quatsch erzählte und die Situation ernst war.

»Loslassen«, röchelte Tjark und blinzelte erneut.

»Nein«, sagte der Bärtige. Tjarks Kehle fühlte sich an, als wäre sie in einen Schraubstock eingespannt. »Du wirst sowieso nicht schießen.«

Der Finne ergänzte: »Wir sind Profis, du Blödmann. Wenn du eine Waffe ziehst, musst du sie auch benutzen. Und wenn du sie gegen meinen Kollegen einsetzt, habe ich dir das Genick gebrochen, bevor du sie auf mich richten kannst.«

»Ihr vergesst Folgendes«, sagte Tjark heiser. »Im Unterschied zu euch habe ich schon häufiger auf Menschen geschossen. Meine Hemmungen sind nicht sehr groß.« Er richtete den Lauf der Pistole auf die Beine des Bärtigen. Mit einem hatten die Bodyguards recht: Tjark würde sie auf keinen Fall erschießen, und sie waren

Profis genug, um zu wissen, dass Drohungen gegen das Leben in der Regel hohl waren. Es kostete eine enorme Überwindung oder eine sehr große Kälte, eine solche Drohung in die Tat umzusetzen. Die Skrupel hingegen, jemanden lediglich zu verletzen, waren geringer, und die Androhung, das zu tun, deswegen erheblich glaubwürdiger. Kniescheiben waren komplexe Gelenke. Wenn eine Kugel sie zertrümmerte, waren sie in der Regel nicht mehr zu gebrauchen. Und damit endete zwangsläufig jede Karriere in der Sicherheitsbranche. Wochenlange Klinikaufenthalte, monatelange Rehas, Krücken, Rollstühle, enorme Schmerzen und Medikamente für Jahre oder gar für immer – solche Dinge gingen den zwei Burschen vermutlich gerade durch den Kopf.

Tjark spürte, wie sich der Griff an seiner Kehle lockerte. »Mit einem habt ihr recht«, sagte er. »Ich werde euch nicht erschießen. Ich zerschieße euch die Kniegelenke – einer von euch wird in jedem Fall zum Krüppel, sobald der andere auch nur zuckt, und er wird für den Rest seines Lebens dafür verantwortlich sein.«

Tjark hob die freie Hand, um sich mit dem Jackenärmel übers Auge zu wischen.

»Du hast die Pistole nicht durchgeladen«, murmelte der Bärtige.

»Eine Kugel im Lauf, der Rest im Magazin. Willst du es darauf ankommen lassen?«

Der Bärtige schwieg.

»Beide einen Schritt zurück. Lasst mich die Handflächen sehen«, sagte Tjark und wischte sich erneut über das Auge. Sein Jackenärmel war blutig.

Die beiden traten einen Schritt zurück. Sie hoben die Arme etwas an und drehten die Handflächen zu Tjark.

Tjark blinzelte mit dem linken Auge. »Die Polizei sucht mich wegen Anne Madsens Verschwinden. Anne ist meine Freundin und wurde aus meinem Ferienhaus entführt. Ich will das Schwein kriegen, das dafür verantwortlich ist.«

»Du kannst mir viel erzählen«, sagte der Bärtige.

»Mir ist lieber, wenn du mir etwas erzählst.«
Der Kerl schwieg.
»Einer von euch beiden«, fragte Tjark, »hat bei einem Besuch im Tätowierstudio von Jörgen Thyboron ein Interesse an Cuttings gezeigt. Schmucknarben. Wer von euch war das?«
»Ich«, sagte der mit dem Bart. »Und wen sollte das interessieren?«
»Mich. Aus einem einfachen Grund. Ihr beide gehört zu den letzten Menschen, die Hela lebend gesehen haben. Einer von euch war im Nachbarzimmer. Also zähle ich eins und eins zusammen: Ihr habt vielleicht auch für Mette gearbeitet. Es gibt ein Interesse an Schnittwunden. Es gibt eine gewisse Nähe zum nordischen Glauben, zu Runen und zur Edda, wie man sieht.«
»Verstehe«, sagte der Bärtige.
Der Zweite lachte leise und schüttelte den Kopf. »Falscher Dampfer.«
»Inwiefern?«, fragte Tjark.
»Weil wir nichts damit zu tun haben. Wir haben jede Menge Aussagen bei der Polizei gemacht. Stundenlang haben wir das getan.«
»Was interessiert Sie am Cutting? Mögen Sie es?«
»Mich interessiert nicht das Cutting. Mich interessieren die Narben.«
Tjark schwieg. Gab dem Bärtigen Raum, um es zu erklären.
»Ich habe Narben. Schnittverletzungen.« Er fuhr sich durchs Gesicht. »Deswegen der Bart.«
»Verstehe«, sagte Tjark.
»Ich habe noch weitere Narben. Hier.« Der Mann fuhr sich über die Brust. »Ich war als Soldat in Afghanistan. Eine Bombe explodierte unter unserem Wagen. Ich wurde durch die Windschutzscheibe geschleudert. Die Narben sind hässlich. Ich habe mich dafür interessiert, ob man sie mit einem Cutting überdecken kann.«
»Mit einem Thorshammer?«

»Das Zeichen würde sich anbieten, ja. War nicht meine Idee, aber es hieß, dass es sich gut würde machen lassen.«
Tjark zuckte mit den Achseln. Also Fehlanzeige, wie es aussah. Der Typ hatte einen guten Grund, sich für Cuttings zu interessieren. Tjark deutete in Richtung des Feuerkreises. »Was geschieht dort?«
»Ein Thing des Asenbonds«, sagte Oles Bodyguard. »Und vergessen Sie es – das Thing hat nichts mit Helas und Mettes Verschwinden zu tun. Persönliches Interesse an Schmuckschnitten ebenfalls nicht.«
»Sondern?«
»Sie vielleicht.«
»Ebenfalls Fehlanzeige«, sagte Tjark. »Wir machen jetzt Folgendes. Ihr beide nehmt die Hände über den Kopf und geht langsam rückwärts zu eurem Auto. Ich setze mich in meines und fahre weg. Dann könnt ihr von mir aus die Polizei anrufen und erklären, was für Superhelden ihr gewesen seid.«
Die Bodyguards schwiegen.
Tjark machte eine Bewegung mit der Pistole. »Hände über den Kopf. Rückwärts zu den Autos gehen. Und immer schön mich anschauen und nicht umdrehen und nicht laufen.«
Es dauerte einige Sekunden, dann nahmen die beiden die Hände hoch und verschränkten sie über dem Kopf. Sie gingen langsam rückwärts.
Tjark behielt die Waffe in der Hand. Er wechselte sie in die Linke, öffnete mit der Rechten die Autotür und setzte sich ans Steuer. Er startete den Motor, ließ das Seitenfenster herab und schloss die Tür. Er hielt die Waffe aus dem Fenster, legte den Rückwärtsgang ein und fuhr langsam los. Schließlich erreichte er die Straße, zog die linke Hand wieder herein und warf die Pistole auf den Beifahrersitz. Er rammte den ersten Gang ins Getriebe und fuhr mit Vollgas zurück in die Stadt.
Nach etwa zwei Kilometern sah er auf der rechten Seite eine Tank-

stelle, bog ab und hielt mit laufendem Motor vor der Waschanlage. Er schaltete die Innenraumbeleuchtung ein und betrachtete sein Gesicht im Rückspiegel. Er sah ziemlich scheußlich aus und war blutverschmiert. Der Kopfstoß hatte seine Augenbraue aufplatzen lassen, aber der Cut wirkte nicht sehr groß oder tief, und Wunden im Gesicht bluteten immer extrem. Er sah sich im Ablagefach um und fand eine Packung Taschentücher sowie Klebeband für Geschenke vom Format einer Rolle Tesafilm. Es war weiß und mit rosafarbenen Einhörnern bedruckt.

Tjark nahm ein Taschentuch, befeuchtete es mit Spucke und wischte sich das Auge sauber, ebenfalls die Wange. Er betupfte vorsichtig die Augenbraue und stellte fest, dass sie noch blutete. Also nahm er ein neues Taschentuch, faltete es zusammen, riss zwei Streifen Klebeband ab und pappte es sich auf die Wunde. Anschließend nahm er das Handy, rief die Seite der *Århus News* aus dem Suchverlauf des Browsers auf und sah dort ein Foto von sich selbst sowie einige Sätze in Dänisch – in denen er zumindest die Worte Runenkiller, Anne Madsen, Tjark Wolf, gesucht und Polizei eindeutig verstehen konnte.

»Scheiße«, zischte er.

Und dachte: Ich habe keine Wahl.

Er klickte den Browser fort und tippte eine Nummer in das Handy ein. Er musste dringend ein Gespräch führen.

43.

Fred stand im Wohnzimmer vor dem Fernseher und hielt das schmale Dings. Er war große Fernbedienungen gewohnt, die schwer in der Hand lagen und über viele Knöpfe verfügten. Es waren Kunststoff gewordene Symbole der Macht über zahllose Programme und Einstellungsmöglichkeiten. Dieses schmale Etwas allerdings …

Es war silbern, kaum größer als ein Feuerzeug und verfügte über gar keine Knöpfe. Stattdessen musste man mit dem Finger über irgendwelche Sensoren streichen, die man nicht sehen konnte. Fast wie bei einem Smartphone. Außerdem bekam man heute keine Bedienungsanleitungen vom Umfang eines Telefonbuchs mehr dazu. Nein, alle Funktionen musste man sich entweder selbst erschließen oder im Internet nachschauen. Natürlich sparte das Kosten in der Herstellung, logisch, aber die gaben sie wohl kaum beim Gerätepreis an den Kunden weiter, sondern steckten sich die Kohle selbst in die Tasche. Tja, Kapitalismus auf dem Weltmarkt, so sieht's aus, dachte er.

Während Fred sich im Labyrinth von Menüs und Untermenüs verfangen hatte und nach einem Ausweg suchte, saß Greta auf dem Sofa und befasste sich mit ihrem iPad, als ginge sie das alles nichts an. Sie hatte es ohnehin albern gefunden, dass Fred einen nagelneuen 65-Zoll-Fernseher vom Format eines Esstisches angeschafft hatte, wo der bisherige 40-Zoll-Fernseher nach wie vor gut funktionierte. Aber Fred war der Auffassung, dass ein größeres Gerät weitaus besser ins Haus passte, denn es war ein großes Haus. Er und Greta hatten es vor wenigen Jahren gebaut. Noch war es nicht komplett fertig – Fred erwog, demnächst den Dachboden auszubauen. Zu welchem Zweck wusste er selbst nicht genau, aber er war der Meinung, dass es eine Schande wäre, den

Boden nicht wenigstens in den Grundzügen auszubauen. Das Haus verfügte sowieso über weitaus mehr Platz, als er und Greta benötigten. Sie hatten keine Kinder, Greta konnte keine bekommen.

In Bezug auf den neuen Fernseher war Fred außerdem der Auffassung, dass man immer mit dem Stand der Technik gehen sollte. Zudem konnten sie es sich leisten, einen so großen Fernseher für eine Handvoll Tausender anzuschaffen. Greta führte eine außerordentlich gut laufende Parfümerie in der Innenstadt.

»Und?«, fragte Greta jetzt, ohne vom Tablet aufzublicken.

Sie hatte kürzlich einen Thermomix gekauft und spielte seitdem sämtliche Rezepte darauf, die das Internet zu bieten hatte. Sie war der Meinung, dass man mit dieser unverschämt teuren Küchenmaschine sehr viel effizienter kochen konnte, was erheblich besser in ihren Lebensalltag passte. Fred hielt überhaupt nichts von diesem Ding. Für ihn sah das Gerät nach Schonkost aus – außerdem dazu erfunden, den Leuten das Geld aus der Tasche zu ziehen. In keiner Weise mit seinem neuen Grill von Weber zu vergleichen. Er hatte den alten Smoker vom Format einer Dampflokomotive gegen den neuen eingetauscht, weil er eingesehen hatte, dass für einen Zweipersonenhaushalt keine Rinderhälften zubereitet werden mussten. Der neue war ein Präzisionsinstrument und hatte in etwa die Form einer Überraschungsei-Verpackung, allerdings in Schwarz und einen halben Meter hoch, wirkte sehr massiv und absolut verlässlich. Er wurde mit Holzkohle betrieben, nicht mit Gas oder so einem Quatsch. Es war ein Smokey Mountain Cooker, ein Männergrill, und allein der Name versprach Abenteuer – man konnte sich sehr gut vorstellen, dass man den Grill im SUV mit in die Wälder nahm und nach einer Jagdpartie mit Freunden noch schnell ein paar Filets briet, bevor der erlegte Elch auf die Motorhaube gespannt wurde und man nach Hause fuhr. Wozu, zum Teufel, brauchte man da einen Thermomix?

»Und nichts«, erwiderte Fred. »Geht immer noch nicht.«

Greta lachte spöttelnd auf. Sie konnte manchmal eine sehr harte Frau sein. Gelegentlich machte sie den Eindruck, als könne man ihr eine Kreissäge über den Bauch ziehen, ohne dass etwas geschah – außer, dass die Zähne des Sägeblatts abgeschliffen wurden. Tjark sagte immer, Fred solle sich nicht beklagen, weil eine andere Art von Frau es niemals mit Fred auf Dauer aushalten würde. Er hatte wohl recht.

»Dann mach, dass es geht«, sagte Greta, ohne aufzublicken.

»Bin gerade dabei.«

»Haben wir Netflix?«

»Wir haben Netflix.«

»Mach doch Netflix an.«

»Ich will erst, dass die anderen Programme in HD laufen.«

»Dann mach, dass es geht«, wiederholte Greta.

Fred drehte sich zu ihr um. Greta blickte auf und sah ihn mit einem neutralen Gesichtsausdruck an.

»Ist was?«, fragte sie.

»Etwas mehr Anteilnahme wäre reizend.«

Fred wischte sich die schwitzigen Hände an der Hosennaht ab. Sie machten den Fernbedienungsstick glitschig. Er bekam inzwischen schon feuchte Finger vor Aufregung, wenn er den blöden Fernseher nur ansah, denn es machte ihn nervös und verrückt, wenn Technik nicht so funktionierte, wie sie funktionieren sollte.

Greta lachte auf und blickte wieder auf ihr Tablet. »Du hast mein Mitleid nicht verdient, Fred Berger. Du wolltest das Ding, also mach, dass es funktioniert. Der alte Fernseher ging bestens …«

»Ja. Ja. Ja.«

»… er hatte ein wunderbares Bild, und wenn ich Vox sehen wollte oder RTL, dann konnte ich das.«

»Aber nicht in HD.«

»Es geht ja jetzt auch nicht in HD, was haben wir also gewonnen?«

Fred sagte nichts. Denn genau das war das Problem. Er konnte nicht zulassen, dass die anderen gewinnen würden.

Die Sache verhielt sich wie folgt: Einige Programme liefen in HD, andere nicht. Das brachte Fred seit einigen Tagen zum Durchdrehen. Er hatte zehnmal bei der Hotline des Kabelanbieters angerufen und jeweils unterschiedliche Auskünfte zur Ursache des Problems erhalten. Eine Lösung hatte niemand. Die Gründe mochten vielschichtig sein – aber vielleicht hatte es einfach damit zu tun, dass Fred nicht voll konzentriert bei der Sache war, denn Tjark ging ihm nicht aus dem Kopf.
Der Wahnsinnige hatte sich in eine extrem problematische Situation begeben – und alle anderen ebenfalls in eine solche katapultiert. Zwar hatten Fred, Femke und Ceylan noch nicht die Dienstaufsicht am Hals, aber das würde folgen. Sie hatten den ganzen Vormittag lang ihre Aussagen über Tjarks Entkommen gemacht und sich erst nach Stunden wieder mit ihrem eigentlichen Job befassen können – der Überwachung von Vural Attamans Frau und Tochter auf Langeoog. Dabei hätten sie lieber Himmel und Hölle in Bewegung gesetzt, um Tjark aufzutreiben.
Ceylan hatte Tjarks Gedanken aufgegriffen – dass der Gesuchte wenn, dann mit seiner Tochter Kontakt aufnehmen würde, weswegen Fred und Femke morgen auf die Insel reisen würden, um die junge Frau persönlich zu überwachen.
Tja, und Tjark – Fred konnte sich nur zu gut vorstellen, was er gerade trieb. Er würde in Dänemark herumsausen und versuchen, seine Freundin zu finden, falls die dänische Polizei ihn noch nicht erwischt und verhaftet hatte.
Fred konnte sich hingegen auf keinen Fall vorstellen, dass Tjark tatsächlich etwas mit dem Verschwinden von Anne Madsen zu tun hatte. Nie im Leben. Eben hatte er Greta davon erzählt. Er sprach nur selten über seine Arbeit – und noch seltener über Tjark, den Greta nicht ausstehen konnte. Oder besser: Sie konnte nicht ausstehen, dass er Fred von der Schreibtischarbeit und der Ermittlung in Routinefällen zurück in den Sattel der »echten« Polizeiarbeit geholt hatte. Greta wäre Fred als Bürohengst sehr viel lieber gewesen.

»Fred«, sagte sie jetzt, ohne aufzublicken, »es reicht. Schalte Netflix ein, ich will ›Gilmore Girls‹ sehen. Und gleich mache ich uns etwas Schönes mit dem Thermomix, zum Beispiel einen Gemüsesmoothie.«

»Gilmore Girls? Smoothie?« Fred schauderte. »Aber ich heize auf der Terrasse schon den Grill vor!«

»Wozu?«, fragte Greta.

»Zum Grillen?«

»Nein, wir grillen heute nicht, Fred«, sagte Greta im Ton einer Grundschullehrerin. »Wir können nicht dauernd grillen. Wir haben gerade erst die kleine Party mit meinen Angestellten …«

»Ja, und weil die wie die Hungerhaken essen und nur Salat wollten, ist noch das ganze Fleisch übrig. Und die Würste. Das sind verdammt leckere Würste.«

»Das können wir einfrieren.«

»Man friert doch kein Fleisch ein. Das ist ja wie Whisky mit Eis und Wasser trinken.«

»Fred?«

»Nein.«

»Wir machen heute einen schönen Smoothie oder etwas mit Brokkoli im Thermomix.«

Im passenden Moment klingelte das Telefon. Das Festnetz. Es rief selten jemand auf dem Festnetz an – meistens Familie. Als Fred dranging, stellte er fest, dass er so etwas wie Familie in der Leitung hatte.

»Hi«, sagte Tjark.

»Leck mich«, erwiderte Fred.

»Das war nicht der Plan.«

Fred nahm den Hörer in die andere Hand, ging zur Seite und senkte die Stimme. »Bist du total bescheuert, du Vollidiot? Hast du auch nur die Spur einer Ahnung, was hier los ist? Es wird nach dir gefahndet, Alter!«

»Ja, habe ich schon bemerkt. Sie haben eine öffentliche Personenfahndung eingeleitet.«

»Stell dich.«
»Nein.«
»Doch, du schwingst deinen Hintern zur nächsten Wache und stellst dich, verdammt!«
»Vergiss es.«
»Was geht in deinem Hirn vor, Tjark? Ist überhaupt noch Gehirn vorhanden?«
»Genug, um deine Festnetznummer zu googeln. Hör zu …«
»Scheiß auf dich!«
»… du musst mir einen Gefallen tun.«
»Keine Chance.«
»Es ist nichts Großes, wirklich nicht. Und es tut mir leid, wenn ihr Schwierigkeiten wegen mir habt …«
»Da kannst du drauf wetten, dass wir die haben! Und was, zum Teufel, ist da eigentlich genau los?«
»In Dänemark?«
»Schweden, Norwegen, Bullerbü, ist mir scheißegal! Sag mir wenigstens, was genau Tango ist!«
Und Tjark sagte es Fred. Er erklärte ihm die ganze Geschichte mit der Ferienwohnung und Anne Madsen. Einiges wusste Fred, aber aus zweiter Hand. Das meiste wusste er noch nicht. Zum Beispiel diese Sache mit dem Runenkiller und dass Tjark der Meinung war, dass der Kerl sich Anne Madsen geschnappt hatte.
Fred sagte: »Ich glaube dir jedes Wort. Ich habe keinen Zweifel daran, dass alles die reine Wahrheit ist.«
»Aber?«
»Aber es spielt keine Rolle, was ich glaube. Du wirst per öffentlicher Personenfahndung gesucht, weil du der Tatverdächtige Nummer eins bist. Du kommst aus der Sache nur raus, wenn du dich stellst, alles mit dir machen lässt, was sie wollen, und artig Antworten gibst. Und finden sie heraus, dass du die reine Wahrheit sagst, werden sie dir dennoch den Arsch aufreißen, weil du geflohen bist, obwohl man dich per Haftbefehl sucht.«

»Ich weiß.«
»Und das nimmst du so locker hin?«
»Nein, aber im Moment habe ich andere Dinge im Kopf. Zum Beispiel das, worum ich dich bitten will.«
»Und das wäre?«
»Eine Adresse.«
»Wessen Adresse?«
Tjark sagte es Fred.
»Ich habe keine Ahnung, woher ich diese Adresse besorgen soll, und ich werde es nicht tun.«
»Fick dich, Fred.«
»Nein, fick dich. Du hast es übertrieben, mein Freund. Deine Tanknadel steht im hochroten Bereich. Der Drehzahlmesser ebenfalls.«
»Besorg mir die Adresse. Ich habe keine Möglichkeit dazu.«
»Nein. Denn wenn ich dir diese Adresse heraussuche, weiß ich ganz genau, was du damit anstellen wirst.«
»Keine Sorge. Was sollte ich schon …«
»Große Sorge. Du wirst dich nicht stellen, ja?«
»Nein.«
»Siehst du?«
»Also besorgst du mir die Adresse nicht?«
»Nein. Weil du es nur noch schlimmer machen wirst.«
Tjark legte auf. Fred starrte das Telefon in der Hand an.
»Fred?«
Er blickte sich um. Hinter ihm stand Greta, die alles mit angehört haben musste. Sie legte ihr Tablet auf den Küchentisch, verschränkte die Arme vor der Brust und sah Fred an.
»Was?«, fragte Fred.
»Er steckt in der Scheiße, hm?«
»Bis hier.« Fred markierte einen Eichstrich am Hals.
»Dann ruft er an und bittet dich um Hilfe – und du hilfst ihm nicht?«

»Du hast keine Ahnung, worum es geht, Greta.«
»Es ist egal, worum es geht.«
»Greta, er ...«
»Fred Berger!« Greta tippte ihm mit dem Zeigefinger auf das Brustbein. »Du weißt, dass ich Tjark nicht leiden kann. Aber du wirst deinen Partner und Freund nicht hängen lassen.«
»Ich kann da nicht mit hineingezogen ...«
Ein erneuter Stoß vor die Brust mit dem spitzen Finger. »Du mieser Feigling.«
»Du hast keine Ahnung, worum es geht und was er tun wird. Er will eine Adresse – und ich weiß, was er vorhat. Ich gebe sie ihm nicht, um ihn zu schützen, damit er es nicht noch mehr versaut und sich noch tiefer hineinreitet.«
»Du lässt deinen Partner trotzdem nicht hängen. Du gibst ihm die Adresse.«
»Nein.«
»Doch. Ich akzeptiere nicht, dass mein Mann sich wie ein Kameradenschwein benimmt. Egal, worum es geht, Fred Berger – du musst deinem Partner helfen. Wer hält mir denn dauernd Vorträge über euren bescheuerten Ehrenkodex?«
Fred sagte nichts.
»Also halt dich gefälligst dran, wenn du morgens noch in den Spiegel blicken und abends in mein Bett kommen willst.«
Fred schwieg.
Greta sah ihn weiterhin ausdruckslos an.
Fred seufzte und hob beide Hände an. »Gut. Okay. Gewonnen.«
Greta lächelte. »Du hättest sie ihm sowieso besorgt, hm?«
»Wahrscheinlich«, brummelte Fred. »Vielleicht. Ja. Hätte ich. Am Ende. Natürlich hätte ich das. Aber er kann ruhig mal etwas zappeln.«
Greta kam einen Schritt auf ihn zu und gab ihm einen Kuss.
Fred lächelte gequält. Dann nahm er das Telefon, besorgte die bescheuerte Adresse und rief Tjark zurück, der sich bedankte und

sagte, dass das länger gedauert hätte als erwartet. Schließlich marschierte Fred stumm in die Küche, wo Greta mit dem Thermomix beschäftigt war. Wortlos riss er die Kühlschranktür auf, wickelte die Verpackung vom Schlachter auf und nahm eine einzelne Bratwurst heraus. Damit ging er auf die Terrasse, öffnete den Smoker, der inzwischen auf Betriebstemperatur war, und legte die Wurst auf den Rost. Brokkoli aus der Küchenmaschine, dachte er, nicht mit mir, Greta Berger!

44.

Tjark bog auf den Hougardsvej in Brabrand ein – eine Wohnstraße in einem Vorort von Århus. Es war inzwischen dunkel. Die Straßenlampen brannten. Aus den meisten Fenstern der Ein- und Mehrfamilienhäuser fiel Licht.

Tjark interessierte ein Haus, das inmitten der gewachsenen Strukturen wie ein Fremdkörper wirkte. Ein Neubau, weiß, flach und modern. Und Tjark hatte Glück: Aus den Fenstern fiel ebenfalls Licht. In der Einfahrt parkten zwei Autos – ein Saab und ein Volvo. Jemand war zu Hause.

Es war das Haus von Niels Hedegaard, Annes Chef.

Seine Adresse war online nirgends zu finden gewesen, und Tjark wollte nicht bei der Polizei anrufen und danach fragen. Stattdessen hatte er Fred darum gebeten.

Tjark stoppte den Wagen am Straßenrand und stieg aus. Er lief an einer Hecke entlang und stand schließlich vor dem Haus mit der Adresse, die Fred ihm entweder über eine Datenbank oder über die Kollegen in Dänemark unter Zuhilfenahme einer Ausrede besorgt hatte.

Zwei Autos vor dem Carport, überlegte Tjark. Niels war in dem Alter, in dem die Kinder, falls er welche hatte, vermutlich schon aus dem Haus waren. Seine Frau, der wohl eines der Autos gehörte, war aber wahrscheinlich da – es sei denn, sie war Joggen, drehte eine Runde mit dem Hund oder war mit Freunden unterwegs und von diesen abgeholt worden. Dennoch sollte er mit mindestens zwei Personen rechnen, und es war schon genug Glück, dass Niels nicht mehr im Büro zu sein schien angesichts dessen, was los war – aber jeder brauchte mal eine Pause.

Es gab zwei Möglichkeiten, um ins Haus zu gelangen: durch die Vordertür oder die Hintertür. Es war ein lauer Abend. Vielleicht saß Niels draußen. Also ging Tjark um das Gebäude herum und gelangte in einen kleinen Garten, von dem aus sich der Blick bis zu einem See erstreckte. Die Terrasse war mit hellen Betonplatten ausgelegt. Darauf standen ein moderner Grill, Holztisch mit passenden Stühlen – und Niels Hedegaard in Anzughose und an den Ärmeln aufgekrempeltem Hemd mit einer Zigarette in der Hand. Er zuckte zusammen, als er Tjark sah und ihn erkannte. Sein nächster Blick richtete sich auf die Pistole, die Tjark in der Hand hielt. Dann zog er wieder an der Zigarette.

»Ich nehme an«, sagte er im Ausatmen, »Sie sind nicht gekommen, um sich zu stellen.«

»Das ist richtig«, erwiderte Tjark und betrat die Terrasse. Das Wohnzimmer hinter Niels schien leer zu sein. Dort lief der Fernseher. Eine Flasche Rotwein und ein Glas standen auf dem modernen Couchtisch.

»Sind Sie allein?«, fragte Tjark.

»Meine Frau ist mit Freunden in der Stadt. Sie hat nicht mit mir gerechnet. Aber ich habe vierundzwanzig Stunden Dienst hinter mir. Ich muss die Akkus aufladen.«

»Für Madsen.«

»Für Anne. Für Hela, Mette … Und, um Sie zu fassen, Tjark Wolf.«

»Sie suchen immer noch den Falschen.«

»Möglich. Und Sie wissen immer noch, dass ich keine Wahl habe. Sind Sie deswegen hier und richten eine Pistole auf mich? Um mir das zu sagen? Das haben Sie mir schon am Telefon gesagt.«

»Ich bin hier, um Madsen zu finden.«

Niels zog an der Zigarette. Der Tabak knisterte. »Nun«, sagte Niels im Ausatmen, »hier ist sie jedenfalls nicht.«

»Sie wissen, wer Sie hat.«

Niels betrachtete Tjark. »Sie sehen scheiße aus.«

»Sie wissen, dass ich nichts mit Annes Verschwinden zu tun habe. Der Runenkiller hat sie. Er hat ihr aufgelauert und zugeschlagen, als er die Situation für günstig hielt. Er hat sich außerdem einen Spaß daraus gemacht, es aussehen zu lassen, als würde ich dahinterstecken. Er hat eine Nebelkerze gezündet, um von sich abzulenken.«

»Sie sind in Ihrem Ferienhaus gewesen und haben sich alles angeschaut.«

»Das ist richtig.«

»Wir waren leider zu spät da. Sie haben am Supermarkt den Geldautomaten benutzt. Was ziemlich dumm von Ihnen gewesen ist.«

»Mir blieb nichts übrig. Ich benötigte Geld. Und ich fand es nicht schlimm, die Polizei darauf aufmerksam zu machen, dass ich im Land bin.«

»Warum?«

»Wenn ich hinter dem Runenkiller her bin, ist es besser, die Polizei als Back-up an den Hacken zu haben.«

»Sie sind ziemlich verrückt, Tjark.«

»Oder ziemlich verzweifelt.«

»Sie sind nach wie vor mein Hauptverdächtiger.«

»Ich weiß. Ich mache Ihnen keinen Vorwurf. Im umgekehrten Fall wären Sie auch meiner. Aber ich kann Anne nicht finden, wenn die gesamte Polizei Dänemarks nach mir sucht.«

Niels zog wieder an der Zigarette. »Sie beschweren sich bei mir? Ihre Hybris ist beachtlich. Ihr Mut und Ihre Dummheit ebenfalls.«

»Auch im Scheitern liegt Ritterlichkeit – im Verzagen nur Scham.«

»Shakespeare?«

»Silver Surfer.«

Niels drückte die Zigarette in einem Aschenbecher auf dem Holztisch aus. »Was wollen Sie?«

»Haben Sie ein Bier?«

»Ich bevorzuge Wein.«

»Dann ein Glas Wein«, sagte Tjark.

45.

Niels ging zum Wohnzimmerschrank und holte ein zweites Glas heraus, füllte es mit Rotwein und schob es Tjark hin. Dann nahm er sein eigenes und setzte sich auf das helle Ledersofa, trank einen Schluck und sah Tjark unbeeindruckt an, der die Waffe inzwischen nicht mehr auf Niels gerichtet, aber immer noch in der Hand hielt. Tjark nahm mit der freien Hand das Glas und trank ebenfalls einen Schluck. Es war ein ziemlich guter Wein.

Er sagte: »Helas Manager Ole ist auch Manager von Mette Slettemark gewesen. Er gehört zu einem neuheidnischen Bund, dem auch Hela angehörte. Er und sie hatten Kontakte zu einem Tattoostudio, in dem auch Hautcuttings vorgenommen werden. Einer der beiden Bodyguards, die auf Hela aufpassen sollten, hatte ebenfalls Kontakt zu dem Bodycarver, der in dem Studio arbeitet.«

»Der Anfang war mir bekannt. Das haben wir überprüft. Den Asenbond kenne ich ebenfalls. Das Ende nicht – dass einer der Bodyguards Kontakt mit dem Bodycarver hatte.«

»Madsen hat daran gearbeitet.«

»Okay.«

»Dann wurde sie aus dem Verkehr gezogen.«

Niels musterte Tjark. »Sie meinen, weil sie dem Täter zu nahe kam?«

»Vielleicht. Vielleicht auch deswegen, weil der Täter ein weiteres Ausrufezeichen setzen wollte. Jedenfalls halte ich die Zusammenhänge für auffällig: die Runen, der Asenbond, die Tattooszene, diese Bodyguards. Außerdem glaube ich, dass die Fundorte der Leichen eine Bedeutung haben müssen.«

»Haben sie.«

»Und welche?«, fragte Tjark.

»Wir wissen inzwischen, dass es früher einen Thingplatz auf Rømø gab, auf dem später die Kirche gebaut wurde. Das Feld, auf dem man Mette fand, war ebenfalls einer.«

»Womit sich der Kreis zum Asenbond und zu den mythologischen Schriftzeichen und zur Edda schließt.«

»Und wo ist das Motiv?«

»Keine Ahnung. Vielleicht wollen sie eine religiöse Revolution. Vielleicht ist ein Mitglied des Asenbonds verrückt.«

»Wir wäre es damit«, sagte Niels. »Sie sind in Anne verliebt und wollen etwas von ihr. Ihre Gefühle werden aber nicht erwidert. Sie fallen in Ihrem Ferienhaus über sie her. Anne wehrt sich. Es geschieht ein Unglück, und …« Niels stockte und blickte an Tjark vorbei, als habe er einen Geist entdeckt. Er griff nach der Fernbedienung und stellte den Fernseher laut. Tjark drehte sich um. Die Nachrichten liefen. Er sah die Sprecherin. Er sah »Breaking News«. Und er sah ein Standbild mit YouTube-Logo von der gefesselten Anne Madsen. Ihr Mund war mit Panzerklebeband verschlossen. Aber darunter schien sie zu schreien.

46.

»... haben uns entschlossen, das YouTube-Video nicht zu zeigen«, sagte die Nachrichtensprecherin mit sehr ernster Miene. »Die entführte Kriminalhauptkommissarin Anne Madsen ist offensichtlich das jüngste Opfer des Runenkillers, zu dessen Opfern bereits die Popsängerin Hela und die Beachvolleyballspielerin Mette gehören. Auf dem heute Abend den *Århus News* übermittelten Link zu einem YouTube-Video bekennt sich der Täter zu den Morden. Er stellt außerdem Forderungen, die innerhalb von vierundzwanzig Stunden erfüllt sein sollen. Andernfalls werde er sein Opfer im Livestream töten. Die Forderungen des Täters sind ...«

Tjark hörte alles nur noch wie durch Watte. Seine Augen sogen sich an dem Standbild von Anne fest. Niels sagte kein Wort. In der nächsten Sekunde klingelte sein Handy, aber er ignorierte es und griff sich die Fernbedienung. Er schaltete auf dem Smart-TV YouTube ein – wo das Video bereits als eines der meistgeklickten in der letzten Stunde auftauchte.

»Ich hatte recht«, sagte Tjark. »Der Runenkiller hat sie. Ich habe nichts damit zu tun. Schnallen Sie das jetzt, Niels?«

Niels hantierte mit der Fernbedienung. »Ich hatte Sie nie im Verdacht, der Runenkiller zu sein. Ich habe auch nicht angenommen, dass Sie ernsthaft Anne etwas angetan haben würden, Menschenskind. Ich wiederhole mich, aber: Sie lassen mir keine Wahl.«

»Sie lebt noch.« Tjark steckte die Pistole in die Jackentasche. »Anne lebt noch. Das ist das Wichtigste.«

»Immerhin etwas«, keuchte Niels – und startete das Video.

Anne Madsens Gesicht war in Full HD zu sehen. Sie hatte Angst, und es zerriss Tjark das Herz. Ihr Mund war mit Klebeband verschlossen. Sie schien gefesselt auf einem Stuhl zu sitzen. Ihr Gesicht wurde von einem Strahler angeleuchtet, und es hatte den Anschein, als sei ihre Nase verletzt. Dann war eine Stimme zu hören, während die Kamera weiter auf Annes Gesicht gerichtet blieb, in dem sich das Entsetzen zu den Worten widerspiegelte. Die Stimme klang verzerrt.

»Anne Madsen befindet sich in meiner Gewalt. Ich habe sie aus dem Ferienhaus ihres Freundes mitgenommen, der ein deutscher Polizist ist und landesweit gesucht wird: Tjark Wolf. Ich bin der, den Anne finden wollte. Aber nun bin ich der, der Anne Madsen gefunden hat. Ich bin der Runenkiller, was ein scheußlicher Name ist. Ja, ich habe getötet, aber jeder gesellschaftliche Umbruch erfordert Opfer. Es ist an der Zeit, dass sich dieses Land auf seine Ursprünge und Traditionen rückbesinnt und sich nicht länger zum Spielball der internationalen Politik macht. Wir waren einmal ein einflussreiches Land, doch in all unsere Belange mischen sich andere ein. Ich will wie Millionen von Mitbürgern, dass Dänemark endlich aus der Europäischen Union austritt. Aber die etablierten Netzwerke in unserer Regierung verhindern das. Warum? Weil sie persönlich von der EU profitieren. Weil sie in Aufsichtsräten von multinationalen Konzernen sitzen, weil sie Aktien halten und Beteiligungen. Sie denken nicht an euch. Sie denken nur an sich. Ihr mögt euch fragen, ob ich ein Rechter bin. Ich bin es nicht. Ihr mögt euch fragen, ob ich ein Linker bin. Das bin ich auch nicht. Ich bin ein Däne, der genug hat und der gehört werden will. Und heute hören fraglos alle hin.«

Die Kamera zoomte von Madsens Gesicht fort. Ihre Augen zwinkerten heftig. Ihre Nasenflügel blähten sich mit jedem Atemzug. Dann war ihr ganzer Körper zu sehen. Sie saß auf einem Stuhl und trug ein T-Shirt und Shorts. Hand- und Fußgelenke waren mit Klebeband an dem Stuhl fixiert. Im rechten Ellbogengelenk steckte ein Zugang, an dem sich ein Schlauch befand, der zu einem Tropf führte. Niels und Tjark hielten den Atem an, als eine schwarz gekleidete, mit einer Skimaske und Sonnenbrille maskierte Person ins Bild trat und nun neben Anne stand. Der Mann legte ihr die Hand auf die Schulter. Madsens Kopf ruckte, und sie atmete heftig. Der Rest ihres Körpers bewegte sich keinen Millimeter. Etwas blitzte in der rechten Hand des Mannes auf. Es war ein Skalpell.

Tjark blickte auf den Ladebalken von YouTube. Er zeigte an, dass der Clip noch etwa zwei Minuten lang dauern würde. Er zwang sich, sich nicht vorzustellen, was ein Irrer wie der Kerl auf dem Bildschirm in zwei Minuten mit einem Skalpell anstellen konnte. Niels faltete die Hände und vergrub das Gesicht bis zur Nasenwurzel darin. Er sagte kein Wort.

Dafür sprach nun die Stimme wieder.

»Das dänische Parlament hat vierundzwanzig Stunden lang Zeit, um eine Volksabstimmung über den EU-Austritt einzuleiten. Geschieht das nicht, wird Anne Madsen morgen Abend um diese Zeit sterben, und das Land wird live dabei zuschauen können. Leitet das Folketing das Referendum ein, wird sie weiterleben. Das Referendum soll innerhalb von einer Woche stattfinden. Das ist knapp bemessen, aber ausreichend. Anne Madsen bleibt bei mir, bis das Referendum beendet ist. Egal, wie es ausgeht: Danach hört ihr nie wieder von mir.«

Der Mann ging um Madsen herum. Er setzte die Klinge an ihrem Oberarm an. »Für den Wohlstand. Für Dänemark«, sagte er. »Die Rune Fehu.«

Und begann zu schneiden. Madsens Kopf ruckte wie wild. Ihr restlicher Körper nicht. Blut floss. Der Ladebalken des Clips zeigte noch dreißig Sekunden an. Zwanzig Sekunden später trat der Mann aus dem Bild.

Tjark wurde schlecht. In Madsens Haut waren einige rote Striche zu sehen. Die Kamera zoomte an ihr Gesicht heran. Tränen flossen ihr aus den Augen. Dann wurde das Bild schwarz.

Niels stoppte den Stream und versenkte das Gesicht in den Händen. Tjark war schwindelig. Gleichzeitig hatte er das Gefühl, dass sein Inneres in Flammen stand. Seine Speiseröhre brannte, als habe er eben statt Wein Batteriesäure getrunken. Er wollte etwas sagen, wusste aber nicht, was. Niels' Telefon klingelte erneut. Er ignorierte es. Dann war Tjark es, der das Schweigen brach.

»Der Kerl ist komplett irre.«

»Oder ein rechter Nationalist. Auch wenn er das Gegenteil behauptet. Aber irre ist er in jedem Fall.« Niels fuchtelte mit den Händen und rang nach Fassung. »Deswegen bringt er zwei Frauen um und Anne in seine Gewalt? Schneidet ihnen Runen in die Haut, um seine Botschaft zu übermitteln? Wer, zum Teufel, hätte das jemals verstehen sollen? Komplett wirr im Kopf. Einfach vollkommen durchgedreht. Noch viel verrückter, als ich befürchtet habe. Können die beschissenen Psychos nicht einfach auf einen Zettel schreiben, was sie wollen, verflucht, statt diesen kryptischen Mist … Es ist zum Kotzen!«

»Was soll das mit dem Referendum und dem Austritt aus der EU? Was ist das …«

»Es gibt Kräfte in Dänemark, die das seit Jahren fordern«, erklärte Niels und beruhigte sich wieder etwas. »Es ist vollkommener Wahnsinn, das auf diese Art und Weise durchsetzen zu wollen. Aber ich bin mir sicher, dass nicht wenige unserer Bürger sagen werden: Na endlich! Und gleichzeitig werden viele sagen: Seht, ihr habt dieses Monster mit eurer EU-freundlichen Politik überhaupt erst geschaffen – ihr seid verantwortlich für die Morde.«

Tjark kommentierte das nicht.

»Ich muss los«, sagte Niels und stand auf. »Ich fahre ins Präsidium. Und Sie kommen mit und stellen sich.«

»Keine Chance«, sagte Tjark und schüttelte den Kopf.

»Dann sind Sie geliefert, Tjark. Ich kann den Haftbefehl gegen Sie nicht aussetzen – was auch immer ich glaube oder was ich nicht glaube. Und egal, was der Runenkiller bekannt hat oder nicht: Sie sind geflohen und haben sich der Verhaftung widersetzt. Über die Waffe in Ihrer Hand reden wir besser gar nicht erst.«

»Besorgen Sie sich das Bewegungsprofil meines Handys und das meines Autos. Es ist mit einem GPS zur Diebstahlsicherung ausgerüstet. Sie werden sehen, dass ich das Haus morgens verlassen habe und nach Oldenburg gefahren bin.«

»Sie hätten Anne auch in der Nacht oder am Vorabend überwältigen können. Solange das Gegenteil nicht bewiesen ist, könnten Sie sogar das Video aufgenommen und mit einer Zeitverzögerung gepostet haben.«

»Ich denke, Sie halten mich nicht für den Runenkiller.«

»Tue ich auch nicht. Aber Sie wissen, wie das läuft. Sie sind immer noch der Einzige, den wir zurzeit ernsthaft ins Fadenkreuz nehmen können.«

Wiederum klingelte Niels' Handy. Erneut ignorierte er es und betrachtete Tjark.

Tjark machte eine Geste mit der Hand. »Gehen Sie schon dran. Kein Wort über mich. Sonst schieße ich Ihnen die Kniescheibe raus.«

Niels nickte. Er nahm sein Telefon. Er bellte einige Male »Ja« und »Nein« und »Bin unterwegs« in das Gerät. Schließlich sagte er: »In meinem Haus befindet sich der Gesuchte Tjark Wolf. Schickt sofort einige Einheiten …«

Tjark schlug Niels das Handy aus der Hand und zertrat es mit der Hacke.

»Scheiße, Sie Vollidiot!«, herrschte er Niels an und hielt ihm die Pistole ins Gesicht.

»Ich dachte, Sie wollten mir das Knie zerschießen?«

»Mistkerl«, fauchte er.

»Wir beide wissen, dass Sie nicht auf mich schießen werden. Nicht ins Gesicht, nichts ins Knie. Nirgendwohin.«

Tjark sagte nichts. Er spürte, wie ihm wieder etwas Warmes übers Auge lief.

»Ich fahre ins Präsidium«, sagte Niels. »Sie setzen sich in Ihr Auto und sehen zu, dass Sie nicht von einer Polizeistreife gefasst werden – oder kommen zur Vernunft und stellen sich den Kollegen. Ihre Wahl. Wir wissen, dass eine Pistole aus Annes Waffentresor fehlt und sich wahrscheinlich in Ihrem Besitz befindet. Ein tatverdächtiger Flüchtiger, der bewaffnet ist – Ihnen ist klar, was unter diesen Vorzeichen passieren kann?«

»Völlig. Nur solltet ihr keine Energie darauf verschwenden, mich zu stellen. Findet Anne und diesen Scheißkerl.«

»Das ist das Ziel.«

»Die Regierung wird nie im Leben eine Abstimmung zu einem Referendum einleiten. Ein ganzer Staat wird sich niemals erpressen lassen von so einem … Sozialterroristen.«

»Das denke ich auch nicht.«

»Also gehen wir und verlieren keine Zeit.«

47.

Tjark saß im Wagen und sah im Rückspiegel die Heckleuchten von Niels' Auto verschwinden. Er ließ das Seitenfenster herab, steckte sich eine Zigarette an und pustete den Qualm in einem feinen Strahl nach draußen. Er nahm das Handy, rief das YouTube-Video auf und kopierte den Link. Er gab der Reihe nach die Mobilnummern von Femke, Fred und Ceylan ein und schickte ihnen jeweils kommentarlos den Link. Sie sollten so schnell wie möglich wissen, was hier los war. Und begreifen, dass er mit Annes Verschwinden nicht das Geringste zu tun hatte.

Er dachte darüber nach, was er tun sollte. Es gab zwei Alternativen: sich stellen – oder so lange weitermachen, wie es ging.

Er fragte sich, was das Beste für Madsen wäre. Die Lösung war leicht: Das Beste für sie wäre, wenn Tjark alles tun würde, um sie zu finden – oder zumindest, dabei zu helfen. Er fragte sich außerdem, was das Beste für ihn selbst wäre. Niels hatte vorgeschlagen, er solle aufgeben. Femke, Ceylan und Fred würden dasselbe sagen. Aber es wäre, verdammt noch mal, nicht das Beste für ihn und nicht das Beste für Anne. Denn er würde verhaftet werden und ziemlich sicher in Untersuchungshaft genommen werden. Wenn in dieser Zeit Anne ermordet werden würde, könnte er sich niemals verzeihen, nicht versucht zu haben, sie zu retten. Tjark inhalierte tief. Stellen, überlegte er, konnte er sich jederzeit, auch in vierundzwanzig Stunden noch.

Er dachte darüber nach, wie der Runenkiller arbeitete. Welch hohes Risiko er einging und dass er seine Opfer akribisch studierte. Wenn er außerhalb des inneren Zirkels um eine prominente Zielperson agierte, war das nicht gerade einfach. Es sei denn, man hatte Routine darin. Wie ein Stalker. Tjark rief auf dem Handy den Stadtplan von Århus auf und suchte nach einer Adresse, die er in Madsens Unterlagen auf der Cloud gesehen hatte. Und fuhr los.

48.

Der totale Wahnsinn.« Nordström starrte auf den großen Bildschirm in der Redaktion. Marie blickte ihm über die Schulter und trank Kaffee, während um sie herum diskutiert und telefoniert wurde. Der Spätdienst war normalerweise eher spärlich besetzt, aber Marie hatte den Krisenfall ausgerufen und über WhatsApp alle zusammengetrommelt und ins Gebäude der *Århus News* beordert.

Über Nordströms Stuhl hing die Lederjacke, die er eben erst ausgezogen hatte. Die Tasche mit seinem Laptop stand hinter ihm im offenen Schrank, der mit Aktenordnern und privaten Bildern gefüllt war.

»Wieso haben ausgerechnet wir den Link bekommen?«, fragte Marie.

»Woher soll ich das wissen?« Nordström zuckte mit den Achseln. Er massierte die Unterlippe mit den Fingern. »Hat sich die Polizei schon bei uns gemeldet?«

Marie verneinte. »Das werden sie sicherlich noch tun.«

»Im Moment haben die andere Probleme«, sagte Nordström und klickte in der E-Mail herum, die an die *Århus News* gegangen war.

»Aber warum ausgerechnet wir?«, wiederholte Marie. »Weil wir so intensiv über den Fall berichten? Weil wir alle Facetten abdecken? Oder wegen deiner Kommentare und Berichte?«

Nordström runzelte die Stirn. »Welche denn? Alle?«

Marie fuhr sich durch die Haare. »Na, der Killer fordert das Referendum. Ich kann mir sogar vorstellen, dass unsere Linken darüber noch mehr jubeln als unsere Rechten. Das werden die Autonomen von BlueGlobe bestimmt aufgreifen, und du hast dich in Kommentaren auch schon für ein Referendum ausgesprochen.«

»Viele politische Kommentatoren haben das.«

»Ja, Bengt, aber vielleicht liest er die anderen Medien nicht. Vielleicht ist er ein Fan von dir.«

»Scheiße«, sagte Nordström mit trockener Kehle. »Meinst du?«

»Ich habe keine Ahnung, aber ...«

Nordström tippte auf den Bildschirm mit dem YouTube-Link, den die Redaktion erhalten hatte. »Ich bin mir sicher, dass den auch andere bekommen haben. In jedem Fall war es absolut richtig, den Link sofort rauszuhauen und auf die Website zu stellen.«

»Es hätte auch nach hinten losgehen können«, sagte Marie und nestelte an ihrem Sweatshirt. Sie schwitzte – Stress, Aufregung ... »Was, wenn das Video ein Fake gewesen wäre? Ein blöder Scherz?«

»Dann hätte es immer noch für Klicks gesorgt, Marie. Aber es ist kein Fake. Es ist kein Scherz. Es ist bitterer Ernst, und es ist pures Gold wert.« Er blickte wieder auf die Mail. »Moment mal.«

Nordström fasste zum Telefonhörer und tippte eine Nummer ein, um ein kurzes Gespräch zu führen. Dann führte er noch eines und ein drittes und ein viertes. Marie huschte zwischen den Schreibtischen hin und her und erteilte den Mitarbeitern Instruktionen. Denn es gab jede Menge zu tun. Überall im Land glühten die Drähte, und die Redaktionen agierten im roten Bereich. Das Video war eine Medien- und Politsensation, und bei jedem Telefongespräch in den letzten Minuten hatte Nordström dasselbe gehört: »Hammer, oder? Ich habe keine Zeit.«

Marie kam wieder. Nordström lehnte sich im Drehstuhl zurück.

»Und?«, fragte Marie.

»Ich habe mit Bekannten bei den großen Zeitungen, beim Radio und beim Fernsehen telefoniert. Wie ich schon vermutet habe – wir sind nicht die Einzigen, die den Link bekommen haben. Er hat das Video an alle gestreut, war nur nicht im Mailverteiler zu sehen. Außerdem haben alle die Mail von unterschiedlichen Absenderadressen erhalten.«

»Tarnung?«

Nordström nickte. »Keine Ahnung, wie man das macht. Vielleicht mit einem Programm, das sonst zum Versenden von Spam-Werbemails genutzt wird und künstlich Tausende von Absenderadressen generiert. Vielleicht hatten wir auch deshalb einen Vorsprung, weil wir als *Århus News* mit einem A anfangen und sein Mailprogramm alphabetisch sortiert vorgeht.«

»Oder er ist doch ein Fan und Leser, und du sprichst ihm mit deinen Kommentaren aus der Seele ...« Marie schüttelte sich. »Die Vorstellung ist gruselig.«

»Ich weiß nicht«, murmelte Nordström.

»Du hast die Abgeordneten in der Umfrage zum Brexit gehabt, die gesagt haben, dass sie auch die Schnauze voll von der EU haben. Du hattest den Ministerpräsidenten im Interview, der gesagt hat, dass man mal abwarten müsse, was in England passiert, und eine Volksabstimmung nicht ausgeschlossen hat. Du hattest den Historiker, der zitierte, was für eine große Macht wir mal waren und wie viele Kriege wir in den letzten Hunderten Jahren verloren haben, was wir an Gebieten an Deutschland und Schweden abgeben mussten und dass wir uns seither isolieren.«

»Ja, ich weiß, und das ist Journalismus, okay? Es ist unser Job. Das haben die nicht nur bei uns gesagt, aber ...«

»Und noch mal: Du hast doch in x Kommentaren eine Volksabstimmung gefordert.«

»Marie?«

»Ja?«

»Es ist ehrlich gesagt scheißegal, ob er ein Fan von uns ist. Es ist gruselig, falls es stimmt, okay. Aber solche Typen verfolgen nun einmal ganz intensiv die Medien. Es ist klasse, dass wir die Nase vorne hatten, aber wir müssen jetzt ran: Referendum, Anne Madsen, Ultimatum – ich weiß gar nicht, wo ich anfangen soll mit der Recherche und wen ich als Erstes anrufen soll. Wir brauchen jede

Menge Reaktionen, und ich wette, sie geben in Kürze eine Erklärung ab.«

»Das Folketing?«

»Jede Wette. Die Polizei ebenfalls. Vielleicht sogar das Königshaus.«

»Puh.«

»Ja«, sagte Nordström und grinste. »Vollgas, Baby!«

49.

Tjark ignorierte die Antwortmails von Ceylan, Femke und Fred. Er konnte sich vorstellen, was darin stand. Er ging auch nicht ans Handy, dessen Nummer sich nach seinen Mails und dem Anruf bei Fred offenbar herumgesprochen hatte, als es verschiedentlich schellte – es waren Anrufe der drei, und er wusste, was sie ihm sagen wollten. Nichts davon würde ihn zurzeit weiterbringen, sondern ihn nur aufhalten, ablenken und dafür sorgen, dass er das Wichtige aus den Augen verlor.

Er hielt an einer Ampel, nahm ein frisches Taschentuch und wechselte sein notdürftiges Pflaster. Dann wählte er eine Nummer, schaltete den Lautsprecher ein und legte sich das Handy auf den Schoß. Die Ampel sprang auf Grün. Tjark fuhr wieder an und hörte schließlich eine leicht sächselnde Stimme. Dr. Kevin Schröder.

»Tjark Wolf hier. Sie müssen mir helfen.«

»Tjark? Sie? Um diese Zeit? Wissen Sie, wie spät es ist?«

Tjark wusste es. Es war inzwischen gegen zweiundzwanzig Uhr. Schröder redete weiter und sächselte nun stärker, was er immer tat, wenn er aufgeregt war. »Sie … Sie werden gesucht, meine Güte!«

»Ich weiß«, erwiderte Tjark und erklärte Schröder in kurzen Worten seine Sichtweise auf die Geschehnisse und fasste zusammen, was in Dänemark los war und warum man ihn suchte. Er berichtete von dem Bekennervideo, von dem Runenkiller und davon, dass man ihn in Untersuchungshaft stecken würde, falls er sich stellte.

Er hörte Schröder seufzen. »Es musste ja so mit Ihnen enden, Tjark.«

Tjark sagte nichts. Zum ersten Mal hatte er mit dem Polizeipsychologen in einem internen Ermittlungsverfahren zu tun gehabt,

bei dem es um unangebrachte Gewaltanwendung bei einer Verhaftung gegangen war. Man hatte Tjark zu Gesprächen mit Schröder verdonnert. Später hatte Schröder Tjark bei einigen Gelegenheiten mit seinem Sachverstand aus der Patsche geholfen. Darin war er ziemlich gut. In anderen Dingen war er eher schlecht, zum Beispiel, was seinen Geschmack anbelangte: Schröder fuhr einen Fiat Multipla – eine Familienkutsche, die Tjark für das hässlichste jemals gebaute Auto hielt – und trug im Sommer gerne karierte Bermudas zu Trekkingsandalen.
Schröder seufzte wieder. »Ich werde melden müssen, dass Sie mich angerufen haben, Tjark.«
»Klar.«
»Und was wollen Sie nun?«
»Ich habe drei Fragen. Hier ist die erste: Was können Sie mir über Stalker sagen?«
»Inwiefern? Hat das mit dem Verschwinden von Frau Madsen und dem Serienmörder zu tun?«
»Unter Umständen.«
»Tja, also …« Tjark hörte Schröder tief einatmen. Er schien sich hinzusetzen und redete im Ausatmen weiter. »Zunächst ist Stalker nicht gleich Stalker. Es gibt das klassische Stalking durch Anrufe, Mails, Spionieren oder Beobachten. Es gibt die bedrohliche Variante, bei der obszöne Inhalte, Gewalt oder Drohungen auch gegen Familienangehörige und Vandalismus vorkommen. Und es gibt das sogenannte bindungsorientierte Stalking, also zum Beispiel Geschenke, unangemeldete Besuche, angeblich zufällige Zusammentreffen oder das Leugnen, dass eine ehemalige Beziehung beendet ist. Darum geht es vor allem: um Bindungen. Ein Stalker ist obsessiv auf eine andere Person fixiert und besessen von ihr.«
»Solche Fälle kenne ich.«
»Die kennt jeder Polizist. Neunzig Prozent der Opfer sind übrigens weiblich. Die Motive können ganz unterschiedlich sein.

Vielleicht will jemand unbedingt Kontakt zu jemandem aufnehmen, um eine Beziehung herzustellen, eine Trennung rückgängig zu machen oder um Macht und Kontrolle auszuüben. Ex-Beziehungs-Stalker richten sich gegen ihre ehemalige Partnerin – leider wissen wir, dass dieser Typus sehr gewaltbereit ist und Drohungen ernst genommen werden müssen.«

»Solche Fälle kenne ich ebenfalls«, sagte Tjark.

»Mehr als die Hälfte aller Stalker gehört zu diesem Typus«, erklärte Schröder. »Es gibt dann noch den sogenannten verliebten Stalker, der am wenigsten gefährlich und am zugänglichsten ist. Er will eine romantische Beziehung aufbauen, das Opfer ist Liebesobjekt, dem will er nicht schaden – aber er weiß schon, dass sein Weg mit ständigen Verfolgungen, Geschenken, Nachrichten und physischer Präsenz nicht ganz richtig ist. Es gibt die wahnhaften Typen, die sehr gefährlich und zumeist psychisch krank sind – sie geben Nachrichten von sich, die für andere oft verwirrend und widersprüchlich sind. Sadistische Typen betrachten ihr Opfer als Jagdobjekt. Es sind Psychopathen, die sich an ihrer Allmacht laben wollen.«

»Ich interessiere mich vor allem für den Typus, der hinter Promis her ist.«

»Promistalker sind in sehr vielen Fällen psychisch gestört und extrem wahnhaft.«

»Sind sie monogam?«

»Wie bitte?«

»Ist der gefährliche Typus auf einen bestimmten Promi fixiert – oder auf mehrere?«

»Nun, es gibt sicherlich den eher romantischen Typ, der sich in eine schöne Schauspielerin verliebt oder in eine Sängerin und von einer Beziehung mit ihr träumt. Da geht dann der Fankult zu weit. Und es gibt die, die sich wahnhaft auf eine einzelne Person fixieren und irgendwann die Kontrolle verlieren. Denken Sie an John Lennons Stalker oder den Mann, der Steffi Grafs Konkurrentin Monica Seles niederstach. Der Harry-Potter-Darsteller Daniel Radcliffe hatte einen Stalker, der ihn töten wollte – der Junge musste beim Dreh von einer Militär-Spezialeinheit bewacht werden. Heute haben Handys und das Internet das Stalking sehr vereinfacht.«

»Folglich wäre ein Stalker, der verschiedene Prominente stalkt …« Tjark ließ den Satz bewusst offen.

»… eigentlich kein klassischer Stalker, dem es um die eine, alles bestimmende Person geht. Es wäre eher ein überdrehter Promi-Groupie, würde ich sagen, der Stalking-Methoden anwendet, um zum Ziel zu kommen, und sich selbst durch die Nähe zu Stars überhöhen möchte. Aber die Auskunft ist natürlich ohne Gewähr.«

»Frage Nummer zwei«, sagte Tjark. »Dieser Runenkiller in Dänemark entführt Prominente, ermordet sie, lässt sie ausbluten, schneidet ihnen Botschaften aus der Edda in die Haut und platziert sie anschließend auf alten Thingplätzen in Gebetshaltung.«

»Tjark, ich kann Ihnen kein Profil aus dem Ärmel schütteln …«

»Es geht mir um Ihren Eindruck. Mehr nicht. Ich will es mit meinen Ideen abgleichen.«

»Puh. Also … Wenn man auf das Wesentliche schaut, dann will er wohl Botschaften übermitteln, für die er ein ganz besonders auffälliges Papier verwendet, nämlich Haut. Er will, dass alle hinschauen – und Sie haben mir ja das Bekennervideo mit der Drohung geschildert … Vielleicht ist er darüber frustriert, dass bislang niemand verstanden hat, was er will. Vor dem Hintergrund seiner Forderungen wird klar, warum er die archaischen Schriften, Schriftzeichen und Symboliken verwendet, denn er appelliert an alte Werte, auf die man sich besinnen soll.«

»Warum lässt er sie ausbluten?«

»Ist das die dritte Frage?«

»Es ist eine Ergänzungsfrage.«

»Vielleicht hat es etwas mit einem Ritus zu tun. Vielleicht mit den Schriftzeichen und dem Ritzen. Vielleicht ist der Grund ganz profan – Sie hatten etwas von Betäubungsmitteln erwähnt?«

»Ja.«

»Vielleicht stellt er sich laienhaft vor, dass man keine Hinweise findet, wenn kein Blut mehr da ist. Aber das ist natürlich nie der Fall. Es verbleibt stets etwas in den Organen.«

»Dritte Frage – und wiederum nur Ihr spontaner Eindruck: Habe ich es mit einem Irren zu tun?«

»Ich glaube: nicht wirklich.«

»Warum?«

»Es erscheint alles zu planvoll und zu akkurat ausgeführt für jemanden, der an einer Psychose oder Schizophrenie leidet oder ein Psychopath ist, dem es ausschließlich auf die Befriedigung narzisstischer Ziele ankommt. Außerdem sind seine Ziele zu vernünftig: der Austritt Dänemarks aus der Europäischen Union. Es klingt ja fast schon nach Sozial- oder Politterrorismus. Das ist sehr überlegt, wenngleich er natürlich irrational agiert und sehr ungewöhnliche Mittel einsetzt. Jemand, der den Staat verändern will und politische Ziele hat wie seinerzeit die RAF in Deutschland, wählt üblicherweise andere Mittel und Wege. Oder denken Sie an Anders Breivik, den Massenmörder aus Norwegen, der auf der Insel Utøya siebenundsiebzig Jungsozialisten getötet hat. Er hat getötet, ja, aber nicht wie ein Ritualmörder.«

»Eine vierte Frage.«

»Bitte.«

»Warum sucht er sich Prominente aus, um politische Ziele durchzusetzen – abgesehen davon, dass es große Aufmerksamkeit erregt?«

»Ach, was soll ich sagen ...« Schröder schien nachzudenken. »Weil er das hasst, wofür sie stehen? Weil die emotionale Betroffenheit der Menschen größer ist als bei einem Politiker? Oder weil er leichteren Zugang zu ihnen hat? Oder weil er eben doch ein Stalker ist, der nicht erreichen kann, was er will – und wenn er das erkennt, dann zerstört er seinen Traum und das Objekt seiner Begierde?«

»Danke.«

Schröder schwieg. Dann sagte er: »Tjark, Sie sollten wirklich auf Ihrem Weg umkehren und sich stellen. Wir haben oft über Ihre Abgründe gesprochen – und darüber, warum Ihr Buch ausgerechnet diesen Titel trägt.«

»Ja.«

»Wenn Sie nicht stoppen, werden Sie in den Abgrund stürzen.«

»Zu spät«, sagte Tjark und beendete das Gespräch.

Viel zu spät, dachte er. Er befand sich längst im freien Fall. Allerdings war er nicht freiwillig gesprungen. Er war von jemandem gestoßen worden, der dafür bezahlen würde.

50.

Torben warf einen Blick auf die Uhr. Schon spät. Dann schaute er wieder auf das Regal mit den vielen Schubfächern, in dem im Altenheim die Medikamente für die Bewohner aufbewahrt wurden. Alle waren verschreibungspflichtig und manche davon immens stark. Betablocker, Schmerzmittel … Das Personal portionierte hier die Tabletten und Tropfen, um sie abschließend zu verabreichen. Alles musste dokumentiert werden. Für jeden Bewohner gab es einen strikten Plan. Man durfte nichts falsch machen, denn jeder Fehler konnte unter Umständen tödlich sein – die falsche Dosierung oder ein verkehrtes Medikament … Immer wieder las man von sogenannten Todesengeln, die die Leute in solchen Einrichtungen schleichend umbrachten.

Torben öffnete ein Fach, nahm einige Medikamente heraus und stellte ein Pillen-Ensemble zusammen. Er zuckte kurz zusammen, als eine andere Pflegekraft in den Raum kam, ein älterer Kollege namens Hans vom Nachtdienst, worauf Torben die Verpackungen und Blister wieder zurückschob. Hans nickte Torben stumm zu, warf dann einen Blick auf die Plastikdöschen mit Tabletten, die auf einem Tisch vor Torben standen.

»Zimmer 47?«, fragte er.

»Ja«, bestätigte Torben, nahm die Medikamente und verließ den Raum. »Danach ist zum Glück Dienstende.«

»Der krönende Abschluss«, hörte Torben Hans noch sagen und ging dann über den langen Flur. Alles war menschenleer. Vor Zimmer 47 blieb er stehen, atmete tief durch und öffnete die Tür. Drinnen war es ohrenbetäubend laut. Rainar Johnson hatte den Fernseher auf volle Lautstärke gedreht, weil er so schlecht hörte. Gerade liefen die Nachrichten. Johnson schien Torben gar nicht zu bemerken, der sich seinem Bett von der Seite näherte und dabei einen Blick auf den

Bildschirm warf. Es wurde das Bild eines Mannes gezeigt, nach dem gefahndet wurde. Der Name war Tjark Wolf. Außerdem wurde berichtet, dass der »Runenkiller« eine Polizistin namens Anne Madsen entführt hatte und damit drohte, sie vor laufender Kamera umzubringen, falls das Folketing innerhalb von vierundzwanzig Stunden kein Referendum zum Austritt Dänemarks aus der Europäischen Union einleiten würde. Ausschnitte aus einem YouTube-Video waren zu sehen, die die gefangene Anne Madsen zeigten.

Torben stand da wie eine Salzsäule und saugte alles in sich auf. Er bemerkte nicht, dass Johnson inzwischen mit ihm redete – nicht einmal, dass er ihm auf den Unterarm schlug. Dann wurde es schlagartig still, da Johnson den Fernseher ausgeschaltet hatte.

»Was ist mit dir los, Missgeburt?«, zischte der Alte.

»Hm?« Torben wandte sich ihm zu. Seine Hand zitterte, was die Pillen in der Plastikdose klickern ließ.

»Bist du taub, Blödmann?«

»Nein«, stammelte Torben. »Nein, ich war nur ... Die Nachrichten, das ist ja ein Ding.«

»Dieser Schweinehund hat absolut recht«, blaffte Johnson. »Scheiß auf die EU! Dänemark den Dänen, sage ich.«

Torben lächelte kurz, dann stellte er die Tabletten ab: »Ihre Medikamente, Herr Johnson.«

»Ich sage: Sie sollen das Referendum einleiten und die Frau retten, diese Polizistin! Was sagst du, Missgeburt? Bist doch sicher einer dieser weinerlichen Antifaschisten? Wegen Leuten wie dir haben wir diese Probleme – mit welchen wie dir hätten wir früher kurzen Prozess gemacht.«

»Nehmen Sie einfach Ihre Tabletten«, erwiderte Torben und zwang sich, sich zusammenzureißen.

»Was willst du mir dieses Mal unterjubeln? Zyankali?«

»Wenn ich es hätte«, sagte Torben, »sehr gerne. Aber das sind nur Ihre Schmerzmittel, und wenn Sie Ihre Pillen jetzt nicht nehmen, bekommen Sie Ihr Medikament intravenös. Vielleicht erhöhe ich die Dosis, was Sie – mit etwas Glück – ein paar Tage lang ausschalten wird.«

»Du Missgeburt bist ja nicht richtig im Kopf! Verdammte Rassenschande, das bist du.«

Torbens Hände zitterten noch stärker. Sie wurden schweißnass. Die Bilder von Anne Madsen aus dem Fernsehen verschwommen mit Rainar Johnsons hässlichem Gesicht.

»Nehmen Sie die Tabletten«, wiederholte Torben.

Blitzschnell schnappte Johnsons Arm nach vorn und umfasste Torbens Handgelenk. Der Blick des alten Mannes und seine Stimme wurden leiser, drängend.

Er sagte: »Bist du einer von den verfluchten Antifaschisten? Bist du für uns oder gegen uns?«

Torben schluckte. »Ich bin kein Antifaschist«, erwiderte er leise und wand sich aus dem Griff. »Mit diesem Land ist es genau wie mit Ihnen, Herr Johnson: Es nimmt seine Medikamente, oder es verreckt.«

Johnson lachte laut auf. »Du Missgeburt hast es ja faustdick hinter den Ohren!« Grinsend machte er sich über die Pillen her und schluckte sie mit etwas Wasser runter.

»Na also«, sagte Torben, nahm die Döschen und ging zur Tür.

»Vielleicht kann man mit dir doch mehr anfangen, als dich auf der Flucht zu erschießen!«, blaffte Johnson ihm hinterher.

Torben zeigte ihm den Stinkefinger und ging aus dem Zimmer. Er hastete über den Flur, um so schnell wie möglich nach Hause zu gelangen und die Medien zu verfolgen. Er holte seine persönlichen Sachen aus dem Mitarbeiterraum, hängte sich seine Tasche um, stempelte aus und verließ die Alteneinrichtung. Draußen war es schon dunkel. Er ging mit schnellen Schritten über den leeren Parkplatz zum überdachten Fahrradständer, an den sich ein kleiner Park anschloss, um sich auf sein Citybike zu setzen und nach Hause zu fahren, das etwa drei Minuten von hier entfernt lag. Nirgends war ein Mensch zu sehen.

Zwischen dichten Büschen und der Abstellanlage glimmte etwas orangefarben auf. Ein Glühwürmchen? Nein, natürlich nicht, aber …

Das orangefarbene Ding kam wie ein Leuchtspurgeschoss auf Torben zugeflogen und landete vor seinen Füßen. Eine Zigarette.

»Endlich Dienstschluss, Torben?«, sprach ihn eine Stimme auf Englisch an.

»W-wer …«, stotterte Torben und fasste instinktiv in seine Umhängetasche. Darin befanden sich unter anderem eine Dose Pfefferspray und ein Schweizer Taschenmesser – für den Fall der Fälle. Man wusste ja nie. Spätestens, nachdem er vor einigen Monaten mit der Botschaft zusammengeschlagen worden war, er solle sich von Hela fernhalten, war er auf alles vorbereitet.

»Polizei«, sagte der Mann und trat ins Licht der Laterne, die den Bereich vor dem Fahrradständer erhellte.

Torben musterte den Mann. Er erkannte ihn. Er wusste, wer das war. Seine Hand tastete in der Tasche zwischen der Dose und dem Messer hin und her.

»Ich möchte deine Hände sehen«, sagte der Mann – und schob seinerseits die rechte Hand in die Tasche seiner Jacke. War er bewaffnet?

»Sie …«, stammelte Torben atemlos. »Sie sind doch der, der überall gesucht wird … Wegen Anne Madsen. Sie sind Wolf. Tjark Wolf.«

»Scheint so«, sagte Tjark Wolf und trat näher an Torben heran.

»Lassen Sie mich in Ruhe! Ich rufe die Polizei!«

»Brauchst du nicht und wirst du nicht. Die Polizei ist schon hier. Nämlich ich.«

»Sie sind gefährlich, gehen Sie weg!«

»Ich will mich nur mit dir unterhalten, und ich …«

51.

Bevor Tjark reagieren konnte, riss Torben die Hand aus der Tasche. Er hielt eine kleine Dose in der Hand. Pfefferspray, realisierte Tjark – duckte sich instinktiv, drehte sich zur Seite, riss die freie Hand hoch, um das Gesicht zu schützen, und kniff die Augen zu. Beinahe im selben Moment schoss eine beißende Wolke auf ihn zu, traf ihn aber nicht voll. Dennoch tat das Spray seine Wirkung. Es fühlte sich an, als habe Torben ihn mit einem Flammenwerfer gestreift, und Tjarks Verletzung brannte höllisch.

Tjark hielt die Luft an und zog die Waffe aus der Jackentasche, um sie in Torbens Richtung zu halten. Er machte einen Ausfallschritt zur Seite, dann zwei weitere – und riskierte schließlich, die Augen zu öffnen und wieder zu atmen.

Keine gute Idee. Die meisten Menschen überschätzten zwar die Wirkung von Pfefferspray – man musste schon genau treffen, am besten mehr als einen einzelnen Sprühstoß abfeuern, selbst nah am Gegner und richtig zum Wind stehen. Die Wirkung setzte unter Umständen erst etwas später ein, und ein Angreifer war deshalb oft noch fähig zur Aktion. Außerdem lief man Gefahr, sich selbst auszuknocken und etwas von dem Zeug abzubekommen. Aber es tat seine verfluchte Wirkung. Obwohl Tjark nicht mehr in dem ätzenden Nebel stand und nur eine geringe Dosis direkt abbekommen hatte, fühlte es sich an, als habe er sich zwei Zwiebeln im Gesicht ausgedrückt und Chili inhaliert. Durch den Schleier vor seinen Augen sah er die Umrisse eines Mannes zwischen den Büschen verschwinden. Der Scheißkerl floh in den kleinen Park, der zum Areal des Altenzentrums gehörte.

Tjark stolperte ihm hinterher, verfing sich im Buschwerk und fiel fast hin.

»Torben! Stehen bleiben!«, rief er und versuchte, sich zu orientieren.
Mit Mühe erkannte er einen Weg, Laternen, Parkbänke und einen Brunnen. Und Torben, der davonlief. Tjark sprintete hinterher, die Pistole in der Hand und auf den Boden gerichtet. Seine Atemwege fühlten sich an, als seien sie mit Feuer gefüllt. Torben blieb nicht stehen, aber Tjark verkürzte die Distanz zu ihm.
»Stopp!«, rief Tjark.
Torben stoppte nicht. Dafür drehte er sich im Laufen um, um nach seinem Verfolger zu sehen – und stolperte beinahe über eine Sitzbank, als Tjark die Waffe hochnahm und auf Torben zielte. Er schien zu überlegen, ob Tjark schießen würde und was er nun besser tun sollte – stehen bleiben oder weiterlaufen? Das gab Tjark die Möglichkeit, noch weiter aufzuschließen. Tränen liefen ihm in Sturzbächen aus den Augen. Mit dem Ärmel wischte er sich durchs Gesicht, um dann festzustellen, dass Torben sich entschieden hatte, besser keine Kugel abzubekommen. Er blieb neben dem plätschernden Brunnen stehen und nahm die Hände hoch. In der einen hielt er immer noch das Pfefferspray.
»Ich ergebe mich«, keuchte er. »Tun Sie mir nichts. Bitte, tun Sie mir …«
»Weg mit dem Spray!«, herrschte Tjark ihn an und zielte auf ihn. »Weg mit dem Spray und hinknien!«
Torben tat nichts dergleichen, stand einfach da wie paralysiert, schüttelte immer nur den Kopf und sagte: »Bitte … Bitte nicht …«
»Weg mit dem Spray«, wiederholte Tjark.
Torben ließ es fallen. Tjark kam noch näher. Jetzt stand er direkt vor Torben. Er wechselte die Waffe in die linke Hand, schniefte und zwinkerte die Tränen weg, so gut es ging. Es hatte keinen Sinn, dachte er. Er musste sich dieses verfluchte Teufelszeug aus dem Gesicht waschen, ohne dass Torben einen erneuten Fluchtversuch starten konnte. Außerdem hatte der Kerl es verdient.

Also holte Tjark mit der Rechten aus. Für einen Wimpernschlag verharrte er. Er war immer noch Polizist. Situationen wie diese hatten ihn stets in die Bredouille gebracht, wenn bei ihm etwas aussetzte, er rotsah, sich von Emotionen leiten ließ und Grenzen überschritt. War er noch Polizist? Nein, dachte Tjark, eigentlich nicht mehr. Er war außerhalb der Matrix angelangt. Im Moment war er nichts weiter als ein mieser Motherfucker, der Anne Madsen retten wollte. Und dazu war ihm jedes Mittel recht.

Also verpasste er Torben eine harte Gerade zwischen Brustkorb und Magen, wo der Solarplexus lag. Der Schlag ließ Torben mit einem Keuchen zu Boden gehen und raubte ihm anschließend die Luft zum Atmen. Japsend krümmte er sich auf allen vieren. Aufstehen und weglaufen, dachte Tjark, würde er in den nächsten Minuten in jedem Fall nicht. Also steckte Tjark die Pistole zurück in die Jackentasche, ging zum Brunnen und wusch sich Gesicht und Augen. Er hörte, dass Torben sich erbrach, und kümmerte sich weiter um sein Gesicht, bis er der Meinung war, dass es nicht mehr besser werden würde. Er ging zu Torben, der mittlerweile wieder Luft bekam, und klopfte ihm auf die Schulter.

»Geht's wieder?«, fragte er.

Torben nickte nur.

»Können wir uns jetzt unterhalten? Ganz in Ruhe? Zum Beispiel bei dir zu Hause?«

Torben blieb nichts anderes übrig, als ein zweites Mal zu nicken. Geht doch, dachte Tjark.

52.

Torben wohnte nicht weit entfernt. Tjark folgte dem schmächtigen jungen Mann das Treppenhaus hinauf. Im Neonlicht sah er, dass Torbens Haar von einer ähnlichen Farbe war wie seine weiße Krankenhausangestelltenkluft, die allerdings ziemlich schmutzig war. Sie gelangten vor eine Wohnungstür, die Torben stumm öffnete – und wieder schließen wollte, noch bevor Tjark ihm folgen konnte. Aber Tjark kam ihm zuvor. Er stieß ihn gegen die Brust, presste sich durch den Türspalt, packte Torben am Aufschlag seiner Jacke und rammte ihn gegen die Wand neben der Garderobe. Mit dem Fuß kickte er die Tür zu, die mit einem Knall ins Schloss fiel.

»Verarsch mich nicht!«, zischte Tjark.

»I-ich habe mit nichts etwas zu tun! Mit gar nichts!«, wimmerte Torben.

»Warum wolltest du abhauen?«

»Die Polizei sucht Sie! Weil Sie gefährlich sind?«

»Vielleicht stimmt das. Vielleicht auch nicht. Aber ich will nur mit dir reden. Kaufst du mir das ab?«

Torben schwieg.

»Gehen wir doch ins Wohnzimmer.«

Tjark ruckte an Torbens Jacke, der daraufhin durch den Flur stolperte und fast über den Wohnzimmertisch fiel. Tjark sah sich um. Seine Augen und sein Gesicht brannten immer noch wie Feuer. Er sah viele Fotos, auf dem Tisch, an den Wänden. Er sah jede Menge akkurat beschriftete Aktenordner, eine Kameraausrüstung, einen Laptop.

Er blickte wieder auf die Bilder und Ausdrucke und sagte angesichts der Motive: »Nein, das ist nicht wirklich dein Ernst …«

»Bitte«, jammerte Torben und hob flehend die Hände. »Bitte, tun Sie mir nichts! Ich bin unschuldig, absolut! Ich bin ein ekelhaftes Schwein, ich weiß, aber ich bin nicht …«

»Stimmt, du bist ein ekelhaftes Schwein.« Er deutete auf die Bilder. »Hast du deswegen so einen Schiss, hm? Weil das wer finden könnte? Kann ich verstehen.«
Tjark nahm ein Bild in die Hand. Es war eine Montage – der Ausdruck eines Pin-up-Fotos, auf das der Kopf von Anne Madsen montiert war. Andere Fotos sahen aus, als seien sie aus dem Internet ausgedruckt worden, professionelle Bilder, die Anne bei Pressekonferenzen zeigten. Es gab weitere Aufnahmen von wirklichen Promis – darunter eine von Hela. Tjark sah außerdem Namen auf den beschrifteten Aktenordnern.
»I-ich kann das alles erklären«, stammelte Torben.
»Gerne«, sagte Tjark – und wartete ab.
»Ich bin kein Perverser und kein Irrer, falls Sie das denken, wirklich nicht. Ich bin nur ein harmloser Fan, und ich …«
»Harmlos«, sagte Tjark und warf Torben die Montage mit dem Gesicht von Anne vor die Brust. Er sah sich um. Das Wohnzimmer ging in eine offene Küche über. Klein. Dort stand ein Kühlschrank. Tjark ging dorthin.
Torben stotterte: »Ich weiß, ich … Ich gehe manchmal zu weit für den Geschmack vieler Leute, aber es ist ja nicht gedacht, um den Geschmack vieler Leute zu treffen. Es geht ja nur um mich und …«
»Ich hab angenommen, du stehst nur auf Schlagersternchen und nicht auf Polizistinnen, die deine Mutter sein könnten.«
Torben schwieg und blickte betreten zu Boden.
Tjark öffnete den Kühlschrank. Er fand eine Packung Milch. Milch neutralisierte die Wirkung von Pfefferspray. Er öffnete sie und beugte sich über das Spülbecken. »Anne Madsen war hier«, sagte er zu Torben. »Sie hat dich befragt, das weiß ich. Und seit du sie persönlich getroffen hast und sie auf den Titelseiten ist, bist du plötzlich ein Fan?«
»Sie … Sie ist eine sehr beeindruckende Persönlichkeit.«
»Ich weiß.«

»Und ja, sozusagen, ich … Ich interessiere mich für Celebrities.«
»Für alle?«
»Für verschiedene. Ich weiß, dass ich das nicht sollte, aber …«
»Du sollst nur nicht zu weit gehen.«
»Ja – ich weiß.«
»Aber tust es dennoch.«
»Es ist wie eine Sucht.«
Tjark nickte. Er legte den Kopf schräg und goss sich etwas Milch übers Gesicht, spülte mit Wasser nach. Besser.
Er fragte: »Was hast du letzten Sonntag gemacht?«
»Da hatte ich Dienst.«
»Tagsüber? Nachtschicht?«
»Tagsüber.«
»Was dein Arbeitgeber bezeugen kann?«
»Ja, kann er.«
»Hat die Polizei dich danach befragt?«
»Nein – nur Anne Madsen war hier … Wegen der anderen Sachen. Aber bitte glauben Sie mir – ich würde keinem Menschen jemals etwas antun. Ich …« Torben suchte nach den richtigen Worten. »Ein guter Christ würde niemals ein Kruzifix zerbrechen. So ähnlich ist das bei mir.«
Tjark nickte wiederum, nahm ein Küchenhandtuch und wischte sich das Gesicht trocken. Dann ging er wieder zu Torben. Er hatte in Madsens Notizen gelesen, dass es Anzeigen gegen ihn gab sowie einstweilige Anordnungen. Und davon hatte auch Ole berichtet, Helas Manager, der Torben als ekelhaft, aber harmlos beschrieben hatte. Nach Madsens Notizen hatte Torben Alibis für die Zeiträume, in denen Hela und Mette verschwunden waren. Dafür kam er also als Täter eher nicht infrage. Außerdem erschien dieser Torben Tjark nicht gerissen genug zu sein, und ihm klangen noch die Worte von Dr. Kevin Schröder im Ohr: dass ein Stalker sich nur auf einen einzelnen Menschen konzentriert und nicht auf viele. Torben hatte aber viele. Das passte nicht zum Pro-

fil. Und Schröder hatte gesagt, dass romantische Stalker – und das schien dieser Torben zu sein – harmlose Typen seien, die dem Objekt ihrer Begierde niemals Schaden zufügen würden, weil sie es vergötterten. Auch das sprach eher für Torben als gegen ihn. Aber um Alibis zu überprüfen, war Tjark sowieso nicht hier. Es gab einen ganz anderen Grund.

»Außerdem«, murmelte Torben und sah Tjark wieder an, »außerdem werden doch *Sie* wegen dem Verschwinden von Anne gesucht.«

»Ich werde gesucht, das ist richtig. Weil Anne aus meinem Ferienhaus entführt worden ist. Daher will man mit mir reden. Aber ich lasse mich nicht festnehmen, weil ich Anne finden will.«

»Ist sie Ihre …«

»Ja«, sagte Tjark. »Ist sie. Und ich will den Scheißkerl finden, der ihr das angetan hat und der sie umbringen will. Bist du dieser Scheißkerl?«

Torben schluckte. Tjark sah den Adamsapfel auf und ab hüpfen. Er schüttelte den Kopf. »Nein, natürlich nicht. Auf gar keinen Fall. Ich kann belegen, wo ich wann gewesen bin, gar kein Problem! Ich war entweder arbeiten oder hier, und beides lässt sich belegen. Die Polizei hat das schon mal nachgeprüft: In meinem Job gibt es Zeugen und Dienstpläne, und hier im Haus gibt es ein elektronisches Schließsystem, das sich auslesen lässt.«

»Systeme kann man austricksen.«

»Sie müssen mir glauben!«, flehte Torben.

Tjark schwieg.

»Es ist so schrecklich«, sagte Torben leise. In seinen Augen glitzerte es. »Was dieser Mann … Was er Hela und Mette angetan hat, und … Es hat sich angefühlt, als sei mir das Herz herausgerissen worden. Und jetzt hat er Anne Madsen entführt und will sie töten. Ich … Ich würde ihm das Herz herausreißen, wenn ich ihn in die Finger bekommen würde.«

»Da sind wir zwei auf derselben Seite«, sagte Tjark. »Und nun zu dem Grund, aus dem ich gekommen bin, Torben.«

Torben zog die Nase hoch, wischte sich über die Augen und sah Tjark fragend an.

»Wie machst du es, wenn du absolut alles über einen Menschen herausfinden willst, um ihn zu stalken?«, fragte Tjark. »Worauf kommt es an? Erklär es mir.«

53.

Und Torben erklärte es, während Tjarks lautlos gestelltes Handy in der Jackentasche mehrmals summte. Er schilderte Tjark, wie er jagte, sich intensiv vorbereitete und versuchte, so viele Informationen wie möglich zum Objekt seiner Begierde zu sammeln.

»Es gibt viele Mittel und Wege und Tricks, um an Adressen und Telefonnummern zu kommen – völlig legale Wege«, erklärte Torben und schilderte, wie er sein Ziel über Tage oder Wochen hinweg einkreiste, Gewohnheiten und Sicherheitssysteme studierte, wie man Wohnungen überwachte, den Müll durchsuchte und das Internet, wie er sich auf die Lauer legte und Bilder machte. Und das war letztlich sein Ziel: Dem Objekt seine Begierde näherzukommen, mit ihm zu reden, es zu riechen, die Nähe zu spüren, mit ihm zu reden.

»Wie findest du heraus, welche Stars in welchen Hotels wohnen?«, fragte Tjark.

»Es ist logisch, dass Stars nur in den besseren Hotels absteigen – also den wirklich guten. Da scheiden bereits viele aus, und wenn man sich etwas auskennt, weiß man schon, dass es drei oder vier Standardhotels gibt, die von Promis bevorzugt werden. Viele bringen gleich einen ganzen Tross an Personal mit – also braucht es viele Zimmer und Suiten sowie am besten gleich ein hochwertiges Restaurant dazu, falls der Star abends noch privat dinieren möchte und das Frühstück auf dem Zimmer genießen. Man kann sich mit Leuten anfreunden, die in den Hotels arbeiten, und sie befragen, ob gerade wieder einer dort abgestiegen ist – oder sie bitten, einen Hinweis zu geben, falls ein Promi dort gastiert. Was natürlich Geld kostet, klar. Am hilfreichsten ist in jedem Fall, die Medien zu verfolgen und seine Schlussfolgerungen zu ziehen: Gibt es in der

Stadt oder in der Nähe ein großes Ereignis, dann ist es logisch, dass einige bekannte Menschen in der Stadt sein werden. Der Rest ergibt sich fast von selbst. Man kann auch unter falschem Vorwand in einem Hotel anrufen – zum Beispiel kann man sich als Reporter von *Jyllands Posten* ausgeben und an der Rezeption sagen: ›Hej, ich bin Torben aus dem Lifestyle-Ressort, und wir haben einen Termin mit Hela, erreichen aber gerade niemanden auf dem Handy: Ist zufällig jemand in der Lobby oder auf dem Zimmer?‹ Natürlich sind Mitarbeiter eines Hotels zur Diskretion angewiesen – aber an der Reaktion hört man dann schon meistens, ob man richtig- oder falschliegt, und damit ist der erste Schritt getan.«

»Die Medien verfolgen«, sagte Tjark. »Bilder machen. Die Nähe suchen.«

Torben nickte. »Es gibt so viele Möglichkeiten, sich heutzutage über Stars zu informieren und private Dinge über sie herauszufinden. Natürlich muss man sehr filtern – sie haben ja persönliche Manager oder Marketingagenturen, die ein gezieltes Image von einem Star in den Medien platzieren wollten. Aber es gibt immer etwas, womit ich wirklich etwas anfangen kann. Beziehungsweise …« Torben lächelte versonnen. »Es ist so, dass ich … Ich weiß nicht, wie ich es beschreiben soll, aber: Insgesamt versuche ich, aus den Medien und allen mir zur Verfügung stehenden Mitteln ein Bild von dem Star zu formen und das Gefühl zu bekommen, als würden wir uns kennen, als sähe ich die gesamte Person – und die Lücken zwischen dem, was ich weiß und was nicht, fülle ich dann mit meiner Fantasie aus.«

»Dann ist dir klar, dass dein Bild von der Person nicht der Wirklichkeit entspricht.«

Torben schüttelte den Kopf. »Nein, so ist das nicht – ich meine damit, dass ich zum Beispiel in den Medien gelesen habe, wie Anne Madsen zitiert wird, wie sie redet. Ich habe ihre Bewegungen und Gesten in Videos gesehen. Daraus kann ich etwas ablesen und mir vorstellen, wie sie sich vielleicht gibt.«

»Analyse und Interpretation.«
»Ja. Und ich habe in den Medien gesehen, dass Anne Madsen aus einem Ferienhaus entführt worden ist. Dann dazu, dass plötzlich landesweit ein deutscher Polizist gesucht wird. Die Lücken dazwischen fülle ich mit der Fantasie aus.«
»Und was sagt diese Fantasie?«
»Dass Anne Ihre Freundin ist und sie Sie in Ihrem Ferienhaus an der Küste besucht hat. Sie müssen ihr ziemlich wichtig sein, denn eigentlich hatte Anne bedeutsame Ermittlungen zu leiten, fuhr aber dennoch an die Küste, um Sie zu sehen. Wahrscheinlich kennen Sie sich auch schon länger und ... Na ja. So mache ich das.«
»Deduktion. Rückschlüsse ziehen.«
»Ja.« Torben grinste. »Fast wie ein Polizist oder ein Detektiv.«
»Verstehe.« Tjark stand auf. Er deutete auf die Montagen, die Anne zeigten. »Eigentlich sollte ich dir dafür ein paar verpassen, aber ich habe schon genug Probleme am Hals. Trotzdem wirst du die Bilder auf dem Computer löschen und alle anderen vernichten.«
»Klar.«
»Du wirst es wirklich tun und nicht nur sagen.«
»Ja, natürlich!«
»Ich werde zurückkommen und es überprüfen, Torben. Dann werde ich nicht mehr so freundlich sein. Dann rede ich mit ein paar Freunden, die mir noch einen Gefallen schulden und die wissen, wie man mit Baseballschlägern, Zangen und Lötkolben umgeht.«
Torben schluckte.
»Glaub mir, Torben: Das wird passieren, und die Jungs kennen sich wirklich damit aus.«
Torben nickte.
Tjark hatte nicht die Zeit, zu überprüfen, ob alles stimmte, was Torben über sein Alibi im Hinblick auf Madsens Verschwinden gesagt hatte. Tjark konnte nicht in dem Altenheim anrufen. Er

konnte keine Protokolle von Schließsystemen des Wohnhauses anfordern und auslesen. Aber er konnte sich darum kümmern, dass andere das erledigten.

Tjark sagte: »Aber bevor du die Bilder vernichtest, fotografierst du sie mit deinem Handy ab.«

»Was?«

»Fotografier die Montagen von Anne mit dem Handy ab. Dann sendest du die Aufnahmen mitsamt deiner Adresse und Telefonnummer an die Polizei, zu Händen von Niels Hedegaard.«

Torben keuchte und erblasste. Er stammelte: »A-aber ...«

Tjark machte eine abschneidende Geste. »Du machst das jetzt. Keine Alternative.«

Tjark wartete so lange, bis es erledigt war, und ignorierte Torbens Gejammer darüber, dass die Polizei ihn fertigmachen würde. Genau das sollte sie tun, fand Tjark, der sich vorstellte, wie Niels und seine Leute die Bilder von Anne sahen und alles in Gang setzten, um bei Torben einzufallen und ihm den Arsch aufzureißen. Torben musste kapieren, dass sein Handeln Konsequenzen hatte. Abgesehen davon war es Tjark lieber, wenn die Gedanken der Polizei für ein paar Momente eher um Torben kreisten als um Tjark. Danach drehte sich Tjark um und verließ die Wohnung. Er war müde. Er hatte Hunger und Durst. Er musste dringend das Handy aufladen, telefonieren, und er musste mehr Informationen sammeln. Er brauchte einen Ort – und überlegte, dass es einen Ort in der Stadt gab, den die Polizei vermutlich auf keinen Fall mehr im Blick hatte: Der Schlüssel dazu steckte in Tjarks Hosentasche.

54.

Tjark stellte den Wagen hinter einem Bootshaus an der Kystpromenaden ab, um den Rest des Weges zu Fuß zurückzulegen. Madsens Wohnung lag auf der anderen Seite des Hafenbeckens. Tjark nahm an, dass niemand ihn für so dämlich halten würde, dorthin noch einmal zurückzukehren – und genau das wollte er für sich nutzen. Allerdings mochte es sein, dass das Haus von der dänischen Polizei observiert würde. Deswegen wollte er nicht mit dem Auto vorfahren. Ohne wäre er beweglicher und könnte umkehren, falls ihm etwas auffiel.

Sein Gesicht brannte immer noch etwas vom Pfefferspray, aber es war zu ertragen und angenehm, auf der Haut die kühle Abendluft zu spüren. Am Kai lagen zu beiden Seiten jede Menge kleiner Motor- und Segelboote, in deren Takelagen der schwache Wind spielte. Das Wasser schmatzte und blubberte unter den langen Holzstegen am Fuß der Mauer, wo sich die Liegeplätze befanden. Es roch nach Fisch und Salz. Die Straßenlaternen tauchten alles in spärliches Licht. Tjark wollte sich gerade eine Zigarette anzünden, als etwa hundert Meter vor ihm ein Streifenwagen in die Straße einbog. Er zögerte nicht, sprang die Kaimauer hinab, landete geduckt auf dem Holzsteg und kletterte im nächsten Moment auf den Rumpf eines kleinen Motorboots. Es wackelte reichlich. Tjark hielt sich an der Reling fest, stieg über die Windschutzscheibe ins Cockpit ein und warf sich flach auf den Boden, wo er sich umsah. Es gab eine Möglichkeit, durch eine Luke unter Deck zu gelangen. Aber die kleine Tür war verschlossen.

Das Motorengeräusch kam näher. Tjark hatte keine Ahnung, ob die Besatzung des Streifenwagens ihn gesehen hatte. Dann hatte er doch eine Ahnung, denn er sah, wie der Lichtschein einer star-

ken Taschenlampe die Dunkelheit zerschnitt und schließlich über ihn hinwegstrich.
Tjark blieb flach auf der Seite liegen und rührte sich kein Stück. Sein Puls tanzte mit dem Atem Tango. Er konzentrierte sich auf sein Gehör und hoffte, dass der Wagen weiterfahren würde. Aber das Auto reduzierte die Geschwindigkeit und blieb einige Meter neben ihm stehen. Tjark rührte sich nicht. Es schien so, als hätten ihn die Polizisten gesehen, hielten ihn vielleicht für einen Einbrecher oder einen Obdachlosen und würden gleich das Boot überprüfen. Kein Zweifel: Sie würden ihn finden und feststellen, dass ihnen einer der gesuchtesten Männer Dänemarks ins Netz gegangen war. Tjark könnte ins Wasser springen und wegtauchen. Doch das würde nicht weit führen, und die Polizisten würden sofort Verstärkung anfordern. Abgesehen davon war er kein guter Schwimmer. Wenn er sich still verhielt, würden sie ihn verhaften. Zog er die Pistole und kaperte den Streifenwagen oder floh mit dem Volvo, hätte er innerhalb von wenigen Minuten eine Armee von Polizisten an den Hacken und wäre geliefert – falls es nicht vorher schon zum Schusswechsel käme, denn die Streifenwagenbesatzung würde nicht zögern, die Dienstwaffen einzusetzen. Die Situation war denkbar schlecht – wie er es auch drehte und wendete: Er war geliefert.
Tjark hörte, wie sich eine Autotür öffnete. Leise digitale Geräusche vom Funk. Zwei männliche Stimmen, die auf Dänisch Worte wechselten. Schnelle Schritte links von Tjark, einige Meter entfernt. Eine einzelne Person. Die Geräusche änderten sich. Jetzt war der Mann auf dem Steg angelangt. Er blieb stehen, kam aber nicht näher. Dann war es still. Der Polizist schien sich umzusehen, benutzte jedoch keine Taschenlampe.
Tjark hielt die Luft an. Scheiß drauf, dachte er und schob die Hand in die Jackentasche, umfasste den Griff der Pistole, zog sie lautlos heraus. Dann vernahm er ein neues Geräusch. Erst hörte er ein gedämpftes Keuchen, anschließend klang es, als würde man

Wasser in einen bereits gefüllten Eimer gießen. Der Polizist rief dem anderen etwas zu, der offenbar das Fenster auf der Beifahrerseite geöffnet hatte, lachte und etwas antwortete, das Tjark nicht verstand. Aber er verstand so viel, dass er wohl nicht entdeckt worden war. Stattdessen nutzte einer der Polizisten den abgelegenen Ort für eine Pinkelpause – wenn man stundenlang auf Streife war und dabei literweise Kaffee oder Wasser trank, blieb einem manchmal nichts anderes übrig. Tjarks Herz hämmerte gegen den Brustkorb. Er regte sich nicht. Schließlich hörte er ein Reißverschlussgeräusch, kurz darauf wiederum Schritte, die sich entfernten. Die Autotür wurde geschlossen. Der Streifenwagen fuhr weiter.

Tjark gab sich einige Momente, um sich zu beruhigen. Er steckte die Pistole zurück in die Tasche und wartete ab, bis das Motorengeräusch vollständig verschwunden war. Dann stand er auf, sah sich um und verließ das Boot. Seine Hand zitterte schwach, als er sich eine Zigarette ansteckte. Er inhalierte tief, ging mit gesenktem Kopf und bewegte sich etwas langsamer vorwärts, als er die Straße erreichte, in der Madsens Haus lag. Ihm fiel nichts auf: kein Streifenwagen und kein ziviler, in dem Menschen saßen. Schließlich stoppte er vor der Eingangstür und nahm den Schlüssel aus der Hosentasche, der einer ID-Karte glich, und schob sie in den dafür vorgesehenen Schlitz. Sogleich sprang die Tür mit einem leisen Klacken auf. Er ging durch den Flur, nahm die Treppen und stand kurz darauf vor Annes Wohnung. Mit der Kante der Plastikkarte ritzte er das neu angebrachte Klebesiegel der Polizei auf, öffnete die Tür und trat ein.

Tjark lauschte in die umfassende Stille. Dann schaltete er die Taschenlampen-App am Handy ein, schloss die Tür hinter sich und ging zum Wohnzimmer. Mit der rechten Hand strich er über die Jacken und Mäntel, die an der Garderobe hingen. Er zog sich die eigene Jacke aus und ließ sie auf den Boden fallen, nachdem er das Ladekabel herausgenommen hatte. Die Pistole ließ er drin. In der

Küche schloss er das Handy ans Stromnetz an und schaute sich in Madsens Kühlschrank um. Milch, Orangensäfte, einige Flaschen Bier, sehr viel Käse, Gemüse, kaum Wurst und außerdem geschnittenes Brot. Tjark schmunzelte kurz darüber, dass Madsen eine heimliche Biertrinkerin war, obwohl sie bei ihm Wein bevorzugte, und dass sie das Brot im Kühlfach aufbewahrte.
Er ging ins Bad, wo der Geruch nach Anne noch intensiver war, allumfassend. Er schloss die Tür hinter sich, schaltete das Licht ein und betrachtete sein Gesicht im Spiegel. Die linke Gesichtshälfte war mit getrocknetem Blut verwischt. Etwas hatte sich in den Hemdkragen gesogen. Er löste das Taschentuch mit dem Klebeband von der Braue und warf es in einen kleinen Mülleimer unter dem Spülbecken. Er zog sich aus und duschte heiß und lang und betrachtete das rötliche Rinnsal, das im Ablauf verschwand. Danach drehte er den Wärmeregler auf eiskalt und hielt es etwa eine Minute unter dem Strahl aus.
Schließlich stieg er aus der Dusche, trocknete sich ab und betrachtete sein Auge im Spiegel. Die gereinigte Wunde sah nicht allzu schlimm aus, auch wenn sie ziemlich wehtat, und inzwischen dröhnte ihm der Schädel von dem Kopfstoß. Er fand ein Erste-Hilfe-Set, aus dem er ein Pflaster nahm und es sich auf den Cut pappte. In einem Kistchen mit Medikamenten fand er eine Packung Ibuprofen und drückte zwei Tabletten aus dem Blister. Er zog sich wieder an und ging mit den Pillen in der Hand zurück in die Küche. Er öffnete den Kühlschrank, nahm einige Scheiben Brot heraus, machte sie im Toaster warm und belegte zwei Sandwiches, um sie bei zwei Flaschen Bier zu essen und dazwischen die Tabletten runterzuspülen.
Er dachte über sein Gespräch mit Torben und Dr. Schröder nach, außerdem über seinen Besuch bei Niels. Er dachte über Ole und den Asenbond nach, über seine Bodyguards und über den Carver Jens und Jörgen Thyboron im Tattoostudio. Und er dachte über Anne Madsen nach, wobei sich sein Herz und sein Magen gleichermaßen zusammenzogen.

Gott, er brauchte einen Drink, etwas Härteres als Bier. Mit dem nächsten Gedanken verbat er sich das. Kaffee oder Espresso wären die bessere Wahl. Er musste fit bleiben, wach und frisch. Also stand er auf, machte sich einen doppelten Kaffee mit Madsens Nespresso-Maschine, öffnete die Balkontür, um eine Zigarette zu rauchen, und blieb darin stehen, damit niemand ihn von unten würde sehen können.

Er betrachtete den nächtlichen Hafen, die erleuchteten Docks und Boote. Manche schienen aufs Meer zu fahren, andere kehrten zurück. Selbst weit draußen konnte man noch Lichtpunkte auf dem schwarzen Wasser sehen – also spiegelte sich der Sternenhimmel auf dem Meer. Egal, ob er die verfluchte See mochte oder nicht, sie hatte etwas: hier, auf Madsens Balkon, an der Nordseeseite oder an der ostfriesischen Küste mit dem frischen Wind und den feinen, weißen Streifen der Inselstrände, die den Horizont markierten und das Wattenmeer gegenüber dem offenen Meer abgrenzten und einfassten.

Schließlich drückte Tjark die Zigarette aus und ging zurück in die Wohnung. Er machte sich einen weiteren Kaffee, fand in Madsens Vorratsschrank einige Kekse und nahm sie mit ins Wohnzimmer, wo er die Vorhänge schloss und den Fernseher einschaltete. Es war ein flaches Smartgerät, und solche TVs waren mit dem Internet verbunden. Tjark nutzte die Fernbedienung, um neben den Apps von Netflix und anderen Anbietern ein Logo mit einem Google-Symbol zu finden und es zu aktivieren. Ein Browser öffnete sich. Tjark trank den Kaffee und aß Kekse, während er durch das Netz surfte und sich alles noch einmal ganz genau ansah. Er las im Großformat die Dateien aus Madsens Cloud. Er surfte nach Seiten und Berichten über das Verschwinden von Hela und von Mette. Er las Texte über Anne Madsens Ermittlungen und die Pressekonferenzen. Er sah sich alle Bilder an, die von Anne im Internet zu finden waren – und stellte zu seinem Erstaunen fest, dass es eines gab, auf dem er selbst zu sehen war, nur ganz klein:

auf dem Friedhof an der Kirche auf Rømø. Er las ein weiteres Mal den Artikel über das Skincarving und ein Feature über den Asenbond sowie die Texte über das Verschwinden von Madsen und schließlich die ersten Reaktionen auf und Artikel über die Forderungen des Runenkillers und sein verrücktes Video. Sogar bei CNN und im »Guardian« wurde darüber berichtet – der Scheißkerl hatte mit dem Mord an Hela für ein internationales Medienecho gesorgt, und mit Annes Entführung hatte er nachgelegt. Jetzt blickte die Welt erneut auf das kleine Dänemark.
Tjark stand auf und ging zurück in die Küche. Das Telefon war aufgeladen. Er nahm es mit vor den Fernseher und wählte aus den eingegangenen Anrufen eine bestimmte Nummer heraus. Es war zwar schon nach Mitternacht – aber egal, dachte Tjark. Er brauchte dringend eine zweite Meinung.

55.

Femke stand mit einem Glas Orangensaft in der Hand in Volkers Küche und schaute nach draußen. Sie war zeitig zu Bett gegangen, denn morgen musste sie früh raus, um nach Langeoog überzusetzen. Doch war Volker als Tierarzt nach Dornum gerufen worden, weil eine Kuh kalbte. Eben war er zurückgekehrt und jetzt im Bad.

Sie dachte darüber nach, dass eine Geburt bei Kühen nicht sehr viel anders verlief als bei Pferden, die fohlten. Sie stellte sich ihren Justin vor, der von einem Pferderipper getötet worden war. Justin als staksiges Fohlen, wie er zu einem jungen Hengst heranwuchs, der schließlich ein Wallach wurde. Sie erinnerte sich an das unfassbare Glück, als Papa gesagt hatte »Der gehört nun dir«, und an die unzähligen Male, die sie mit ihm durch den Wind geritten war.

Femke war unruhig. Natürlich wusste sie, dass es nicht nur am Vollmond lag. Es lag vor allen Dingen an Tjark.

Sie ging nach draußen, setzte sich auf die kleine Bank vor Volkers Haus und starrte in die warme Nacht. Femke streckte das Gesicht dem Mond entgegen und versuchte, auf der Oberfläche Krater zu erkennen. Sie dachte über Tjark nach und über das schreckliche Video, das er per Mail geschickt hatte. Damit war belegt, dass er nichts mit der Entführung von Anne Madsen zu tun haben konnte – woran sowieso niemand geglaubt hatte.

Femke wusste, was er für Anne empfand. Sie war ihr noch nie begegnet, aber sie kannte Tjark. Sie war ihm ja sogar selbst einmal sehr nahegekommen, aber wohl mehr aus Verzweiflung – daraus hatte nichts Ernsthaftes entstehen können. Jetzt machte sie sich Sorgen darüber, was er in Dänemark anstellen würde – was hatte Fred noch gesagt? Fred hatte gesagt, dass man Tjark in seinem Zustand absolut alles zutrauen müsse – und die Tatsache, dass er sich weder auf E-Mails meldete noch auf SMS oder WhatsApp und keine Anrufe beantwortete, hielt Femke für ein sehr schlechtes Zeichen.

In ihrem Magen brannte es, als habe sie eine zu heiße Kartoffel verschluckt, was daran liegen mochte, dass sie aufgeregt war. Auf der anderen Seite bekam sie diese Art von Sodbrennen, wenn etwas in der Luft lag. Manchen Polizisten stellten sich die Nackenhaare auf. Anderen schoss das Adrenalin in die Adern. Menschen wie Tjark nannten es ihren Spinnensinn.

Femke seufzte und führte das Brennen schließlich auf den frischen Orangensaft zurück. Sie stand auf und blickte noch einmal zum Mond, vor den sich nun eine einzelne schwarze Wolke schob. Schließlich sah sie wieder zum Haus und blinzelte die Effekte fort, die das Licht auf ihrer Netzhaut eingebrannt hatte. Dann ging sie zurück in die Küche, um ihr Glas in die Spüle zu stellen. Sie spülte das Glas und warf einen Blick auf ihr Handy, das auf der Arbeitsplatte lag. Das Display war schwarz. Es regte sich nicht. Sie ließ das Glas abtropfen, das Brennen in der Speiseröhre blieb, und wischte sich die Hände am Küchentuch ab.

Sie hörte Volker von oben rufen: »Alles okay?«

»Ja, ja«, erwiderte sie, blickte wieder auf das Handy.

»Ich dachte nur – warst du eben draußen?«

»Nur kurz – der Mond scheint so wunderbar.«

»Ja, sieht toll aus. Kannst du deswegen nicht schlafen?«

»Keine Ahnung«, sagte Femke, strich sich eine lose Haarsträhne hinters Ohr und wollte gerade gehen, als das Display vom Handy aufleuchtete und das Gerät summte und brummte. Anruf von einer unbekannten Nummer. Aber Femke wusste, wer dran sein würde, bevor sie das Gespräch annahm.

56.

Ich glaube weder an das eine noch an das andere«, erwiderte Tjark nach einigen Minuten Telefonat auf Femkes Frage, ob es statt des Werks eines psychotischen Serientäters oder eines politisch motivierten Irren nicht doch rituelle Morde mit einem heidnischen Hintergrund sein könnten. Etwas ... Teuflisches. Für sie sprach alles dafür.

»Sondern?«, fragte Femke.

Tjark schwieg, er schien nachzudenken. Femke saß auf dem Sofa vor ihrem Laptop, auf dem sie diverse Fenster geöffnet hatte. Es war spät. Der Vollmond schien herein, und Volker musste inzwischen eingeschlafen sein. Als er nach ihr geschaut hatte, hatte sie ihn mit einer Geste auf das Telefon abgewimmelt und mit dem Mund den Namen »Tjark« geformt. Volker hatte verständnisvoll genickt und war abgeschwirrt – und dafür liebte sie ihn so sehr: Er stellte keine Fragen, sondern verstand Dinge intuitiv.

Tjark sagte: »Ein satanistischer Ritualmörder würde den Zirkus für sich ganz persönlich veranstalten und seine Opfer dort suchen, wo er sie am einfachsten bekommen kann. An Prominente gelangt man nicht gerade leicht. Diese Runen wirken zwar ritualartig, aber er benutzt die Haut eher wie Papier, um eine Botschaft zu übermitteln. Die Inszenierung der Leichen hat etwas zu sagen wie das Bühnenbild im Theater. Aber ich glaube, unter dem Strich ist es egal. Er hat seine Forderungen gestellt, und die sind politisch motiviert.«

»Aber dennoch macht er – na ja, diesen ganzen Zirkus. Das müsste er ja nicht, oder?«, fragte Femke.

»Er hat das gemacht, damit die Leute hersehen und herhören. Der Typ ist ein Terrorist, der die Mittel eines Serienkillers verwendet.«

»Aber das sagt etwas über seine Persönlichkeit aus. Er müsste das nicht tun. Er könnte die Leute auch einfach so entführen wie die

RAF früher und dann seine Forderungen stellen«, sagte Femke und schlug die Beine unter. »Also: Was er tut, das symbolisiert schon irgendwie, worauf er hinauswill mit seinen Forderungen, Dänemark zu einer neuen Blüte und aus der EU zu führen. Fassen wir es noch mal zusammen: Er platziert die Opfer in einer knienden Haltung – wie jemanden, der in der Kirche Buße tut. Demutsvoll. Das ist eine in sich gekehrte Pose. Die Frauenleichen sollen etwas darstellen, das mit seiner Auffassung vom Staat zu tun hat – die Opfer symbolisieren das Land. Und er selbst sieht sich vielleicht als dieser Freyr, der der Welt etwas zu sagen hat, weil mit dieser Welt nach seiner Meinung etwas nicht stimmt. Und das will er den Leuten vor Augen führen.«

Freyr – Tjark hatte Femke einen knappen Einblick in die nordische Mythologie gegeben, und sie hatte nebenbei danach gegoogelt. Er hatte von der Bedeutung der Namen Hela und Freya berichtet – und dieser Freyr war der Sage nach mit Freya verheiratet gewesen, seiner eigenen Schwester, und herrschte über Wachstum und Fruchtbarkeit. Was nach Femkes Meinung dem Selbstbild des Killers entsprechen könnte. Außerdem fühlte sich dieser Freyr seiner eigenen Schwester nahe, Freya – und die Namensgleichheit zu einer Frau namens Freja Holm spielte vielleicht eine Rolle: Der eingebildete Freyr fühlte sich der Freja oder Hela oder Freya sehr nahe. Nach Femkes Einschätzung könnte dieser Umstand doch auf einen Stalker wie denjenigen hindeuten, von dem Tjark ihr erzählt hatte: ein Irrer, der eine Botschaft hatte, aber dennoch dem Objekt seiner Begierde erlegen war.

»Ich habe dir erklärt«, sagte Tjark, »warum der Stalker nicht infrage kommt. Alibis. Indizien.«

»Vielleicht aber doch.«

Femke hörte Stille am anderen Ende der Leitung. Schließlich sagte Tjark: »Ich weiß zu wenig über ihn.«

»Welches Gespür hast du für den Runenkiller entwickelt?«, fragte sie.

Femke hörte ein Klickgeräusch und Tjark tief ein- und ausatmen. Er hatte sich eine Zigarette angesteckt. »Er ist ein individualistischer Extremist – ein Lone Offender, der seinem persönlichen Weltbild folgt. Extremisten werden von Ideologien angetrieben, ob in der Gruppe oder als Einzeltäter. Einer wie der Runenkiller ist von einer Antithese zur gegenwärtigen Regierungsform angetrieben, und er tötet Personen, die für einen Teil dieses Systems stehen.«

»Zum Beispiel Anne Madsen«, sagte Femke und verfluchte sich im nächsten Moment, das gesagt zu haben, denn Madsen war ja noch nicht tot.

»Anne ist ein solches Ziel, ja«, erwiderte Tjark. »Hela und Mette waren gewissermaßen Produkte dieses Systems und werden vom Runenkiller damit assoziiert, aber sie sind letztlich nur Ersatzziele – das eigentliche Ziel des Killers ist der Staat. Wie du schon sagtest: Die Opfer symbolisieren das Land, das er verändern will. Man muss zerstören, was war, um es neu aufzubauen. Extremisten schlagen in der Regel öffentlich zu, und sie hinterlassen Zeichen, die im Kontext ihrer Ideologie stehen. Das hat der Mann getan – er hat die Öffentlichkeit gesucht und seine Botschaften in die Haut der Opfer geschnitten. Extremisten überwachen und kontrollieren ihre Opfer vorher, stalken es nahezu – darauf bin ich gekommen, als ich mit diesem Torben sprach. Außerdem wissen wir, dass ein solcher Tätertypus wie besessen die Medien verfolgt, die über seine Taten berichten: Weil er erfahren will, ob seine Botschaft angekommen ist.«

»Weil es vorher niemand kapiert hat«, sagte Femke, »hat er jetzt YouTube gewählt.«

»Auch wegen des Effekts: Er will, dass alle Welt sieht und hört, was er der Gesellschaft anzukreiden hat – wobei ich mir sicher bin, dass das noch mehr sein wird, als er auf dem Filmclip erzählt. Du hast das Video gesehen?«

»Ja. Ich habe mir alles angehört, seine ganzen Forderungen.«

»Gut«, sagte Tjark. »Und er will sich persönlich zu seinen Taten bekennen.«

»Aber dennoch im Verborgenen weiterleben. Sonst könnte er ja auch sein Gesicht zeigen.«

»Ja. Außerdem ist im Hinblick auf extremistische Täter klar, dass sie sich wie auch immer mit Zeichen oder Uniformen schmücken, die im Zusammenhang mit ihrer Ideologie stehen und sie symbolisieren. Es gibt Aufzeichnungen, die die Ideologien zusammenfassen, alles Mögliche.«

»Da wären die Runen, da wäre der Asenbond«, sagte Femke.

»Ja«, sagte Tjark. »Aber das Staging ist völlig untypisch für extremistische Täter. Also alles, was der Runenkiller tut – das Herrichten der Opfer, die ungewöhnlichen Orte. Du hast vollkommen recht: Das müsste er alles nicht tun.«

»Was meinst du dazu?«

»Wie du gesagt hast. Er appelliert an alte Werte, an die Tradition, das Archetypische. Aber ...«

»Aber?«

»Aber ich glaube, er macht das vielleicht einfach alles nur deswegen, weil er es kann. Weil er die Macht dazu hat. Weil er es immer schon einmal ausprobieren wollte, und weil es ihn kickt, es plötzlich tun zu können.«

»Möglich«, sagte Femke. »Außerdem müsste er medizinische Kenntnisse und Zugang zu Betäubungsmitteln haben. Er kennt sich mit Methoden der Personenüberwachung aus, mit nordischer Mythologie und Körpermodifikation. Bist du dir sicher, dass es nur ein Täter ist?«

»Alles spricht dafür«, sagte Tjark. Und fügte hinzu: »Außerdem ist er ein verflucht cleverer, kaltschnäuziger und gerissener Kerl. Er muss Anne überwacht und ihr Leben durchleuchtet haben. Dabei ist er unweigerlich auf mich gestoßen. Er wusste, wer ich bin. Er wusste, dass das mein Haus ist. Und er hat sich einen Spaß daraus gemacht, mich als Verdächtigen dastehen zu lassen. Damit hat er gleichzeitig von sich abgelenkt und angenommen, mich ausschalten zu können.«

»Meinst du, dass die dänische Polizei all das nicht sieht?«
»Doch, ich glaube schon. Sie sieht das Gleiche wie ich, und außerdem weiß sie noch sehr viel mehr. Dennoch übersehen die Kollegen etwas. Ich ebenfalls.«
Femke kaute auf einer Haarsträhne. Sie blickte auf die vielen offenen Fenster auf dem Laptop, ohne sie richtig anzusehen.
»Wie geht es dir, Tjark?«, fragte sie.
»Grauenhaft.«
»Liebst du sie?«
»Madsen?«
»Ja.«
»Darüber habe ich noch nicht nachgedacht.«
Das war eine typische Tjark-Wolf-Antwort. Er trug eine Art emotionalen Panzer, und es war schwer, hinter diese Kulisse zu blicken. Tjark öffnete sich nur dann, wenn er sichergehen konnte, dass niemand den Spalt in dem Eisberg nutzen würde, um einen glühenden Dolch hindurchzurammen. Und es dauerte seine Zeit, bis er davon überzeugt war, einem Menschen trauen zu können.
»Spielt das im Moment eine Rolle? Ob ich sie liebe oder nicht?«
Femke blies die Luft durch die Nase aus. »Natürlich spielt es eine Rolle. Es spielt so oder so und in jedem Fall eine Rolle, was du für sie empfindest.«
»Aber es hat keine Relevanz dafür, herauszufinden, wo sie ist und wer sie gefangen hält ...«
»Tjark«, kürzte Femke ab, »jetzt sei nicht so dermaßen bescheuert.«
Tjark schwieg einen Moment. Dann sagte er: »Madsen gehört zur Familie. Wie du, Fred und Ceylan. Ich würde für jeden von euch das Gleiche tun.«
»Es wird dieses Mal unglaublichen Ärger geben. Du wirst nicht ungeschoren davonkommen – und zwar ganz egal, wie diese Sache ausgeht.«
»Wir werden sehen«, sagte Tjark.

57.

Tjark hängte das Telefon wieder ans Ladegerät und starrte auf den TV-Bildschirm. Er zappte durch die Programme und sah auf den meisten Nachrichtenkanälen Sonderbeiträge über den Runenkiller, Breaking-News-Einblendungen in laufenden Sendungen des Nachtprogramms und immer wieder Standbilder aus dem Video von Anne Madsen. Er blieb bei einem Nachrichtenbeitrag hängen, der offensichtlich einen Regierungssprecher zeigte sowie einen Staatsanwalt.

Tjark konnte nicht verstehen, was die Männer sagten. Aber an dem, was er an Mimik und Gestik ablesen konnte und was sich in die Worte »Vi må ikke lade os afpresse med vold« interpretieren ließ, sah es nicht gut aus für Madsen, da die Regierung nicht auf die Forderungen des Killers eingehen würde. Womit der Mann gerechnet haben müsste, dachte Tjark. Es war Irrsinn, anzunehmen, dass ein Staat das tat. Es war ebenfalls Irrsinn, zu glauben, dass sich ein solches Referendum innerhalb von so kurzer Zeit in die Wege leiten ließ. Aber vielleicht war dem Täter das alles klar, und er wollte die Regierung lediglich bloßstellen und vorführen. Seht, wie machtlos ihr seid. Seht, wie herzlos diese Regierung ist. Seht, die lassen ein Menschenleben über die Klinge springen, um den Volkswillen zu verhindern. Seht, die sind schuld, nicht ich.

Möglich. Aber es änderte nichts daran, dass am Ende Anne Madsen tot sein würde.

Er musste sich noch einmal alles genau ansehen, wieder alles durchlesen und durch den Kopf gehen lassen. Was übersahen alle? Es war zwar relativ unwahrscheinlich, dass ausgerechnet er darauf stoßen würde, schließlich hatte er nur den Bruchteil von Informationen und Erkenntnissen, über die die dänische Polizei verfügte.

Aber er konnte so oder so nicht untätig herumsitzen und die Hände in den Schoß legen.
Er rief das YouTube-Video ein weiteres Mal auf und manipulierte an der Fernbedienung, um das Bild zu verändern. Maximale Helligkeit, moderate Kontraste ... Bei der Polizei würden sie professionelle Software zur Bildverbesserung und zur Stimmanalyse verwenden, darüber verfügte er hier natürlich nicht. Er ließ das Video einige Momente laufen und stoppte es, als er meinte, ein passables Standbild zu haben. Der Ausschnitt zeigte einerseits Anne Madsen und andererseits einen Teil des Oberkörpers des Täters, der gerade zu einem Schnitt in Annes Oberarm ansetzte. Die technische Qualität des Standbilds war nicht schlecht. Das Video war hochauflösend aufgenommen worden, und Madsens Fernseher war ziemlich neu und konnte solche Inhalte in ausgezeichneter Qualität wiedergeben.
Tjark spielte weiter mit der Fernbedienung herum, veränderte die Kontraste, Farbwerte und experimentierte mit unterschiedlichen Helligkeiten. Schließlich legte er die Fernbedienung zur Seite, als er meinte, das Maximale herausgeholt zu haben und auch einiges im Hintergrund erkennen zu können, das wegen der krassen Lichtunterschiede – Madsens angestrahltes Gesicht im Verhältnis zu dem nicht oder kaum beleuchteten Raum – vorher im Dunkeln gewesen war.
Die Vorstellung war schrecklich, dass Madsen genau in diesem Moment wahrscheinlich immer noch an diesen Stuhl gefesselt dasitzen würde – mit einem Tropf im Arm, der ihr eine betäubende Flüssigkeit beziehungsweise ein Schlafmittel verabreichte.
Woher bekam man das? Aus Kliniken oder Apotheken. Die Freundin des Skin-Carvers Jens war im Krankenhaus beschäftigt, der Stalker Torben in einem Altenheim, in dem es ebenfalls viele Medikamente gab sowie einen gewissen »Draht« zu Apotheken. Tjark wischte sich über die Augen. Er durfte nicht daran denken, dass das Madsen auf dem Stuhl war – Madsen, gefangen, gefoltert

und mit dem Leben bedroht, während er hier in ihrer Wohnung auf ihrem Sofa vor ihrem Fernseher hockte.
Er öffnete die Augen und betrachtete das Bild erneut, nahm wiederum die Fernbedienung zur Hand und stellte die Helligkeit höher ein. Die Tiefenschärfe ließ den Hintergrund verschmiert aussehen, aber der Raum, der sich hinter Madsen öffnete, schien relativ groß zu sein. Es wirkte, als gäbe es dort flache Tresen, die mit einem Aufbau in der Mitte voneinander getrennt waren. Alles schien leer, die Wände waren vermutlich hell, vielleicht weiß.
Tjark stand auf und trat näher an den Fernseher heran. Die Wände hatten sehr feine Strukturen, die einem gleichmäßigen Muster glichen. Waren das Kacheln? Möglicherweise, ja. Ein großer, gefliester Raum und darin lange, flache Tresen – im Verhältnis zu dem Körper im Vordergrund und der Hand mit dem Skalpell waren diese Tresen vielleicht hüfthoch, sodass man daran sitzen konnte. Verglichen mit den Helligkeits- und Farbwerten der Wände mussten diese Tresen grau sein. Es schien Lichtreflexe darauf zu geben. Dann diese Aufbauten in der Mitte … Auch hier gab es schwache Unterschiede in der Struktur, und zwar in regelmäßigen Abständen. So als sei etwas daran angebracht – etwas, das an jedem Arbeitsplatz benötigt werden würde, falls es sich um Arbeitsplätze handelte, an denen man vor den Tresen saß.
Tjark hatte keinen Schimmer, worum es sich dabei handeln könnte. Ein gefliester Raum, in dem möglicherweise aus Edelstahl bestehende lange Tresen mit mehreren Arbeitsplätzen aufgebaut waren – nein, keine Ahnung. Er konnte allenfalls sagen, dass ihn die Szenerie an etwas Klinisches erinnerte. Etwas, in dem es auf Sauberkeit ankam, wofür weiße Kacheln und Edelstahl standen.
Tjark ging wieder einige Schritte zurück, um das gesamte Bild zu betrachten. Die Gerätschaften, die sich an Madsen beziehungsweise neben ihr befanden, wirkten professionell: der Tropf, der Beutel mit einer Flüssigkeit, daran befestigt eine Vorrichtung, die den Zufluss steuerte, außerdem das Pflaster mit dem Zugang am

Arm. Solche Dinge bekam man nicht in der Apotheke um die Ecke. Andererseits konnte man im Internet alles bestellen, musste sich aber dennoch damit auskennen.
In der Hand des Mannes befand sich ein Skalpell. Es sah aus wie ein professionelles – nicht wie ein Skalpell, das man im Bastelladen oder im Baumarkt kaufte. Der Täter schien Handschuhe zu tragen. Feine, schwarze Lederhandschuhe, keine aus Latex. Sie hatten Aussparungen, sodass die Fingerknöchel zu sehen waren. Sie erinnerten an Vintage-Modelle von Autorennfahrern, die mehr Grip am Lenkrad wollten. Allerdings waren hier nur die Knöchel ausgespart.
Etwas blitzte zwischen dem Saum des Handschuhs und dem Ärmelbund seiner Jacke auf, vielleicht eine Uhr ... Die Jacke. Ja, er trug eine Jacke. Schwer zu sagen, was für eine, aber es schien ein ähnliches Modell wie die, die er selbst trug – ein Fieldjacket aus Militärtwill oder einem ähnlichen Material mit praktischen Knöpfen am Handgelenk.
Tjark setzte sich zurück aufs Sofa und ließ den Clip ganz durchlaufen. Und wieder. Dann ein weiteres Mal. Schließlich war ihm schlecht, und er stand auf, um auf dem Balkon eine Zigarette zu rauchen. Er starrte dem Rauch hinterher, der in der Dunkelheit verwehte, tief in Gedanken versunken. Schließlich schnippte er die Kippe fort und drehte sich um, um wieder reinzugehen. Er hatte zu lange ins Schwarz gestarrt und musste die Augen gegen die Helligkeit zusammenkneifen. Intensitätskontraste, dachte er. Genau wie bei dem Video. Tjark blieb an der Balkontür stehen. Ihm fiel etwas ein.
Mit schnellen Schritten ging er zurück ins Wohnzimmer und loggte sich auf dem Smart-TV in Madsens Cloud ein. Er suchte eine Weile nach der richtigen Datei und fand sie schließlich – einen weiteren Videoclip. Eine Aufnahme der Polizeikamera, die auf die Zaungäste und die Reporter an der Kirche auf Rømø gehalten worden war.

Tjark ließ das Video ablaufen und betrachtete die Gesichter. Der Clip dauerte etwa drei Minuten. Tjark ließ ihn erneut ablaufen. Die dänischen Kollegen hatten den Personen darauf sicherlich schon Personalien zugeordnet, soweit es möglich war, und sie überprüft. Zu diesem Zweck wurden solche Aufnahmen ja gemacht. Aber Tjark interessierte sowieso nicht, was im Vordergrund zu sehen war.

Er stoppte das Video, als er meinte, den richtigen Moment gefunden zu haben. Er beugte sich etwas vor und kniff die Augen zusammen, um besser fokussieren zu können. Mit der Fernbedienung stellte er die Helligkeit wiederum sehr hoch ein. Ganz im Hintergrund der Aufnahme, im Schatten eines Baumes auf der gegenüberliegenden Straßenseite, war ein Mann zu erkennen. Er schien eine Sonnenbrille zu tragen sowie einen Hoodie, den Kopf und die Haare unter der Kapuze versteckt, und hatte eine professionell wirkende Kameraausrüstung dabei und …

Tjark stand auf und ging ganz nah an den Bildschirm.

Ja, dachte er, es sah so aus, als habe der Mann Handschuhe an.

Tjark schmeckte einen metallischen Geschmack auf der Zunge. Er spürte, wie sich eine Aura um seinen Kopf aufzubauen schien – wie ein ätherisches und hypersensibles Kraftfeld, das auf jeden Hauch reagierte. Er nannte das seinen Spinnensinn – wie bei Spiderman, der etwas witterte, wenn Gefahr in der Luft lag. Das war nichts Übernatürliches. Es war einfach nur die Auswirkung von Adrenalin, das die Instinkte schärfte – vermutlich ein intuitiver Reflex aus der Zeit der Jäger und Sammler, der einen vor dem Säbelzahntiger schützen sollte. Man spürte, dass etwas in der Luft lag, dass Gefahr in Verzug war. Welche Sinneswahrnehmungen diesen Reflex auslösten – keine Ahnung. Wahrscheinlich alle möglichen. Aber es war angezeigt, drauf zu hören, und Tjarks Intuition sagte ihm verlässlich, dass mit diesem Kerl etwas nicht stimmte. Denn niemand trug Lederhandschuhe an einem sonnigen Tag wie diesem – es sei denn, er wollte seine Finger verbergen, weil er an einer schlimmen Hautkrankheit litt. Oder aber, weil er nirgends Fingerabdrücke hinterlassen wollte. Selbst dann nicht, wenn er bloß im Schatten herumstand und Bilder machte. Wer war der Mann? Irgendwo musste es eine Antwort geben. Einen Hinweis, den alle bisher übersehen hatten – inklusive Tjark selbst. Er musste noch einmal alles durchgehen und überprüfen, ob ihm etwas auffallen würde. Denn er war sich sicher, dass es einen Hinweis geben musste, der am Ende zum Täter führen würde, bei dem es sich vielleicht um den Mann mit den Handschuhen handeln könnte.

Tjark rief erneut alle Zeitungsberichte aus dem Internet auf, die er gelesen hatte, um sie wiederum zu lesen und darauf zu hoffen, dass er etwas Neues bemerkte oder eine Eingebung haben würde. Er las über Mette, über Hela, über Anne, über den Asenbond, über das Cutting und über Annes Entführung. Er reduzierte die Zahl der offenen Fenster und konzentrierte sich auf die Berichte von Reportern, die am nächsten am Geschehen dran gewesen waren – also im Wesentlichen auf die Texte aus den *Århus News.* Im Lesen verharrte Tjark und massierte sich die Unterlippe, starrte förmlich durch den Bildschirm und die Zeilen eines Textes über Hela und das Stalking von Prominenten hindurch, und nach einigen Augenblicken scrollte er nach oben.

Jeder Autor von Online-Zeitungen hatte heutzutage ein Profil. Man konnte draufklicken, wenn man den Stil oder die Themen eines einzelnen Reporters mochte, um mehr von ihm zu lesen und etwas über ihn zu erfahren. Es gab außerdem Profilbilder.

So auch in diesem Fall. Der Bericht war von einem Reporter namens Bengt Nordström geschrieben. Neben seinem Autornamen war sein Profilbild zu sehen – ein Mann in Tjarks Alter mit einem gestellten Lächeln und einem harten, kalten Blick. Ein Polizeiblick. Ein analytischer Reporterblick. Ein Blick, der durch die Oberfläche hindurchging, in die Tiefe drang und gegenüber dem neutral wirkte, was er dort sah.

Tjark klickte auf das Bild, gelangte auf Nordströms Profilseite, auf der nur wenig über ihn stand – das Alter, ledig, seit einigen Jahren bei den *Århus News,* davor Stationen in Nachrichten-Ressorts großer Tageszeitungen. Auf der Seite gab es eine Liste seiner Texte und Themen.

Tjark wischte sich über die müden Augen und sah genauer hin. Die meisten der Artikel-Schlagworte waren hellblau eingefärbt, einige weitere waren schwarz. In der Internet-Symbolik bedeuteten hellblau gefärbte Links in der Regel, dass man diese bereits angeklickt hatte. Tjark überprüfte es, und es stimmte. Viele der Texte hatte er bereits gelesen.

Nordström hatte über den Mord an Mette geschrieben, über den an Hela. Er hatte über die Aftershowparty berichtet, das Konzert in Århus und über ein Gerichtsverfahren über einen Stalker – mit dem er ein anonymisiertes Interview geführt hatte. Das musste Torben sein, dachte Tjark. Nordström hatte Artikel über das Skin-Cutting und -Carving geschrieben – er hatte Jens zitiert. Es gab Interviews mit einem Kriminalpsychologen über den Runenkiller und einen Bericht über das Neuheidentum mit einem Schwerpunkt auf dem Asenbond. Nordström hatte außerdem darüber geschrieben, dass die Polizei nach Tjark suchte, dass Anne Madsen verschwunden war, und seine Zeitung hatte das Video mit Anne als erstes Medium ins Netz gestellt – viele andere beriefen sich auf die *Århus News* als Quelle, obwohl sie vermutlich selbst den Link erhalten hatten. Mit anderen Worten: Der Täter hatte mit der Zeitung Kontakt gehabt – und sei es nur dadurch, dass er ihr die E-Mail geschickt hatte. Manche Killer oder Terroristen hatten ein Faible für die Medien. Vielleicht, überlegte Tjark, hatte Bengt Nordström schon einmal persönlich mit dem Killer zu tun gehabt, ohne es zu wissen.

Weitere Berichte von Nordström befassten sich mit allen möglichen Themen, eine ganze Reihe aber auch mit der EU-Politik, den Autonomen, der Anti-EU-Bewegung. Tjark las die Texte und außerdem die Kommentare, die Nordström dazu geschrieben hatte. Der Runenkiller musste ihm aus der Seele sprechen. Oder anders herum, dachte Tjark und griff nach der Zigarettenpackung. Er musste unbedingt eine rauchen und fragte sich, als er sie anzündete, ob die *Århus News* wohl einen Nachtdienst hatten und ob Bengt Nordström möglicherweise in der Redaktion anzutreffen wäre. Es war riskant, denn Tjark wurde nach wie vor gesucht, und bei einer Zeitung würde man fraglos sein Fahndungsfoto kennen, zumal die *Århus News* über Tjark berichtet hatten. Aber auf einen Versuch kam es an. Denn er hatte das Gefühl, dass er dringend mit dem Mann reden und sich einen Eindruck von ihm verschaffen sollte.

58.

Es war gegen vier Uhr morgens, als Tjark den BMW vor dem Gebäude parkte, in dem sich die Redaktion der *Århus News* befand. Die meisten Fenster waren dunkel. Hinter einigen brannte Licht. Entweder war es eingeschaltet, um Einbrecher abzuschrecken, oder es war tatsächlich eine Notbesetzung an Bord – denn Online-Journalismus war nach Tjarks Einschätzung ein Vierundzwanzig-Stunden-Geschäft. Er stieg aus dem Wagen und sah sich bestätigt, als er durch das Fenster einen eingeschalteten großen Fernseher erkannte und eine Frau, die an einem Schreibtisch hinter einem Computer saß.

Er sah sich um. Der Hof vor dem Gebäude war bis auf zwei Autos leer. Er sah Videokameras zur Überwachung. Außerdem hatte ein Bewegungsmelder dafür gesorgt, dass der Parkplatz vor der Redaktion in helles Licht getaucht war.

Die Frau musste das Auto und die Wagentür gehört haben und merkte auf. Sie blickte zum Fenster. Tjark trat heran und zog seinen Polizeiausweis und dachte: Entweder es klappt, oder ich bin am Arsch.

Die Frau stand auf. Tjark schätzte sie auf Mitte zwanzig. Sie trug Jeans und Hoodie, dazu eine Brille. Das Fenster stand auf Kippe. Tjark hielt seinen Ausweis hoch.

»Ja, bitte?«

»Polizei«, sagte Tjark auf Englisch. »Ich habe ein paar Fragen. Darf ich reinkommen?«

Die Frau musterte den Polizeiausweis. Vermutlich war es der erste, den sie in ihrem Leben sah, zumal es ein deutscher war.

»Worum geht es denn?«, fragte sie.

»Eigentlich nur um eine Kleinigkeit. Aber ich stehe so ungern wie ein Vertreter vor dem Fenster.« Tjark lächelte.

»Tja, ich weiß nicht. Vielleicht kommen Sie besser in ein paar Stunden wieder. Ich mache nur den Nachtdienst und bin eine Praktikantin.«

»Verstehe.« Tjark steckte den Ausweis wieder ein. Die Praktikantin schien ihn nicht zu erkennen, zum Glück.

»Ich wollte mit Herrn Bengt Nordström sprechen.«

»Ja, der sitzt normalerweise dort.« Die Praktikantin zeigte zu einem Schreibtisch rechts neben dem Fenster. »Aber der kommt erst in einigen Stunden wieder. Ehm …« Sie tippte sich an die Lippen, als denke sie nach. Sie blickte zur Seite auf ein Whiteboard. Tjark konnte nicht lesen, was darauf stand. »Das heißt«, korrigierte sich die junge Frau, »er hat morgen keinen Dienst und nimmt Überstunden zum Ausgleich.«

»Trotz des laufenden Runenkiller-Falls? Da muss er als Reporter doch am Ball bleiben?«

Die Praktikantin zuckte mit den Schultern. »Na ja, die freien Tage werden zugeteilt, und es gibt ja eine Vertretungsregelung. Ich glaube, er wollte morgen an die Nordsee fahren.«

Tjark warf durch das Fenster einen Blick auf Nordströms Schreibtisch. Er sah einen Computer, jede Menge Papierstapel, leere Mineralwasserflaschen und an der Wand neben dem Schreibtisch einige Fotos – Urlaubserinnerungen, wie es den Anschein hatte. Bilder vom Meer, Bilder von Häfen, Bilder, die ein Boot zeigten, und eine Gruppenaufnahme mit Männern in Uniformen, die …

»Also«, sagte die Praktikantin, »ich kann Ihnen wirklich nicht weiterhelfen, und ich darf das auch gar nicht, glaube ich. Es wäre mir wirklich lieber, wenn Sie mit der Redaktionsleitung sprechen, Herr …«

»Wolf.«

»Ja. Herr Wolf. So ab neun Uhr müsste die Chefin da sein.«

»Schon okay.« Tjark lächelte der Praktikantin zu. »Muss Ihnen ja auch vorkommen wie ein Überfallkommando, aber wir stehen zurzeit ziemlich unter Druck.«

»Ja, klar, verstehe ich.«

Er zog einen Zettel aus der Tasche. Eine alte Einkaufsquittung. Er blickte drauf und fragte: »Bengt Nordström wohnt immer noch an der Adresse Viborgvej 24?«

»Oh, das muss älter sein. Der wohnt doch, glaube ich, an der Frederiks Allé neben dem Bro Café an der Ecke, wo er immer frühstückt. Erzählt er zumindest. Er meckert ständig über die lauten Züge. Na ja, vor dem Haus parkt jedenfalls immer sein Transporter.«

»Ein Bulli?«

»So ähnlich. Keine Ahnung, warum er ausgerechnet so einen Wagen fährt.«

»Vielleicht besser für den Wassersport.«

Die Frau sah ihn fragend an.

Tjark deutete auf die Bilder vom Meer und von dem Boot.

Die Praktikantin nickte. »Na ja, ist halt Bengt Nordström.« Die junge Frau lachte – so als wäre Nordström ohnehin ein Sonderling.

»Ah, okay.« Tjark nickte ebenfalls und steckte den Einkaufsbeleg wieder ein. »Also dann – vielen Dank dennoch. Kann ich seine Handynummer haben?«

»Die darf ich leider nicht herausgeben.«

»Na klar«, lächelte Tjark und hob die Hand zum Gruß. Er drehte sich um und ging wieder zum Auto, stieg ein und fuhr los, um an der Frederiks Allé nach dem Bro Café zu suchen und in dessen Umfeld ein paar Klingelschilder nach dem Namen Nordström und einem Transporter abzuklappern.

59.

Die Frederiks Allé war eine der Hauptverkehrsadern der Stadt. Es wurde langsam hell, und auf der Straße waren bereits einige Autos und vereinzelt Busse unterwegs. Tjark hatte das Navigationssystem in Signes Handy benutzt, um das Café zu finden, von dem die Praktikantin gesprochen hatte. Es befand sich in einem alten Haus, das in einem gelben Ockerton gestrichen war, und trug die an die Fassade gemalte Aufschrift »Bro Café«. Das Gebäude lag in Wurfweite einer Brücke, die über mehrere Bahngleise führte.

Tjark stoppte vor dem Café halb auf dem Gehweg und stieg aus. Er inhalierte die kalte Morgenluft. Es versprach, ein klarer Tag zu werden. Er sah sich um und begann, die Klingelschilder an den umliegenden Häusern nach dem Namen Bengt Nordström und die Parkbuchten nach einem Bulli abzusuchen, wurde aber nicht fündig. An dieser Straße wohnte er also nicht – die Praktikantin musste sich vertan haben. Allerdings hatte sie gesagt, dass sie *meinte,* Nordström wohne an dieser Straße. Es mochte also auch eine der umliegenden innerhalb des Wohnblocks sein.

Tjark ging nach rechts auf die Banegardsgade, wo er nirgends den Namen Bengt Nordström auf einem Klingelschild entdeckte und auch keinen Bulli sah. Schließlich bog er erneut nach rechts in eine Straße namens Orla-Lehmanns-Allee, die eine Kurve nahm und dort zu einer Straße namens Kriegersvej wurde und wieder auf die Frederiks Allé und das Eckcafé zulief, wo Tjarks Wagen stand, und zwar parallel zu den Schienen – der Hauptbahnhof war nicht weit. Links grenzte eine Bepflanzung aus Büschen und Bäumen das Kopfsteinpflaster und die Parkbuchten vom Bahndamm ab. Rechts standen mehrgeschossige Altbauten. Er überprüfte Klingelschilder, ohne Erfolg. Er ging weiter, sah nahe der Einmündung jemanden aus einem der Häuser kommen und in einen Lieferwagen einsteigen, der rückwärts aus der Parklücke setzte. Es war der einzige Bulli weit und breit. Tjark wollte etwas rufen, aber dazu war es zu spät. Er schnippte die Zigarette fort. Sie glühte rot wie die Heckleuchten des Transporters, der nun an der Einmündung zur Frederiks Allé hielt. Tjark lief los. Der Transporter setzte den Blinker nach links und verschwand aus seinem Sichtfeld. Tjark stoppte vor einem kleineren Haus, das rot verklinkert war. Er betrachtete das Klingelschild. Hier wohnte nur eine einzige Person: Bengt Nordström.

Scheiße, dachte Tjark und lief zu seinem Wagen. Er sah nach rechts, nach links – und erkannte noch das Heck des sich entfernenden Transportwagens. Er setzte sich in den Volvo, ließ den Motor an und gab Gas, um sich an den Wagen dranzuhängen, in dem sehr wahrscheinlich Bengt Nordström saß. Er steuerte in Richtung der Autobahnauffahrt zum Herningmotorvejen bei Braband und fuhr dann auf die Autobahn in Richtung Herning und damit in Richtung Nordseeküste. Hatte die Praktikantin nicht gesagt, Nordström wolle den freien Tag nutzten, um an die See zu fahren? Könnte passen. Wenn er um diese frühe Uhrzeit schon unterwegs war, musste er eine längere Fahrt planen. Und da war dieses Bild mit dem Boot in Nordströms Büro gewesen – vielleicht wollte er damit eine Runde drehen? Tjark überlegte für einen Moment, ob es sinnvoll war, weiter an Nordström dranzubleiben. Andererseits hatte er das Gefühl, dass er dringend mit ihm reden musste, um weiterzukommen. Und eine wirkliche Alternative gab es auch nicht. Also dachte sich Tjark »Scheiß drauf« und gab Gas.

Der Autobahnanschluss Braband ließ Tjark an Niels denken, der in dem Stadtteil wohnte. Er griff zum Telefon. Vielleicht könnte Niels eine Telefonnummer des Journalisten herausfinden, was die Kontaktaufnahme erheblich erleichtern würde. Es war sehr wahrscheinlich, dass Niels dazu in der Lage wäre. Es war hingegen sehr unwahrscheinlich, dass er Tjark die Nummer geben würde.

Tjark folgte dem Lieferwagen in einigem Abstand. Er stellte das Telefon auf Lautsprecher, rief die Nummer der Polizei in Århus an, nannte seinen Namen und ließ sich von der Zentrale zu Niels durchstellen, der trotz der frühen Stunde im Büro war. Wahrscheinlich hatte er es die ganze Nacht lang nicht verlassen, nahm Tjark an.

»Wo sind Sie?«, fragte er.

»Unterwegs.«

»Was wollen Sie?«, fragte Niels.

Tjark erklärte ihm, was ihm beim Betrachten der Videoaufnahmen von der Kirche auf Rømø aufgefallen war: der Mann im Schatten. »Wenn Sie sich die Videoaufnahmen von der Kirche vornehmen, überprüfen Sie, ob die Handschuhe, die der Mann im Schatten trägt, identisch sind mit denen auf dem Video in der Szene, in der Anne gefoltert wird. Außerdem schlage ich vor, dass Sie sich den Stalker genauer ansehen. Torben Möller. Ich war bei ihm. Er ist auch ein Fan von Anne. Ein viel zu großer. Sie haben die Bilder bekommen?«

Tjark hörte Niels atmen. »Habe ich. Wir knöpfen ihn uns vor.«

»Da wäre noch etwas. Ich habe jede Menge Artikel gelesen – über Hela, Mette, über Anne Madsen, den Runenkiller, über Skin-Carving und Neuheiden. Die *Århus News* haben über alle diese Themen geschrieben, und die meisten Artikel stammten von einem Bengt Nordström. Er hatte zu den Themen und zu den handelnden Personen Kontakt. Außerdem habe ich von ihm politische Kommentare über Diskussionen zum Austritt Dänemarks aus der EU gelesen. Die *Århus News* hatten sehr schnell den Link zum YouTube-Video. Laut Google waren sie das erste Medium, das die Nachricht gebracht hat.«

»Wir haben mit der Chefredakteurin gesprochen.«

»Was hat sie gesagt?«

»Sie hat gesagt, dass alle Medien den Link bekommen haben und dass irgendwer immer der Erste ist, in diesem Fall die *Århus News,* was vielleicht mit dem A in dem Namen zu tun habe.«

»Eventuell hat der Reporter einen Fan, der seine Texte und seine Kommentare liebt und die *Århus News* deswegen bevorzugt hat. Manche Serienkiller nehmen Kontakt zu den Medien auf.« Und wollen vielleicht ein frühmorgendliches Interview geben? Wer weiß, dachte Tjark, behielt den Gedanken aber für sich. »Vielleicht sollten Sie einmal schauen, was Sie über Bengt Nordström wissen. Vielleicht fällt Ihnen dabei etwas auf. Ich habe an Nordströms Schreibtisch ein Foto gesehen, das an Militärzeiten erinnerte. Vielleicht gibt es aus diesen Zeiten …«

»Sie waren in der Redaktion der *Århus News?* Sie sind eine Katastrophe, Tjark Wolf.«

»Das«, erwiderte Tjark und beendete dann das Gespräch, »ist nicht besonders neu.«

Tjark legte das Handy auf den Beifahrersitz. Er nahm an, dass die Dauer des Gesprächs ausgereicht haben sollte, um seinen Standort zu peilen.

60

Femke stand mit einem Kaffeebecher vor dem Fährhaus in Bensersiel und blickte auf die Uhr. Die erste Fähre nach Langeoog ging um 6.45 Uhr, und von Fred war weit und breit noch nichts zu sehen. Okay, sie hatten noch Zeit, bis das Schiff ablegen würde, aber Femke war lieber zu früh als zu spät an Bord und gehörte ohnehin zu dem Schlag Mensch, der es für angemessen hielt, zu Terminen vor der vereinbarten Zeit zu erscheinen. Fred offensichtlich nicht.

Femke trank Kaffee und ging vor dem Fährhaus auf und ab, das mit wetterbeständigem grauem Holz verkleidet war. Sie blickte zu den Möwen, die über dem Hafen von Bensersiel kreischend ihre Runden drehten und in der Luft darauf lauerten, dass die Schrauben einiger auslaufender Kutter ein schönes zweites Frühstück für sie hochspülen würden. Auf der anderen Seite des Fährhauses wartete bereits die Langeoog III mit ihren orangefarbenen Aufbauten, die sich grell gegen den schwarzblauen Morgenhimmel abhoben, an dem keine einzige Wolke zu sehen war. Einige Touristen karrten ihre Rollkoffer an Femke vorbei oder zogen Bollerwagen, in denen müde oder noch schlafende Kinder saßen. Andere hockten knurrig auf den Armen ihrer Mütter, die zumeist die Standarduniform für Urlaube an der See trugen: Fleece- und Softshelljacken von Outdoor-Herstellern.

Femke dachte gerade darüber nach, ob sie sich ein Brötchen kaufen und dann Fred anrufen sollte, als sein Dienst-Ford aus dem Fuhrpark um die Ecke bog und zügig in eine der Kurzzeitparklücken vor dem Fährhaus fuhr. Er stieg aus, schloss den Wagen mit der Fernbedienung ab, machte eine entschuldigende Geste und marschierte atemlos auf Femke zu.

»Tut mir leid. Habe etwas verpennt.«

»Du siehst zerknautscht aus.«
Fred nickte. »Ärger mit meiner Frau …«
»Oh?«
»Sie hat diesen fürchterlichen Thermomix, ich habe diesen neuen Smoker und es gewagt, mir darauf eine Bratwurst zu grillen, während sie Brokkoli machen wollte.«
»*Eine* Bratwurst auf einem *Smoker*?«
»Ihre Worte. Aber ich sage: Wozu hab ich das Ding? Außerdem hatten wir noch zig Kilo Fleisch übrig vom Wochenende, da hatte sie ihre Angestellten eingeladen. Drei Frauen. Die essen für den hohlen Zahn und am liebsten Salat, also sage ich: Das Fleisch muss aber weg! Und sie sagt: Warum kaufst du auch fünf Kilo Fleisch für drei Personen plus uns beide, und ich sage: Fünf Personen, fünf Kilo? Einfache Rechnung?«
»Fred?«
»Hm?«
»Du kannst nicht auf dem Kurzzeitparkplatz halten. Die sind nur zum Ein- und Ausladen.«
»Aber ich bin Teil der Ordnungsmacht und habe einen wichtigen Einsatz.«
Femke verdrehte die Augen.
»Schon gut«, sagte Fred. »Ich stelle ihn woanders ab. Ich brauche noch …«
»Tickets habe ich schon.«
Fred nickte. Er starrte auf Femkes Becher. »Ist das Kaffee?«
»Ja.«
»Haben sie auch Brötchen?«
»Sie haben jede Menge Brötchen.«
»Ausgezeichnet. Ich habe nicht gefrühstückt. Greta hat mir einen Möhren-Smoothie hingestellt, und ich habe gesagt: Den kannst du mit ins Geschäft nehmen und davon deine drei magersüchtigen Elfen für den Rest der Woche ernähren.«
Femke konnte sich ein Grinsen nicht verkneifen.

»Da hat sie sich zum Kühlschrank gedreht, ein T-Bone-Steak herausgenommen und es mir auf den Teller geklatscht und gesagt: Weißt du was, dann grill dir dein Frühstück.«

Jetzt lachte Femke auf. »Auf der Fähre gibt es Brötchen und Würstchen. Wir haben noch«, Femke sah auf die Uhr, »eine Viertelstunde Zeit. Zum Glück war ich im Gegensatz zu anderen früh und zur verabredeten Zeit da und habe schon Tickets gelöst. Trotzdem solltest du mit dem Umparken in die Hufe kommen.«

Fred wandte sich zum Auto, verharrte dann und drehte sich wieder zu Femke um. »Hast du was von Tjark gehört?«

Femke nickte. »Und du?«

Fred nickte ebenfalls. Er berichtete ihr kurz, was Tjark gewollt hatte. Im Gegenzug gab Femke ihm eine Zusammenfassung über ihr Telefonat mit Tjark.

Fred schüttelte den Kopf. »Da geht ziemlich irres Zeug ab in Dänemark, wenn du mich fragst.«

»Ja«, seufzte Femke. »Aber er hat sich nun einmal entschieden, es zu seiner persönlichen Angelegenheit zu machen, was es ja auch ist, und wir müssen uns um unsere eigenen Sachen kümmern und können uns davon nicht aufhalten lassen.«

»Nee.« Fred ging zum Auto. »Können wir nicht.«

Femke blickte zur Fähre. Die ersten Touristen gingen an Bord, und das sollten Fred und sie nun auch bald tun. Sie merkte auf, als sie ein Telefon hörte. Es war das von Fred.

61.

Ceylan gähnte und rieb sich die Müdigkeit aus den Augen. Mit der einen Hand umklammerte sie einen Kaffeebecher, mit der anderen das Handy. Sie stand auf einem Parkplatz in Esens, von dem aus sie die Windmühle sehen konnte, in der ein Heimatmuseum untergebracht war. Sie trat ungeduldig von einem Fuß auf den anderen, bis schließlich Fred ans Telefon ging und bestätigte, dass er und Femke am Hafen waren, um gleich nach Langeoog überzusetzen.

Die beiden sollten dort näher an Shirin Attaman heranrücken – oder besser noch: ihr von Angesicht zu Angesicht auf die Nerven gehen und sie unter Druck setzen. Ceylan hatte dazu ein paar Mittel organisiert – zum Beispiel vom Finanzamt wegen der Nebeneinkünfte von Shirin auf der Insel, von der Ausländerbehörde wegen ihrer doppelten Staatsbürgerschaft sowie vom Arbeitsamt im Zusammenhang mit ihrer Anstellung auf Langeoog. Abgesehen davon wartete sie auf eine E-Mail vom LKA aus Hannover, die bescheinigen würde, dass Shirin im Zusammenhang mit ihrem Vater als mögliche Terrorhelferin in Betracht gezogen werden könnte.

Das alles hatte weder Hand noch Fuß. Aber es waren Möglichkeiten, um sie nervös zu machen und zu verunsichern – wie Tjark es empfohlen hatte –, bis sie früher oder später so unter Druck stand, dass sie verzweifelt ihren Vater kontaktieren würde, damit er ihr half. Es kam auf einen Versuch an und war fraglos nicht fair gegenüber dem Mädchen, absolut nicht. Aber Ceylan musste Ergebnisse liefern, um die aufwendige Überwachungsaktion zu rechtfertigen und sie so lange wie möglich dauern zu lassen. Also blieb ihr nichts anderes übrig als die Provokation – so wie beim Allergietest: Jemanden anpiksen und zarte Dosen von fiesen Mittelchen verabreichen, ohne dass es wirklich schadete, aber eine Reaktion auslöste.

»Hat er dich auch angerufen?«, fragte Fred.
»Wer?«, fragte Ceylan zurück.
»Ah, okay, na dann …«
»Wer, Fred? Wer hat mich angerufen?«
»Tjark. Er hat mit Femke und mir telefoniert, und er wollte wissen …«
»Ich will nichts darüber hören, echt nicht.«
»Okay.«
»Je weniger ich weiß, desto besser, wirklich. Ich rege mich nur auf. Und … Und ich rege mich gerade mega auf.«
»Bin schon still.«
Ceylan beendete das Gespräch ohne Gruß, stopfte das Handy zurück in die Tasche ihrer Jeansjacke und presste die Lippen zusammen. Sollte Tjark sich bloß trauen, sie anzurufen. Natürlich hatte Ceylan den Link gesehen, den er ihr geschickt hatte. Das Video war ganz grauenhaft, und immerhin handelte es sich um seine Freundin, Affäre – oder was auch immer Anne Madsen genau für ihn war.
Aber was er sich geleistet hatte und weiterhin leistete … Dass er jeden von Ceylans Anrufen ignoriert hatte und jede Mail … Nein, das war viel zu viel. Das ging viel zu weit, und vor allem: Warum rief er die anderen beiden an, um sie um Hilfe zu bitten, und nicht Ceylan? Vertraute er ihr so wenig? Oder hatte er Angst vor ihr?
Jeder Grund, der Ceylan einfiel, enttäuschte sie und schmeckte bitter auf ihrer Zunge wie der Kaffee, der viel zu stark war und über Nacht in der Thermoskanne gezogen haben musste. Ceylan kippte den Rest in einen Busch und drehte sich wieder zu dem Transportfahrzeug, das hinter ihr stand. Es war ein umgebauter Kommandowagen mit Hannoveraner Kennzeichen und der Aufschrift eines fiktiven Installateurbetriebs. Das Fahrzeug steckte voller Hightech, die mittels verdeckt eingebauter Antennen direkt mit Satelliten verbunden war.

Ceylan klopfte an die Schiebetür, die sich daraufhin einen Spalt öffnete, damit sie wieder einsteigen konnte. Drinnen saßen zwei Überwachungsspezialisten vor einer Reihe von Monitoren, Lautsprechern, Mischpulten und Geräten, deren Funktionen sich Ceylan nicht erschlossen. Alles war fest in den Wagen eingebaut. Auf zwei Bildschirmen sah Ceylan Mutter und Tochter Attaman durchs Haus gehen. Beide machten sich für den Tag fertig.
Ceylan stellte den leeren Becher auf einen kleinen Klapptisch. »Euer Kaffee ist Scheiße, Mission Control.«
Einer der Techniker tippte auf ein Smartphone, das vor ihm auf einem Steuerpult lag. »In meinem Telefon steckt erheblich mehr Rechenleistung, als die echte Mission Control in Houston bei der ersten Mondlandung zur Verfügung hatte.«
»Das macht den Kaffee nicht besser.«
Die Techniker lachten. »Dann besorg uns doch neuen.«
»Könnt ihr mit eurer Elektronik keinen herbeamen?«
»Wir können jede Menge, das aber noch nicht.«
»Schade«, erwiderte Ceylan und betrachtete die Frauen auf den Bildschirmen.
Sie dachte an das Video, das Tjark von Anne Madsen geschickt hatte. Sie überlegte, was sie an seiner Stelle tun würde oder getan hätte – und verwarf die Antworten darauf ganz schnell. Denn als Polizistin und vor allem als Führungskraft durfte sie sich diese Art von Gedanken auf keinen Fall erlauben – und schon gar nicht, wenn sie in etwa das Gleiche tun würde wie Tjark. Nämlich ausrasten, rotsehen und sich von nichts und niemandem aufhalten lassen.

62.

Tjark sah rot.

Dann sprang die Ampel um, und er gab wieder Gas. Der Himmel hatte mittlerweile die Farbe von hellem Blau angenommen. Der morgendliche Berufsverkehr war auf der Straße unterwegs. Im Radio liefen die Nachrichten. Seine Uhr zeigte an, dass es halb neun war – halb neun in einem kleinen Fischerort an der Küste namens Thorsminde, der am Nissum-Fjord und damit gar nicht so weit von Tjarks Ferienhaus bei Hvide Sande entfernt lag. Thorsminde war außerdem ein Ort, der ähnlich wie Hvide Sande gelegen war. Zudem kam »Thor« darin vor. Wie in »Thorshammer«, dachte Tjark.

Das Vierhundert-Seelen-Nest lebte hauptsächlich vom Tourismus und von der Fischerei und lag auf dem Bøvling Klit, einer schmalen Nehrung zwischen Nordsee und dem Nissum-Fjord. In der Ortsmitte gab es eine Schleuse zwischen Fjord und Meer, die den Zufluss regelte und Thorsminde in eine Nord- und eine Südhälfte teilte. Der westliche Bereich der durch den Ort verlaufenden Küstenstraße war nur durch Hafenmolen, die Dünen, den Strand von der Nordsee getrennt. Der östliche Abschnitt bestand im Wesentlichen aus Wohnhäusern sowie aus neuen und alten Gewerbe- und Fabrikhallen der Fischerei- und Seefahrtindustrie, hinter denen ausgedehnte Morast- und Schilfflächen in den Fjord mündeten.

Zum Hafenbereich mit einer kleine Marina konnte man gleich hinter dem Ortseingangsschild links abbiegen, wenn man aus Richtung Ringkøbing kam wie Tjark. Dort lagen einige flache Hallen, die verlassen wirkten. Fuhr man über die Brücke der Schleuse, gelangte man in das touristische Zentrum – wenngleich es ein großes Wort für die Ortsmitte von Thorsminde war.

Tjark fuhr dem Transporter nach wie vor in angemessenem Abstand hinterher, der erwartungsgemäß auf den Parkplatz am Hafen abbog. Das war nun der optimale Zeitpunkt, um Nordström anzusprechen, bevor er auf sein Boot verschwand. Tjark sah sich um. Kein Polizeiwagen weit und breit zu sehen. Entweder hatte Niels Tjarks Position doch nicht anpeilen lassen. Oder Niels hatte entschieden, erst abzuwarten, wohin Tjark unterwegs war und wo er anhalten würde, statt einen möglicherweise riskanten Zugriff auf der Autobahn anzuweisen.

Als Tjark auf den Parkplatz fuhr, hielt der Transporter bereits in einer Haltebucht. Tjark wählte eine, die etwas entfernt war. Er stellte den Motor ab und sah Nordström aussteigen. Er hielt etwas in der Hand – eine Art Umhängetasche. Vermutlich war sie angefüllt mit Kram, den Nordström für seinen Bootstrip benötigte. Tjark wollte aussteigen, verharrte dann aber, kniff die Augen etwas zusammen und sah genauer in den Rückspiegel.

Denn Nordström ging nicht in Richtung der Anleger. Er ging in die entgegengesetzte Richtung zur Ortsmitte. Wahrscheinlich würde er noch etwas besorgen wollen. Vielleicht im Supermarkt. Tjark stieg aus und wurde draußen sofort von einer Windbö erfasst. Es wehte eine steife Brise, und er brauchte drei Versuche, bis er sich eine Zigarette angesteckt hatte. Er verfolgte, wie Nordström die Hauptstraße entlanglief und in einer Nebenstraße verschwand, die in Richtung der Gewerbezone am Fjordufer führte. Tjark zog an der Zigarette und ging zu Nordströms Transporter. Er warf einen Blick durch die Seitenscheibe und zog wieder an der Zigarette. Ihm fiel nichts weiter auf. Also ging er ebenfalls in Richtung Hauptstraße, um Nordström zu folgen.

63.

Madsen merkte auf, als sie Geräusche hörte. Sie kamen von draußen – wo auch immer *draußen* sein mochte.

Madsen war eingenickt und hatte mit dem Erwachen festgestellt, dass ihr Plan funktioniert hatte. Sie hatte es zwar nicht geschafft, den Schlauch mit den Lippen zu erreichen und zu durchbeißen, damit ihr kein Betäubungsmittel mehr in die Adern floss. Aber es war ihr gelungen, den Schlauch abzuklemmen.

Der Zugang mit dem Schlauch steckte in ihrer Armbeuge. Als der Mann gegangen war, nachdem er ihr die Rune in den Oberarm geschnitten hatte, versuchte sie, die Zeit zu nutzen, bevor das Medikament wieder anschlug. Sie versuchte, den Arm etwas zu heben, sodass sie den Schlauch unter dem Ellbogen einklemmen konnte. Was nach einigen Anläufen geklappt hatte. Sie hatte es sogar geschafft, einen Knick in dem Plastik zu erzeugen – und deswegen war nur wenig Betäubungsmittel in den Blutkreislauf geraten. Und die Schlaufe unter ihrem Ellbogen hatte gehalten, obwohl Madsen eingeschlafen war.

Jetzt hob sie den Kopf und hörte außer den Geräuschen, die nach dem Öffnen von Türen klangen, das Surren der Pumpe an dem Tropf, die vergeblich versuchte, Madsen eine automatische Dosis zu verabreichen. Madsen blinzelte und sah zur Decke. Durch ein Fenster im Dach fiel Licht. Es musste morgens sein. Und wenn ihre Zeitrechnung stimmte, wäre es unter Umständen ihr letzter Morgen. Ihr Entführer hatte den Behörden vierundzwanzig Stunden Zeit gegeben, um auf seine Forderungen einzugehen. Das Ultimatum würde am Abend ablaufen, und Madsen ging nicht davon aus, dass die Regierung ein Referendum zum Austritt Dänemarks aus der Europäischen Union einleiten würde, bloß weil sie entführt worden war.

Ein Staat durfte nicht erpressbar sein. Andererseits ging es bei Terror manchmal auch darum, der Bevölkerung vorzuführen, wie grausam ein Staat gegen Einzelne sein konnte, um einen Bewusstseinswechsel herbeizuführen. Geklappt hatte das nach Madsens Wissen noch nie, aber diverse revolutionäre Gruppen und Attentäter glaubten fest daran. Auch einzelne Wahnsinnige, deren prominentester Vertreter wohl Charles Manson war, der mit den Helter-Skelter-Morden an Prominenten wie Roman Polanskis Ehefrau Sharon Tate einen Rassenkrieg zwischen Schwarzen und Weißen provozieren wollte. Vermutlich, nahm Madsen an, war ihr Entführer eine Mischung aus einem Psychopathen wie Manson und einem politischen Sozialterroristen. Und sie wäre ohne Frage sein nächstes Opfer.

Ein Ruck ging durch ihren Körper. Sie atmete durch die Nasenlöcher, durch die sie nur leidlich Luft bekam. Ihr Mund war nach wie vor mit Klebeband versiegelt. Durch den in das Material geschnittenen Schlitz sog sie ebenfalls Luft in die Lungen. Sie hörte, dass hinter ihr nun eine Tür geöffnet wurde. Schritte folgten.

Der Mann kam.

Sie hörte seine Stimme. »Du bist wach? Wie kann das sein? Ist der Tropf leer oder ... Oder hast du etwas damit angestellt, Anne?«

Madsen atmete schneller.

Die Schritte kamen näher. Dann stand der Man neben ihr. Sie blickte zur Seite und sah seine Hand, die den Schlauch befühlte und dann den Schalter der Pumpe am Tropf ausstellte.

»Da habe ich wohl nicht gut genug aufgepasst«, hörte sie den Mann sagen.

Er ging an Madsen vorbei, der das Herz bis zum Hals schlug. Sie verfolgte, wie er den Computer und die Kamera einschaltete und ein Tuch ausrollte, auf dem einige Skalpelle, Zangen und andere Instrumente aufblitzten, die Madsen nicht zuordnen konnte. Er nahm ein Skalpell und wandte sich zu ihr. Er trug wieder seine Sturmhaube, und Madsen redete sich ein, dass das nach wie vor ein gutes Zeichen war, da er nicht von ihr erkannt werden wollte. Denn wenn er sie wirklich hier und jetzt töten wollte, konnte ihm das doch gleichgültig sein, wenn sie sein Gesicht erkannte.

Aber seine nächsten Worte holten Madsen sofort auf den Boden der Tatsachen zurück.

Er betrachtete das Skalpell und sagte: »Die Politiker im Folketing scheinen noch einen Motivationsschub zu brauchen. Ich denke, wir machen jetzt noch ein Video und fügen ein paar Runen hinzu. In deinem Gesicht.«

64.

Torben Möller spürte, wie das Metall des schmalen Skalpells zwischen seinen Fingern warm wurde. Er zögerte und strich mit der freien Hand über Anne Madsens Gesicht.

Sie blickte ihn unverwandt an. Sein Zeigefinger fuhr über die feinen Falten an ihren Augenwinkeln. Diese Augen hatten schon viel gesehen, das wusste Torben, und das war ganz eindeutig an ihrem Ausdruck zu erkennen. Es war ein stolzer Blick. Ein erhabener Blick, der sagte: Ich bin besser. Was auch immer mir angetan werden wird: Ich bin überlegen.

Torben schauderte. Sein Daumen fuhr über Madsens geschwungene Lippen, die zu einem feinen Schlitz zusammengepresst waren. Er legt den Kopf ein wenig schief, lächelte. Der ganze Stress der vergangenen Tage war mit einem Mal wie weggeblasen – der ganze Nerv im Altenheim, der beschissene Altnazi und die dämlichen Kollegen, die Torben mobbten – die Geschichte seines Lebens. Er hatte sich oft gefragt, ob es ihm in einem anderen Land vielleicht besser gegangen wäre. Ob er einfach die Koffer packen und abhauen sollte. Aber dazu hatte ihm stets der Mut gefehlt. Andere Dinge hatten ihm Kraft gegeben – zum Beispiel die Beschäftigung mit Mette, mit Hela und mit Anne Madsen. Es hatte ihm Stärke verliehen. Souveränität. Dinge über sie zu wissen, von denen sie nicht die geringste Ahnung hatten.

Er setzte das Skalpell zwischen Madsens Ohr und ihrem Unterkiefer an. Einen Moment später hielt er inne. Er nahm das Skalpell von Anne Madsens Wange und blickte zur Tür.

Da war jemand.

Und jetzt? Er war nicht darauf vorbereitet. Absolut nicht. Außerdem war ihm völlig klar, dass nicht die Zeugen Jehovas dort draußen stehen würden. Torben umfasste das Skalpell fester und machte einen Schritt auf die Tür zu. Er erwog seine Möglichkeiten. Viele Optionen gab es nicht. Eigentlich, dachte Torben und sah zu Anne Madsen, gab es nur eine einzige.

65.

Anne Madsen ruckte in ihren Fesseln auf dem Stuhl. Ihre Augen weiteten sich. Die scharfe Klinge kam auf sie zu und geriet dann aus ihrem Blickfeld.

Sie keuchte und versuchte, etwas zu sagen – den Mann zu bitten, von ihr abzulassen. Es sich anders zu überlegen. Aber sie wusste, dass er das nicht tun würde.

Sie spürte das scharfe Metall und die Finger des Mannes an ihrer Wange.

Er sagte: »Du hast den Schlauch mit dem Betäubungsmittel abgeklemmt, Anne. Also wird es jetzt wohl wehtun, und das hast du dir selbst zuzuschreiben. Aber es ist besser, wenn du die Zähne zusammenbeißt und den Kopf stillhältst. Ich möchte nicht abrutschen und dir versehentlich in die Augen stechen oder deine Nase abschneiden. Ansonsten läuft alles wie beim letzten Mal: Ich mache eine Aufzeichnung, lade dein Video hoch und versende später die Links. Du warst übrigens sogar bei CNN zu sehen, kannst du dir das vorstellen?«

Er zählte rückwärts »drei, zwei, eins« und begann zu reden. Aber nicht mit Anne, sondern mit der Kamera.

»*Den Ringeid, sagt man, hat Odin geschworen. Wer traut noch seiner Treue?* In der Edda heißt es so, und es gilt noch heute: Wer traut der Treue, die Europa uns Dänen geschworen hat? Ich sage: Es ist besser, wenn wir uns selbst vertrauen – und vertraut nicht denen, die euch regieren. Ich weiß, ihr würdet es viel lieber sehen, wenn Anne Madsen unversehrt bliebe. Aber eurer Regierung ist ihr Schicksal gleichgültig. Bis jetzt hat sie nichts dazu getan, um Anne Madsen zu retten oder meine Forderungen umzusetzen – dabei sind es doch ohnehin die Forderungen von vielen von euch! Die Hälfte aller Dänen will nicht, dass …«

Der Mann unterbrach seinen Vortrag. Er schien zu lauschen. Dann drehte er sich um. Und jetzt hörte Anne es auch. Da war ein Geräusch an der Tür.
Etwas ... Jemand ... Da war jemand an der Tür.

66.

Jens leckte sich über die Lippen. Er drehte den Griff des Skalpells in der Hand nach links, dann wieder nach rechts und stellte seinen Blick auf das Stück Haut vor sich scharf. Er hatte sich intensiv vorbereitet, und jetzt kam es darauf an. Ein Fehler, und alles wäre ruiniert. Sein Meisterwerk. Er war aufgeregt, ja, aufgeregt wie ein Schütze kurz vor dem Elfmeter, der wusste: Von dem Moment an, in dem er Anlauf nimmt, gibt es keinen Weg zurück. So war es auch in diesem Fall.

Jens atmete noch einmal tief durch. Dann setzte er Daumen und Zeigefinger der freien Hand auf das Stück Haut und spreizte sie, um die Oberfläche zu spannen. Er setzte die Skalpellspitze an und dachte: Jetzt.

Jetzt gilt es.

Jens blickte zur Tür, kniff die Augen zusammen und hob das Skalpell wieder etwas an. Da waren doch Geräusche?

Jens überlegte, was er tun sollte. Dabei lag es auf der Hand: Er würde entweder zur Tür gehen und nachsehen, oder er würde abwarten, bis jemand hereinkam. Er entschied sich für Ersteres. Jens fasste das Skalpell fester, hielt es in Bauchhöhe und ging zur Tür, um sie schließlich mit einem Ruck zu öffnen.

Und da stand Johanne, seine Freundin, und hatte gerade die Hand hochgehoben, um auf den Klingelknopf neben der Hintertür des Tattoostudios zu drücken. Vorne war noch nicht geöffnet. Jens hatte sich hier außerhalb der regulären Zeit einquartiert, weil das große Carving einerseits viel Zeit beanspruchen würde und er andererseits beim Setzen der wesentlichen Schnitte nicht durch den Betrieb im Studio gestört werden wollte.

Johanne schaute Jens mit großen Augen an. »Es … tut mir leid, ich …«

»Ja, du hast verschlafen. Inga war schon ziemlich sauer. Ich ehrlich gesagt auch.«
»Du hättest mich aufwecken können.«
Jens machte eine Geste mit dem Skalpell. »Johanne, bin ich dein persönlicher Sekretär? Wie lange reden wir schon darüber? Hm? Und Inga? Wie oft habt ihr …«
»Ja, ich weiß«, kürzte Johanne ab. »Kann ich jetzt reinkommen?«
Jens drehte sich wortlos um und ging wieder rein und zu der Bank, auf der Inga mit entblößtem Oberkörper auf dem Bauch lag. Auf den Rücken waren Linien, symmetrische Muster und die Runen gezeichnet. Zusammen bildeten sie einen großen keltischen Knoten, und die Runen darunter waren Glücksbringer. Alles zusammen bildete das Motiv, nicht nur das größte, sondern auch das anspruchsvollste, das Jens je geschnitten hatte. Und Inga war total versessen darauf gewesen, dass ihr Rücken dafür die Leinwand bilden würde. Sie stand total auf Bodymodification, und Johanne – ihre jüngere Schwester und Jens' Freundin – wollte und sollte den gesamten Prozess filmen und fotografieren. Die Dokumentation war für die Werbung vom Tattoostudio gedacht und außerdem für Artikel in den Fachmagazinen. Jens versprach sich davon, in den Olymp katapultiert zu werden und europaweit arbeiten zu können. Außerdem wollte Johanne ihrer Schwester beistehen und Jens ein wenig assistieren, wenn nötig.
»Sorry«, sagte Johanne und zog ihr Handy aus der Tasche, um es in den Kameramodus zu stellen.
»Na endlich«, knurrte Inga. »Können wir jetzt endlich anfangen?«
»Ja«, sagte Jens, sammelte sich und nahm wieder auf dem Hocker Platz, um das Skalpell anzusetzen. »Ja, können wir.«

67.

Torben hielt die Luft an und öffnete die Tür, noch bevor jemand klopfen oder klingeln konnte. Vielleicht war es nur der Typ von unten, der sich wieder über WLAN-Probleme austauschen wollte, aber …

… aber es war jemand ganz anderes. Vielmehr war es eine ganze Gruppe von Männern und Frauen. Einige hielten Taschen und Koffer in der Hand. Direkt vor ihm stand ein älterer Mann mit einem sehr besorgten Gesicht und einer Art Bryan-Ferry-Frisur.

»Torben Möller?«, fragte er.

Torben nickte zitternd.

»Kriminalpolizei. Niels Hedegaard«, stellte er sich vor und hielt einen Zettel hoch, der nach einem amtlichen Formular aussah. »Das ist der Befehl für eine Hausdurchsuchung. Bitte lassen Sie uns rein.«

Noch bevor Torben irgendetwas antworten konnte, drängten sich Hedegaard und die anderen an ihm vorbei.

»Aber …«, stammelte Torben.

Hedegaard stand schon mitten im Wohnzimmer und sah sich um. Sein Blick fiel auf den Wohnzimmertisch, über den Torben eine Decke geworfen hatte.

Kommentarlos zog Hedegaard an der Decke. Darunter kamen jede Menge Computerausdrucke zum Vorschein. Einige waren Standbilder aus Pornofilmen. Daneben lagen die Porträts von Anne Madsen und darauf eine Schere, ein cutterartiges Skalpell und ein Klebestift. Torben hatte eben mit einer Montage beginnen wollen, nur noch eine! Nur noch eine einzige, bevor er alles vernichten wollte, und … Und den Kopf von Anne Madsen ausschneiden und auf eines der Bilder kleben, die eine Frau mit zwei Männern zeigten, die …

»Das ist nicht, wonach es aussieht«, stammelte Torben. »Es … Es ist …«

Niels Hedegaard sah Torben bloß schweigend an und warf die Decke zu Boden.

»Perverses Schwein«, hörte er hinter sich jemanden sagen.

Während die Polizisten Torbens Wohnung in Beschlag nahmen und mit der Durchsuchung begannen, wandte sich Niels Hedegaard zu ihm. »Ich habe die Nachricht mit den Bildern von Anne bekommen. Also wissen Sie sicherlich, warum wir hier sind. Und wir müssen nicht über das diskutieren, was ich da auf Ihrem Wohnzimmertisch gesehen habe, Herr Möller. Das spricht Bände. Wir müssen reden. Wir …«

Hedegaards Telefon klingelte. Er zog das Handy aus der Innentasche seiner Jacke. Er hörte einige Momente zu. Dann sagte er: »In Thorsminde? Was will er in … Ja. Ja, ich weiß, dass ihr das nicht wisst. Das Signal ist stationär? Okay. Dann schickt zwei Streifenwagen hin – einen zum Auto, der andere soll ihn im Ort suchen. Ja, und verhaften, aber ihr wisst schon, er ist … Ja, wisst ihr. Okay.«

Damit beendete er das Gespräch, sah Torben wieder an und fragte mit einer Geste zu den Bildern von Anne Madsen und den Pornostars: »Was, zum Teufel, stimmt mit Ihnen nicht, Möller?«, bevor er aus der Wohnung und zum Auto lief.

68.

Tjark war Nordström gefolgt und stand nun auf dem Hof einer alten Fabrik. Die Seitenstraße, in die er eingebogen war, führte nur hierher. Auf dem Weg hatte es nirgends Geschäfte oder Häuser gegeben. Es gab ausschließlich das Gelände dieser Firma – drei flache Gebäudeflügel, die in Form eines U gebaut worden waren und fraglos schon bessere Jahre gesehen hatten. Nur war Nordström nirgends zu sehen, und die verwitterte Tür, die in eine der Hallen führte und wie der Haupteingang aussah, war verschlossen. Tjark hatte es überprüft und daran geruckelt. Nichts war geschehen.

Tjark sah sich um, betrachtete das Gelände und die Gebäude. Er sah ein verblichenes Schild über einer Art Garage. Darauf stand etwas in Dänisch. Er verstand nur das Wort *Fisk*.

Tjark dachte an das Video von Anne. Er dachte an das, was er im Hintergrund zu erkennen geglaubt hatte. Fliesen, damit man den Boden und die Wände schnell reinigen konnte. Metalltische mit Waschbecken, an jedem ein Wasserhahn. Weil an jedem dieser Arbeitsplätze Fisch ausgenommen wurde.

Fisk.

Tjark fühlte sich, als sei ein Scheinwerfer in seinem Gehirn eingeschaltet worden. Er fasste in die Jackentasche und zog die Pistole hervor. Irgendwo in der leer stehenden Fischfabrik war Anne Madsen. Der Runenkiller war bei ihr. Bengt Nordström. Oder hatte der Runenkiller seinen Lieblingsjournalisten zu einem Interview herbestellt? Auch das war möglich. Und es war Tjark egal. Das Einzige, was zählte, war Anne.

Er griff die Pistole fester und trat einige Schritte zurück, um sich einen Überblick zu verschaffen und eine Möglichkeit zu finden, in das Gebäude einzudringen. Er sah Fenster und andere Türen und wollte nach seinem Handy fassen, um Niels Hedegaard anzurufen, damit er Verstärkung schickte, als er einen Schrei hörte. Er kam eindeutig aus dem Inneren der Halle. Dann folgte noch ein Schrei und ein weiterer. Es war eine Frauenstimme.

Anne. Sie hörte überhaupt nicht mehr auf zu schreien, obwohl es … gedämpft klang. Erstickt.

Scheiß drauf, dachte Tjark. Er lief zurück zum Haupteingang, ruckte wieder an dem Schloss, warf sich mit der Schulter gegen die Tür und trat mit dem Schuh dagegen. Nichts geschah. Er nahm die Pistole hoch, machte zwei Schritte nach hinten und schoss auf das Schloss. Es krachte und funkte. Die Tür sprang auf. Die Schreie endeten nicht.

Tjark rannte ins Innere. Er befand sich in einer Art Ankleideraum, sah eine Jacke an der Wand hängen, eine Tasche, Schuhe … Er lief weiter, in die Richtung, aus der die Schreie zu kommen schienen. Da war eine weitere Tür. Tjark öffnete sie, streckte die Pistole nach links und rechts in den sich öffnenden Flur. Aber er sah nichts. Außer einer weiteren Tür direkt vor ihm. Mit zwei Schritten war er dort. Er riss die Tür auf, nahm die Waffe in den Anschlag …

… und sah Anne Madsen!

Sie war mit Klebeband auf einen Stuhl gefesselt. Neben ihr stand ein Infusionsständer, vor ihr ein Tisch mit einer Kamera auf einem Stativ sowie ein Laptop. Ein kleiner Scheinwerfer war auf sie gerichtet. In dem grellen Licht schälte sich ihr Körper aus dem diffusen Halbdunkel der Halle, die bis auf die Edelstahltische, die Tjark aus dem Video kannte, leer war.

Kein Runenkiller, kein Bengt Nordström – nur eine schreiende Anne Madsen und Tjark, der ihr zu Hilfe eilte.

Als er Anne in die Augen sah, zersprang vor Wut etwas in seiner Seele. Gleichzeitig überwältigte ihn das Gefühl der Erleichterung, sie lebend vorzufinden. Dieses Gefühl spiegelte sich auch in Annes Blick wider. Anne sah schlimm aus. Ihre Nase wirkte, als

sei sie gebrochen. Sie hatte einen frischen Schnitt unter dem Wangenknochen, der ein wenig blutete, sowie die Wunde am Oberarm, wo ihr die Rune in die Haut geritzt worden war.
Tjark riss den Panzerbandstreifen ab, mit dem ihr Mund verklebt war. Anne schnappte nach Luft. Im Ausatmen entfuhr ihr ein Stoßseufzer. Sie sagte etwas auf Dänisch, das Tjark nicht verstand, und wiederholte es wie ein Mantra. Es klang wie »Gott sei Dank«. Tjark löste die Klebestreifen von ihren Handgelenken.
»Wo ist er?«, fragte Tjark, sah sich um und rupfte das Panzerband von Annes Fußgelenken. »Was ist in der Infusion?«
Anne zog den Schlauch aus dem Zugang in der Armbeuge. Sie wollte aufstehen und den auf Rollen stehenden Ständer mit dem Klarsichtbeutel vor Zorn wegstoßen. Aber sie knickte um, fiel auf den Stuhl zurück und wäre damit umgestürzt, wenn Tjark sie nicht aufgefangen hätte.
»Vorsicht«, flüsterte er und strich Anne, die nun zu weinen begann, über die Hände. »Ganz langsam. Ganz ruhig. Du bist in Sicherheit. Es ist vorbei. Du warst zu lange gefesselt. Du musst langsam aufstehen. Was hat er getan?«
»Betäubt«, sagte Anne. Ihre Stimme klang nasal und wie zerbrochenes Glas. »Betäubungsmittel. Schlafmittel. Er wollte mir ins Gesicht schneiden. Er …«
»Wo ist er?«
»Fort.«
»Wohin?«
Anne schüttelte den Kopf. Sie legte die Arme um Tjark und presste sich an ihn wie eine Ertrinkende. »Weiß … Weiß nicht. Er hat dich gehört. Ich habe dich gehört. An der Tür, ein Geräusch. Und dann ist er … fort …«
Sie deutete mit der Stirn in Richtung der anderen Seite der Halle. Dort gab es eine weitere Tür.
»War er allein?«, fragte Tjark und hielt Anne fest.
Sie nickte.

»Ganz allein? Bist du sicher? War noch ein Mann da?«
»Er … Er war allein. Aber … Ich weiß nicht. Nicht sicher.«
Natürlich konnte sie das nicht sicher sagen, dachte Tjark. Der andere Mann, falls es einen gab, hätte hinter ihr stehen können oder in einem anderen Raum – sie hätte es nicht mitbekommen.
»Es ist vorbei, Anne, ich habe dich.«
Madsen antwortete mit einem Schluchzen.
Dann merkten sie und Tjark auf, als sie Rufen und Schritte hörten.

69.

Tjark hob die Waffe und zielte in Richtung Tür, durch die er gekommen war.

Er stand auf und drehte den Scheinwerfer herum. Im nächsten Moment sah er zwei Männer, die geblendet hereinkamen und ebenfalls Waffen trugen, mit denen sie wiederum auf Tjark zielten.

Es waren zwei Streifenpolizisten.

»Waffe runter!«, bellten sie – auf Dänisch zwar, aber es gab keinen Zweifel daran, was sie forderten. »Auf den Boden! Weg von der Frau! Sofort!«

Verdammt, dachte Tjark, die Kavallerie, die er sich selbst auf den Hals gehetzt hatte. Sein Back-up, das sich nun gegen ihn wandte. Niels Hedegaard hatte Tjarks Handysignal, wie erwartet, orten lassen und die Truppe losgeschickt. Die Polizisten mussten nach Tjark gesucht und dann die Schüsse gehört haben, die er auf das Schloss abgefeuert hatte.

Tjark nahm den Finger vom Abzug. Er hob die Hände, legte die Pistole aber nicht zur Seite.

Annes Kopf ruckte herum. Sie begann laut und aufgeregt zu reden. Auf Dänisch. Tjark verstand kein Wort. Die Polizisten antworteten. Tjark verstand immer noch nichts. Er nahm allerdings an, dass Anne ihnen gerade erklärte, was los war – und die Polzisten ihr wiederum schilderten, weswegen sie hier waren und mit welchem Auftrag: fraglos dem, Tjark zu verhaften. Tjark sah Anne nicken. Sie sah ihn an. Dann wieder die Polizisten, die nun näher kamen, argwöhnisch, und langsam ihre Waffen herunternahmen. Einer betätigte das Funkgerät, das an der Schulter an seine Uniformjacke geklippt war.

»Ich muss ihm hinterher«, sagte Tjark.

»Bist du verrückt?«, fragte Madsen. »Was hast du getan? Ganz Dänemark sucht dich!«

»Ich muss ihm hinterher, Anne.«

Die Polizisten fragten etwas. Kamen näher. Ließen Tjark nicht aus den Augen. Anne antwortete ihnen. Die Polizisten schienen einerseits ruhiger zu werden, andererseits unsicher, weil ihre Befehle und das, was Anne ihnen gerade erklärte, einander widersprechen mussten.

Tjark war sich sicher, dass die Polizisten sich um Anne kümmern würden. Aber einer musste sich um den Mann kümmern, der Anne das alles angetan hatte und sie hatte töten wollen.

»Ich muss ihm folgen«, sagte er erneut. »Ich glaube, ich weiß, wer er ist. Er darf nicht entkommen.«

»Tjark«, keuchte Anne mit schwacher Stimme.

Sie schien etwas sagen zu wollen, aber die Worte fanden nicht den Weg zu ihren Lippen. Dann änderte sich ihr Gesichtsausdruck. Er wurde kalt und hart. »Lass ihn nicht entkommen«, sagte sie und drückte seinen Oberarm, wie um ihre Worte zu bekräftigen.

Tjark ließ sich das nicht zweimal sagen. Er setzte sich in Bewegung. Er hörte die Polizisten hinter sich etwas rufen und rief auf Englisch zurück: »Einer bleibt hier, einer kommt mit mir!«

Tjark lief durch die Halle auf die Tür an der gegenüberliegenden Wand zu. Die Tür ließ sich öffnen. Sie führte ins Freie. Bevor sie hinter Tjark ins Schloss fiel, drängte sich einer der Streifenpolizisten hindurch und folgte Tjark schnaufend im Laufschritt.

»Hej!«, rief er.

Tjark rannte unbeirrt weiter. Er sprintete über die Hauptstraße zum Parkplatz, wo ein Streifenwagen und zwei Uniformierte neben Signes Volvo standen. Tjark interessierte sich nicht für sie. Er interessierte sich für den Lieferwagen von Bengt Nordström, der immer noch dort parkte, wo er ihn abgestellt hatte. Und er blickte zu den Bootsanlegern, wo ihm nichts auffiel. Auch an der Hafenausfahrt sah er nichts.

Er drehte sich zu den Polizisten, die auf ihn zukamen.
»Herr Wolf?«, fragte einer.
»War hier ein Mann?«, fragte Tjark außer Atem. »Ist hier eben ein Mann hergekommen?«
Der dritte Polizist kam nun hinzu. Er atmete schwer und redete mit seinen Kollegen. Er schien zu erklären, was in der Halle geschehen war. Dass sie Anne Madsen gefunden hatten – und was Anne Madsen ihnen erklärt hatte: Dass Tjark sie gefunden und gerettet hatte und der Runenkiller auf der Flucht war. Hoffte Tjark zumindest. Die Polizisten wirkten verwirrt und sahen zwischen Tjark und ihrem Kollegen hin und her.
»Ist hier ein Mann hergekommen?«, fragte Tjark erneut.
Er hörte das Funkgerät eines der Uniformierten krächzen.
»Eben ist jemand zu den Anlegern gegangen«, sagte einer der Polizisten. »Dorthin.« Er deutete zu der Mole mit den Sportbooten.
»Ein Mann? Oder zwei?«
»Ein Mann.«
»Und dann?«
»Dann ist er mit dem Boot losgefahren.«
»Fuck!«, schrie Tjark.
Er starrte zum Meer. Er sah nichts. Kein Boot, kein Schiff, null. Der Killer war auf und davon – oder besser: Bengt Nordström. Er war entkommen und über den Parkplatz an den Polizisten vorbeimarschiert, hatte sein Auto links liegen gelassen, sich in sein Boot gesetzt und war losgefahren.
»Bengt Nordström«, sagte Tjark zu den Polizisten und ging rückwärts auf sein Auto zu. »Dort steht sein Wagen. Stellen Sie fest, welches der Boote seines ist. Alarmieren Sie alles, was Beine hat. Bengt Nordström ist der Runenkiller. Er flieht über das Meer, Gott weiß wohin!«
Er öffnete den Volvo mit der Fernbedienung.
»He! Herr Wolf …«, rief einer der Polizisten und bewegte sich halbherzig in Richtung von Tjark.

»Setzt alles in Bewegung und vergesst mich! Von mir aus folgt mir mit einem Wagen! Ist mir gleichgültig, aber … aber macht etwas!«

Er stieg ein, ließ den Motor an und fuhr mit quietschenden Reifen davon. Zwei der Uniformierten sprangen zur Seite. Einer schlug noch mit der Faust auf das Dach des Volvos.

Auf der Küstenstraße gab Tjark Vollgas. Vermutlich würde es etwas dauern, bis die Polizisten alles in die Wege geleitet hätten und bis die Zentrale in Århus oder sonst wo ansprang und die Küstenwache alarmierte und eine Großfahndung einleitete. Aber er hatte eine Idee, was *er* tun könnte, um ein Boot auf der Nordsee zu finden. Deswegen fuhr er mit Tempo hundertzwanzig in Richtung Süden.

Nach Stauning.

70.

Bengt Nordström raste mit Vollgas über die Nordsee. Die Wellen trafen den Bug des Bootes wie Hammerschläge. Gischt sprühte meterhoch auf. Gelegentlich hatte er das Gefühl, dass der Rumpf abheben und er fliegen würde. Aber das lag nur an der hohen Geschwindigkeit, mit der er unterwegs war, und nicht etwa an schlechten Bedingungen auf See. Sie waren nämlich ziemlich günstig. Zum Glück herrschte gutes Wetter und wenig Wind. Er kam gut voran, und das musste er auch.

Der verfluchte Bulle, dachte Nordström. Der verfluchte, beschissene, verfickte Tjark Wolf.

Gerade als er Anne Madsen eine Rune ins Gesicht schneiden wollte, hatte Nordström ein Geräusch von draußen gehört und sein Vorhaben sofort abgebrochen. Er hatte auf sein Handy geschaut, wo ihm eine App wahlweise ein Livebild aus dem Inneren der Halle zeigte oder eines von draußen, wo er ebenfalls versteckte Kameras angebracht hatte, um das Areal und seine jeweiligen Gefangenen zu überwachen.

Auf diesem Livebild hatte er Tjark Wolf vor der Eingangstür erkannt – den deutschen Polizisten, der überall gesucht wurde, weil Bengt Nordström die Spuren in Wolfs Ferienhaus manipuliert hatte.

Doch jetzt stand er vor der Tür.

Wie war das nur möglich?

Er musste ihm gefolgt sein. Was wiederum bedeutete, dass Wolf irgendwie darauf gekommen sein musste, dass es zwischen Bengt Nordström und dem Runenkiller eine Verbindung gab. Und wenn Tjark Wolf vor der Tür stand, war es nur eine Frage der Zeit, bis die dänische Polizei ihm folgte. Vielleicht war sie sogar schon da, hatte Nordström gedacht – und beschlossen zu fliehen.

Wie war der Dreckskerl darauf gekommen?

Spielte keine Rolle, hatte Nordström gedacht und mit zitternden Fingern das Handy eingesteckt. Aber es spielte eine Rolle, dass er entkam. Sofort. Er musste Plan B einleiten.

»Du hast Glück, Anne Madsen«, hatte Nordström gesagt.

Denn sie würde weiterleben, er hatte kein Interesse daran, sie zu töten, bevor er floh. Wozu? Er war kein Mörder und kein Perverser. Anne Madsen war nicht sein Opfer, sie war ein Mittel zum Zweck – genau wie die anderen vor ihr. Es ging ihm nicht darum, sie zu töten, sondern um politische Ziele. *Dafür* hätte er sie umgebracht. Aber nicht um des Tötens willen.

Also hatte er sich umgedreht und war losgerannt. Er hatte die Halle durch den anderen Eingang verlassen und kurz darauf Schüsse gehört. Er hatte die Maske vom Kopf gezogen und fortgeworfen, ebenfalls seine Jacke. Nur im Poloshirt war er weitergerannt und dann nur noch zügig gegangen, als ein Streifenwagen eilig um die Ecke fuhr.

Die Besatzung schien sich nicht für Nordström zu interessieren. Was bedeuten musste, dass sie nicht hinter ihm her waren. Er vergrub die Hände in den Hosentaschen und ging über die Hauptstraße auf den Parkplatz zu, wo er einen weiteren Streifenwagen sah. Zwei Polizisten standen neben einem alten Volvo und begutachteten ihn. Für seinen Transporter interessierten sie sich kein Stück.

Weswegen Nordström einfach weitermarschierte. Er senkte den Blick, sah nicht zur Polizei hinüber und ging auf die Mole zu. Er blickte über die Schulter zurück und erkannte, dass die Polizisten immer noch neben dem Volvo standen und sich nicht für den Passanten interessierten.

Er stieg in sein Boot, nahm den Zündschlüssel aus der Hosentasche und ließ den Motor an. Er setzte zurück, dann legte er den Vorwärtsgang ein und schipperte auf die Hafenausfahrt zu. Er wurde keines Blickes gewürdigt. Zwei Minuten später war er schon auf der offenen See und fuhr mit Vollgas los. Der Tank war voll, und an Bord war seine Notfalltasche. Außer Wechselkleidung befanden sich darin eine Pistole, Bargeld und ein falscher Pass.

Den Ausweis und die Waffe hatte er sich in den vergangenen drei Jahren besorgt, als der große Plan in ihm zu reifen begann. Als er damals über den Afghanistaneinsatz der dänischen Armee berichtete, hatte er vor Ort in Kabul von Militärmaterial erfahren, das aus den Kasernen und Lagern verschwand und sich im Verkauf auf der Straße wiederfand. Zum Beispiel Medikamente.

Das war eigentlich wenig überraschend – er selbst wusste aus seiner Militärzeit in der Sanitätsausbildung, wie viel von dem Stoff auf Vorrat gehalten wurde. Wenn die Haltbarkeit ablief, wurde das Material entsorgt und durch neues ersetzt – und während dieser Entsorgung verschwand einiges, bevor es vernichtet werden konnte, und fand sich auf dem Straßenmarkt wieder. Nordström hatte ursprünglich eine Reportage darüber geplant, aber es war anders gekommen.

Boom, boom, boom, boom. Großer Feuerball.

Danach hatte er noch lange an chronischen Schmerzen gelitten, aber nichts dagegen verschrieben bekommen, weil die Ärzte meinten, diese Schmerzen bilde er sich nur ein. Also hatte er sich anderweitig etwas besorgt und sich an die Kanäle erinnert, in die die ausgemusterten Medikamente verschwanden. Ihm war klar, dass er bei der russischen Mafia einkaufte. Auf diesem Weg war er später auch an die Waffe gekommen, an den gefälschten Ausweis und an die Betäubungsmittel, die er bei Mette, Hela und Anne Madsen eingesetzt hatte.

Den Pass würde er vielleicht gar nicht benötigen. Die Waffe hoffentlich ebenfalls nicht. Aber falls erforderlich, würde er sich den Weg freischießen. Denn Nordström wusste, dass es nur eine Frage der Zeit war, bis die Polizei auf die Idee kam, dass er sein Motorboot genutzt haben musste, um zu fliehen. Man würde seine Personalien überprüfen und sein Leben auf den Kopf stellen und darauf stoßen, dass ihm ein solches Boot gehörte und wo es seinen Ankerplatz hatte.

Allerdings nahm Nordström an, dass bis dahin einige Zeit verstrich. Und außerdem konnte man kein Boot orten, das seine Position über keinerlei GPS-Signale verriet – Nordström hatte alle entsprechende Technik ausgebaut. Sein Handy war ein Prepaid-Modell und auch nicht zu orten. Er wäre also längst auf dem Festland und auf der sich dann anschließenden Fluchtroute, bis die Behörden eine Ahnung hatten, wo er sich befinden könnte, und Hubschrauber losschickten. Wobei eine weitere Hürde auftauchen würde, denn man konnte mit offiziellen dänischen Polizeihubschraubern nicht einfach so Landesgrenzen überfliegen.

Nein, dachte Nordström, mich bekommt ihr nicht. Aber ich, ich werde eines Tages diesen verfluchten Tjark Wolf in die Finger bekommen und ihm die Haut abziehen.

71.

Stauning am Ringkøbing-Fjord war für drei Dinge bekannt. Erstens gab es dort die Stauning Danish Whisky Brennerei, die 2005 von Liebhabern gegründet worden war. Zweitens stammte von dort der Sozialdemokrat Thorvald Stauning, der von 1924 bis 1926 und von 1929 bis 1942 dänischer Ministerpräsident war. Drittens gab es in dem Kaff den Stauning Airport, und der war Tjarks Ziel.

Er raste an einem Windpark mit unzähligen Windrädern vorbei, bog ab und passierte eine Biogasanlage, bevor er durch ein Wäldchen kam und den Airport erreichte. Was man so Airport nannte. Der in Stauning schien nach erstem Eindruck eher für den Luftsport gedacht zu sein, aber das stimmte nicht. Er verfügte über eine ausgewachsene Start-und-Lande-Bahn, die für kleinere Passagiermaschinen ausreichte.

Tjark parkte den BMW vor dem Hauptgebäude, das aus bräunlichen Klinkern gebaut und an den kleinen Tower angedockt war, und stieg aus. Er blinzelte in den Himmel, vorbei an der in einer geschwungenen Retro-Schrift gehaltenen Leuchtreklame »Vestjyllands Flughavn« über dem Eingang. Er eilte hinein und gelangte in eine kleine Halle mit Wartestühlen, einem Terminal, in dem es auch ein Café gab, sowie diverse Schilder vor einem Schreibtisch, die für Rundflüge warben – wahlweise mit kleinen Flugzeugen oder Hubschraubern. Allerdings saß keiner an diesem Schreibtisch. Niemand befand sich im Terminal. Alles war wie ausgestorben.

Tjark sah sich um und bemerkte, dass jemand am Flugfeld auf der Terrasse stand. Tjark trat zu dem Mann in den Sechzigern, der eine Kaffeetasse in der Hand hielt und eine Zigarette rauchte.

»Hej«, murmelte er und deutete mit dem Kaffeebecher und der

Kippe in der Hand in Richtung Himmel. Er sagte etwas auf Dänisch.
Tjark zuckte mit den Achseln und sagte »guten Tag« auf Englisch.
»Ausgezeichnetes Flugwetter heute«, erwiderte der Mann.
»Ja. Deswegen bin ich hier. Gehören Sie zu dem Rundflüge-Anbieter?«
Der Mann nickte.
»Vermitteln Sie nur, oder sind Sie auch der Pilot?«
»Beides.«
»Ich brauche sofort einen Flug. Keinen üblichen Rundflug. Eher einen sehr ausgedehnten Flug über die Nordsee.« Tjark zog seinen Dienstausweis aus der Jacke. »Es ist ein Notfall«, erklärte er. »Schlagen Sie also einen Notfall-Aufpreis drauf, und die Rechnung geht an die Polizei.«
Der Mann betrachtete Tjark und schnippte die Kippe fort. Er nickte. Schien ihm egal zu sein, worum genau es ging. Hauptsache, er bekam an einem trägen Tag wie diesem eine Flugbuchung herein, für die sogar noch ein Aufpreis lockte.
»Hubschrauber?«, fragte der Mann.
»Ist mir recht. Hauptsache schnell«, sagte Tjark.
»Schon mal mitgeflogen?«
»Ja.«
Der Mann schmunzelte. »Bei der Armee?«
»Nein.«
»Nun, ich war bei der Armee. Bin Panzerabwehrhubschrauber geflogen.«
Tjark nickte. »Wir sollten keine Zeit verlieren.«
»Und was suchen wir auf der Nordsee?«
»Ein Boot. Ein ziemlich schnelles, denke ich, das in Richtung Süden fährt.«

72.

Das Boot raste über die See. Nordström wischte sich Wasser aus dem Gesicht, fuhr mit der flachen Hand über die feuchten Haare und spürte die Delle in seinem Schädel.

Sie war das Überbleibsel des Afghanistan-Einsatzes – boom, boom, boom, boom –, wo er eine Woche lang als Reporter über die dänische Beteiligung an der Mission berichtet hatte. In der gesamten Zeit war nichts passiert. Gar nichts. Die Zeit war gekrochen, und die Lethargie im Camp hatte ihn angesteckt. Natürlich wusste er, dass er als *embedded reporter* vom wirklichen Geschehen abgeschirmt wurde. Embedded hieß so viel wie: von hinten bis vorne gepampert, damit bloß nichts passierte, man nichts zu sehen bekam, was man nicht sehen sollte, und dass man am Ende positive Berichte ablieferte und nur die Informationen einsetzte, die das Militär zu geben bereit war. Kurzum: Man war kein Journalist, sondern ein verlängerter Arm der Pressesprecher.

Das war die Lektion, die das Militär aus Vietnam und späteren Einsätzen gelernt hatte: Lass die Typen mit den Kameras nicht frei herumlaufen. Die Amerikaner hatten daher den *embedded journalism* im Irakkrieg erfunden, die von ihnen kontrollierte Berichterstattung. Die Medien hatten keine Wahl gehabt, als zu akzeptieren, wenn sie Bilder und Nachrichten wollten. Sämtliche Armeen aller Herren Länder hatten die Idee großartig gefunden. Auch die skandinavischen. Dennoch wollte man der Gruppe dänischer Reporter am Ende ein wenig Action bieten und hatte sie mit auf eine Patrouille genommen – selbstverständlich eine, bei der vorher schon klar war, dass absolut nichts passieren würde.

Von wegen.

Also waren sie im Konvoi aus dem Lager und über staubige Pisten in irgendein Dorf gefahren, und Nordström hatte sich erklären lassen, welche Technik in einem der Spezialfahrzeuge eingesetzt wurde, um Autobomben aufzuspüren und sie mit Funksignalen zu entschärfen. Zum Zünden wurden meist Handys benutzt. Mit starken Elektroimpulsen konnte man die Elektronik in diesen Handys jedoch grillen, was ein Zünden dann unmöglich machte. Fabelhafte Technik. Aber gegen einen Selbstmordattentäter in einem Kastenwagen voller aus Kunstdünger gefertigtem TNT und einem Elektrozünder in der Hand hatten sie noch nichts erfunden. Ein solcher stand am Wegesrand, als die dänische Kolonne vorbeifuhr.

Und boom.

Nordström hatte sich erst nach Wochen daran erinnern können, was geschehen war. Die heiße Druckwelle, das Krachen von Glas und Metall, den Gestank nach Öl und brennendem Gummi. Wie er später erfuhr, hatte er Glück gehabt. Bei dem Anschlag waren vier Soldaten gestorben und acht Menschen verletzt worden, darunter zwei weitere Reporter. Der Spähwagen, in dem Nordström gesessen hatte, war als vierter in der Kolonne nicht mit der vollen Wucht erwischt worden.

Der inszenierte Einsatz endete jedenfalls in einem totalen Fiasko und mit einem Splitter in Nordströms Schädel. Es hatte lange gebraucht, bis er nach der Operation und der Reha wieder einigermaßen das Gefühl hatte, Halt unter den Füßen zu bekommen. Aber er hatte vieles verloren. Eigentlich alles.

Danke schön, Vater Staat. Danke schön, NATO. Danke schön, Europäische Union.

Die Politik, wusste Nordström, war an allem schuld. Nie im Leben würde es doch einen dänischen Soldaten ernsthaft nach Afghanistan oder nach sonst wo ziehen, wenn es nicht diese unseligen Bündnisse gäbe. Die Dänen interessierte Afghanistan einen Scheißdreck. Es gab keinerlei dänische Interessen am beschissenen Hindukusch. Und den Terrorismus hatte man sich genau deswegen ins Land geholt, weil man in den Angelegenheiten anderer

Länder herumpfuschte – und das bloß, weil irgendwelche Unterschriften auf irgendwelche Papiere gesetzt worden waren.
Fickt euch, hatte Nordström gedacht, fickt euch alle.
Und sich entschlossen, zu handeln und sich vorzubereiten. Dabei, so klein ist die Welt, hatte sein Weg den eines alten Bekannten gekreuzt, der sich allerdings nicht mehr an Nordström zu erinnern schien. Einer von Helas Bodyguards war damals in dem Konvoi gewesen. Nordström hatte den Mann wiedererkannt, wusste aber nicht, ob er auch zu den Verletzten gehört hatte.
Eine Welle traf den Bug hart. Fast hob das Boot ab. Kurz darauf wurde das Wasser wieder ruhiger. Nordström sah nach links und nach rechts. Der Wind rauschte in seinen Ohren, das Klatschen des Wassers und das Röhren der Motoren. Er musste sich irgendwo zwischen Helgoland und Sankt Peter-Ording befinden. Nicht mehr lange, dachte Nordström und blickte wieder nach vorn. Nicht mehr lange.

73.

Der Fjord glitt unter Tjark dahin. Mal war er dunkelblau, mal eher graugrün – ja nach Stand der Sonne und Position des Helikopters. Es war ein Eurocopter von Airbus, ein weitverbreitetes Modell, das auch bei der deutschen Bundespolizei eingesetzt wurde. Er bot Platz für mehrere Passagiere, allerdings war der strahlend weiße Heli im Moment nur mit Tjark und Hans Aalberg besetzt, dem Piloten, dessen Haare ähnlich weiß waren wie seine Maschine.

Rasch flogen sie über den hellen Strand hinweg und erreichten die Nordsee. Der Hubschrauber gewann an Höhe. Tjark konnte in der Ferne Inseln ausmachen. Es musste sich bereits um Rømø handeln und dahinter Sylt, die deutsche Grenze.

Tjark spähte aus dem Cockpit. Es waren einzelne Segelboote zu erkennen. Oder waren die weißen Flecken Schaumkronen von Wellen?

»Haben Sie ein Fernglas?«, fragte er in das Mikrofon seines Headsets.

»Direkt vor Ihnen unter dem Sitz.«

Tjark beugte sich vor und fasste unter den Sitz, wo er einen Feldstecher fand.

»Sehr viel weiter nach Süden können wir nicht«, sagte Aalberg. »Da beginnt der deutsche Luftraum.«

Tjark kommentierte das nicht. Er fragte: »Können Sie mir über Funk eine Verbindung zur Polizei in Århus herstellen?«

»Puh!« Aalberg kratzte sich mit der freien Hand im Nacken. Die andere hielt den Steuerknüppel fest im Griff. »Ich kann es probieren.« Er beugte sich etwas vor, drückte Tasten und drehte Knöpfe.

»Ich brauche ein Gespräch mit Niels Hedegaard in Århus. Oder wo auch immer er steckt. Niels Hedegaard.«

»Wonach suchen Sie, wenn ich fragen darf?«

»Nach einem bestimmten Boot. Ich muss mehr über das Boot wissen.«
»Aber die Polizei …«
»Wird fraglos ebenfalls Hubschrauber schicken. Wir sind ihnen aber voraus.«
Aalberg begann, auf Dänisch zu reden. Tjark probierte, durch das Fernglas nach draußen zu sehen, und stellte es an einem Rädchen scharf.
Aalberg bemerkte: »Ein einzelnes Boot auf der Nordsee finden zu wollen – das ist die berühmte Suche nach der Nadel im Heuhaufen.«
Tjark ließ den Blick mit dem Fernglas über die See gleiten.
»Und wir können, wie gesagt, nicht sehr viel weiter nach Süden fliegen …«
»Fliegen Sie etwas langsamer.«
Aalberg nickte.
»Und wenn nötig«, ergänzte Tjark, »auch in den deutschen Luftraum.«
»Aber ich brauche dann …«
»Bekommen Sie alles.«
Es knarzte in den Kopfhörern. Dänische Worte. Aalberg redete. Andere redeten. Schließlich meldete sich eine Stimme auf Englisch.
»Hier ist Niels Hedegaard.«
Tjark legte das Fernglas auf den Schoß. »Niels, hier ist Tjark Wolf.«
»Tjark. Sie haben Anne gefunden.«
»Wie geht es ihr?«
»Sie wird ins Krankenhaus gebracht. Wo sind Sie?«
»In einem Hubschrauber über der Nordsee.«
Am anderen Ende der Leitung hörte Tjark nichts als Schweigen. Er sagte: »Welches Boot fährt Bengt Nordström? Wisst ihr das schon?«
»Sie sind völlig durchgeknallt.«

»Ich bin über der Nordsee. Und ihr seid es noch nicht. Einigen wir uns darauf. Welchen Bootstyp fährt er?«
Wieder schwieg Niels einige Momente. Schließlich sagte er: »Eine Motorjacht. Galia 620 Cruiser, 200 PS, was das Boot ziemlich schnell macht. Es ist weiß, nicht sehr groß. Stellen Sie sich eine schnelle Motorjacht für Küstengewässer vor. Hochseetauglich ist sie nicht.« Niels gab einen Code durch – die Nummer, auf die die Jacht zugelassen war. »Wir suchen bereits danach. Es ist jeder alarmiert, den man alarmieren kann.«
»Ich denke, er fährt nach Süden.«
»Er kann überall sein.«
»Nein, er fährt nach Süden. Er fährt nicht aufs offene Meer. Wohin soll er da auch, und Sie haben gesagt, dass sein Boot keine Hochseejacht ist. Also fährt er entlang der Küste, und dort können wir ihn suchen. In Richtung Norden würde er sehr lange in dänischem Gebiet bleiben, bis er über den Skagerrak fahren könnte – falls sein Boot das überhaupt schafft. In Richtung Süden ist er schnell in Deutschland. Ich würde nach Deutschland fahren und von dort aus weiter fliehen.«
Niels schwieg. »Ich gebe den deutschen Behörden Bescheid«, sagte er dann.
»Sagen Sie denen außerdem, dass wahrscheinlich ein privater Hubschrauber von einem Rundflugunternehmen die Grenze überfliegen wird, weil er dem Motorboot folgt. Es ist kein Problem, mit einem Privathubschrauber die Grenze zu überfliegen. Aber es ist schon ein Problem, das mit dänischen Polizeihubschraubern zu tun, ohne sich vorher Hunderte von behördlichen Okays zu besorgen, richtig?«
Niels schien zu überlegen. »Okay«, sagte er schließlich. »Geben Sie mir gleich die Kennung Ihrer Maschine.«
»Was wissen Sie inzwischen über Nordström?«
»Wir hatten nicht viel Zeit, uns darum zu kümmern. Der Fokus lag auf anderen, wir waren ... Egal. Bengt Nordström, ledig,

wohnt in Århus, Journalist bei den *Århus News* seit 2011, davor Redakteur bei einigen Tageszeitungen und Agenturen. Zwei Jahre war er im Krankenhaus und anschließend in der Reha.«

»Weswegen?«

»Verletzung in Afghanistan. Er war als Embedded Reporter bei den dänischen Streitkräften und wurde bei einem Autobombenanschlag am Kopf verletzt. Man musste ihm einen Splitter aus dem Gehirn operieren, was oft mit einer Wesensveränderung einhergeht, hat man uns gesagt. Danach verlor er seinen Job, seine Familie, fing bei den *News* wieder neu an. Er war vier Jahre selbst beim Militär – Ausbildung in einer Sanitätskompanie.«

Eines fügte sich ins andere, dachte Tjark. Die medizinischen Kenntnisse, und Nordström hatte sich mit allem befasst, was bei den Morden eine Rolle spielte: mit den Cuttings, dem neuen Heidentum, er hatte sich mit den Opfern auseinandergesetzt und über sie berichtet und konnte als Reporter nahe an sie herankommen, ohne dass es verdächtig war. Außerdem wusste er als Journalist, wie man sich Informationen besorgte. Er hatte jede Menge Artikel und kritische Kommentare über Dänemark in der Europäischen Union verfasst – und, wie es den Anschein hatte, sich dabei in eine absurde und hochgefährliche Gedankenwelt begeben, wobei die Kopfverletzung womöglich eine Rolle spielte.

»Wo sind Sie jetzt?«

»Auf Höhe von Rømø«, sagte Tjark, der die Insel auf der linken Cockpitseite unter sich sah. »Und gleich fliegen wir in den deutschen Luftraum.«

Der Pilot blickte fragend zu Tjark. Tjark nickte ihm zu und hielt den Daumen hoch.

»Er wird nicht weit kommen. Wir finden ihn«, sagte Tjark.

»Die Nordsee ist groß«, erwiderte Niels. »Wir haben versucht, ihn über GPS und das Positionssystem seines Bootes anzupeilen. Fehlanzeige.«

»Mist«, sagte Tjark. »Er hat es ausgeschaltet.«

»Er hat es ausgeschaltet und könnte überall sein. Wie groß ist sein Vorsprung?«
»Schätzungsweise eine Dreiviertelstunde.«
»Wenn er wirklich nach Deutschland fliehen will, stehen seine Chancen eher gut. Er könnte bereits in Deutschland sein.«
Zum Beispiel in Höhe von Sylt oder Föhr im Wirrwarr zwischen den nordfriesischen Inseln, dachte Tjark. Je nachdem, wie schnell Nordströms Boot war und wie schnell er fahren konnte. Die See sah flach aus. Das Wetter war gut. Vielleicht konnte er Gas geben. Allerdings hatte Tjark keine Ahnung, wie schnell man auf dem Meer fahren konnte. Nordströms Boot verfügte über zweihundert PS, hatte Niels gesagt. Das klang ziemlich leistungsstark und schnell.
»Wir finden ihn«, sagte Tjark und nahm das Fernglas wieder hoch. »Wir finden ihn.«
Dann fragte er Aalberg, ob man aus dem Cockpit heraus mit dem Handy telefonieren konnte. Seine Antwort war, dass man es einfach versuchen musste. Entweder gab es Netz, oder es gab kein Netz. Tjark zog das Handy hervor. Es gab schwachen Empfang. Immerhin.
»Es wäre fair«, sagte Aalberg, der den ganzen Funkverkehr mitgehört hatte, »wenn Sie mir sagen, worum es hier eigentlich geht.«
Tjark suchte per Wahlwiederholung eine Nummer aus dem Telefonspeicher. »Sie haben von dem Runenkiller gehört?«
Tjark spürte Aalbergs Blick von der Seite.
»Herzlichen Glückwunsch«, sagte Tjark und wählte die Nummer. »Sie sind dabei, ihn zu fangen.«

74.

Fred und Femke gingen über die Barkhausenstraße auf Langeoog und wichen einigen Radfahrern aus. Autos mochten hier verboten sein, aber die Drahtesel glichen das vollumfänglich aus. Links und rechts gab es Geschäfte, Cafés und Restaurants. Einige Plätze in der Außengastronomie waren bereits besetzt. Femke sah Menschen, die mit Brötchentüten unterwegs waren. Manche saßen in Strandkörben am Straßenrand, die statt Bänken dort aufgestellt worden waren, und streckten das Gesicht der Sonne entgegen. Sie schaute zu Fred, der mit gelupfter Augenbraue und wohlwollendem Nicken ein getuntes Fahrrad mit Weißwandreifen betrachtete, das von Form und Farbe her an die Fünfzigerjahre erinnerte und den Aufkleber »Rad&Roll« trug.

Sie waren auf dem Weg zu dem Café, in dem Shirin Attaman arbeitete. Fred kommentierte das Fahrrad, aber Femke bekam es kaum mit, weil das Handyklingeln ihre Aufmerksamkeit auf sich zog. Sie zog das Smartphone aus der Hintertasche ihrer Jeans.

»Folkmer?«

»Hier ist Tjark.«

Femke blieb stehen. Fred ebenfalls, der aus Femkes Reaktion schloss, wer der Anrufer war. Tjark erklärte Femke, was geschehen war und wo er sich gerade befand. Femke stellte lediglich einige kurze Zwischenfragen.

»Und jetzt?«, fragte sie schließlich.

»Und jetzt seid ihr an der Reihe«, erwiderte Tjark.

»Wir?«, fragte Femke ungläubig. »Ich glaube nicht, Tjark Wolf. Ich glaube nicht, dass wir dran sind, weil …«

»Bengt Nordström«, kürzte Tjark ab, »ist auf dem Weg nach Deutschland. Daran habe ich keinen Zweifel. Die dänischen Behörden sollten bereits um Amtshilfe gebeten haben. In seinem

Boot passiert er Zonen, die entweder zum Zuständigkeitsgebiet von Schleswig-Holstein, Niedersachsen, Bremen oder Hamburg gehören oder der Bundespolizei und damit der Küstenwache, die …«

»Ist ja schon gut.«

»Er kommt direkt auf euch zu, Femke. Ich sehe ihn nicht. Vielleicht hat er auch schon woanders gestoppt. Aber ich glaube, er ist noch da draußen.«

»Was sollen wir tun?«

»Ich weiß nicht, welche Maßnahmen bereits eingeleitet worden sind. Aber wir brauchen eine Luftraum- und Küstenüberwachung auf der Suche nach Bengt Nordströms Boot. Am besten eine Sat-Suche oder eine per Radar, weil wir ihn sonst nicht orten können.«

Femke seufzte. »Hast du mit Ceylan gesprochen?«

»Noch nicht.«

»Solltest du tun.«

»Ich rufe sie an. Sie wird mir den Kopf abreißen, aber ich rufe sie an.«

»Ja«, seufzte Femke, »tu das.«

Fred hatte zugehört und sich seinen Reim auf das Gespräch gemacht. Femke gab ihm dennoch eine Zusammenfassung. Er wich einem klingelnden Fahrrad aus und zog Femke auf den Bürgersteig neben einen Strandkorb.

»Also legen wir Shirin Attaman zunächst auf Eis, statt ihr die Hölle heißzumachen?«, fragte er.

Femke zuckte mit den Achseln. »Ich würde sagen, wir legen es nicht auf Eis und warten ab, was passiert. Ich meine: Wir stehen hier auf Langeoog. Was können wir dazu beitragen, Tjarks Runenkiller zu schnappen?«

Fred zuckte mit den Schultern. »Es ist unfassbar, dass der Hund in Dänemark Anne Madsen gefunden hat und mit diesem Runenkiller richtiglag. Der Blödmann sollte spätestens jetzt den Kopf aus der Schlinge ziehen und die zuständigen Behörden ihre Arbeit tun lassen – und was macht er? Kapert einen Hubschrauber und jagt einem Flüchtigen auf der Nordsee hinterher.«

»Er ist Polizist, Fred, und fühlt sich verantwortlich. Aber ich gebe dir recht, dass er dumm und eigenmächtig handelt.«

Fred zuckte wiederum die Schultern. »Allerdings handelt er offensichtlich auch sehr erfolgreich. Für ihn ist es eine persönliche Angelegenheit.«

»Ja. Ich weiß.«

»Er wird erst auf die Bremse treten, wenn er den Flüchtigen in den Fingern hat.«

»Richtig.«

Fred sah Femke direkt an. »Er will ihn in die Finger bekommen, bevor die Polizei das tut. Kannst du dir vorstellen, was er dann mit dem Mann anstellt?«

Femke strich sich eine lose Strähne hinters Ohr. »Kann ich. Er wird eine weitere riesengroße Dummheit begehen, weil ihm eine Sicherung durchgebrannt ist.«

»Wir müssen ihm zuvorkommen«, sagte Fred und rieb sich die Schläfen. »Ich weiß noch nicht, wie, aber … Wir müssen unbedingt schneller sein.«

75.

Ceylan ging vor dem Überwachungswagen auf und ab und presste sich das Handy so fest ans Ohr, dass es schmerzte.

»Du bist fertig, Cowboy«, zischte sie Tjark entgegen. »Fertig mit der Welt bist du. Die reißen dir allesamt den Kopf ab, und ich werde es nicht verhindern, kapierst du? Ich werde es nicht verhindern, weil mir mein eigener Kopf lieb und teuer ist und ich nicht zulasse, dass du Fred, Femke und mich noch tiefer in die Scheiße reißt, wo wir längst bis zum Kinn drinstecken.«

»War's das?«

»Wie: War's das?«

»Ob du fertig bist mit der Ansprache?«

»Ja«, fauchte Ceylan, »bin ich.«

»Okay«, erwiderte Tjark ungerührt, und Ceylan dachte, dass sie ihm jedes Mal den Hals umdrehen könnte, wenn er diese ignorante Mr.-Supercool-Tour fuhr.

»So liegen die Dinge jedenfalls«, sagte er. »Ich folge Dänemarks meistgesuchtem Mann mit einem Hubschrauber und finde ihn auf See nicht. Ich bin dennoch näher an ihm dran als alle anderen, also brauche ich so viel Unterstützung wie möglich, alles klar?«

»Leck mich, Tjark Wolf.«

»Später. Also, wenn ich richtig informiert bin, habt ihr diese Observation laufen und verfügt über einen Überwachungswagen.«

»Ja.« Ceylan wanderte auf dem Parkplatz umher und kickte mit voller Wucht gegen eine leere Coladose, die scheppernd über den Asphalt rollte.

»Habt ihr Zugang zu Satellitendaten oder Radar?«

»Weiß ich nicht. Glaube ich nicht«, erwiderte Ceylan.

»Ich brauche Daten …«

»… über das flüchtige Boot, ich weiß.«

»Besorgst du sie mir?«

»Tjark, alle möglichen Leute, die tatsächlich zuständig sind, werden gerade genau daran arbeiten, okay?«

»Weißt du, was dieser Killer für ein Typ ist?«

Ceylan schwieg.

»Ist dir klar, was er getan hat? Was er mit seinen Opfern anstellt?«

»Ja.«

»Dieser Kerl hat mich und dich und alle anderen in die Scheiße geritten. Das ist alles nicht meine Schuld. Dieser Typ …«

»Ja.«

»… ist verantwortlich …«

»Ja, meine Güte, ich kümmere mich drum«, zischte Ceylan. »Spar deine Akkuleistung und schick mir eine Mail über die Kennung deines Hubschraubers, damit wir Funkkontakt aufnehmen können. Ist besser als per Handy!«

Damit beendete sie das Gespräch und stapfte zum Überwachungswagen, riss die Tür auf und schloss sie krachend hinter sich. Die Techniker sahen sie mit großen Augen an.

»Können wir über Sat auf die Nordsee schauen?«, fragte sie.

Die beiden sahen einander an, dann wieder Ceylan und schüttelten unisono den Kopf. Einer erklärte: »Das hier ist ein normaler Überwachungswagen und kein …«

»Haben wir Radar?«

»Nein, natürlich haben wir kein Radar.«

»Können wir an Radardaten kommen?«

»Was für Radardaten denn?«

Ceylan erklärte es.

Der Techniker sagte: »Wir können an solche Daten kommen, denke ich. Über die Bundespolizei, über den Küstenschutz oder …«

»Macht es«, erwiderte Ceylan mit einer wortabschneidenden Geste. »Nehmt Kontakt auf. Wir suchen ein schnelles Motorboot ohne GPS-Daten, das sehr schnell in Richtung Süden fährt.«

76.

Nordström jagte übers Meer. Er warf einen Blick auf die Spritanzeige. Bei dem Tempo konnte man beinahe zusehen, wie der Füllstand sank. Er korrigierte den Kurs ein wenig nach Südwesten. Vielleicht noch eine Dreiviertelstunde, schätzte er, dann würde er die Küste erreichen. In der Nähe seines Anlandepunkts war auf einem Dauerparkplatz ein Auto abgestellt, das er vor zwei Jahren in Dänemark als Zweitwagen gekauft und nach Deutschland gefahren hatte. Seine Rückversicherung. In Abständen von einem halben Jahr war er mit dem Zug wieder hergekommen, um den Wagen zu überprüfen, ein paar Runden damit zu drehen und ihn wieder abzustellen.

Nordström war sich sicher, dass die Behörden längst alles über ihn herausgefunden hatten. Auch, dass er zwei Autos besaß. Aber sicherlich waren sie noch nicht auf die Idee gekommen, wo das zweite Fahrzeug abgestellt worden war. Sein Fluchtwagen, in dessen Kofferraum sich eine weitere Notausrüstung befand: Kleidungsstücke, ein Schlafsack, ein Zelt, Konserven, zwei Laptops, Handys und Tablets – derlei Dinge.

Ein neues Leben im Exil wartete.

Nachdem er wieder genesen war, hatte er gar nicht erst wieder in das alte zurückgefunden. Den Job bei der Zeitung hatte er aufgeben müssen – und war bei den *Århus News* gelandet. Seine Frau hatte sich von ihm getrennt, weil sie meinte, dass Nordström nach der Verletzung nicht mehr derselbe sei, und sie seine Wutausbrüche und seinen Sarkasmus nicht mehr ertrug. Abgesehen davon, sagte sie immer, habe sich sein Wesen vollkommen verändert. Das mochte mit der Gehirnverletzung zu tun haben. Vielleicht waren einige Stellen nicht mehr richtig miteinander oder falsch verbunden worden. Nordström hatte keine Ahnung.

Jedenfalls hatte er sich zu keinem Zeitpunkt anders gefühlt als zuvor. Nur eines war richtig: Seine Wut war gewachsen. Sein Zorn. Daraus war das Ziel geboren worden, dass man dieses Land verändern musste. Außerdem hatte er das Gefühl – und das war das Zweite, was sich verändert hatte –, dass er in das tiefere Wesen der Dinge blicken konnte.

Ihm waren Zusammenhänge und Vernetzungen viel klarer geworden als zuvor. Ja, manchmal kam es ihm so vor, als trage er eine Röntgenbrille, wenn er auf das politische Geschehen blickte. Und es war Nordström unerträglich geworden, dass niemand auf ihn hörte. Er schrieb treffende Kommentare und Analysen über die Zukunft Dänemarks. Keiner hörte zu. Er führte den Lesern und der Politik vor Augen, was getan werden musste, dass man auf das Volk hören musste und sich von den internationalen Verbindungen lösen, die diesem Land das Blut und die Seele aussaugten. Es interessierte niemanden.

Also, hatte Nordström gedacht, muss ich auf andere Art und Weise dafür sorgen, dass man mir zuhört.

Und hatte es getan.

Leider waren sie zu dämlich gewesen, seine Botschaften zu verstehen, seine Kritik an allem. Dabei war es doch so einfach! Er hatte die Edda-Zitate gewählt, weil sie eng mit der Vergangenheit verbunden waren und mit den Werten zu tun hatten, auf denen dieses Land aufgebaut war. Er hatte sich intensiv damit beschäftigt, als er den Artikel über den Asenbond geschrieben hatte. Außerdem waren Runen stets wie in Stein gemeißelte Gebote gewesen. Was lag da näher, als sie in die Haut von Personen zu schnitzen, so wie die Vorfahren sie in Holz oder Stein geritzt hatten? Und Madsen war ein Symbol dieses verkommenen Rechtsstaats. Hela war ein Zeichen der Verkommenheit seiner fehlgeleiteten Jugend. Eine falsche Göttin. Und dann Mette Slettemark, das von der Boulevardpresse und den Titelseiten geliebte, oberflächliche Gefäß – schön, aber inhaltslos. Niemand hatte es kapiert. Auch nicht die Inhalte seiner Botschaften. Die »zappelnde Zunge, die kein Zaum verhält« – es ging um das sinnlose Gerede von Politikern, um ihre Worthülsen. Das hatte er bezeichnenderweise in Mettes Haut geritzt. »Erquicke den Wanderer, der über Felsen fuhr« – dieses Zitat hatte er für Hela gewählt. Man musste schon sehr dumm sein, um nicht zu kapieren, worum es hier ging. Dänemarks Sozialstaat war in den letzten Jahrzehnten systematisch abgebaut worden. Niemand interessierte sich für die Schwachen, sondern wurde von denen, die im Rampenlicht standen, abgelenkt. Wie hieß es im alten Rom? Gebt dem Volk Brot und Spiele.

Also hatte er deutlicher werden müssen. Die Menschen waren inzwischen so verblödet, es war wirklich erschreckend. Jetzt endlich hörten sie zu. Und das Echo seiner Stimme würde noch durch das Land hallen, wenn er selbst schon fort war.

Nordström würde an einem unbewohnten Küstenabschnitt mit dem Boot anlanden, drei bis vier Kilometer zu Fuß zurücklegen, über Holland und Belgien nach Frankreich entkommen und unterwegs campieren. Dann würde er weiter bis nach Spanien fahren und dort unter falschem Namen untertauchen – sein Schulspanisch hatte er bereits in Online-Kursen aufgefrischt. Aus der Distanz würde er beobachten, was in der alten Heimat geschah. Er würde sich sichere Internetverbindungen aufbauen und aus dem Exil weiterhin steuernd eingreifen. Er würde Mails und Postings publizieren als der, der er war, der Runenkiller. Er ging davon aus, dass die Schar der Menschen, die nicht seine Mittel heiligten, aber seine Ziele und Argumente, immer größer werden würde. Das würde ihn in Zukunft zum Volksfeind Nummer eins machen – und zugleich zum Volksfreund Nummer eins.

Und der Tag würde kommen, da war sich Nordström ganz sicher, an dem in Dänemark alles kollabieren würde, damit eine neue Ordnung auferstand und das Land zu einer neuen Blüte gelangte. Ein besseres Leben wartete auf alle. Man musste nur auf ihn,

Bengt Nordström, hören, damit anderen keine Dinge zustießen wie ihm und den anderen Toten und Verletzten, die der Anschlag in Afghanistan gefordert hatte.

Jetzt, dachte Nordström und kniff die Augen gegen die spritzende Gischt zusammen, war er nur noch eine halbe Stunde von seinem Ziel entfernt. Nächste Woche schon wäre er in Spanien, wo jeden Tag die Sonne schien und es niemals so dunkel und so kalt wurde wie in Skandinavien. Er hoffte, dass sich ihm niemand in den Weg stellen würde, denn er würde radikal alle und jeden ausschalten, die das taten, dachte Nordström und checkte am Kompass seine Position, um sie etwas zu korrigieren.

77.

Wir müssen tiefer runter.«

Aalbergs Stimme knarzte in Tjarks Kopfhörer. Er hatte vollkommen recht. Sie flogen durch eine niedrige Wolkenschicht, die die Sicht blockierte. Sie mussten runter auf zweihundert Meter, was wiederum den Sichtwinkel auf die See verringerte und damit die Chance reduzierte, das Boot zu finden.

Vor einer Viertelstunde hatte Tjark gemeint, es entdeckt zu haben. Das heißt: Er hatte in der Zwischenzeit diverse Boote gesehen. Aber die meisten waren welche mit Segeln, andere geräumigere Motorjachten. Schließlich hatte er ein Rennboot ausgemacht und mit dem Feldstecher versucht, die Kennnummer zu sehen, was sich als unmöglich herausgestellt hatte, weil die Vibrationen im Cockpit zu stark waren, um das Fernglas ruhig genug zu halten. Dann hatte er an Bord drei Personen gesehen, zwei Frauen und einen Mann, und der Mann hatte kein bisschen ausgesehen wie Bengt Nordström.

Es war zum Verrücktwerden. So groß war der Abschnitt der Nordsee nicht, den sie absuchten. Und aus der Luft musste es doch möglich sein, ein bestimmtes Boot zu sehen – wo man doch kilometerweit in alle Richtungen blicken konnte? Aber wie es schien, hatte Tjark sich vertan. Es war nicht so einfach. Denn außer der Annahme, in welche Himmelsrichtung Bengt Nordström unterwegs sein könnte, hatte Tjark keinen Anhaltspunkt, wo sich der Kerl befinden mochte. Vielleicht war er schon längst an Land, bevor Tjark im Heli die Nordsee auch nur zu Gesicht bekommen hatte. Vielleicht lag Tjark auch falsch, und Nordström war doch nach Norden gefahren. Vielleicht war er auch schon unter Wasser – weil er irgendwo auf dem Weg das Boot und sich selbst versenkt und entschieden hatte, dass seine Flucht zwecklos war.

Doch daran glaubte Tjark nicht. Nordström war außerdem nicht spontan mit dem Boot geflohen. Dazu ging er zu durchdacht vor. Zudem lag das Boot in unmittelbarer Nähe seines Schlachthauses – weswegen Tjark annahm, dass es fester Bestandteil eines Notfallplans war, dem Nordström nun folgte. Und wenn es einen solchen gab, dann gab es nach Tjarks Meinung auch einen ausgeklügelten Fluchtweg sowie sehr wahrscheinlich einen Plan, wie man am besten untertauchen konnte und wo. Was bedeutete: Sobald Nordström das Land erreichte, würde er von der Bildfläche verschwinden, und es könnte Monate oder Jahre dauern, um ihn zu finden, falls man ihn überhaupt jemals fand.

Deswegen musste Tjark ihn von der See abfischen.

»Okay«, sagte er ins Mikrofon und nickte Aalberg zu. »Gehen wir weiter runter.«

Er spürte ein Ziehen im Unterleib, als Aalberg die Flughöhe reduzierte. Dann wieder ein Krächzen in seinen Ohren.

»Ich frage mich«, sagte Aalberg, »was Sie vorhaben, falls wir das Boot tatsächlich entdecken sollten.«

Tjark sagte nichts und dachte nach.

»Ich meine«, fuhr Aalberg fort, »wir können den Mann kaum schnappen, oder? Sie können sich nicht abseilen oder so etwas in der Art.«

»Das Boot fährt ohne eine Positionsanzeige. Wir werden die Position des Flüchtigen markieren. Wenn wir ihn haben, geben wir der Polizei Bescheid. Wir folgen dem Boot so lange wie möglich und lassen den Mann nicht aus den Augen. Wenn er an Land geht …«

Tjark nahm das Fernglas hoch und ließ es über die Wellen streichen.

Grau. Blau. Grün. Grün. Blau. Grau. Eine endlose leere Fläche.

»Dann?«, fragte Aalberg.

»Dann gehen Sie runter und setzen mich ab, damit ich ihn mir schnappen kann.«

»Ist er bewaffnet?«
»Ich gehe davon aus.«
»Ich habe keine Lust, auf mich schießen zu lassen, okay?«
»Okay.«
»Ich war Pilot bei der Armee, und ich weiß, was ein Schnellfeuergewehr oder eine einzelne Pistole mit einem ungepanzerten Hubschrauber anstellen kann.«
»Verstehe.«
»Damit ist man eine sehr empfindliche Zielscheibe und hat keine Chance. Ich weiß außerdem nicht, ob ich gegen Schäden von Beschuss überhaupt versichert wäre oder ob das Ihre Haftpflicht abdeckt beziehungsweise die Polizei einen Schaden bezahlt. Vor allen Dingen will ich nicht, dass jemand auf mich ballert, okay?«
»Wird nicht passieren«, sagte Tjark.
»Ihr Wort in Gottes Ohr. Und falls doch?«
»Dann schießen wir zurück. Ist nicht so, dass wir komplett wehrlos wären.«
Aalberg sah Tjark an. Tjark sah ihn an. »Das meinen Sie ernst, richtig?«, fragte Aalberg.
Tjark nickte. »Ja. Das meine ich vollkommen ernst.«
Dann reagierte Aalberg auf einen Funkspruch. Er sagte zu Tjark: »Ich glaube, das ist für Sie«, und beugte sich vor, um einige Knöpfe zu drücken. Im nächsten Moment hörte Tjark eine weibliche Stimme, die sich mit einer anderen zu unterhalten schien.
»Tjark?«, fragte die Stimme. Ceylan.
»Hier bin ich«, erwiderte Tjark.
»Wir haben per Radar ein Signal geortet, das sehr schnell aus dem Norden in Richtung Küste unterwegs ist. Es gibt keine GPS-Kennung dazu. Es könnte sich um das Boot handeln, das du suchst.«
Da ist er, dachte Tjark. Habe ich dich.
Er fragte: »Wie ist die Position?«

»Aktuell ist die Position nach Dezimalgrad Breite 53.9/Nord und Länge 8.0/Ost. Das ist etwa fünf Kilometer vor dem Ostende von Wangerooge.«
Tjark sah zu Aalberg. Aalberg warf den Blick auf eine Karte, die er auf dem Oberschenkel liegen hatte, und auf seine Instrumente. Aalberg sagte: »Das ist etwa zehn Kilometer in südwestlicher Richtung. In fünf Minuten sollten wir ihn erreicht haben.«
»Wo will er hin?«, fragte Tjark ins Mikro.
»Woher soll ich das wissen, Cowboy?«, erwiderte Ceylan. »Er hält jedenfalls auf den Jadebusen und Wilhelmshaven zu.«
»Schneiden wir ihm den Weg ab«, sagte Tjark. »Schick alles los, was …«
»Alle sind alarmiert. Auch Femke und Fred, die gerade auf Langeoog sind. Sie sind bereits auf dem Weg.«
»Sie sind … auf dem Weg?«

78.

Die Seenotrettung auf Langeoog hat eine sehr lange Tradition. Bereits 1861 richtete sich der erste deutsche regionale Verein zur Rettung Schiffbrüchiger dort ein. Vor dem Haus der Insel im Kurzentrum steht das aufgebockte Rettungsschiff »Langeoog«, das zwischen 1944 und 1980 im Einsatz war, wie ein Denkmal. Es gibt auf der Insel Straßennamen wie »Vormann-Otten-Weg« und »Rettungsspoor« oder »Tjard sin Utkiek«, die mit der Geschichte verbunden sind. 2017 wurde ein neues Rettungsboot in der Fassmer-Werft in Berne-Motzen an der Unterweser gebaut und in Betrieb genommen. Die *Secretarius* liegt im Hafen auf der Südseite der Insel, wo man sie sehen kann, wenn man mit der Fähre ankommt und über den Anleger zur Inselbahn läuft.

Daran hatten sich Femke und Fred erinnert, als Ceylan anrief und sagte, sie sollten den aktuellen Einsatz abbrechen und ihre Hintern in Bewegung bringen. Denn wie es aussah, raste Tjarks Serienkiller mit Vollgas durch das Zuständigkeitsgebiet der Sonderkommission für Gewaltverbrechen und Organisierte Kriminalität des Landes Niedersachsen, der sie zufällig angehörten. Polizeiboote waren nicht in der Gegend. Mit einer Cessna vom Langeooger Flughafen konnten sie nichts anfangen.

Aber mit einem Seenotrettungskreuzer durchaus den Fluchtweg auf dem Wattenmeer so lange blockieren, bis weitere Hilfe eintraf.

Jetzt standen sie im engen, außen weiß und signalrot und innen hellgrün lackierten Steuerhaus der *Secretarius*. Das Schiff preschte übers Wattenmeer und war bereits an Spiekeroog vorbei und im Wangerooger Wasser. Der Himmel hatte sich zugezogen, weswegen das Meer die Farbe von graugrünem Schiefer angenommen hatte. Femke hielt sich mit einem Finger das Ohr zu und das

Handy ans andere gepresst. Sie musste breitbeinig auf dem Aluminiumboden stehen, um nicht das Gleichgewicht zu verlieren. Fred neben ihr hielt sich mit einer Hand an der Rücklehne vom Kapitänssitz des Vormanns fest, der das Rettungsboot steuerte. Fred blickte wie ein Admiral nach draußen. Ihm schien die schnelle Fahrt zu gefallen. Er mochte alles, was mit Kraft, Motoren, Technik und Geschwindigkeit zu tun hatte.

Femke redete mit der Wasserschutzpolizei, die eben von Wilhelmshaven aus gestartet war. Ihr Zuständigkeitsbezirk reichte vom Küsten- und Wattenmeer von den Niederlanden und der Grenze zum Dienstbezirk Emden bis zu den Zuständigkeitsbereichen der Wasserschutzpolizei Bremen, Schleswig-Holstein und Hamburg – einschließlich der Insel-, Küsten- und Sielhäfen im Umfeld der Ostfriesischen Inseln. Femke hatte keinen Zweifel daran, dass die Kollegen das flüchtige Motorboot mit dem Mann an Bord, der in Dänemark als Runenkiller gesucht wurde, fassen würden. Er steuerte ja geradewegs auf sie zu. Von daher war ihre und Freds Präsenz als Kriminalbeamte vor Ort eher symbolisch. Einerseits. Andererseits hatte Femke Ceylan ein Versprechen gegeben, als sie eben am Telefon den Einsatzbefehl durchgegeben hatte.

»Ich weiß nicht, was Tjark mit seinem Hubschrauber vorhat«, hatte Ceylan gesagt. »Aber was auch immer das sein mag: Bitte verhindert es, okay? Das Rennboot muss gestoppt und der Kerl verhaftet und dingfest gemacht werden, bevor Tjark in seine Reichweite kommt.«

Femke hatte zugesagt. Das Radar zeigte an, dass es nicht mehr lange dauern würde, bis sie auf das Boot von Bengt Nordström trafen. Auch Tjark würde nicht weit sein. Femke hoffte, dass sie ihr Versprechen halten konnte. Sie hoffte es inständig.

79.

Es war nicht mehr weit, dachte Bengt Nordström, lächelte und wischte sich die Gischt aus dem Gesicht. Die Küste war bereits zu sehen. Die Inseln. Leuchttürme. Alles kam rasend schnell näher – und damit auch der Beginn seines neuen Lebens.

Wie würde es sich gestalten?

Einerseits war es aufregend. Andererseits beängstigend. Und schon morgen, wenn nicht gar bereits heute Abend, würde er in der Natur campieren und im Internet nachsehen, welche Wellen seine Flucht geschlagen hatte, wie das Medienecho war und wie die Meinung des Volkes. Er konnte es kaum abwarten.

Eher beiläufig warf Nordström einen Blick in den Rückspiegel, der ihm beim Navigieren auf Sicht im Hafen half, als er den Kurs korrigieren wollte. Doch er gefror in der Bewegung.

Da war etwas am Himmel hinter ihm. Es war bereits nah und näherte sich schnell. Auf Nordströms Zunge schmeckte es, als habe er an einer Batterie gelutscht. Er blickte sich über die Schulter um. Er sah einen Hubschrauber im Tiefflug, der nicht einmal fünfzig Meter von ihm entfernt war.

Verflucht!

Nordström starrte wieder in den Rückspiegel, dann wieder über die Schulter und zurück in den Spiegel. Er hatte den Helikopter nicht kommen hören. Kein Wunder bei der Geräuschkulisse der Bootsmotoren, des Windes und der Wellen. Es war kein Polizei- oder Armeehubschrauber. Es war eine private Maschine, doch es sah ganz und gar nicht danach aus, als würde der Hubschrauber zum Spaß herumfliegen. Nein, es sah danach aus, als verfolge er das Boot.

Wer, zum Teufel, sollte ihn in einem privaten Hubschrauber verfolgen? Wie war man darauf gekommen, dass er mit dem Boot floh – und wohin er es steuerte?

Nordströms Gedanken rasten. Wieder blickte er sich über die Schulter um und erkannte, dass der Heli nun etwas nach links ausscherte und sich in geringer Höhe neben das Boot setzte. Er konnte in der Glaskuppel zwei Männer sehen – den Piloten und einen Passagier. Nordström kniff die Augen zusammen. Der Passagier schien ihm zuzuwinken. Etwas an dem Mann kam Nordström bekannt vor. Der Heli flog etwas näher an das Boot heran. Nordström konnte den Mann besser erkennen. Das war ... Es war ...

Das war Tjark Wolf.

»Fuck«, zischte Nordström.

Seine Gedanken überschlugen sich. Der verfluchte Bulle! Er hatte nicht nur das Versteck in Thorsminde aufgespürt, er hatte sich einen verdammten Hubschrauber besorgt und Nordström auf der Nordsee verfolgt und gefunden! Wie war ihm das gelungen?

Es musste eine Lösung her. Fieberhaft dachte Nordström nach, ohne den Heli aus den Augen zu lassen und den Passagier namens Tjark Wolf, der wiederum Gesten zu Nordström machte, die wohl besagen sollten, dass er das Boot stoppen und anhalten solle. Einen Scheiß würde er tun.

Wenn Tjark Wolf ihn aufgespürt hatte und verfolgte, bedeutete das mit hoher Wahrscheinlichkeit, dass er die Position an die Polizei durchgab, und ...

Nordström dachte über sein Gepäck unter Deck nach. Über seine Waffe. Aber er konnte das Boot nicht weiterfahren lassen und das Steuer aus der Hand geben, und ...

Er sah kurz nach vorn, wo ein Leuchtturm und eine flache Insel näher kamen, die er passieren musste.

Nein, keine Zeit, unter Deck zu gehen. Keine Zeit, um ...

Aber genug Zeit, um etwas anderes zu tun.

Nordström beugte sich nach vorn, wobei er den Heli kurz aus den Augen ließ, und öffnete ein Klappfach. Darin lag ein Kästchen. In diesem Kästchen befand sich eine Signalpistole, die mit Leuchtkugeln geladen wurde.

Nordström nahm die Waffe heraus. Er schob eine Patrone in den Kipplauf, nahm zwei weitere Patronen in die Hand und ließ dabei das Steuer los, ohne das Gas zu drosseln. Er nahm die Signalpistole in beide Hände und zielte auf den Heli.

»Friss das, Arschloch!«, brüllte er gegen den Wind an.

Und drückte ab.

80.

Tjark hatte den Helikopter näher an das Boot dirigiert, um sicherzugehen, dass sich tatsächlich Bengt Nordström an Bord befand, und um die Kennnummer lesen zu können, die an der Seite des Rumpfs angebracht war. Aalberg war widerstrebend der Anweisung gefolgt und von hinten dicht herangeflogen, um dann auszuscheren, denn nur an einem Hinterkopf konnte man den Fahrer nicht erkennen.

Mistkerl, hatte Tjark gedacht, als sich der Fahrer über die Schulter umsah. Schließlich hatte er das Boot zweifelsfrei identifizieren können und außerdem den Fahrer: Bengt Nordström.

Tjark gab es per Funk an Ceylan durch, die sagte, dass außer Fred und Femke auch die Wasserschutzpolizei unterwegs sei und ein Polizeihubschrauber, der in zehn Minuten die Position erreicht haben sollte und ab da übernehmen würde.

Was für Tjark in Ordnung war. Er sah sowieso keine Möglichkeit, Nordströms Fahrt zu stoppen. Wenngleich er ihm jetzt mit einer Geste bedeutete, dass er anhalten sollte. Tjark hatte keine Hoffnung, dass Nordström der Anweisung Folge leisten würde. Und das tat er auch nicht.

Tjark wandte sich an Aalberg: »Gehen wir wieder auf Abstand und warten ab, bis der Polizeihubschrauber in Sichtweite ist.«

Aalberg nickte und bewegte den Steuerknüppel.

Zu schade, dachte Tjark. Zu schade, dass er das Schwein nicht persönlich in die Finger bekommen würde. Aber er hatte mehr als genug getan, damit Nordström gefasst wurde. Und es stand außer Zweifel, dass das geschehen würde.

Er blickte noch einmal zu dem Boot hinüber, bevor der Hubschrauber eine Bewegung nach links machte und das Tempo reduzierte, um sich zurückfallen zu lassen. Er sah, dass Nordström die Hände hob. Im nächsten Moment verpuffte eine Dampfwolke. Im übernächsten raste ein leuchtend roter Komet auf das Cockpit zu und wurde in Sekundenbruchteilen größer, größer und heller.

»Scheiße!«, hörte Tjark Aalberg rufen.

Tjark schloss die Augen gegen die gleißende Helligkeit. Dann traf der Komet das Glas. Und ein zweiter folgte ihm.

81.

Nordström presste die Zähne aufeinander und lud eine dritte Kartusche in die Signalpistole. Er knickte den Lauf wieder zusammen und richtete die Pistole auf den Hubschrauber, der in der Luft herumsummte wie eine wild gewordene Wespe, nach der man mit der Hand schlug.

Die erste Leuchtkugel war funkenstiebend von der Glasscheibe des Cockpits abgeprallt. Die zweite hatte sich in Kunststoffteile der Außenhaut eingebrannt und strahlte dort leuchtend rot. Er feuerte die dritte Ladung ab und sah, wie die flammende Kugel das Cockpit frontal traf, von dem gerundeten Glas abgelenkt wurde und in den Bereich des Helikopters gelangte, wo die rotierende Nabe des Rotors am Rumpf befestigt war.

Der Hubschrauber zuckte, und es waren laute, knackende Geräusche zu hören. Die in der Verschalung steckende Kugel sorgte außerdem dafür, dass der Heli zu qualmen begann. Dunkle Wolken stiegen von ihm auf.

Nordström grinste. Er warf die Pistole zur Seite, um wieder nach dem Steuer zu fassen. Als er nach vorn schaute, grinste er nicht mehr.

Die einer Insel vorgelagerte Sandbank befand sich unmittelbar vor ihm. Er hatte das Steuer zu lange nicht betätigt und seinen Kurs nicht kontrolliert und war zu beschäftigt damit gewesen, die Leuchtkugeln auf den Hubschrauber abzuschießen.

Keuchend riss er das Steuer nach links und reduzierte die Geschwindigkeit rapide auf null. Doch es war zu spät.

Es gab einen heftigen Ruck, als der Rumpf auf Land traf und sich in den nassen Sand bohrte. Nordström gelang es noch, sich festzuhalten. Aber der Stoß war zu heftig. Er spürte, dass er vom Boden abhob. Es fühlte sich an, als ob man in einem Fahrstuhl nach unten sauste. Nur war seine Bewegung vorwärtsgerichtet. Einen Augenblick später traf sein Körper auf dem Sand auf.

Nordström rollte sich ab und platschte durch Wasser. Schließlich blieb er liegen, schüttelte sich und war froh, dass alles an ihm noch unversehrt schien. Er sah Sand, Wasser, Wellen, flaches, grünes Land und einen riesigen, schwarz-weiß gestreiften Leuchtturm vor sich. Er wollte sich aufrappeln, als ihm ein heftiger, nach Abgasen und verbranntem Plastik stinkender Sturm entgegenschlug. Er riss den Kopf hoch und erkannte über sich den Hubschrauber und dachte für eine Sekunde, dass es so ausgesehen haben musste, als Luzifer, der Engel des Lichtes, dampfend und fauchend mit Getöse aus dem Himmel hinab auf die Erde stürzte. Nordström warf sich flach auf den Bauch. Einen Moment später traf der Helikopter wenige Meter vor ihm auf dem Boden auf. Die Maschine kippte nach hinten und verlor das Gleichgewicht. Mit lautem Knallen bohrten sich die Rotorblätter in den Sand, zerbrachen und wurden wie Geschosse durch die Luft gewirbelt. Schließlich kam der Hubschrauber, halb auf der Seite liegend, zum Stillstand, fauchend und zischend wie ein gestrandetes Urzeitwesen.

82.

Die Sandbänke östlich von Wangerooge sind seit vielen Hundert Jahren ein Problem. Natürlich nur für die, die zwischen ihnen mit Schiffen manövrieren müssen. Mitte des neunzehnten Jahrhunderts bereiteten sie jenen Planern Kopfzerbrechen, die im Jadebusen einen Kriegshafen anlegen sollten, der später Wilhelmshaven getauft wurde, denn die Sandbänke veränderten sich dauernd und versandeten das Fahrwasser. Der Kaiser schuf Fakten, noch bevor die Ingenieure das Problem lösen konnten, und der Aufbau der Überseeflotte begann. Die schweren Kriegsschiffe hatten einen enormen Tiefgang, weswegen die Planer nun in jedem Fall eine Lösung finden mussten, um die Fahrwassertiefe zu verbessern. Sie nahmen eine Korrektur der Jade vor, die in die Nordsee mündet, und stellten zwischen den Sandbänken wie der Olde Oog und der Minsener Oog mit Buhnen eine Verbindung her, um die Versandung des Fahrwassers zu verhindern.

Die Minsener Oog erwuchs zu einer eigenen kleinen Insel, denn in den Folgejahren wurde alles Baggergut aus der Jade dort aufgeschüttet. Natürliche Sandaufspülungen sorgten außerdem dafür, dass das Eiland größer wurde, das etwa zwei Kilometer von Wangerooges Ostende entfernt und vier Kilometer vom Festland liegt. Später wurde außer einem Leuchtturm ein großer Radarturm auf der Oog errichtet und daneben auf Pfählen stehende Mannschaftsbauten für das Wasserstraßen- und Schifffahrtsamt, dessen Buhnenwärter die Insel rund um die Uhr überprüfen müssen. Ganz in der Nähe wurde außerdem eine lange Mole gebaut, die zu einem Schiffs- und Bootsanleger führt. Vom Radarturm bis zur Molenspitze verlegte man Schienen für eine Feldbahn – ursprünglich hatte sie einmal quer über die ganze Insel geführt, die etwa vier Kilometer lang und knapp zwei Kilometer breit ist.

Diesem Eiland stürzte Tjark entgegen.
Nordström hatte den Heli mit Leuchtkugeln gespickt, und eine davon musste sich im Getriebe der Maschine verfangen und dort Schaden angerichtet haben. Denn auf einmal waren im Cockpit laut hupende Warnsignale angesprungen, und der Rumpf begann zu vibrieren. Es stank nach Öl und Plastik. Von der Unterseite her trieben schwarze Dampfwolken hinauf, vernebelten die Sicht und hinterließen einen schwarzen Film auf dem Glas.
Aalberg fluchte und setzte einen Notruf ab.
»Festhalten!«, rief er Tjark zu.
Der Pilot hantierte herum, streckte den Hals, um etwas durch die Scheibe zu sehen. Tjark suchte nach Griffen, fand sie und fasste danach. Er biss die Zähne aufeinander und hörte inmitten der Alarmtöne und dem krachenden Motor, wie sich die Stimmen verschiedener Menschen in seinen Kopfhörern überschlugen und durcheinanderredeten. Dann machte der Hubschrauber einen Ruck nach vorn, schien zu beschleunigen, um dann abrupt abzusacken.
»Nach vorn beugen!«, rief Aalberg.
So weit kam Tjark nicht mehr.
Der Hubschrauber setzte mit einer Kufe auf, worauf es einen heftigen Stoß gab. Tjark fühlte sich, als werde sein Rückgrat einmal zusammengeknautscht und dann wieder in die Länge gezogen.
Der auf einer Kufe stehende Helikopter kippte nach hinten. Das Heck bohrte sich in den Boden und wurde zurück nach vorn geworfen, als der dortige Stabilisierungsrotor auf den Sand traf. Dann kippte die Maschine zur Seite. Die Blätter des Hauptrotors pflügten durch den Boden, verbogen sich und zersplitterten krachend. Glas brach.
Tjark und Aalberg wurden wie Puppen hin und her geworfen. Tjark fühlte sich, als würde ihm abwechselnd ein Lkw in den Rücken, in die Seiten und vor die Brust fahren. Dann krachte sein Kopf seitlich gegen die Scheibe, und er sah nur noch Schwarz – und vor diesem Schwarz Millionen Sterne tanzen.

Als er wieder zu sich kam – schwer zu sagen, ob eine Sekunde oder fünf Minuten später –, wusste er im ersten Moment nicht, wo er sich befand. Im zweiten war es ihm klar: Er saß in einem Hubschrauber, der gerade abgestürzt war.

Der Heli schien leicht auf der Seite zu liegen, vielleicht, weil eine der Kufen abgeknickt war. Überall um Tjark herum fauchte, qualmte und zischte es. Er zog sich mit einem Stöhnen die Kopfhörer ab und spürte etwas Warmes an der Hand. Blut. Er suchte nach der Arretierung seines Sicherheitsgurts, um sie zu lösen, und wollte zu Aalberg schauen, ob es ihm gut ging. Da ruckte es von außen an der Cockpittür. Sie schwang auf, und mit dem Klicken des Schlosses am Sicherheitsgurt wurde Tjark bei den Schultern an der Jacke gepackt und vom Sitz nach draußen gezerrt.

Er fiel herab, landete mit dem Rücken auf dem Sand, was ihm kurzzeitig die Luft aus den Lungen presste. Dann konnte er wieder atmen, blinzelte durch den blutigen Vorhang vor dem linken Auge und sah den Himmel aus der Froschperspektive und den schwarz-weiß gestreiften Radarturm von Minsener Oog.

»Danke«, sagte er zu Aalberg und wischte sich das Blut aus dem Gesicht.

Aber über ihm stand nicht Aalberg.

»Du dumme Sau«, zischte Bengt Nordström und richtete den Lauf einer großkalibrigen Signalpistole auf Tjarks Kopf.

83.

Nachdem der Helikopter abgestürzt war, war Nordström aufgesprungen und hatte versucht, sein Boot wieder zurück ins Meer zu schieben, um die Flucht fortzusetzen. Aber der Rumpf und die Schrauben der Außenborder steckten zu tief im Sand. Das Boot hatte keine Handbreit Wasser mehr unter dem Kiel. Es war illusorisch, zu glauben, er könnte es aus eigener Kraft auch nur einen Zentimeter bewegen. Bei den Bewegungen hatte er gespürt, dass seine linke Seite höllisch schmerzte. Wahrscheinlich hatte er sich eine Rippe gebrochen.

Nordström war ins Boot gestiegen, hatte seinen Rucksack geholt und die Pistole rausgenommen. Er hatte das Gepäckstück geschultert und war mit der Waffe und der Signalpistole in der Hand zum Hubschrauberwrack marschiert. Er steckte sich die Automatikpistole in den Hosenbund, riss die Tür auf und packte sich den Scheißpolizisten, der zwar am Kopf blutete, aber bei Bewusstsein war – anders als der Pilot, der ohnmächtig in seinen Gurten hing.

Tjark Wolf fiel wie ein nasser Sack zu Boden, und Nordström musste sich zusammenreißen, um ihm nicht sofort eine Leuchtkugel in die Visage zu schießen.

»Du!«, blaffte Nordström außer Atem. »Du! Beschissener! Mistkerl!«

Der am Boden liegende Polizist keuchte und hob beschwichtigend die Hände. Er wollte etwas sagen, brachte aber nur ein Husten zustande. Erst im zweiten Anlauf gelang es ihm.

»Es ist vorbei«, sagte er und hustete erneut.

»Für dich ist es vorbei, Wolf!«, schnauzte Nordström.

Tjark Wolf schüttelte schwach den Kopf. »In einigen Minuten«, sagte er angestrengt, »wimmelt es hier vor Polizei. Keine Chance. Leg die Waffe auf den Boden.«

Nordström dachte nicht daran. Stattdessen zog er die Automatik aus dem Gürtel und richtete sie ebenfalls auf Tjark Wolf. Warum ihm nur eine Leuchtkugel in den Kopf schießen, wenn man ein Magazin mit Neun-Millimeter-Kugeln folgen lassen konnte? Aber bevor Nordström das tun würde, musste er etwas wissen. Er verstand einfach nicht, warum und wie der verfluchte Bulle auf ihn gekommen war. Er hatte absolut alles dafür getan, um seine Spuren zu verwischen – und trotzdem …

»Ich dachte«, sagte Nordström, »die hätten dich längst verhaftet. Aber stattdessen klebst du mir an den Hacken wie Scheiße, und … Wie bist du auf mich gekommen?«

»Bin ich nicht«, erwiderte Wolf ächzend. »Es liefen viele Fäden bei dir zusammen. Ich wollte mit dir reden. Dann hast du dich in den Wagen gesetzt, und ich bin dir hinterhergefahren. Der Rest erklärt sich von selbst.«

Verdammter Mist, dachte Nordström. Alles wäre glattgelaufen, wenn der verdammte Kerl ihm nicht hinterhergefahren wäre. Wenn sie den Hund verhaftet hätten, wie Nordström es geplant hatte, wenn, wenn, wenn …

»Tja«, sagte Nordström. »Dann war es mein Pech und weniger dein brillantes Ermittlergehirn.«

»Vollkommen richtig.«

»Ich werde es dir sowieso gleich aus dem Schädel schießen.«

»Das führt zu nichts.«

»Doch. Es führt dazu, dass ich mich verdammt glücklich fühlen werde. Einer mehr oder weniger spielt keine Rolle.«

Tjark Wolf schüttelte den Kopf. »Jetzt sind es nur noch drei Minuten, bis es vor Polizisten wimmelt. An deiner Stelle würde ich lieber abhauen.«

Nordström lachte verächtlich. »Das werde ich. In zehn Sekunden, wenn dein Kopf nur noch Brei ist, und dann …«

Tjark Wolf sah an Nordström vorbei. Dann blickte er wieder zu ihm und sagte: »Es sind keine drei Minuten mehr.«

Die Stimmen kamen von hinten.

»Waffe runter!«

Er blickte sich über die Schulter um. Ein Mann und eine Frau kamen vom Radarturm her langsam auf ihn zu. Sie zielten auf ihn.

84.

Fred und Femke bewegten sich vorsichtig vorwärts. Sie hatten eben die *Secretarius* verlassen, die vor der Westseite von Minsener Oog an einer aus dem Wasser ragenden Buhne gestoppt hatte. An der Westseite, wo der Radarturm lag, konnte man nicht halten, dort war das Wasser zu flach und alles versandet.

Aber genau an dieser Seite war der Hubschrauber niedergegangen.

Fred und Femke hatten es vom Schiff aus verfolgt. Sie hatten Leuchtkugeln aufblitzen sehen, die den Helikopter in der Luft trafen. Anschließend war der Hubschrauber qualmend zu Boden gegangen. Der Vormann der *Secretarius* hatte Notrufe abgesetzt und dann erklärt, dass man die Oog umfahren müsse, um an die betreffende Stelle zu gelangen – aber dass es bei dem derzeitigen Wasserstand nicht möglich sei, nahe heranzufahren, und außerdem sehr gefährlich, anschließend mehrere Hundert Meter durch den Schlick zu laufen, wo das Wasser noch bis zu den Knien reichen würde.

Also hatte er an der anderen Seite der Insel gehalten. Fred und Femke hatten sich zwar nasse Füße geholt, konnten aber auf der Mole einige Meter weit balancieren, bis sie festen Boden unter den Schuhen hatten.

Sie waren über das flache, mit Rietgras und Sanddornbüschen bewachsene Land in Richtung Radarturm gelaufen, hinter dem eine dünne, schwarzgraue Rauchfackel emporstieg, die vom steifen Wind rasch verweht wurde. Schließlich erreichten sie die auf Pfählen stehenden Mannschaftsquartiere – und erkannten etwa fünfzig Meter weiter ein Boot am Strand, das dampfende Hubschrauberwrack mit offen stehender Seitentür und nicht weit davon entfernt zwei Männer. Der eine lag am Boden. Tjark. Femke

erkannte seine Jacke. Der andere Mann stand vor ihm, hatte eine Tasche geschultert und richtete zwei Waffen auf Tjark.
»Waffe runter!«, riefen Femke und Fred fast gleichzeitig.
Der Mann blickte sich über die Schulter zu ihnen um, machte aber keine Anstalten, der Anweisung zu folgen. Er wandte sich wieder Tjark zu.
Fred und Femke warfen sich einen Blick zu. Sie teilten sich: Fred umging den Mann von links, Femke ging rechtsherum. So konnten sie ihn in die Zange nehmen und bildeten außerdem zwei Ziele, von denen der Bewaffnete nur eines ins Visier nehmen konnte. Aber er schien sich nicht für Fred und Femke zu interessieren, sondern behielt das am Boden liegende Ziel: Tjark.
»Nordström! Legen Sie die Waffen weg!«, hörte Femke Fred auf Englisch rufen.
Nordström legte die Waffen nicht weg. Er schwieg, starrte hinab auf Tjark und schien zu überlegen, was er tun sollte. Eine Option war fraglos, Tjark zu erschießen.
Femke rief: »Es ist vorbei! Waffen runter und Hände hoch!«
Fred und Femke näherten sich weiter und kreisten Nordström spiralförmig ein. Jetzt waren sie nur noch etwa zehn Meter entfernt. Femke meinte, in der Ferne einen Hubschrauber zu hören. Das mussten die Kollegen von der Bundespolizei oder vom Küstenschutz sein. Nordström bewegte sich immer noch nicht. Er stand einfach da wie zuvor – eine Statue im Wind.
Schließlich kam Bewegung in ihn. Er warf eine der beiden Waffen zu Boden. Sie wirkte klobig. Wahrscheinlich, dachte Femke, die Signalpistole.
Er drehte sich um, musterte Fred, musterte Femke.
»Das ist ein Anfang!«, rief Fred, der seine Dienstpistole mit beiden Händen auf Nordström gerichtet hielt. »Jetzt die andere Pistole!«
Nordström bewegte die Hand mit der anderen Pistole. Aber nicht, um sie fortzuwerfen. Auch nicht, um auf Tjark zu zielen

oder auf Fred oder Femke. Er nahm die Pistole hoch und setzte sich den Lauf an die Schläfe.

»Tun Sie das nicht!«, rief Femke und ging weiter auf ihn zu. Sie hielt ihre Dienstpistole wie Fred mit beiden Händen umfasst. Ihre Knöchel traten weiß hervor. Sie war nicht weiter als fünf Meter von Nordström entfernt und von Tjark, der hinter ihm immer noch am Boden lag und sich auf den Ellbogen aufstützte.

»Waffe fort!«, rief Fred. »Sie bekommen doch höchstens fünfzehn Jahre – und bei guter Führung zehn! Ein guter Anwalt holt fünf Jahre davon in der Psychiatrie für Sie heraus – das ist wie Urlaub! Denken Sie darüber nach! Alles ist besser, als sich das Leben zu nehmen, Mann!«

»Ich!«, schrie Nordström dann. Die Adern an seinem Hals traten hervor. Er blickte in den Himmel. Das Geräusch der Rotoren wurde lauter. »Ich!«, rief er wieder. »Ich werde unsterblich! Ich bin ein Märtyrer! Tausende werden sich in meinem Namen erheben! Eine Welle wird durch das Land gehen und alles fortspülen, damit Neues entstehen kann! Ich bin der Funke, der das Feuer entzündet! Mein Tod wird …«

85.

Es krachte zweimal.

Erst explodierte Nordströms linkes Knie in einem rosafarbenen Nebel, dann sein rechtes.

Er fiel zu Boden und schrie, als würde er auf der Schlachtbank liegen, wo ihm jemand die Haut in Streifen abzog. Die Schmerzen, das war zu sehen und zu hören, waren viel zu groß, als dass Nordström auch nur noch einen einzelnen Gedanken daran verschwenden konnte, sich zu erschießen und damit den leichtesten aller Auswege zu wählen.

Sofort waren Fred und Femke bei ihm und nahmen ihm die Waffe ab. Tjark stand auf. Mit Anne Madsens Pistole in der Hand trat er an Femke, Fred und den sich am Boden windenden Nordström heran.

»Tut mir leid«, sagte Tjark. »Aber ich konnte dein Gelaber nicht mehr ertragen.«

Er sah, wie zwei Hubschrauber heranflogen – einer von der Polizei und ein Rettungshubschrauber. Darin würde ein Notarzt sitzen, der sich um Nordström kümmern könnte. Seine Knie wären für die nächsten Jahre wohl nicht mehr zu gebrauchen. Vielleicht würde er sogar den Rest seines Lebens im Rollstuhl verbringen. Das war immer noch besser, als für den Rest aller Zeit in einem Sarg zu liegen wie Mette Slettemark und Hela oder von einem Irren fast getötet worden und mit einem Skalpell für immer gezeichnet worden zu sein. Na ja, dachte Tjark, vielleicht auch nicht, je nachdem. Vielleicht war das Nordström bevorstehende Schicksal auch viel schlimmer als alles andere. Und es war tröstlich und gerecht, dass Kugeln Nordströms Knie pulverisiert hatten, die Anne gehörten. Das würde ihr vielleicht ein wenig Genugtuung verschaffen.

»Die Knie sehen nicht gut aus«, rief Fred Tjark im Aufstehen zu. Er steckte seine Dienstwaffe zurück, während Femke sich einen Gürtel aus der Jeans zog und versuchte, eines von Nordströms Beinen abzubinden.
»Ich wollte sie nicht verschönern«, erwiderte Tjark.
»Mussten es unbedingt die Knie sein?«, zischte Femke.
Tjark zuckte mit den Schultern. »Oberschenkel oder Wade hätte nicht genug wehgetan. Er hätte sich vielleicht trotzdem erschossen. Besser kaputte Knie als keinen Schädel mehr.«
»Geht es dir gut?«, fragte Femke.
»Alles okay. Nur eine Platzwunde.« Tjark nickte in Richtung des Hubschrauberwracks. »Komm, Fred, hilf mir.«
Und er rannte los, um Aalberg aus dem Cockpit zu befreien.

86.

Der Vernehmungsraum der Polizei in Wilhelmshaven war ein schlichtes Zimmer mit PVC-Fußboden und einem schweren Tisch in der Mitte, der am Boden befestigt war, wenngleich man nirgends Schrauben sehen konnte. Die Wände bestanden zum Teil aus rötlichen Klinkern oder waren in schlichtes Weiß getüncht. In der einen Wand war die Tür. In der gegenüberliegenden war der obligatorische Spiegel eingelassen, hinter dem man stehen oder sitzen konnte, um die Vernehmung zu verfolgen. In der rechten Wand gab es ein Fenster, an der linken einen Lüftungsschlitz, durch den der Raum geheizt oder klimatisiert werden konnte. Alles war so reizarm wie möglich eingerichtet und außerdem so, dass sich niemand selbst oder einem anderen wehtun konnte.
Natürlich konnte man jemandem einen Stuhl über den Kopf ziehen.
Zwei Exemplare davon standen an den Längsseiten des Tisches, auf dem zwei mit Kaffee gefüllte Pappbecher standen. Dazwischen lag eine gut gefüllte Kladde aus roter Pappe. Sie war aufgeschlagen. Auf dem Stuhl der zur Tür gewandten Seite saß Tjark Wolf und schaute aus dem Fenster. Er trug ein T-Shirt mit verblasstem Aufdruck einer Motorölfirma sowie eine Jeans. Die Platzwunde an der Stirn war genäht. Morgen sollten die Fäden gezogen werden. Tjark meinte, in einer vorbeiziehenden Wolke ein Gesicht zu erkennen, und dachte darüber nach, wie man dieses Phänomen noch gleich nannte: Wenn man in natürlichen Formationen Strukturen erkannte, die nichts mit der eigentlichen Struktur zu tun hatten. Es lag ihm auf der Zunge. Er hatte darüber in einem Kunstbuch gelesen, als er damit begann, sich für Malereitechniken zu interessieren. Der Surrealist Max Ernst hatte sehr viel damit gespielt und zum Beispiel hochverdünnte Farbe

auf die Leinwand gekippt, sie zerfließen lassen und dann aus den Schlieren Dinge herausgearbeitet – irgendwelche Wesen.
Auf der anderen Seite des Tisches und vor der Kladde saß ein Mann in einem hellgrauen Anzug. Nach Tjarks Einschätzung war es kein teurer Stoff. Eher Massenware aus dem Kaufhaus, die nicht besonders gut saß. Solche Anzüge wurden meist von Typen getragen, die mehr darstellen wollten, als sie waren, und meinten, dass dazu ein Sakko von der Stange und eine passende Hose ausreichten, wovon sie außerdem mehrere besaßen, weil die Kleidung oft knitterte und in die Reinigung musste. Auf die Idee, sich für das gleiche Geld zwei gute statt zehn billiger Anzüge zu kaufen, kamen sie nicht beziehungsweise hielten es für Wahnsinn, so viel Geld für ein einzelnes Jackett auszugeben.
Hauke Berndtsen entsprach diesem Typ Mann. Er musterte Tjark durch die Gläser seiner randlosen Brille und zupfte sich den gemusterten Schlips zurecht. Fast sah es so aus, als wolle er sich jeden Moment mit der Krawattenspitze über das Kinn wischen, wo sich am Mundwinkel eine Hautveränderung befand, die einem Preiselbeerfleck glich. Berndtsen legte die Hände flach auf den Tisch und neigte sich vor.
»Hörst du mir überhaupt zu?«, fragte er Tjark.
Tjark blickte weiter aus dem Fenster. »Was hast du gesagt?«
Hauke Berndtsen setzte ein kaltes Lächeln auf und strich mit den schlanken Fingern über die Tischplatte. Er schüttelte den Kopf. »Nein«, sagte er. »Du hörst mir absolut nicht zu. Entweder verkennst du den Ernst deiner Situation, oder es interessiert dich kein Stück. Beides wird dich teuer zu stehen kommen, Tjark. Sehr teuer.«
Tjark wandte sich wieder vom Fenster ab und betrachtete Berndtsen, dessen Hautfarbe auch im Sommer blass war. Er war Dezernatsleiter in Oldenburg und Tjarks Chef gewesen, bis Tjark zu der Sonderkommission beim LKA gewechselt war. Hauke Berndtsen hatte dazu im Hintergrund die Fäden gezogen und in gewisser

Weise dafür gesorgt, dass Tjark den Job annahm, um ihn aus den Füßen zu haben. Er mochte Tjark nicht – weder als Mensch noch seine Methoden. Was auf Gegenseitigkeit beruhte. Berndtsen war ein Bürokrat, und wahrscheinlich musste man das in seiner Position auch sein beziehungsweise bestimmte Grundvoraussetzungen mitbringen, um eine Stelle als Dezernatsleiter zu erreichen. Tjark war das komplette Gegenteil von Hauke Berndtsen.

Im Prinzip hätten sie ein perfektes Ying und Yang abgeben müssen, aber das war nicht der Fall. Und jetzt hatte das Schicksal Berndtsen ein Full House in die Hand gegeben, um Tjark endgültig aus dem Verkehr zu ziehen. Berndtsen schien sich außerdem in den vergangenen Tagen perfekt vorbereitet zu haben, bevor er Tjark eine offizielle Vorladung zu einer Vernehmung geschickt hatte und dazu persönlich angereist war. Das heißt: Eigentlich war es keine Vernehmung. Es war ein Vortrag. Berndtsen hielt diverse Trümpfe in der Hand – und spielte sie genüsslich aus.

Tjark schwieg und gab Berndtsen Raum, die Stille zu füllen.

Berndtsen beugte sich noch weiter vor. »Ich fasse zusammen. Du bist vom Dienst suspendiert gewesen, und insofern habe ich dich als Privatperson zu betrachten. Du hast weder im Auftrag des LKA oder deiner Kommission gehandelt noch im Zuge einer Amtshilfe für die dänische Polizei. Innerhalb meines Zuständigkeitsbereichs hast du eine Reihe von Straftaten begangen – angefangen damit, dass du dich einer Verhaftung widersetzt hast. Du hast in Cowboymanier einen flüchtigen Verdächtigen verfolgt und den deutschen Luftraum verletzt – in dem du außerdem bewaffnet unterwegs gewesen bist, und zwar mit einer gestohlenen Waffe. Du hast sie eingesetzt, um eine Person schwer zu verletzen. Das sind sehr viele Dinge, die strafrechtlich relevant sind und zu einem Füllhorn von Anzeigen gegen dich führen werden. Fraglos wird die Versicherungsgesellschaft des Hubschrauberunternehmens dich persönlich haftbar machen, und der Mann, dessen Knie du zerschossen hast, wird dich bestimmt auch noch anzeigen –

denn wie bereits erwähnt: Du hast das alles nicht als Polizist getan. Du warst suspendiert. Was die Dänen machen werden, weiß ich nicht. Ich weiß auch nicht, wie das LKA in Hannover reagiert. Ich kann dir aber versichern, was ich tun werde: Das, was ich zur Anzeige gegen dich bringen kann – und das ist einiges –, werde ich zur Anzeige bringen und außerdem alle anderen Involvierten ermuntern und darin unterstützen, dich ebenfalls anzuzeigen. In den Medien mögen sie dich als Helden abfeiern – als«, Berndtsen malte Anführungszeichen in die Luft, »Rächer der Opfer des Runenkillers und Retter einer Polizistin, die außerdem deine Freundin ist. Aber das ist mir egal. Kurz gesagt: In der Summe wird einiges strafrechtlich Relevante gegen dich zusammenkommen. Viel zu viel, um auf Bewährung ausgesetzt zu werden – und bei irgendwelchen Deals würde ein Staatsanwalt nicht mitspielen. Ein Deal bedingt immer, dass beide Seiten etwas anzubieten haben, und das hast du nicht. Du gehst in den Knast, Tjark Wolf.« Hauke Berndtsen strich erneut mit den Händen über die Tischplatte. Er lehnte sich zurück, schien seinen eigenen Worten nachzulauschen und betrachtete Tjark in Erwartung einer Reaktion.

»Was willst du, Hauke?«, fragte Tjark.

Berndtsen zuckte mit den Schultern. »Was soll ich schon wollen? Ich mache meinen Job und verfolge Verstöße, die laut Strafgesetzbuch zu ahnden sind. Alles Dienstliche ist nicht mein Bier. Du bist beim LKA. Aber alles Zivilrechtliche ist mein Bier. Die Frage ist eher, was du willst.«

»Ich will in Ruhe gelassen werden.«

»Das hättest du dir früher überlegen müssen.«

»Willst du mir ein Angebot machen?«

Berndtsen grinste.

»Also willst du mich fertigmachen.«

»Das ist nicht der Ausdruck, den ich verwenden würde.«

»Du hast alles in der Hand, Hauke. Dein Blatt ist viel zu gut, um mich bloß aus dem Job zu drängen, weil dafür vermutlich schon

die LKA-interne Dienstaufsicht sorgen wird. Du kannst mir sinnbildlich zwischen die Beine treten, auf mir herumspringen, mir ins Gesicht spucken und dafür sorgen, dass ich für den Rest meines Lebens Einkaufswagen zusammenschieben muss. Ich kann mir aber nicht vorstellen, dass das alles ist.«
Berndtsen schmunzelte.
Tjark sagte: »Du kannst mich nicht ausstehen. Aber du hasst mich nicht. Also noch einmal: Was willst du?«
»Ich wiederhole«, erwiderte Berndtsen, »die Frage ist, was du willst. Falls du etwas willst und ein Ziel hast, stellt sich sofort die nächste Frage: Wie kannst du es erreichen? Da wir beide in gewisser Weise in einem Boot sitzen, müsstest du mich vielleicht in eine Lösung einbinden. Du hast eben wissen wollen, ob ich dir etwas anbieten will. Nein, will ich nicht. Aber vielleicht willst du mir etwas anbieten? Ich habe außerdem gesagt, dass ein Deal ein Geschäft auf Gegenseitigkeit ist – vielleicht täusche ich mich ja, und du hast doch etwas in die Waagschale zu werfen? Zum Beispiel Kooperation.«
»Kooperation?«
»Kooperation im Hinblick auf die Verschlankung von Abläufen zwischen meiner Behörde und dem LKA. Vielleicht brauchen wir zum Beispiel die Sonderkommission nicht mehr.«
Tjark blickte wieder zum Fenster. Das Gesicht in den Wolken erkannte er jetzt nicht mehr. Dafür formte sich ein Gebilde aus dem Gerede von Hauke Berndtsen.
Tjark wusste, dass die Sonderkommission mit ihm, Ceylan, Fred und Femke Berndtsen anfangs wie gerufen gekommen war. Inzwischen war sie diesem jedoch ein Dorn im Auge: Das LKA strich in Berndtsens Revier die Lorbeeren für die großen Fälle ein. Damit hatte er nicht gerechnet und hätte die Ermittlungserfolge lieber selbst auf der Habenseite verbucht. Folglich, nahm Tjark an, wäre Berndtsen die Kommission gerne wieder los. Dazu hatte er jedoch nicht die Mittel. Noch nicht. Ein Insider wäre jedoch

ein Mittel. Ein Spion, womöglich ein Saboteur. Jemand, der ihm Informationen in die Hand spielte, um die Auflösung der Kommission beantragen zu können. Im Gegenzug … Nun, die Gegenleistung befand sich wohl in der roten Kladde vor Hauke Berndtsen: Anzeigen, die er vielleicht fallen lassen würde, falls Tjark sich als ein solcher Insider anbieten würde.

Tjark wünschte sich eine Zigarette. Er verfolgte die vorbeiziehenden Wolken und sagte: »Du willst mich als Maulwurf.«

»Das würde ich niemals fordern.«

»Es ist überhaupt nicht gesagt, dass ich wieder zurück in den Job kann.«

»Es gibt Mittel und Wege, interne Ermittlungsverfahren zu steuern. Abgesehen davon wird das LKA dem Helden von Dänemark und bekannten Buchautor allenfalls einen mächtigen Schuss vor den Bug geben. Nach einem halben Jahr sitzt du wieder im Sattel.«

»Und dann?«

»Den Rest zeigt die Zukunft.«

»Du willst die SOK vor der Haustür weghaben. Darum geht es.«

Berndtsen sagte nichts.

»Die prestigeträchtigen Fälle möchtest du lieber selbst verbuchen.«

Berndtsen blieb stumm.

»Du willst interne Informationen. Du willst etwas in der Hand haben, damit die Kommission aufgelöst wird, und dafür soll ich sorgen. Ich soll meine Kollegen ans Messer liefern.«

»Das klingt sehr hart«, erwiderte Berndtsen. »Vielleicht solltest du deine Perspektive etwas verändern und es so sehen: Wenn ein Einzelner sehr hart zu fallen droht, würden seine Kollegen doch alles tun, um ihn aufzufangen. Die Last würde sich dann auf mehrere Schultern verteilen. Die Starken helfen dem Schwachen, und ich bin mir ziemlich sicher, dass jeder von ihnen dir mindestens einen Gefallen schuldet, den du quasi indirekt einfordern könntest.«

»Bullshit.«
»Wie du meinst.«
»Ich soll deine Ratte sein, und im Gegenzug lässt du Anzeigen gegen mich fallen – das ist der Deal, den du mir anbietest.«
»Noch einmal«, sagte Berndtsen mit Haifischgrinsen, »ich biete dir gar nichts an. Du musst mir etwas anbieten. Abgesehen davon sind Ratten doch possierliche Tierchen – und es ist ein Wunder, angesichts der Umstände, dass wir beide tatsächlich über eine Zusammenarbeit sprechen. Wer hätte das jemals gedacht, nicht?«
»Ja«, sagte Tjark und starrte weiterhin in die Wolken. »Wer hätte das gedacht.«
»Außerdem wäre es – rein theoretisch betrachtet – ja überhaupt nicht der Fall, dass deine Kollegen ihren Job verlieren würden oder dergleichen, falls das LKA sich entscheiden würde, die SOK aufzulösen. Alle kleinen emsigen Bienchen würden dann in den Stock zurücksummen, aus dem sie zuvor gekrochen sind, oder sich einem anderen Stamm anschließen.«
»Das wäre die Garantie?«
»Das wäre selbstverständlich eine Garantie. Denk darüber nach.«
Tjark stand auf. »Ich denke darüber nach«, sagte er und verließ den Raum.

87.

Tjark dachte intensiv über Berndtsens Angebot nach. Etwa eine Sekunde lang, während er über den Flur von der einen Tür zur anderen ging. Als er sie öffnete und das Büro der Sonderkommission betrat, hatte er eine Entscheidung gefällt. Ihm blieb so oder so keine Wahl. Es gab nur eine einzige Antwort.

Fred stand neben Femkes Schreibtisch und ging mit ihr eine Akte durch. Er trug eine helle Anzughose und dazu ein hellblaues Kurzarmhemd mit scharfer Bügelfalte an den Ärmeln. Ceylan saß an ihrem Tisch und telefonierte. Sie hatte eine weiße Bluse an. Über der Rückenlehne ihres Stuhls hing ein graues Sakko – untrügliches Zeichen dafür, dass sie einen Termin bei Gericht vor sich oder bereits hinter sich hatte, denn zu offiziellen Anlässen trug sie immer dieses Sakko.

Alle blickten auf und sahen zur Tür, die Tjark hinter sich schloss. Tjark setzte ein knappes Lächeln auf und hob die Hand zum Gruß.

»Sieh an. Der Geschasste«, sagte Fred und lehnte sich mit der Hüfte am Schreibtisch an.

»Hi«, erwiderte Tjark.

»Was machst du mit der ganzen freien Zeit? Andere müssen schwer arbeiten, während du herumlungerst und deine vorübergehende Suspendierung genießt.«

Tjark zuckte mit den Schultern. »An Vernehmungen teilnehmen, Vorladungen folgen, zwischen hier und Dänemark pendeln. Mehr Stress als im Job.«

»Dein Leben möchte ich haben, Mann.«

Tjark schüttelte den Kopf. »Willst du nicht.«

Femke stand auf und streckte sich. »Wie geht's dir?«

»Bis eben ging es mir besser.«

Femke sah ihn fragend an.

»Besprechung mit Hauke Berndtsen.«

»Autsch.« Fred verzog das Gesicht.

»Was will der denn von dir?«, fragte Femke.

Tjark machte eine abwinkende Geste. »Ich hatte Annes Waffe dabei, während ich schon suspendiert war.«

Femke verdrehte die Augen. »Meine Güte.«

Fred deutete mit einem Nicken auf Tjark. »Die Dänen haben alles gegen dich fallen lassen, richtig?«

»Richtig.«

»Weil die Medien dich als Superstar feiern, denn du hast den Staatsfeind Nummer eins geschnappt und außerdem ihre Kollegin gerettet – mit nicht astreinen Mitteln, aber immerhin.«

»Die Gründe kenne ich nicht«, sagte Tjark. »Aber hier in Deutschland ist das etwas anderes. Es gibt die internen Ermittlungen.«

»Und Hauke Berndtsen«, sagte Femke.

»Ja«, bestätigte Tjark. Er fuhr sich mit der Hand über den Mund und fragte: »Wie laufen die Ermittlungen hinsichtlich Vural Attaman?«

»Darüber dürfen wir nicht mit dir reden, Cowboy«, hörte Tjark Ceylan sagen, die ihr Telefonat beendet hatte. »Du bist suspendiert, und solange du suspendiert bist …«

»Ich weiß«, kürzte Tjark ab.

Er sah zu Ceylan. Ceylan betrachtete ihn. »Wir kommen nicht sonderlich voran, aber wir treten auch nicht auf der Stelle. Wir warten ab. Mehr können wir nicht tun. Reicht dir das?«

»Ich nehme, was ich kriegen kann«, erwiderte Tjark.

Fred ergänzte: »Attaman hat sich bisher nirgends gemeldet. Nicht bei der Tochter. Nicht bei der Frau. Vielleicht tut er das noch. Vielleicht auch nicht. Wir erhöhen den Druck auf die Tochter, bringen sie etwas ins Schwitzen, damit sie Kontakt zu ihm sucht.«

»Wie du vorgeschlagen hast, Tjark«, ergänzte Ceylan. »Ob die Provokation uns weiterhilft, warten wir ab. Aber es könnte sein, dass die türkischen Kollegen eine Spur von ihm haben.«

»Die Türken?«, fragte Tjark. »Er ist in der Türkei?«
»Wissen wir nicht sicher«, antwortete Ceylan. »Und wenn, dann eher in den kurdischen Gebieten.«
»Woher wisst ihr das?«
»Ich habe schon viel zu viel gesagt.«
»Es gibt frische Informationen von Interpol und vom Innenministerium«, sagte Femke.
Fred fügte hinzu: »Zwei deutschstämmige Kurden reisen ins Grenzgebiet, um bei den Peschmerga an der Grenze zum Irak zu kämpfen. Vor zwei Tagen kommen sie tot nach Deutschland zurück – mit Kugeln im Kopf und in Einzelteilen, obwohl sie in keine Kampfhandlungen verwickelt waren. Sie trugen Tätowierungen der Bad Coyotes.«
Tjark stutzte. Mit den Bad Coyotes hatte er mehrfach zu tun gehabt – eine kriminelle Rockergang im Norden, die mit Waffen, Drogen und Menschen handelte.
»Außerdem«, sagte Fred, »ist in Aurich Cem Demirici vor einer Dönerbude ins Koma geprügelt worden.«
Cem Demirici, dachte Tjark. Cem war so etwas wie Vurals Blutsbruder. Die beiden hatten jede Menge Dinger gemeinsam gedreht.
»Zeugen«, fuhr Fred fort, »sahen zwei Flüchtige mit schweren Motorrädern in Kutten. Jetzt zähl eins und eins zusammen, Tjark. Ein paar Rocker prügeln Vurals Best Boy ins Koma, dann reisen ein paar Rocker gezielt in die Kurdengebiete und kommen kurz darauf als Hackfleisch wieder zurück.«
»Aber warum sollten die …«, merkte Tjark an, doch Ceylan schnitt ihm das Wort ab.
»Schluss jetzt, echt. Das geht dich alles gar nichts an, Tjark. Du bist suspendiert. Wir arbeiten weiter an dem Fall. Du nicht. Punkt und aus.«
»Na ja«, meinte Tjark. »Vural ist Kurde, soweit ich weiß. Er könnte einen guten Draht dorthin haben.«

Ceylan fasste sich an die Stirn. »Das kann vielleicht sein, aber die Zusammenarbeit zwischen den Kurden und den türkischen Behörden ist nicht so super, weißt du? Das macht es nicht leichter.«

»Wenn die Türken nicht mit den Kurden und die Kurden nicht mit den Türken reden wollen«, sagte Tjark, »dann flieg halt hin und rede vor Ort mit ihnen. Du hast die doppelte Staatsbürgerschaft. Du sprichst die Sprache.«

Ceylan lachte. »Da kann ich gleich meinen Bruder mitnehmen. Er ist Lehrer und hat keinen Job mehr, ist aber zu stur, um auf den Rat seiner Schwester zu hören.«

»Du meinst den Bruder, der damals …«

»Ja, der«, kürzte Ceylan ab und verdeutlichte mit einem scharfen Blick, dass damit das Thema erledigt war und sie keine weiteren Gespräche darüber wünschte.

Tjark schwieg. Er vergrub die Hände in den Hosentaschen und betrachtete seine Schuhspitzen. Dann blickte er wieder auf. »Entschuldigung«, sagte er. »Für alles. Ich entschuldige mich bei jedem von euch. Ich habe mich falsch verhalten und euch Ärger an den Hals geladen. Tut mir leid. Ich kann es nicht rückgängig machen. Mir ist eine Sicherung durchgebrannt.«

»Hat mich nicht gewundert«, sagte Fred.

Femke verschränkte die Arme vor der Brust und schwieg.

Ceylan stand auf und zog sich die Bluse aus der Jeans. Ein Indiz dafür, dass ihr Termin bereits beendet war. »Du hast dich tief in die Scheiße geritten und mir jede Menge Ärger verschafft. Uns allen.«

»Ich hätte für jeden von euch dasselbe getan wie für Anne Madsen.«

»Darum geht's nicht, Tjark. Es geht darum, dass du so was nicht bringen kannst.«

»Hätte ich es nicht getan, wäre Anne jetzt tot.«

»Da hat er recht«, bestätigte Fred.

»Ceylan hat ebenfalls recht«, sagte Tjark. »Ich kann das nicht bringen. Ich kann persönliche Betroffenheit nicht über meine Dienstvorschriften und das Gesetz stellen. Für mich gelten keine Sonderregeln. Ich habe falsch gehandelt, und das hat Konsequenzen. Ich habe gesagt, dass es mir leidtut. Aber ich bereue es nicht, und ich würde jederzeit genauso handeln, wie ich es getan habe. Doch das bringt andere Menschen in Schwierigkeiten und in Gefahr. Euch zum Beispiel.«

»Komm wieder runter, Tjark«, knurrte Fred.

Ceylan machte eine abschneidende Geste zu Fred und blickte Tjark interessiert an. Femke ebenfalls.

»Wie auch immer das interne Verfahren für mich ausgeht«, fuhr Tjark fort, »es wird vielleicht nicht dabei bleiben.«

»Wie meinst du das?«, fragte Ceylan.

»Es wird vielleicht nicht dabei bleiben. Das ist alles. Und abgesehen davon bin ich nicht mehr der richtige Mann am richtigen Platz.«

»Quatsch.«

»Ich bin raus«, sagte Tjark. »Meine Marke, meine Dienstwaffe und meinen Ausweis hast du schon. Behalt alles.«

»Du kündigst?«

»Ich kündige«, bestätigte Tjark.

Denn es war besser, auszuscheiden und keine Gefahr für die anderen darzustellen. Er war eine Bruchstelle, an der Hauke Berndtsen seine Hebel ansetzen konnte. Außerdem war es für das Ansehen der Truppe besser, wenn er nicht mehr dabei war. Er, Tjark Wolf, der *dirty cop,* dem es jetzt an den Kragen ging. Nein, besser, er wäre Privatier als ein zeitweise auf Eis gelegtes Mitglied und zudem ein unberechenbares Minenfeld. Es war besser zu gehen, als gegangen zu werden. Und vielleicht war es so oder so die richtige Entscheidung – weil sein Zenit überschritten war und er selbst zu einer Billardkugel mutiert, die außer Kontrolle über den Tisch rollte.

Femke schwieg. Fred schwieg. Beide sahen aus, als hätten sie ein Gespenst gesehen. Ceylan gab sich Mühe, unbeeindruckt zu wirken, aber ihr Blinzeln verriet sie.

»Bist du sicher?«, fragte sie.

»Absolut«, erwiderte Tjark.

»Hat dein Gespräch mit Hauke Berndtsen etwas damit zu tun?«

Tjark schwieg einen Moment und fuhr sich mit der Hand über den Nacken.

»Verstehe«, sagte Ceylan, die das Schweigen deutete und versuchte, in Tjarks Gesicht zu lesen.

»Wie auch immer: Meine Entscheidung steht«, sagte Tjark. »Ich will kein weiteres Mal eine solche Entscheidung treffen – entweder Anne hängen lassen oder euch. Ich will nicht wieder einen Alleingang starten. Aber ich weiß, dass es erneut passieren würde. Also …«

Tjark sah Femke und Fred an. Er sah Ceylan an. Er blickte zu Boden und sah wieder auf, schaut aus dem Fenster, dann zu seinem Schreibtisch.

»Also«, fuhr er fort, räusperte sich und schluckte. »Ich packe dann mal meine Sachen zusammen.«

88.

Der Botanische Garten in Århus sah von außen aus, als würden dort Astronauten eine künstliche Hemisphäre für bevorstehende Marsmissionen testen. Das Gewächshaus glich einer halbierten Seifenblase mit Steppmuster, die jemand auf eine Landschaft mit knallgrünem Rasen und sanften Hügeln aufgesetzt hatte. Es stand im krassen Kontrast zu einer alten Windmühle, die in unmittelbarer Nähe stand. Man wartete fast darauf, dass gleich die Teletubbies auftauchen würden – zumindest fühlte sich Tjark an diese Kinderserie erinnert, an der er beim Durchzappen im TV einmal hängen geblieben war: eine merkwürdige Mischung aus psychodelischem Scifi und heimeligem Hobbit-Auenland.

Er stoppte auf einer Brücke, die über einen Bach führte und hinein in ein kleines Wäldchen. Er hörte das Plätschern des Wassers, das Rauschen des Windes in den Blättern und leise die Geräusche vom fernen Verkehr. Er fasste in die Hosentasche und zog eine zerknautschte Schachtel Zigaretten und ein Feuerzeug hervor, um sich eine anzuzünden.

Anne Madsen lehnte sich an die weiße Brüstung und blickte auf den Bach. Sie hatte ein paar Tage im Krankenhaus verbracht und war vorläufig beurlaubt. Mittlerweile war sie wieder auf dem Damm, zumindest körperlich. Der Verband um ihren Oberarm war nur ansatzweise unter dem weiten weißen Hemd zu erkennen, zu dem sie einen dünnen hellblauen Rock trug. In zwei Tagen hatte sie einen weiteren Termin beim Arzt, aber es hieß, dass die Wunde gut heilte – die Rune, die ihr Bengt Nordström in die Haut geschnitten hatte. Tjark hatte gestern auch mit Jens darüber gesprochen, dem Fachmann für Carvings, und ihm ein Foto gezeigt. Nach seiner Meinung würde die Rune später gut aussehen, aber man müsse sich von dem Gedanken trennen, dass man sie irgendwann wieder wegmachen könne. Es gab zwar kosmetische Spezialisten, die Narbengewebe entfernten, aber nach Jens' Einschätzung war die Rune dafür zu groß, und an Madsens Oberarm würde dann eine andere Narbe verbleiben, die weitaus weniger dekorativ aussähe. Anne hatte gesagt, sie habe sich sowieso noch keinerlei Gedanken darüber gemacht. So oder so bliebe sie für den Rest ihres Lebens gezeichnet – innerlich wie äußerlich.

»Bei einer so herrlichen Luft willst du rauchen?«, fragte sie jetzt und blinzelte wegen der Reflexionen der Sonne auf dem Bach.

»Ja«, sagte Tjark, paffte eine dicke weiße Wolke in den Himmel und ließ die Packung samt Feuerzeug wieder in der Hosentasche verschwinden. Er stellte sich neben Anne und sah dem Rauch nach, der in den knallblauen Himmel aufstieg und rasch vom Wind verweht wurde.

»Was willst du jetzt machen?«, fragte sie.

Tjark erwiderte: »Ich sollte meine künstlerischen Fähigkeiten verbessern. Vielleicht belege ich einen Kursus bei der Volkshochschule in Ölmalerei.«

Madsen lachte.

Tjark schmunzelte und dachte an Signe an der Supermarktkasse, die ihm immer seine Farben besorgte. Sie hatte sich mit glühenden Wangen Tjarks Geschichte angehört, als er ihr den Volvo und das Handy zurückbrachte – alles unversehrt. Sie starrte abwechselnd ihn und ihr Handy an, das in gewisser Weise dazu beigetragen hatte, dass der Runenkiller gefasst worden war.

»Tut mir sehr leid, dass ich dich in Schwierigkeiten gebracht habe«, hatte er gesagt.

Denn natürlich hatte die Polizei Signe vernommen, und sie hatte haarklein erklären müssen, wie Tjark an ihr Auto und ihr Handy gekommen war. Befürchten musste sie deswegen nichts, hatte ihr die Polizei versichert – und Tjark hatte das bestätigt. Signe hatte die Angelegenheit daher als Abenteuer verbucht und war immer noch aufgeregt über die Rolle, die sie in einem der größten Kriminalfälle der letzten Jahre gespielt hatte. Sie war sogar von Zeitungen wegen Interviews angefragt worden.

»Davon werde ich noch meinen Enkeln erzählen«, hatte sie zu Tjark gemeint und ihn – wie jetzt Madsen – gefragt, was er denn nun tun werde, nachdem er bei der Polizei ausgeschieden war.

»Zunächst das Ferienhaus kündigen«, war seine Antwort gewesen. Ihm war klar, dass er dort keine ruhige Minute mehr verbringen konnte. Bengt Nordström hatte es mit seiner Tat kontaminiert. »Und dann ein neues suchen. Vielleicht wieder hier in der Gegend. Vielleicht auch woanders. Wir werden sehen.«

Madsen wandte sich Tjark zu und betrachtete ihn. »Du hast mir das Leben gerettet. Ist dir das eigentlich klar?«

»Weißt du«, sagte Tjark und zog an der Zigarette, »genau das ist mein Plan gewesen. Von daher: Ja, weiß ich.«

»Was ist mit deinem Ferienhaus?«

»Ist schon gekündigt. Ich werde ein neues suchen. So lange wohne ich in einer Pension.«

»Du kannst bei mir wohnen, wenn du in Dänemark bist. Du kennst dich ja inzwischen gut in meiner Wohnung aus.«

Tjark lächelte und nickte. »Ist das eine gute Idee, wenn ich bei dir wohne?«

»Ja?«

»Finde ich ebenfalls. Aber die Küste wird mich zurückhaben wollen.«

»Du hast hier ebenfalls das Meer vor der Tür.«

»Es ist die Ostsee. Nicht die Nordsee. Die Nordsee ist etwas völlig anderes.«

Madsen nickte. »Ich hoffe, du wirst in Deutschland nicht allzu große Schwierigkeiten bekommen. Früher oder später kannst du sicherlich wieder …«

»Nein, das ist vorbei.«

»Das kannst du deiner Großmutter erzählen, Tjark Wolf.«

»Ich habe gekündigt. Das Kapitel ist abgeschlossen. Ich bin raus.«
Es fühlte sich immer noch merkwürdig an, das zu sagen, dachte Tjark. Vielleicht wiederholte er es deswegen so oft. Er hatte Anne seine Beweggründe erklärt, aber nichts von Hauke Berndtsen erzählt. Auch Ceylan, Fred und Femke hatte er im Unklaren darüber gelassen, was ihn wirklich zum Quittieren seines Jobs geführt hatte: die Tatsache, dass Tjark seine Familie vor sich selbst schützen musste. Er war kein Verräter, schon gar nicht an seinen Freunden und Kollegen oder an sich selbst. Und selbst, wenn er sich dazu bereit erklärt hätte, mit Berndtsen zusammenzuarbeiten: Hauke hätte es niemals dabei bewenden lassen. Er wäre immer wieder angekommen, um Tjark festzunageln und für seine Zwecke zu instrumentalisieren. Also war es besser, wenn dieses Instrument komplett aus dem Werkzeugkoffer entfernt wurde.
Tjark spürte Madsens prüfende Blicke auf sich. Sie sagte: »Ich mache mir Vorwürfe deinetwegen. Ich war dumm und einige Momente unachtsam. Nur deswegen hat Nordström mich überwältigen und entführen können. Ich hätte damit rechnen müssen, dass das passieren konnte. Meinetwegen hast du das alles getan. Und meinetwegen hast du deinen Job aufgegeben, das Haus, und meinetwegen hast du in Deutschland jede Menge Ärger am Hals.«
»Nicht deinetwegen«, erwiderte Tjark und zog an der Zigarette. »Absolut nicht deinetwegen. Wegen Bengt Nordström. Nur er ist schuld, niemand sonst. Er hat dafür gesorgt, dass ich als Tatverdächtiger dastehe. Wäre das nicht passiert, hätte man mich nie gesucht, und es hätte niemals einen Haftbefehl gegen mich gegeben. Es wäre nur ein Bruchteil des Schadens entstanden. Aber das ist alles vollkommen lächerlich gegen das, was er dir angetan hat.«
»Ich habe mir eine Therapeutin genommen.«

»Gut.« Tjark nickte.

»Ich habe morgen einen Termin bei ihr.«

»Ausgezeichnet. Und ich habe eine Verabredung mit Aalberg – dem Piloten, der mit mir abgestürzt ist.«

»Wie geht es ihm?«

»Gut. Er hat nicht mehr Kratzer als ich abbekommen, war nur länger bewusstlos.«

»Und sein Hubschrauber?«

»Dein Chef Niels sagt, dass er sich darum kümmern wird. Er will erreichen, dass irgendeine staatliche Haftpflichtversicherung für den Schaden aufkommt.« Tjark lachte leise. »Aalberg sagt, seit er in den Abendnachrichten war und in den Zeitungen, würde man ihm die Bude einrennen. Jeder will einen Rundflug mit dem Mann, der den Runenkiller jagte.«

»Niels ist ein guter Kerl«, sagte Madsen.

»Ja«, erwiderte Tjark und dachte daran, wie er mit der Pistole in Niels' Wohnzimmer gestanden hatte. »Ich habe ihm einen ganzen Sack voller Probleme beschert. Ich bin ihm etwas schuldig, glaube ich.«

»Er trinkt gerne Wein – nur so als Tipp.« Madsen schmunzelte.

»Er hat mir gesagt, dass Nordström die Gefängnis-Klinik wieder verlassen hat und in einer Psychiatrie untergebracht wird, wo man ihn weiterbehandelt. Man wird Gutachten erstellen, bevor es zum Prozess kommt. Niels sagt, dass sie es darauf anlegen, ihn als voll schuldfähig zu betrachten. Aber das werde vermutlich nicht klappen, weil Nordström diese Kopfverletzung hat und ein Teil seines Gehirns beschädigt sei. Darauf werde die Verteidigung aufbauen, und Niels und euer Staatsanwalt glauben, dass Nordström damit durchkommen wird.«

»Verminderte Schuldfähigkeit?«

Tjark zuckte mit den Achseln. »Mag ja sein, dass er diesen Hirnschaden hat. Mir kam er zu jedem Zeitpunkt voll und ganz zurechnungsfähig vor.«

»Mir auch.«
»Er hat ziemlich verrückte Sachen getan – aber sie waren nicht wirklich verrückt, wenn du verstehst, was ich meine. Sie waren durchdacht und planvoll. Aber dennoch irre.«
»Ich weiß.«
»Ich hätte ihn abknallen sollen.«
»Sag so etwas nicht, Tjark. Wer weiß, ob er jemals wieder laufen kann. Du hast ihn hart genug getroffen. Und es gefällt mir ein wenig, dass es meine Kugeln waren.«
Tjark bückte sich, um die Zigarette auf dem Boden auszudrücken. Er sah sich nach einem Mülleimer um, wo er die Kippe verschwinden lassen konnte. Er sagte Anne nicht, dass genau diese Tatsache sein größtes Problem war: dass er mit Annes Waffe, die er faktisch gestohlen hatte, in Deutschland auf Nordström geschossen hatte.
Stattdessen sagte er: »Komm, gehen wir noch ein Stück und fahren dann in die Stadt und essen ein Eis.«
Madsen lächelte und nickte. »Das klingt, als ob du deinen Vorruhestand genießen willst.«
»Ein bisschen«, antwortete Tjark und sah einem Sperling hinterher. »Wenigstens ein ganz kleines bisschen.«

89.

Der Sperling flatterte über dem Botanischen Garten gegen den Wind an und änderte die Flugrichtung. Er ließ sich gelegentlich treiben und segelte durch die heiße Luft, hinweg über die Straße, in der das Tätowierstudio von Jörgen Thyboron lag und vorbei an einem Fenster des Seniorenwohnheims, in dem der Altenpfleger Torben Möller gerade tief Luft holte und das Zimmer des Altnazis Rainar Johnson betrat, um dessen Windeln zu wechseln und sich ein weiteres Mal zu beherrschen, ihm kein Kissen aufs Gesicht zu drücken. Er glitt über das Anwesen von Ole hinweg, der nach Helas Beerdigung immer noch Schwarz trug und über die geplatzten Verträge für die US-Tour fluchte, denn die amerikanischen Anwälte sahen die Klausel des »plötzlichen Todes« – trotz allen bekundeten Beileids – als nicht vereinbar mit Helas Todesumständen an, weswegen man über Schadensersatz reden müsse.

Schließlich verließ der Sperling die Stadtgrenze, verringerte seine Höhe und landete auf dem Ast eines Baumes, der auf dem umzäunten und zusätzlich mit Mauern gesicherten inneren Bereich der forensischen Psychiatrie direkt vor einem Fenster stand. Auf der anderen Seite des Fensters aus Panzerglas, in einem Zimmer ohne Nummer und ohne Bezeichnung, lag auf einem flachen Bett hinter einer dicken Stahltür Bengt Nordström und schwitzte, denn das Zimmer war nicht klimatisiert. Er nahm nach wie vor Morphium gegen die Schmerzen in den Knien, die mit den dicken Plastikschalen verkapselt waren. Nordström hätte alles gegeben, was er noch besaß, um im Gegenzug ein kleines Stöckchen zu bekommen, das er unter den Kunststoff schieben konnte, um sich zu kratzen. Die Ärzte hatten ihm gesagt, dass er vielleicht nie wieder laufen könne und den Rest seines Lebens im Rollstuhl verbringen müsse. Aber das würde sich zeigen – je nachdem, wie die Gelenke verheilten, und eine Option sei dann immer noch, künstliche einzusetzen.

Nordströms T-Shirt war schweißnass. Er atmete flach und starrte auf den Bildschirm des kleinen Flachbildfernsehers, der an dem Beistellwagen mit dem Infusionsständer befestigt war. Den Ton konnte er nicht hören. Aber es lief eine Nachrichtensendung, und die Untertitel zeigten an, dass es im Folketing eine neue Debatte über den EU-Austritt gab und dazu eine Straßenumfrage.

Nordström dachte an das Krankenhaus zurück, wo man ihn nach der Festnahme auf der deutschen Insel eingeliefert und ihm ein Handy gegeben hatte, damit er mit einem Rechtsanwalt telefonieren konnte. Er hatte heimlich einen Browser aufgerufen und in seinen dienstlichen E-Mail-Accounts geschaut und gesehen, dass es neben vielen Mails, in denen die Schreiber ihn verfluchten und ihm wegen Mette und Hela den Tod an den Hals wünschten, auch solche gab, die Verständnis für seine Motive äußerten. Dasselbe stand auf seinem Facebook-Account, der vor Kommentaren und Freundschaftsanfragen nahezu explodierte.

Das hatte ihn mit Genugtuung erfüllt. Da draußen, wusste er, gab es Menschen, die mit ihm sympathisierten. Und innerhalb dieser Gruppe würde es eine weitere Gruppe von Menschen geben, für die er ein Vorbild wäre. Jeder, das wusste Nordström, ausnahmslos jeder besondere Mensch, der außergewöhnliche Taten begangen hatte, hatte solche Fans.

Bengt Nordström würde ebenfalls solche Jünger erlangen. Und im Laufe der Zeit würden daraus persönliche Kontakte entstehen. Man würde versuchen, ihn in der Gefangenschaft zu erreichen, um seine Meinung zu hören – und ihn um Weisheit bitten.

Und um Aufträge.

Ja, dachte Nordström. Alles nur eine Frage der Zeit.

Er stöhnte, richtete sich auf und kratzte verzweifelt mit den Fingernägeln über die Plastikschalen. Der Juckreiz war zum Verrücktwerden. Möglicherweise lag das gar nicht am Schweiß, der sich unter den Verbänden sammelte. Vielleicht schmierten sie ihn, wenn er schlief, mit einer speziellen Salbe ein, auf die er allergisch reagierte, um seine Gedanken zu stören. Das war Folter. Und wer wusste, was sie noch alles mit ihm tun würden – mit ihm, dem Staatsfeind Nummer eins.

Nordström wimmerte und versuchte verzweifelt, die Finger in Zwischenräume der Schienen zu stecken, um sich die Haut von den Knochen zu kratzen, stieß aber nur auf Stretchverbände aus blauem Gewebe. Er atmete hektisch. Seine Nasenflügel blähten sich. Er hatte das Gefühl, dass sich das Jucken von den Knien her im gesamten Körper ausbreitete. Er begann, sich schnaufend und mit weit aufgerissenen Augen überall zu kratzen. Das Jucken kam von innen. Vielleicht hatten sie ihm kleine Nanoroboter gespritzt, die sich durch seine Adern wühlten, hin zu seinem Gehirn, um die Gedanken zu beeinflussen.

Mit beiden Händen kratzte sich Nordström wimmernd am Kopf. Immer stärker, immer mehr, bis Blut unter seinen Fingernägeln zu sehen war, auf die weißen Bettlaken spritzte und kleine Haarbüschel auf seine Schultern fielen.

»Tjark Wolf«, keuchte er.

Der war an allem schuld. Der Schweinehund. Der Mistkerl. Alles seine Schuld. Nordström hätte früher in dessen Haus kommen sollen und ihn töten, bevor er seine Schlampe entführte. Auch sie hätte er nicht am Leben lassen sollen. Alles ihre Schuld. Alles ihre. Aber sie würden bezahlen. Beide. Der Tag würde kommen. Irgendwann.

Nordström starrte seine blutverschmierten Finger an, an denen Haare klebten. Seine Brust hob und senkte sich rasch vom schnellen Atmen. Dann schrie er vor Zorn.

Das Geräusch erschreckte den kleinen Sperling, der blitzschnell von dem Ast abhob, um sich in Sicherheit zu bringen. Er flog fort von der Psychiatrie und dem Fenster, hinter dem die Türen aufgerissen wurden und Pfleger hereingerannt kamen. Er flatterte hoch hinauf in den Himmel, wo die schrecklichen Schreie nicht mehr zu hören waren, und flog weiter in Richtung Küste. Dorthin, wo es nur das große Blau des Himmels und des Meeres gab, Weite und schiere Grenzenlosigkeit. Wo die Wellen mit dem Wind um die Wette rauschten und nichts wichtiger war als das: die Freiheit.

Unheimliche Vogelschwärme
und eine Frau, die die falschen Fragen stellt

SVEN KOCH

KALTE SONNE

THRILLER

Sort Sol, die schwarze Sonne, verwandelt den stürmischen Herbst auf Jütland in eine unheimliche Kulisse. Während gigantische Vogelschwärme den Himmel über Dänemark verdunkeln und Bilder von Überschwemmungen die Nachrichten dominieren, sieht Maja im Fernsehen etwas, das unmöglich ist: Der Mann, der im Hintergrund durchs Bild läuft, ist Erik, ihr verstorbener Ehemann! Nur wurde Eriks Leiche vor sechs Jahren aus dem Meer gezogen und mittels DNA-Abgleich eindeutig identifiziert.
Maja beginnt, die gemeinsame Vergangenheit zu hinterfragen. Was sie findet, beschwört ein Unwetter herauf, ebenso dunkel und unheimlich wie die Zeit der schwarzen Sonne.